龍谷大学仏教文化研究叢書19

日本古典随筆の研究と資料

糸井通浩編

思文閣出版

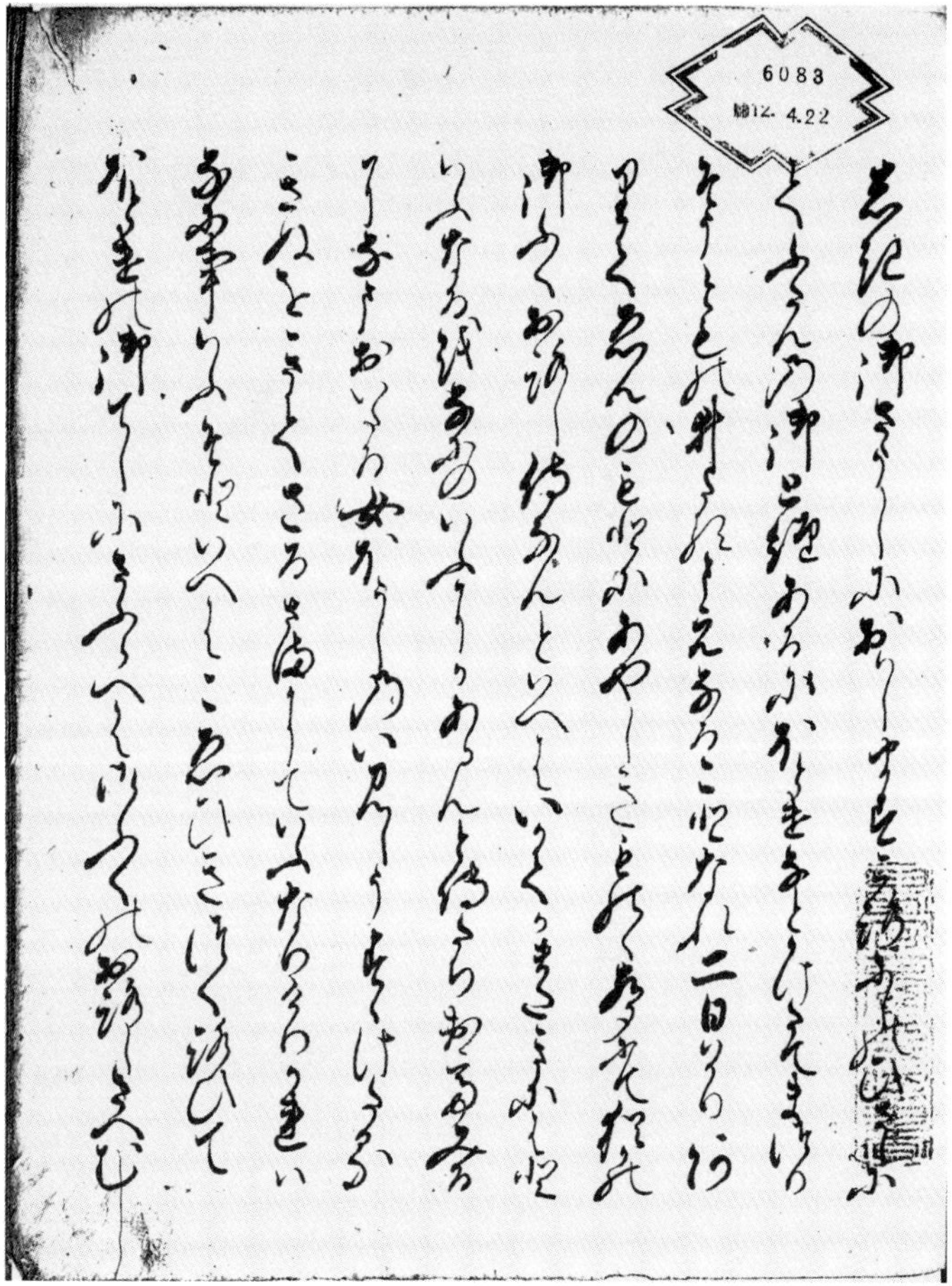

龍谷大学図書館蔵『枕草子』（零本）（本文149頁）

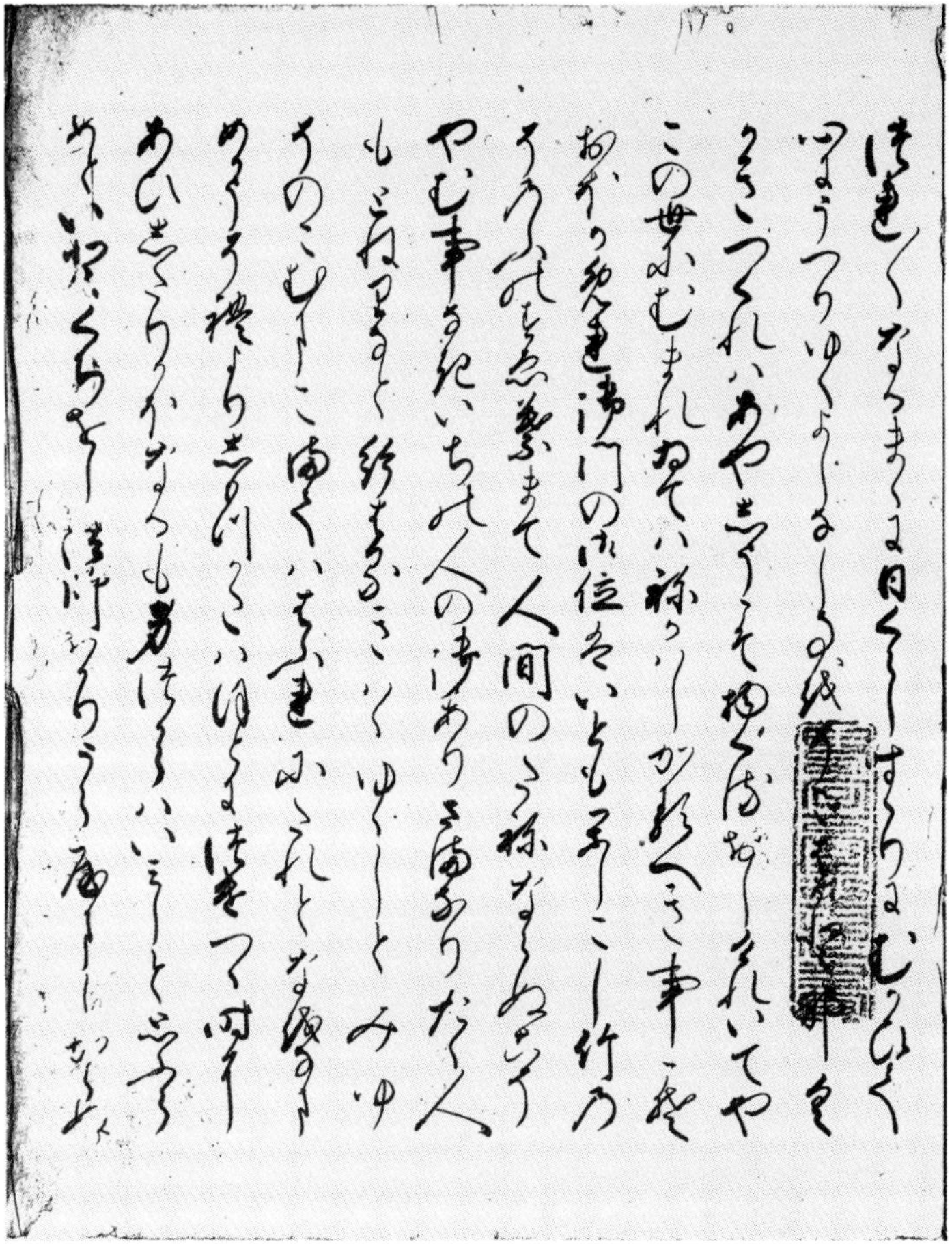

龍谷大学図書館蔵平忠重伝写本『徒然草』（本文219頁）

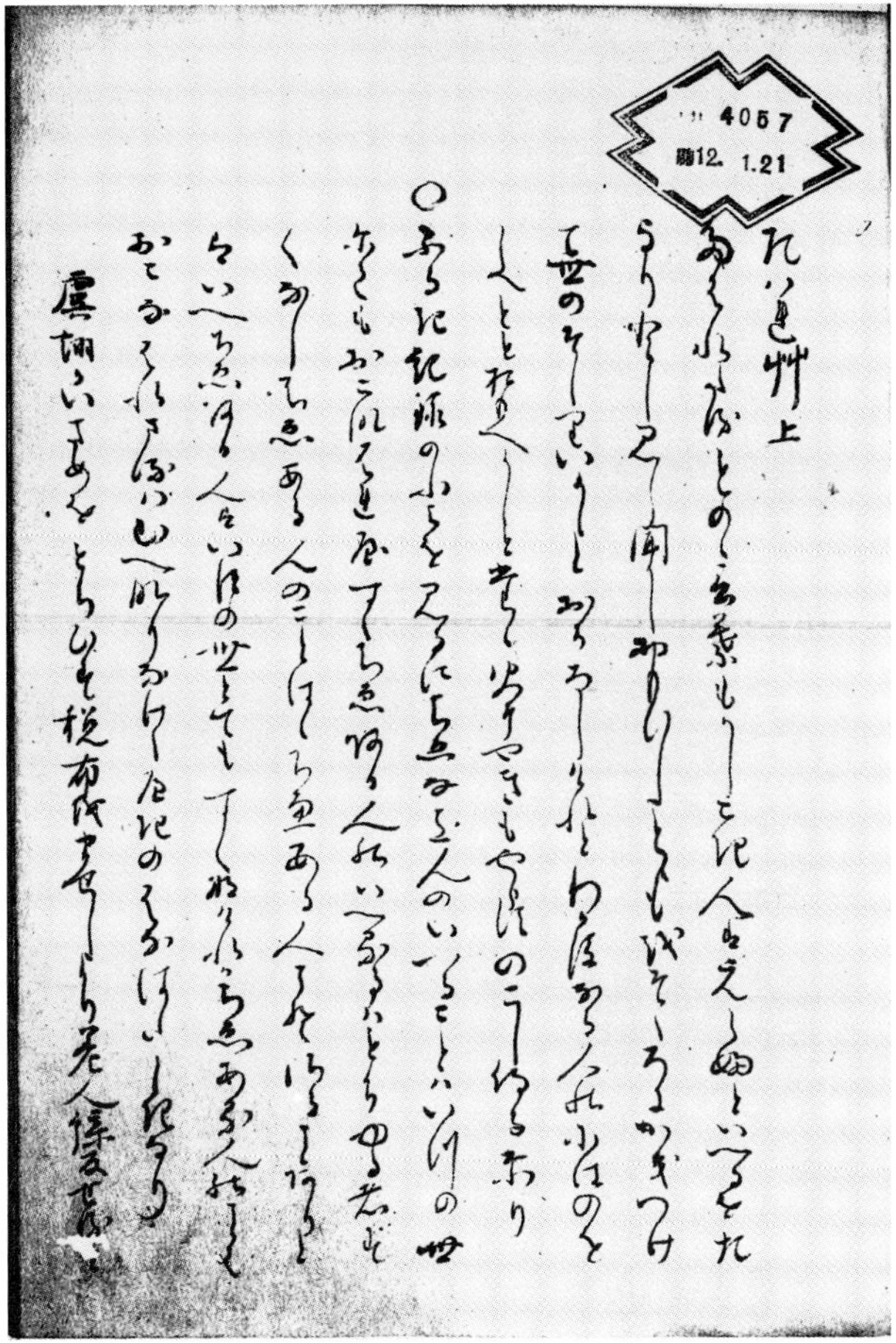

龍谷大学図書館蔵『たはれ草』（本文313頁）

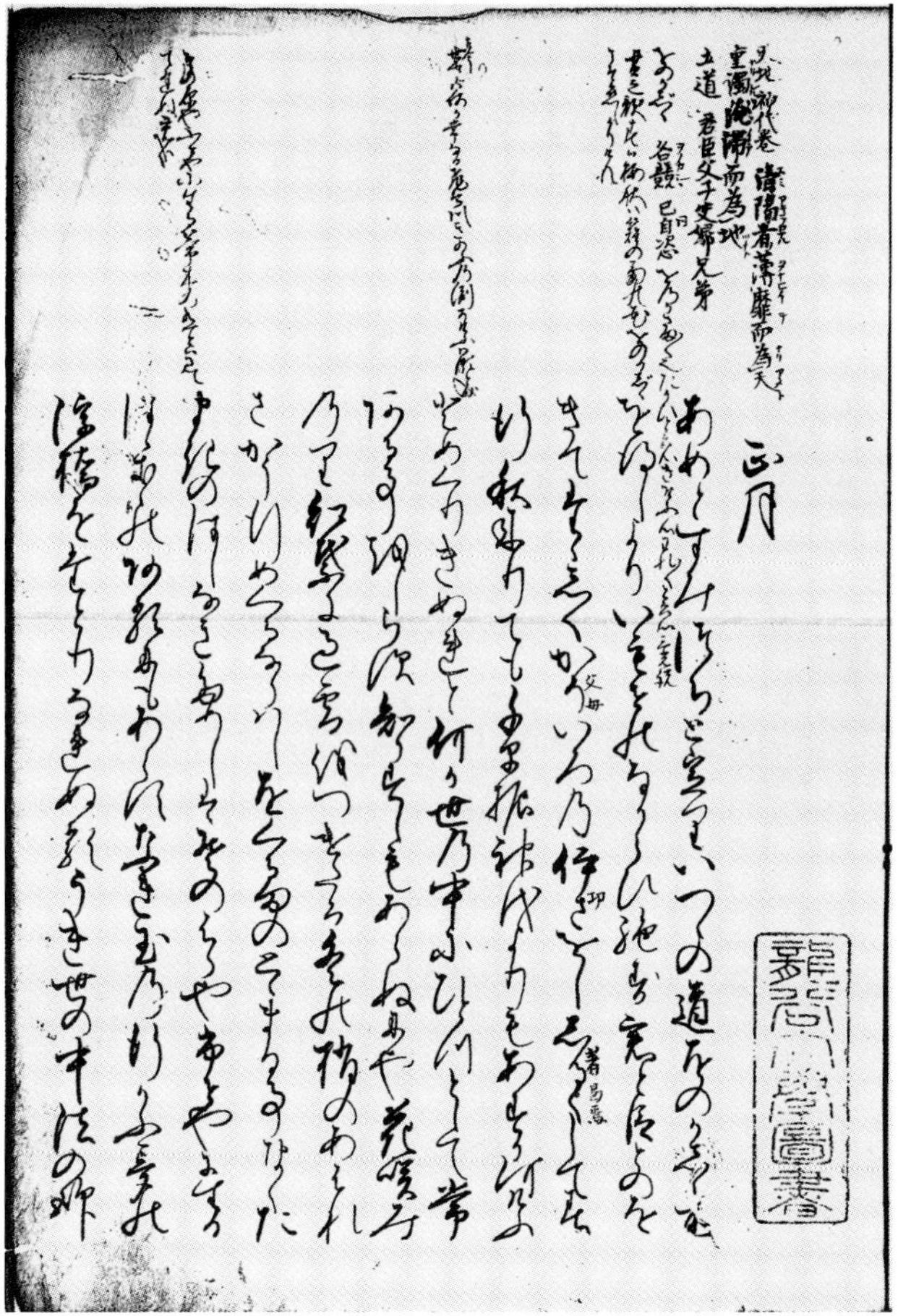

龍谷大学図書館蔵『四季物語』（本文429頁）

目次

研究編

資料編

研究篇

『枕草子』の耳伝——猫の耳の中——

安藤　徹

一　不在の耳

「君達は、頭の中将。頭の弁」（第一六六段）[1]と主張する『枕草子』が、そのテクストにおいて具体的に登場させる「頭の中将」はほかでもなく藤原斉信であり、「頭の弁」は例外なく藤原行成である。両者がいかに特別な存在であり、賞賛すべき男性として描かれているかは、登場する章段の多さからだけでも推測可能である。[2]たとえば、行成と清少納言との深い信頼関係、あるいは親密な交友関係は、第四六段「職の御曹司の西面の立蔀のもとにて」に端的に表現されている。[3]章段の冒頭、長々と立ち話をしている男性に清少納言が「それは誰そ」と問う場面が描かれるが、その人物をあらかじめ「頭の弁」だと名指しした上での「誰そ」という問いかけである以上、それが単なる質問でないことは明らかである。[4]行成であることを承知で「誰そ」と問いかけることで、行成がいかに応答するか、そしてさらにそれに対してみずからもいかに応えてみせるか、という両者の会話・交流こそが本章段の主題とでも言うべきものを形成することを物語っているのだと言えよう。(5) 以後、この章段は、二人のコミュニケーションが他の人物とは取り替えのきかないものであることを、中宮と帝とを媒介としつつ、「顔」をめぐる両者のやりとりを通じて描いていくのである。(6) その中に、次のような発言がある。

まろは、目は縦さまにつき、眉は額さまに生ひあがり、鼻は横さまなりとも、ただ口つき愛敬づき、おとがひの下、頸清げに、声にくからざらん人のみなん、思はしかるべき。とはいひながら、なほ、顔いとにくげならん人は心憂し。

これは、他の女房を相手にせず、ただただ清少納言のみを信頼し、取り次ぎ役として指名する行成によって発せられたことばであり、したがって清少納言その人の美質を、誇張も加えて述べているのだとの推測には一定の説得力がある。(7) 実際に清少納言の顔がどのようであったかは知りようがないが、そうした推測を喚起するように、『史記』の一節を引用しつつ述べる「女は、己をよろこぶ者のために顔づくりす」という直前のことばに呼応し、さらに章段の後半で「顔」を見たい／見せたくない、あるいは見る／見られることをめぐる話題(8)へと展開する中にあって、清少納言の「顔」を主題化し、焦点化しようとする文脈を形作る発言なのである。

さて、その行成のまなざしが捉えている「顔」とは、具体的には「目」「眉」「鼻」「口」「おとがひ」「頸」であった。それは、顔の造作を構成する要素を列挙しつくしているとも言えよう。しかし、そのことによって逆に浮かび上がってくるのは、首から上にあり、「顔」と隣接していながらも、「顔」そのものではなく、「顔」からは区別されている身体部位の存在である。つまり、「髪」と「耳」である。両者には「顔」の一部ではないという共通性がありつつも、一方で決定的な差異がある。「髪」は「顔」とともに視覚的な美に関わる身体部位として、独立した存在感を有している。しかし、「耳」にそうした側面は認められない。むしろ、美醜には関与しない身体部位であり、特に女の「耳」は通常は「髪」に隠れて見えない身体なのである。実体的に考えるならば、当時の貴族社会に属する成人女性たちの髪型からして、日常においてその髪に隠れてしまっている「耳」を人目にさらすことはほとんどなかったであろうから、ここで「耳」に対する言及がないのも当然であろう。そして、もしもそうした理屈が正しいのであれば、逆に日常的に「耳」を露出させているはずの男性貴族たちに関しては、その「耳」が描写されることがあってもおかしくないことになる。ところが、男性の「耳」を視覚的に捉える例は、『枕草子』を含めて、平安朝の文学テクストではほぼ確認できないという事実がある。(9) あるいは、用例は少ないものの、女性の「耳はさみ」する姿が必ずしも美醜という視点からだけでは把握しきれない側面を有している点も見逃せない。(10) このように考えると、「顔」や「髪」とは異なる特異な身体部位として、美醜とは別のイデオロギーが作用しているのが「耳」ではないか、と思われてくる。

『枕草子』における「耳」とは、いったい何なのか。「顔」に隣接し、「髪」に触れながらも、それらとは決定的に異なる存在としての「耳」とは何か。見えない「耳」とは何か。行成のことばは、こうした問いを無意識に発しているのではないだろうか。そうして、『枕草子』というテクストはそれに無意識に応えているのではないか。行成と清少納言とのかけがえのない関係は、「顔」に焦点化することで、そこから疎外され、見過ごされてきた不在の「耳」を浮上させ、そうした見逃されてしまうような細部からのテクスト分析へと、私たちを誘惑しているのだ。耳伝《じでん》とは、そうした誘惑への応答なのである。

二　立つ耳

いわゆる雑纂本系統の『枕草子』の〝雑纂〟性にあって、しかし各章段間は〝連想〟の糸によって結ばれた、自由自在のゆるやかな関係によって構成されている。[11]〝発想〟し、あるいは〝転想〟する章段を起点に、〝連想〟によっていくつかの章段がずれつつも連続していくのである。前節で取り上げた第四六段前後に関しては、たとえば萩谷朴が、「（前段の：安藤注）弁官の服装や随身を賜らぬことから連想して行成との心交を回想」して第四六段が書かれ、さらに「前段（＝第四六段：安藤注）とは無関係に新たに書き起こした一連の類想段」として第四七〜五二段が続くと読み解いている。[12]「細殿に人あまた居て」（第四三段）で「細殿」の〈内〉にいる女房から「誰がぞ」と声をかけられた「清げなる男、小舎人童など」の応答の善し悪しを述べ、そうした男たちとの対比で、同じように宮中を歩き回る「下女」の理想としての「顔愛敬づきたらん」「主殿司」を、続く第四四段「主殿司こそ」で取り上げ、さらに改めて「男は、また、随身こそあらめ」（第四五段）と話題を下級の男たちへと戻しつつも、「いとをかしき官」であるにも関わらず随身を連れない「弁」を「いとわろきや」と評価する。そうして、「いとをかしき官」である「弁」の代表として、行成が呼び出され、彼との（女＝清少納言の）「顔」をめぐるやりとりが記されるのが第四六段なのであった。とすれば、この章段は直前の第四五段だけではなく、第四四段とも〝連想〟関係を構築していることになるだろう。

では、後続する章段は、萩谷の言うように第四六段と「無関係」なのだろうか。第四七段「馬は」、第四八段「牛は」、第四九段「猫は」、第五〇段「雑色、随身は」、第五一段「小舎人童」、第五二段「牛飼は」という類聚章段[13]の連続は、たしかに第四六段とは一見して異なる展開である。特に、第四七段「馬は」が行成との「顔」をめぐるやりとりと直接に関連しているようには見えず、連想の糸を手繰り寄せがたいのも事実である。しかし、前節で触れた不在の「耳」、疎外された「耳」を媒介として設定してみると、別の解釈も可能になる。

「馬は」「牛は」「猫は」の各章段は、それぞれの動物の毛色に関心が向かうという点で共通性を持つ。しかも、体のどこがどのような色であるのがよいのか、といったこだわりも同じように見せている。具体的には、「髪、尾」や「足」(「馬は」)、「額」「腹の下、足、尾の筋」(「牛は」)、「腹」(「猫は」)が白いことをよしとしているのである。つまり、いずれもおおよそ身体の端の白さに注目しているようなのであるが、その一方でこれらの動物の身体の端として当然目がいってもおかしくないであろう「耳」は無視されている。こうして、不在の「耳」という視座は第四六段と連続することになる。

とはいえ、平安朝の物語や日記文学などにおいて、動物の「耳」が語られること自体がほとんどなく、したがって『枕草子』固有の特徴として動物の「耳」の不在をあまりにも強調しすぎることは不適当である。『うつほ物語』「吹上上」巻で、春日詣での際にあて宮が演奏した「胡笳の声」のすばらしさを思い出す仲忠が、「鶯の遥かなる声、松風の遠き響きに、のどかなる声を調べ合はせ給ふには、鳥・獣、山臥・山人、耳振り立てぬはなかりき」[14](二五三)と述べ、あるいは『狭衣物語』巻二で、粉河寺参詣の途次、吉野川を見ながら物思いにふける狭衣大将が、「浮舟のたよりにも見んわたつ海のそこと教へよ跡の白波」と「あはれにひとりごち」、また『法華経』の一節「是人命終当生忉利天上」を唱える声の尊さを、「山の鳥獣といふらんものも、耳立つらんかし」[15](二九七～八)と語られるのが、動物の「耳」に対する数少ない言及の例である。[16]

これらの例に共通するのは、「立つ」「耳」である。[17] 音に敏感に反応する動物たちの「耳」の動きと存在感は、「立つ」ことにおいて最も印象的であり、したがって「耳立つ」という表現の中に、動物の鋭利な「耳」が比喩的(範列的)に潜んでいるとも言える。動物の「耳」には「立つ」という動作性が特徴的であり、それゆえに「耳立つ」という表現には「目立つ」とは異なる、動物的比喩が内包されるのだ。注意して聞くさまならば、「耳を傾く」「耳をとなふ」などでも表現可能であり、実際、『枕草子』にもそれらの用例が見える。[18] そうした類似表現に対する「耳立つ」表現固有の意味作用は、「立つ」という語を文字どおりに受け取るところから明らかになるのではないか。そして、そのとき、動物的「耳」という側面が浮上する余地があるのであった。

除目の官得ぬ人の家。今年は必ず、と聞きて、はやうありし者どものほかほかなりつる、田舎だちたる所に住む者どもなど、皆集り来て、（中略）はつる暁まで門たたく音もせず、「あやしう」など、耳立てて聞けば、先追ふ声々などして、上達部など皆出で給ひぬ。（第二二段「すさまじきもの」）

よき人の御事はさらなり、下衆などのほどにも、親などの愛しうする子は、目立て、耳立てられ、いたはしうこそおぼゆれ。（第二五二段「世の中に、なほいと心憂きものは」）

『枕草子』における「耳立つ」はこの二例で、ともに耳を傾けて注意して聞くさまを表現していることは間違いない。そこに動物性を感知し、身体性を惹起することで、他の「耳」表現とは異なる位相を設定し、区別することが可能になるかもしれない。たとえば、ここにあるのは、生き延びるための必死の身体動作であり、宮廷の優美と見える文化生活に潜在している〝野生の思考〟がふいに介入してくる瞬間なのだ、というように。[19]

三　猫の耳

ただし、すでに述べたように、動物の「耳」そのものが直截に表現されることは非常に稀であり、むしろ「耳」に触れてよいような文脈においても疎外される傾向が強い。[20] だからこそ、わずかに描かれる動物の「耳」、かすかに感知される動物の「耳」は、ほとんど無視されがちなテクストの細部として、かえってポテンシャリティの高い表象としての可能性を有しているのである。そして、実は『枕草子』には「猫の耳」を取り上げた貴重な章段が存在しているのであった。それが、第一五〇段「むつかしげなるもの」である。

むつかしげなるもの。刺繡の裏。鼠の子の、毛もまだ生ひぬを、巣の中よりまろばし出でたる。裏まだつけぬ裘の縫目。猫の耳の中。ことに清げならぬ所の、暗き。ことなることなき人の、子などあまたもてあつかひたる。いと深うしも心ざしなき妻の、心地あしうて久しう悩みたるも、夫の心地はむつかしかるべし。

渡辺実は「むつかし」について、「心が爽やかでないこと、つまり不機嫌なことを表わす」ほかに、「事態の構造が複雑で、爽やかな印象を持てないことを表わす」不快語彙の一つだが、「単純明快でない対象への評語として用いられる時は、不快感はそれほどおもてだたず、せいぜい「不気味だ」という程度の不調和感にとどまる」一方で、「人間を対象として使われると、取り扱いが面倒だ、心配りを複雑にしなければならぬ、といった対人感情に偏り、嫌悪の感情が強くなる」[21]と解説している。そして、「猫の耳の中」が「むつかしげなる」なのは、「筋が凸凹と複雑で汚らしい手も生えている」[22]からだとする。「刺繡の裏」「鼠の子の、毛もまだ生ひぬを、巣の中よりまろばし出でたる」「裏まだつけぬ裘の縫目」に続き、「ことに清げならぬ所の、暗き」へと繋がっていく文脈にある「猫の耳の中」の「むつかしげ」さの内実は、たしかにまずはそのようなものと考えられよう。しかし、ではなぜ注目されることの少ない「猫の耳」がほかでもなく連想され、取り上げられているのだろうか。「猫の耳の中」に着目することの特異性は、それ自体で興味深い現象であるが[23]、それを清少納言の体験へと還元してみても、ここでこうして取り上げられていることの直接の説明にはなりえないし、そもそもその体験とは『枕草子』の記述から遡及的に想定されるにすぎないのであって、論理的・分析的な説明たりえない[24]。事件は現場で起きるように、手がかりは『枕草子』というテクストにある。具体的には、①この章段の〝題〟である「むつかしげなり」(または「むつかし」)、②「猫」、そして③「耳」である。

『枕草子』における「むつかし」およびその関連語は、計一三例ある[25]。そして、その多くは人事に向けられた心情の形容としてある。

にくきもの。急ぎ事ある所に来て、長言する客人。あなづりやすき人ならば、「後に」とてもやりつべけれど、心恥かしき人、いとにくく、むつかし。（第二五段「にくきもの」）

急用がある所にやって来た「心恥かしき人」が「長言」することは、単に「にくし」だけではなく「むつかし」という。「あなづりやすき人」であれば、何とでも言って処置できるものの、「心恥かしき人」が相手では、「急用があるから帰ってくれ」などと言うわけにもいかず、困ってしまう。そのように、どうしようもない状況に置かれ、それに対処することが非常に面倒だといった心情が、「むつかし」に表出されている。また、それは相手の配慮が足りないがゆえに引き起こされる事態への心情だとも言える。「急ぎ事」があること、そして今は早く帰ってほしいことを察知し、気を遣ってみずから退出するような心配りがないために、逆にこちらが余計な心配、あるいは過剰な配慮をしなければならない煩わしさが、「むつかし」という語に感知されるのである。

忍びてもあらはれても、おのづから、「出で給ひにけるをえ知らで」とも、また、「いつか参り給ふ」など言ひに、さしのぞき来るもあり。心かけたる人はた、いかがは。門あけなどするを、うたて騒がしう、おほやうげに、夜中まで、など思ひたる気色、いとにくし。「大御門は鎖しつや」など問ふなれば、「今。まだ人のおはすれば」など言ふ者の、なまふせがしげに思ひて答ふるにも、「人出で給ひなば、とく鎖せ。このころ、盗人いと多かなり。火危ふし」など言ひたるがいとむつかしう、うち聞く人だにあり、この人の供なる者どもは、わびぬにやあらん、この、かく今は出づると絶えずさしのぞきて、気色見る者どもを、笑ふべかめり。（第一七四段「宮仕人の里なども」）

この例でも、「宮仕人の里」を訪れている男に対して、早く帰ってほしいと思っている家の者たちの言動の無遠慮さに対して、それを止めることもできない状態にあって、ただただ「うち聞く人だにあり」と余計に心配しなければならない心情が「むつかし」という語に表わされていると言えよう。次も同様である。

懸想人にて来たるはいふべきにもあらず、ただうち語らふも、また、さしもあらねど、おのづから来などもする人の、簾の内に人々あまたありて、物など言ふに、居入りて、とみに帰りげもなきを、供なる男、童など、とかくさしのぞき、気色見るに、斧の柄も朽ちぬべきなめりと、いとむつかしかめれば、長やかにうちあくびて、みそかにと思ひて言ふらめど、「あなわびし。煩悩苦悩かな。夜は夜中になりぬらんかし」と言ひたる、いみじう心づきなし。

（第七〇段「懸想人にて来たるは」）

ここでは、女（女房）のもとを訪れた男が「供なる男、童など」を気にすることなく、いつまでも長居しているのに対して、彼らが「斧の柄も朽ちぬべきなめり」と思っている様子を「むつかしかめり」と描写している。むろん、「供なる男、童」にはどうすることもできず、主人が居続けるかぎり、自分たちもそこに控えていなければならない。そのことの煩わしさが、家来に対する主人の配慮のなさに向けた非難も含意しつつ、表現されているのである。しかも、「めり」「らむ」といった助動詞に示されるように、それはあくまでも表現主体＝清少納言の判断であり、つまり男の家来たちの言動からその心情を推測する清少納言自身が、同じような状況に置かれたならば「むつかし」と思うであろうことをも物語っているのである。ただし、〈私〉ならばそう思ったとしても言動として表わしたりはしないのに、「あなわびし。煩悩苦悩かな。夜は夜中になりぬらんかし」などと口にしてしまうことは、やはり主人の評価さえ下げかねない、とんでもない行為だと批判もしていることになる。そのことは、次の例からも理解可能である。

女房の参りまかでには、人の車を借る折もあるに、いと心よう言ひて貸したるに、牛飼童、例の「し」文字よりも強く言ひて、いたう走り打つも、あなうたて、とおぼゆるに、男どもの、物むつかしげなる気色にて、「とうやれ。夜ふけぬさきに」など言ふこそ、主の心おしはかられて、また言ひふれんともおぼえね。

（第二三〇段「女房の参りまかでには」）

日常的に女房同士での牛車の貸し借りが行われていたことをうかがわせる記事だが、借りた車の牛飼童が、主人の命令だから仕方ないものの、他人のために働かされることへの不満や面倒くささを、いかにもこれ見よがしに見せている、その様子を「物むつかしげなる気色にて」と表現している。しかも、「とうやれ。夜ふけぬさきに」などということばまで発することで、「主の心おしはかられて」しまい、つまり主人の評価までもが悪くなる結果を導くのであった。先に引用した第二五段も、たとえば宮仕えの場面などを想定するならば、いくら別の急用があるからといって、早く帰ってほしいという思いが「心恥かしき人」に伝わるような言動をとることは、女房である自分が仕えている「主の心おしかはられ」るようなことであり、やはり非難されるべきことがらとなろう。「供なる男、童」や「牛飼童」の「早く帰りたい」という心情を理解しながらも、輻輳する配慮に絡め取られ、どうすることもできない〈私〉がそこにいるのであった。

特に人事に関するかぎり、無配慮と過剰な配慮との間のいかんともしがたい落差に起因する不快感、さらには過剰な配慮が無配慮に通底してしまいかねないという複雑さが、「むつかし」の内実ではないか。それは、単に対象の性質を形容するのではなく、むしろそうした対象と関わらざるをえないみずからの置かれた状況や、そのときに発生する複雑な心情の形容なのだと思われる。[26] だからこそ、「心地などむつかしきころ、まことまことしき思ひ人の、言ひ慰めたる」ことが「頼もしきもの」（第二五〇段）にもなるのだろう。そして、『枕草子』にあって、この「まことまことしき思ひ人」とは、何よりも中宮定子のことであり、そしてまだ何も書かれていない真っ白な「草子」なのではなかったか。

御前にて、人々とも、また、もの仰せらるるついでなどにも、「世の中の腹立たしう、むつかしう、片時あるべき心地もせで、ただ、いづちもいづちも行きもしなばや、と思ふに、ただの紙の、いと白う清げなるに、よき筆、白き色紙、陸奥国紙など得つれば、こよなう慰みて、さはれ、かくてしばしも生きてありぬべかんめり、となんおぼゆる。（中略）」と申せば、（中略）さて後、ほどへて、心から思ひ乱るることありて、里にあるころ、めでたき紙二十を包みて賜はせたり。（中略）まことに、この紙を草子に作りなどもて騒ぐに、むつかしきこともまぎるる心地して、をかしと心の内にもおぼゆ。　（第二六二段「御前にて、人々とも」）

「心から思ひ乱るること」があって里下がりしていた清少納言にとって、中宮から下賜された「めでたき紙二十」で作った「草子」は、「むつかしきこと」を紛らわし、心を慰めてくれるかけがえのないものとなった。跋文の「「さは、得てよ」とて、賜せたりし」「尽きせず多かる紙」とも関連しそうなこの記事は、直接に『枕草子』の成立事情を明かすものかどうかは分からないものの、いったい何が「むつかし」という心情を浄化（あるいは昇華）するのかを物語り、さらにはそれを通して『枕草子』における「むつかし」の特徴を解明する手がかりを与える記述として、他例以上に貴重である。

「まことまことしき思ひ人」である中宮から贈られた紙で作られた「草子」とは、清少納言が自身のことばを自在に書くことを許された〃無地のキャンバス〃であり、配慮をめぐる複雑さと不快さ、煩わしさとは無縁の〃無垢のテクスト〃なのである。たとえ、書きつけた結果として、煩雑な「世の中」意識、配慮／無配慮の「むつかし」さを招き、それらに巻き込まれかねないとしても、である。跋文では、「目に見え、心に思ふこと」、「ただ心一つに、おのづから思ふこと」を書きつけたのが「この草子」であると規定しているが、実際に書かれた内容がどのようなものであるかという問題とは別に、少なくともいまだ何も書かれていない「草子」を前にして書こうとしたこと、書きたいと思ったこと、そして書き始めたことはそのようなものであったという言及として読み取ることができる。そして、その「思ふこと」とは、たとえ否定的心情であったとしても、現実のそれとは別の次元に純化されたものであったに違いない。あるいは、「草子」に書くことによる浄化と言うこともできようか。第二六二段は、〝死〟への欲望さえ引き起こしかねない「むつかし」という心情が、白紙の「草子」によって、むしろ書く欲望へと昇華されるさまを描くものとして読み解いてみたい。

また、第二八三段「節分違などして」では、「ものなど言ひて、火の消ゆらんも知らず居たる」ところに「異人」が来て、「炭入れて起こす」のを「いとにくけれ」と述べた上で、「皆ほかさまに火をかきやりて、炭をかさね置きたる頂に、火を置きたる、いとむつかし」としている。ここでも配慮をめぐる複雑な心情が表出されているが、これを第二六二段と接続してみると、傍若無人な態度なのか、過剰な配慮と言うべきか、「異人」の闖入によって「ものなど言ふ」ことを邪魔されることへのこの不快感は、中宮からいただいた私（と中宮）だけの「草子」に私だけが自由に書くことを許された、その快感を台なしにされ、汚されることへの反発の比喩としても読み換え可能である。わたし（と中宮）だけの世界に介入してくる不快な「世の中」という「異人」は、しかし無視しえず、意識せざるをえない「むつかしき」存在としてある。(27)

ここで改めて第一五〇段に戻れば、この章段は「むつかしげなるもの」というテーマが設定されているわけだが、「〜げ」という接尾辞が視覚性を強調するため、まずは外見的に「むつかし」と感じられるものを列挙していると言える。しかし、後半では「ことなることなき人の、子などあまたもてあつかひたる」や「いと深うしも心ざしなき妻の、心地あしうて久しう悩みたる」夫の「心地」を「むつかしかるべし」と述べており、より人事へと重点を移していく。(28)さらに言えば、より世間的なまなざしが滲み出てきているのではないか。妻が長らく病気で苦しんでいるのを前に、しかし夫はその妻に深い愛情を抱きえないがゆえに、「むつかし」と思うに違いない――〝配慮〟という視点から、この「むつかし」の内実を考えてみるならば、

①愛情は薄れたものの、妻という特別な存在であることにかわりはなく、その病気が気にならないわけではない。

②愛情が薄れたからといって、病気の妻を放っておいたのでは、妻方の親族からどのような非難を受けるか分からない。

③病気の妻を顧みない夫、という評判が世間に立っては困る。

といった思惑が錯綜していよう。(29)つまり、単に夫と妻という二者関係の中で「むつかし」という心情が発生するのではなく、それを核にしつつも、親族や女房たち、そしてさらに世間を意識する中で生まれると考えられるのである。病気の妻に対する配慮は、その親族や周囲の女房たちに対する配慮でもあり、世間に対する配慮でもある。配慮しなければ自身の評価を貶めてしまうという危惧がある一方で、しかし妻への愛情が薄いためにどうしても真剣さに欠けるところが出る。だからこそ、かえって配慮するさまを過剰に演出しそうになり、だがそのことが逆効果となって、いかにも妻への愛情が浅薄であることを世間に知らしめる結果を招きかねない。こうした状況に置かれた夫の複雑な心情が、「むつかし」なのである。

そうした視点で「むつかしげなるもの」の章段の前半部を読み直してみると、そこに並ぶ事物も違った相貌を見せる。つまり、前半部に共通する「裏」や「中」への指向性は、人の「心《うら》」に通じており、そこに挙げられているものはいずれも〝配慮〟をめぐる複雑な心情の比喩的形象たりえているのである。「刺繡」のごちゃごちゃ

した「裏」とは、世間体を気にする「心」の内面の喩であり、ふとしたきっかけで「巣の中」から転がり出てしまう「毛もまだ生ひぬ」「鼠の子」とは、そうした「心」が思わず世間に知られてしまうことの喩であり、「裏まだつけぬ衾の縫目」とは、何とか世間体を取り繕わねばならないにもかかわらず、どうしようもない状態に置かれた「心」の喩であり、「ことに清げならぬ所の、暗き」とはまさにそのような混濁した「心」の喩である……。とすれば、当然、「猫の耳の中」も同様の文脈の中で捉えてみる必要がある。

そのことを考えるために、今度は「猫」に注目してみよう。『枕草子』ではすでに取り上げた第四九段と第一五〇段の他に、「かうぶりして、命婦のおとど」と呼ばれて「かしづかせ給ふ」「いみじうをかし」い「上に候ふ御猫」(第六段「上に候ふ御猫は」)と、「赤き頸綱に白き札付きて、繋りの緒、組の長きなど付けて引き歩く」「いとをかしげなる猫」(第八五段「なまめかしきもの」)とが登場する。いずれも、宮中において室内で愛玩動物として大切に飼われている様子がうかがわれる。[30] ただし、そうした猫の「耳」に対する言及はない。かわいがられるペットとしての猫は、もっぱらその外観やしぐさの「をかし」さが焦点化されているようで、したがって「耳」が等閑視されるのは視覚的にことさら「をかし」とは感じられないからとも考えられる。しかし、だからといって、猫の「耳」が「むつかしげなるもの」の一つに取り上げられて当然だということにはなるまい。「をかしげ」ではないことが、必ずしもそのまま「むつかしげ」だという評価に繋がるわけではないし、そもそも第一五〇段は「猫の耳の中」が「むつかしげ」だと述べているのであって、「猫の耳」自体を「むつかしげ」としているわけではないからである。

「猫の耳」は見えてはいるものの、特に意識化されない身体部位であり、実はそうした視覚的な「猫の耳」の「中」とは異なる何かを、「むつかしげなるもの」の章段は注視しようとしているのではないか。つまり、〝聞く身体〃としての機能性である。おそらく、ここでもまた比喩的な読解が必要となってくる。

四　女房の耳

第六段では、「命婦のおとど食へ」という「馬の命婦」の冗談を真に受けて猫を追いかけたために、ひどく懲らしめられ、宮中を追放された犬「翁丸」が、その後宮中に舞い戻り、清少納言のつぶやきにふと反応して涙を流し、鳴く「あはれ」な姿が描かれる。このエピソードの前提にあるのは、犬である翁丸が人のことばを聞き、理解する（できる）ということである。実際にそのようなことが可能かどうかは別として、翁丸の（リ）アクションがいかにも人のことばが分かっているように思わせることはたしかである。そして、もしもそれに一定のリアリティが認められるとすれば、猫もまた同じように人のことばを聞き、理解しているかもしれない（と清少納言たちが考えていた）という想定も、相応に成り立つ余地があろう。室外、建物の外で飼われていたらしい犬に比べて、室内の一層身近なところで愛玩されていた猫は、その〃聞く耳〃が意識された途端に、邸の奥深くで密やかに交わされるような会話までも聞き知っているかもしれない、驚異的な存在へと変貌することだろう。

普段は身近に居てもとりたてて意識することなく、人に聞かれてはまずいようなおしゃべりも無視して平気でできるような存在が、聞き手としての存在感をふいに発揮することがある——そうした猫のような人物として、たとえば夜居の僧がいる。

はづかしきもの。男の心の内。いざとき夜居の僧。（中略）夜居の僧は、いとはづかしきものなり。若き人の集り居て、人のうへを言ひ笑ひ、そしりにくみもするを、つくづくと聞き集むる、いとはづかし。「あなうたて、かしがまし」など、御前近き人などの、気色ばみ言ふをも聞き入れず、言ひ言ひのはては、皆うち

（第一二〇段「はづかしきもの」）

さらば、西、東のをもせよかし」などといふことを言ひ出でて、あぢきなきことどもを、（中略）よろづのことを言ひののしるを、「などて、官得はじめたる六位の笏に、職の御曹司の辰巳の隅の築土の板はせしぞ。
とけて寝るも、いとはづかし。

「いで、あなかしがまし。今は言はじ。寝給ひね」と言ふいらへに、夜居の僧の、「いでわろからむ。夜一夜こそ、なほ宣たまはめ」と、にくしと思ひたりし声様にて言ひたりしこそ、をかしかりしに添へて、おどろかれにしか。

（第一二九段「などて、官得はじめたる六位の笏に」）

貴人のために夜通し加持祈禱をすべく近侍する夜居の僧は、本来は外部の者でありながら、他の人では近づくことのできない深窓に居ても不自然ではない存在である。そして、そのような位置・立場にあるがゆえに、周囲の人は僧がいることを特に意識することもないままに、普通ならば他人の前では語れないようなことを語ってしまうことにもなる。つまり、他の人では聞きえないことを夜居の僧ならば耳にすることができるのである。[31]むろん、そのように夜居の僧に聞かれていることなど、気に留める機会はほとんどないのであろうが（だからこそ、気楽に話すことができたはずである）、しかしその存在を一度自覚してしまう（あるいは、せざるをえない）と、それ以後は無視できなくなるにちがいない。第一二九段では、「あぢきなきことども」を「言ひののしる」女房たちにとっても、そしてそのおしゃべりを止めさせようとした清少納言にとっても、その段階では夜居の僧は存在していないかのようである。ところが、清少納言の一言に対して、女房ではなく夜居の僧が、「いでわろからむ。夜一夜こそ、なほ宣たまはめ」と皮肉たっぷりのことばを発した途端に、その存在感がクローズアップされ、この章段のはじめから実はずっとそこにいたことが遡及的に意識されてくる。彼はすべてを聞いていたのだ。存在することをすっかり忘れられた夜居の僧、いや、いることは分かっていながら、しかしいないかのように扱われていた夜居の僧は、ここで〝聞く人〟として突然、その姿を（声を通して）現わしたのだ。清少納言にとって、それは彼女の意識への唐突な闖入であった。だからこそ、このエピソードが「をかしかりしに添へて、おどろかれにしか」という評言で締め括られるのである。そして、こうした「おどろき」があったからこそ、第一二〇段での「いざとき夜居の僧」に対する「はづかし」さが引き起こされているのだ。

御前近くには、主人の信頼を得た夜居の僧がいつもそっと控えている。しかも、何も聞いていないようでいて、実は耳を澄まして女房たちのことばを聞いている。女房たちは、聞かれているという自覚がないままに、言いにくい（聞きにくい）ことも平気でしゃべってしまう。そうしたおしゃべりを、僧はいったいどのように思い、考えながら聞いているか……夜居の僧にふと気づいた瞬間の緊張感と、しかしどうしようもないという諦観とが、「はづかし」や「あぢきなし」、あるいは「おどろく」といった語から読み取れる。

愛玩される猫にも同じように〝聞く耳〟があるとすれば、夜居の僧に通底する存在感を有することになろう。いや、聞いたことを人に語る〝ことば〟を持たない猫だからこそ、夜居の僧以上に純粋に〝聞くこと〟の問題系を浮上させる。「翁丸」もまた〝ことば〟そのものは持たなかったものの、「涙をただ落しに落」したり「いみじう鳴く」ことで〝ことば〟にかわる表現行為（あるいは言語行為の代理的機能）をなしえた。ところが、「命婦のおとど」は鳴くこともなかった。『枕草子』における猫は、鳴かない。そうした〝鳴かない猫〟は、いつも主の身近にいて、気づくとそっと聞き耳を立てているような存在、しかし何をどのように聞いたのかを確認するすべもなく、だからこそ余計に「いったい、何を聞いたのか、そして聞いてどのように思ったのか」と、その内面を忖度したくなるような存在の表象なのではなかったか。

そもそも、身体に穿たれた穴は、何かを外から内へと取り込み、そして内から外へと吐き出す。たとえば、目は視覚情報を取り入れるだけでなく、涙を流し出す（「目は口ほどに物を言う」とすれば、〝ことば〟の代用物らしきものも表出する）。鼻は嗅覚情報を嗅ぎ取り、空気を吸い込むと同時に吐き出し、さらにくしゃみを引き起こし、鼻水を垂らし出す。肌は触覚情報を得ると同時に、汗を滲み出させる。口は、鼻と連動しつつ通常の空気の吸入と排出をするほかに、あくびをしたりくしゃみをしたり、あるいはため息をついたりし、さらに音声を発し、ことばを発信する。では、耳の穴はどうか。聴覚情報が入力されるのに対して、いったい何が出力されるのか。（「耳立つ」動物は別としても、少なくとも人間の）耳には、口や目のような表現機能は認めにくく、[32]つまり外から内という一方向的な〝穴〟のように思われ、それゆえにさまざまなものが蓄積され、停留し、さらには醸成されているかもしれない「耳の中」への関心を強く促されるのではないか。鳴かない「猫」の「耳の中」の「むつかし」さとは、そうした興味と関連することがらとして読み解くことができる。[33]

ところで、第一二〇段や第一二九段においては、清少納言はほかの女房たちとは一線を画し、むしろ夜居の僧に通じるような立場に身をおいた発言をしている。しかし、『枕草子』全体を見渡せば、そうした位置づけは必ずしも妥当ではない。ときに同僚の女房たちとともに、いや彼女たち以上に積極的におしゃべりや〈うわさ〉に興じる清少納言の姿が散見されるからである（この点については次節参照）。おそらく、夜居の僧と女房とを対立的に捉えること自体に無理があるのであろう。女房もまた、夜居の僧のような存在であると見極めるとき、「命婦のおとど」という女房名を与えられた「上に候ふ御猫」が女房の比喩であり象徴であるように、「猫の耳」とは女房の耳の喩であり、清少納言の耳の喩でもあるという理解が拓かれる。[34]御前近くに祇候する女房たちが、そこに集まってくるさまざまな音声や情報を耳にし、「ここかしこに群れゐつつ、物語うちし」（第一九二段「心にくきもの」）という風景は、きわめて日常的なものであったことだろう。

殿上の名対面こそ、なほをかしけれ。御前に人候ふ折は、やがて問ふもをかし。足音どもして、くづれ出づるを、上の御局の東面にて、耳をとなへて聞くに、知る人の名のあるは、ふと例の胸つぶるらんかし。また、ありともよく聞かせぬ人など、この折に聞きつけたるは、いかが思ふらん。「名のりよし」「あし」「聞きにくし」など定むるもをかし。

（第五三段「殿上の名対面こそ」）

「殿上の名対面」での男たちの名や声を、御簾の内から「耳をとなへて聞く」女房たちは、彼らの「名のり」を品定めして盛り上がりもする。「耳」に入力された音声情報は、それぞれの「耳の中」のさまざまな思惑（その例として、「知る人の名のあるは、ふと例の胸つぶるらんかし」とか、「ありともよく聞かせぬ人など、この折に聞きつけたるは、いかが思ふらん」といった推測がある）と絡み合い、処理された上で、解釈された意味情報として出力される。そして、それらが女房同士の間で相互に交換されつつ、その場の話題として語られ、〈うわさ〉として伝播していく。〈うわさ〉は、情報として聞かれ、解釈され、語られ、さらに伝播する。〈うわさ〉の自己増殖とも言える現象である。女房は主人に仕える影のような存在でありながら、情報の結節点であり、転轍機なのでもあって、その「耳」が何を聞き取り、そして「耳の中」でどのように処理され、何が発信されるかによって、大きな作用・効果を発揮しうる存在でもあるのだ。

物羨みし、身の上嘆き、人の上いひ、露塵のこともゆかしがり、聞かまほしうして、言ひ知らせぬをば怨じ、そしり、また、わづかに聞き得たることをば、わがもとより知りたることのやうに、異人にも語りしらぶるも、いとにくし。

（第二五段「にくきもの」）

と述べる一方で、

人の上いふを腹立つ人こそ、いとわりなけれ。いかでかはいはではあらん。わが身をばさしおきて、さばかりもどかしく、言はまほしきものやはある。

（第二五五段「人の上いふを腹立つ人こそ」）

と言って憚らない『枕草子』は、「猫の耳の中」に蠢く「むつかしげなるもの」の正体を、そこに明かしているのではなかったか。

五　清少納言の耳

さて、前節の末尾に引用した二つの章段は、一見したところ、「人の上」を「聞かまほしう」「言はまほしき」ことについて矛盾した主張をしていないだろうか。そのことを考えるために、参照点として別の章段を見てみよう。

宮仕する人々の、出で集りて、おのが君々の御事めで聞え、宮の内、殿ばらの事ども、かたみに語り合せたるを、その家主人にて聞くこそ、をかしけれ。

（第二八八段「宮仕する人々の、出で集りて」）

女房たちとのありうべき交流のかたちを述べるこの一節で、「家主人」として「かたみに語り合せたる」ことを「聞く」立場に立つのを「をかし」とする清少納言が、ここにはいる。[35]「聞く」立場とは、つまり〈うわさ〉する場の中心ということである。

〈うわさ〉する場の中心、〈うわさ〉の集積点にいるということは、それらを吸収し交渉させつつ、さらに〈うわさ〉を発信する地点に立つことと同義である。逆に言えば、みずから〈うわさ〉したいという欲望が、〈うわさ〉を聞く立場を求めるのである。同時に、〈うわさ〉を聞く立場に立つことは、みずからの〈うわさ〉を封じる効果も持つ。「聞き居たりけるを知らで、人のうへ言ひたる」ことは「かたはらいたきもの」（第九二段）であり、「おのづから、人の上などうち言ひそしりたるに、幼き子どもの聞きとりて、その人のあるに、言ひ出でたる」ことは「はしたなきもの」(第一二三段)である以上、人は本人を前にその「人の上」を〈うわさ〉することを避けようとするに違いないし、本人も自身の〈うわさ〉を聞かされるのは不快であろう。とすれば、〈うわさ〉する場にいれば、(少なくともその場では)みずからの〈うわさ〉が語られることを封殺し、他人の〈うわさ〉に興じることができるだろう。〈うわさ〉は悪評である場合が多く、[36]それゆえに蜜の味がする。ミダス王の耳が「驢馬の耳」であることを知った理髪師が苦しんだのは、王の耳が「鈍感な耳」の象徴たる「ぶざまな耳」であることを人に語れば、王の悪評となることは分かっていながらも、話したくてしかたなかったからであり、しかしそれでも王に憚って他言できなかったからである。[37]「わが身をばさしおきて」(第二五五段)〈うわさ〉するというのは、つまるところ「わが身」を〈うわさ〉の場に確保し、「主人」のようにふるまうことで可能になるのだ(とはいえ、それが〈うわさ〉を完全には封じえないことは、結局は「王様の耳は驢馬の耳」という〝風の噂〟が広がってしまったエピソードが雄弁に物語る)。したがって、第二五五段とこの第二八八段は連続した欲望を語っていることになる。

他方、第二五段は〈うわさ〉したがる人のおぞましい側面が強調されている。「人の上」のことは何でも聞きたがり、ちょっとでも聞き知ったことは自分自身のことばとして他人に語りたがる。〈うわさ〉の伝播の主体でありたい、という欲望である。そのような欲望を他者が持つとすれば、その人は〈うわさ〉の「主人」でありたい清少納言にとって不快な存在以外ではない。それには、二つの側面がある。一つは、自分が「主人」であることを阻害する要因になるという点での不快感であり、もう一つは、それが戯画化された自分の欲望、第二五五段や第二八八段の背後に潜む欲望、みずからは認めたくないような「にくき」欲望のあからさまな似姿、鏡像であるという点での不快感である。だとすれば、第二五段と第二五五段の間に根本的な矛盾はないと理解できる。みずからの〈うわさ〉を巧妙に操作しつつ、「主人」として〈うわさ〉を聞く立場を確保したいという清少納言の欲望そのものは、決して他の女房たちと別物なのではあるまい。

では、清少納言の「耳」は何を聞き取るのであろうか。

朝座の講師清範、高座の上も光り満ちたる心地して、いみじうぞあるや。暑さのわびしきに添へて、しさしたる事の、今日過ぐすまじきをうちおきて、ただ少し聞きて帰りなんとしつるに、しきなみにつどひたる車なれば、出づべき方もなし。朝講果てねば、なほいかで出でなんと、上なる車どもに消息すれば、近く立たむがうれしさにや、早々と引き出であけて出だすを、見給ひて、いとかしがましきまで、老上達部さへ笑ひにくむをも聞き入れず、答へもせで、強ひて狭がり出れば、権中納言の、「やや。罷ぬるもよし」とて、うちゑみ給へるぞめでたき。それも耳にもとまらず、暑きにまどはし出でて、人して、「五千人のうちには入らせ給はぬやうあらじ」と聞えかけて、帰りにき。

（第三二段「小白河といふ所は」）

小白河殿で行われた法華八講に出かけた清少納言は、「朝座の講師清範」のすばらしさに感嘆しつつも、暑さと残してきた用事のために中座すべく、ぎっしり並んだ牛車の列から抜け出ようとする。その様子を見た「老上達部」までもが「いとかしがましきまで」に「笑ひにくむ」のだが、それを無視して出ていこうとするときに、「権中納言」藤原義懐が「やや。罷ぬるもよし」と声をかけてくる。しかし、「それも耳にもとまらず」帰ったという。義懐のことばは法華八講の場にふさわしく、『法華経』方便品の一節をふまえた、気の利いたものであり、それに対する「五千人のうちには入らせ給はぬやうあらじ」という清少納言のことばも同じ一節を利用して切り返してみせている。ここには、いわゆる「自賛譚」における、漢詩文の知識を背景とした男性貴族と清少納言との知的で洗練された言語遊戯の構図が透かし見える。そうした中で、義懐のことばが「耳にもとまらず」というのは、聞かなかったことも、聞こえなかったことも意味していないことは明らかだ。聞いた（聞こえた）からこそ、ことばの応酬が成立したはずだからである。だとすれば、この「耳にもとまらず」という表現は何を意味するのか、考えてみる必要がある。

「暑きにまどはし出でて」とあるように、あまりの暑さに耐えられなかった清少納言は、この章段の主人公とも言うべき「めでたき」義懐のことばにさえもまともに応える肉体的・精神的余裕をもたないまま、急いで退出しようとしていた。文脈上、「耳にもとまらず」はそうした姿を象っている。つまり、ここでの「耳」とは単なる聴覚器官を指すのではなく、「身」や「心」を象徴するような身体なのである。しかも、「耳にとまる」が〝記憶〟の問題に関わる表現であるとすれば[38]、実際に記憶されなかったかどうかとは別に[39]、義懐の声とことばは記憶として蓄積され体内化されることなく[40]、つまり「耳の中」にまでいたることなく表層に漂い、それに（脊髄）反射的に当意即妙に応答してみせた清少納言像が、結果として強調されているのではないか。「耳にもとまらず」は、直前の「聞き入れず（、答へもせで）」という表現と呼応しているが、さらにそれよりも一層強いニュアンスを読み取るべきであろう。それは、『枕草子』における〝即座に見事に応答する（切り返す）清少納言〟の造型の鍵とも言える表現なのである。

そして、それとの対応において、（「耳にとまらず」ではなく）「耳とまる」もまた重要な表現として注意されてくることだろう[41]。

心にくきもの。物隔てて聞くに、女房とはおぼえぬ手の、忍びやかにをかしげに聞えたるに、答へ若やかにして、うちそよめきて参るけはひ。物の後、障子など隔てて聞くに、御膳まゐるほどにや、箸、匙など取りまぜて鳴りたる、をかし。提の柄の倒れ伏すも、耳こそとまれ。

（第一九二段「心にくきもの」）

『枕草子』における「物隔てて聞く」こと、そして聞こえてくる音・声への関心の強さに関しては、先学の指摘するとおりである。[42] そうしたものに／が「耳とまる」清少納言像は、彼女の聴覚的繊細さや想像力の豊かさを存分に印象づけることに成功している。だが、そのこと自体は「耳とまる」という表現によってしか達成できない質のものでもあるまい。「耳とまる」は、「耳（に）とまらず」という表現との関係性において、固有の意味を持ちうる。[43] つまり、「耳とまる」清少納言≠〝即座に見事に応答する（切り返す）登場人物としての清少納言〟、という差異性こそが何よりも重要なのであり、つまり〝「耳の中」に沈澱させ記憶する表現主体としての清少納言〟という造型を見逃すべきではないのだ。そして、そこに感知される「むつかし」さこそが、一方で徹底して表層にこだわりる『枕草子』が、他方でそれと対照的に（そして、対応するように）深層に暗くて重たい歴史の証言を抱え込むテクストとしても読み解かれることを保証し、あるいはそう読むように誘惑しているのではなかったか。「むつかしげ」な「耳の中」に蠢くものは何か、という問いかけとともに。

では、いったいそこに何があるのか。本当に、歴史の証言など潜んでいるのか——その答えは、もっぱら読者の読みに委ねられている。清少納言の「耳」が直接それに答えることはない。「ようだての森といふが、耳とまるこそあやしけれ」（第一九六段「森は」[44]）と、「耳とまる」ことは述べても、それがなぜなのかを明示せず、「あやしけれ」とみずから訝ってみせるにとどめるのが、『枕草子』というテクストなのである。「森などいふべくもあらず、ただ一木あるを、何事につけけむ」というコメントが、その「耳とまる」理由の一端を明かしているようでありながら、その接続の唐突さが、かえって「あやし」さを強めてさえいる。[45] その「あやし」さを、清少納言の「耳の中」に「とまる」何かによって解読するのは、清少納言ではなく読者である。

たとえば、私の読みは次のようになる——木が一本でも「森」と呼ぶのはなぜかという疑問が「耳とまる」理由だと考えるならば、その問いかけに内在する「そもそも森とは何か」「いったい名とは何か」、さらに「〝ことばの森《テクスト》〟とは何か」「ことばとは何か」[46]といった根源的なアポリアを、その「耳の中」に読み取りうるであろう。しかもそれに直接答えることなく、そうした内在的アポリアによって脱構築される／するテクストであることを、自己言及的に（耳伝＝自伝的に）物語っているのが『枕草子』なのだ。[47]ここにいたって、〝記憶の脱構築〟という視座も手繰り寄せられるかもしれない。あるいは、清少納言の「耳の中」に蠢く〈うわさ〉の主人でありたい」という欲望もまた、〝脱構築〟される運命から免れえないことだろう。

猫の耳は清少納言の耳。「猫の耳の中」の「むつかし」さとは、『枕草子』というテクストのそれの謂いではなかったか。

（1）『枕草子』の本文引用と章段番号は、増田繁夫校注『枕草子』（和泉書院、一九八七年）による。

（2）斉信は八章段、行成は五章段で、一条天皇や藤原家隆・伊周といった清少納言の主家筋の男性を除けば、最も登場回数が多い。なお、源経房も跋文を含めて五章段に登場する。これらの男性が、藤原道長との関係において興味深い遠近法を形成している。経房は道長の猶子であり、斉信は道長に重用され、彰子の中宮大夫もつとめた。一方で、行成は道長との間に距離感を保ちつつ、万寿四年（一〇二七）一二月四日、道長と同じ日に死去した。この偶然の一致は、道長と距離をとりつつも伴走するほかない行成の人生を象徴的に形象する。『枕草子』では、「行成は気のおけない存在、反対に斉信は気のおける存在」（山中裕編「一条朝紳士淑女録――『枕草子』『紫式部日記』に現れる人々」『国文学』三三―五、一九八八年四月、「藤原斉信」の項〈福長進〉）として描かれている。

（3）ことさらこの章段を取り上げるのは、それが清少納言と藤原行成との交友を「概略」し、「集約」した章段だと考えられるからである。枕草子研究会編『枕草子大事典』（勉誠出版、二〇〇一年）の「主要章段解説」の当該項目（津島知明）参照。

（4）このエピソードが実際の出来事であり、「それは誰そ」と問いかけた時点では清少納言は〝本当に〟誰なのか分からなかったのだとしても、『枕草子』というテクストにおいてこの人物は問いかけ以前に、すでに「頭の弁」として指名されていることが重要なのである。なお、古瀬雅義「『枕草子』「寝起きの顔」章段の構成——日記的章段造形の一手法としての再構成」（『国語国文論集』二九、一九九九年一月）は、「さし出づ」という表現に注目して、「当該場面で「さし」という強意の接頭語を生かした解釈をすると、清少納言は、誰かと長く立話をしている相手が行成と知った上で、関心を持ってわざわざ出ていったことになろう」と述べている。

(5) 第五段「大進生昌が家に」において、清少納言は生昌だと分かっていながら「あれは誰そ」ととぼけてみせた上で、彼とのやりとりを繰り広げており、第四六段と共通性がある。もちろん、生昌は行成とは対照的な存在感を示してはいるのだが。注(35)も参照。

(6) この第四六段を含めて、約四〇章段に「顔」表現が見える。なお、安藤徹「『紫式部日記』の耳伝——応答する耳、呼びかける顔」（『国文学』五一—八、二〇〇六年七月）参照。

(7) 萩谷朴『枕草子解環 一』（同朋舎出版、一九八一年）参照。

(8) イーディス・サラ「『枕草子』の眼差しの詩学——「目合ひ」の戯れと喜び」（関根英二編『うたの響き・ものがたりの欲望——アメリカから読む日本文学』森話社、一九九六年）など参照。

(9) 『枕草子』には計二二例の「耳」表現があるが、視覚的に捉えられる身体器官としての耳を直接に指す例は基本的にない。例外と言えるのが、次節で取り上げる「猫の耳」である。

(10) 「耳はさみ」については、安藤徹「『源氏物語』の耳伝——女の耳」（『国文学論叢』四八、二〇〇三年三月）、同「雲居雁三態」（『源氏研究』一〇、二〇〇五年四月）参照。

(11) 林和比古「章段の連関」（『枕草子の研究 増補版』右文書院、一九七九年）、半沢トシ「枕草子段構成試論」（『（東京女子大学）日本文学』二六、一九六六年三月↓日本文学研究資料刊行会編『日本文学研究資料叢書 枕草子』有精堂出版、一九七〇年）、島田良二「枕草子の構成」（有精堂編集部編『枕草子講座 第二巻 枕草子とその鑑賞I』有精堂出版、一九七五年）、萩谷朴「解説 清少納言枕草子——人と作品」（『新潮日本古典集成 枕草子 上』新潮社、一九七七年）、鈴木日出男「枕草子の言葉」（『国文学』四一—一、一九九六年一月）など参照。こうした〝連想〟という捉え方に対する抜本的な問い直しを訴えるのが、津島知明「「連想」をめぐる問題——「なまめかしきもの」を中心に」（『動態としての枕草子』おうふう、二〇〇五年）である。葛綿正一「来るべき枕草子研究のために――機械の詩学」(『物語研究会会報』三三、二〇〇三年三月)も、「枕草子を主観的な連想の文学とする考え方は正しくないと思う。枕草子における言葉の運動は決まって主観的な連想を裏切ってしまうからである」と述べる。

(12) 新潮日本古典集成の頭注。なお、注(7)萩谷前掲書は、第四五段に関する「論説」で、「第四十三段の「きよげなるをのこ」から第四十四段の「顔愛敬づきたらむ」殿司の女孺へ、そして再び男性の従者たる随身へと随想は戻るが、更に随身もなく下襲の裾も短くて、人物の有能さに比べて見栄えのしない弁官から、やはり才能・人格共にすぐれた弁官でありながら、若い女房の間では一向に評判のパッとしない行成との心交を回想する第四十六段に移る」と解説する。

(13) これらの章段をすべて〝類聚章段〟と分類できるかどうかは、議論の余地がある。大曾根章介他編『研究資料日本古典文学　第八巻　随筆文学』(明治書院、一九八三年)の『枕草子』の項目(〈内容〉のうちの〔随想的章段〕)参照。

(14) 『うつほ物語』の本文引用は室城秀之校注『うつほ物語　全　改訂版』(おうふう、二〇〇一年)により、引用本文末に(頁)を示す。

(15) 『狭衣物語』の本文引用は新編日本古典文学全集(小学館)により、引用本文末に(頁)を示す。

(16) 『今昔物語集』では動物の「耳」の例を複数確認できるが、それでもなお限定的である。

(17) 『うつほ物語』は「耳(ヲ)立つ」という下二段活用(他動詞)の例であるのに対して、『狭衣物語』は「耳(ガ)立つ」という四段活用(自動詞)の例であるが、ここでは特に区別せず、「耳」という身体と「立つ」という動作との関連に注目しておきたい。また、『うつほ物語』は正確には「耳振り立つ」の用例である以上、「耳立つ」とまったく同じではないこと、言うまでもない。たとえば、人のことば・声に感応する神の「耳」が「振り立つ」例を、『紫式部日記』(およびその引用としての『栄花物語』「はつはな」)に確認できる。注(10)安藤前掲論文参照。

(18) 『枕草子』における「耳を傾く」は第八六段「宮の五節出ださせ給ふに」と第二六〇段「大蔵卿ばかり」に各一例、「耳をとなふ」は第五三段「殿上の名対面こそ」に一例ある。

(19) ちなみに、平安朝のかな散文テクストにおける「耳立つ」の用例(四段・下二段)は少なく、『狭衣物語』の四例、『源氏物語』の三例以外には、『和泉式部日記』『讃岐典侍日記』『とりかへばや』に各一例確認できる程度である。したがって、『枕草子』に二例あるということは充分に注意してよい現象である。

(20)「動物」の耳が特に疎外されているということではなく、動物にかぎらず「耳」そのものがそうした傾向を持つという意味であり、動物の耳はその代表的な例なのである。

(21) 渡辺実「枕草子心状語要覧」（『新日本古典文学大系25　枕草子』岩波書店、一九九一年）。

(22) 新日本古典文学大系の脚注。

(23) たとえば、今井源衛「清少納言の美意識と体験」（『国文学』一〇—九、一九六五年七月）は、「「むつかしきもの、猫の耳」（引用原文のママ：安藤注）などは、猫が生きているかぎり名言として生き永らえるだろう」と評する。

(24) たとえば、萩谷朴『枕草子解環　三』（同朋舎出版、一九八二年）は、「鼠の子、猫の耳、好奇心旺盛な清少納言の幼少の頃の観察であろう」と推測する。

(25) 榊原邦彦編『枕草子　本文及び総索引』（和泉書院、一九九四年）によれば一五例だが、そのうちの二例は三巻本の一類本系には見えない。ここではとりあえず除外して考える。

(26) 向井結花「『源氏物語』における「むつかし」について」（『高知女子大国文』一九、一九八三年七月）は、「むつかし」を「主体が、当面関わらずにはいられない対象に対しながら、その対処あるいは処理が、その場の分別や能力では行いきれず、それに伴っておこる一種の不快の情を表現したもの」とする。また、秋山虔、渡辺実編『三省堂　詳説古語辞典』（三省堂）は、「むつかし」を「「うたてし」と同じく、不快な感じを表す。だが、何が不快というのでなく、何となくいやな気分の時や、相手が悪いわけではないのに自分の思い通りにならない時など、不快の基準に自己中心的な傾向がある。もちろん「うたてし」も、自己が不快と感ずるのだが、もとははなはだしい程度を表す副詞「うたて」からきており、対象のひどさが本人以外にもはっきり分かることが多い」と解説する（「むつかし」の項の「古語深耕」の欄）。

(27) 第二七七段「成信の中将は」では、「雨」を「むつかし」としているが、そこでも「世の中」意識の文脈が強く作用している。自然現象である「雨」を生理的に嫌っているというのではなく、世間から「ほめられ」ようとして、「雨」の風情をわざとらしく利用する男の、見え透いた思惑に、やはり配慮をめぐる「むつかし」さを感じ取っているのである。また、第一三八段「殿などのおはしまさで後」で中宮が語る「謎々合せ」の逸話に見える「むつかし」も、同様に解釈できる。『枕草子』における「むつかし」で、人事に直接関わらず、「世の中」との関係を想定しがたいものは、第六四段「草の花は」の、「龍胆は、枝さしなどもむつかしけれど、異花どものみな霜枯れたるに、いと花やかなる色あひにてさし出でたる、いとをかし」という例だけとなる。

(28) 注(24)萩谷前掲書も、「全体として、客観的な事物の観察から、だんだんと、人情の機微の主観的な描写、視覚的なものから心情的なものへと移ってゆく」点に、この章段の特徴を認めている。一方、三田村雅子「〈モノ〉の裂目――「〜もの」章段の位相」(『枕草子 表現の論理』有精堂出版、一九九五年)は、「〜げなり」という表現に着目しつつ、後半部が前半部と並べて置かれることで、「軽やかな笑いに転化されている」と見る。「むつかしげなるもの」で始まり、「むつかしかるべし」で終わるこの章段は、「むつかしげなり」から「むつかし」への連続性とズレとをどのように捉えるかによって、大きく読みが異なってくる。

(29) 新日本古典文学大系の脚注では、「長患いで支出もかさむし」といった思いも想定している。

(30) 「猫」については、宮崎莊平「王朝文学のなかの猫」(『王朝女流日記文学の形象』おうふう、二〇〇三年)、鈴木日出男「猫(ねこ)」(『国文学』三九―一二、一九九四年一〇月)、秋山虔編『王朝語辞典』(東京大学出版会、二〇〇〇年)の「ねこ(猫)」の項(島内景二)など参照。

(31) 逆に、そのように意識されないがゆえに、内密の話をこっそりと貴人に語ることもできるし、あるいは貴人が密かに相談する相手ともなりうる(もちろん、それは信頼の証でもあるのだが)。『源氏物語』では、冷泉帝に出生の秘密を語る夜居の僧都、明石中宮に浮舟生存の情報を語る横川の僧都などがそうである。神野志隆光「源氏物語における「世語り」の場をめぐって」(日本文学研究資料刊行会編『日本文学研究資料叢書　源氏物語Ⅳ』有精堂出版、一九八二年)参照。

(32) 嘘をつくと鼻の穴が大きくなるという人もいるらしいし、緊張すれば肌から汗が出るのだから、鼻も肌にも一定の表現機能があると言ってもよい。そして、耳を真っ赤にする人や、ピクピクと動かせる人もいる以上、耳にも鼻程度の表現機能があると言えなくもない。だが、特に平安朝貴族社会の女たちの耳は、長い髪の下に隠れていることが常態であり(だからこそ、耳があらわになった「耳はさみ」は特異な姿としてマークされる)、見た目の表現機能はやはり容易には想定しがたい。

(33) こうした読みは、忠住佳織氏のご教示によるところが大きい。忠住氏によれば、御簾の内で飼われる「猫の耳」の「中」は、宮中の女房たちの(人には聞かれたくないような、あるいは外聞の悪い)会話や〈うわさ〉が集積する〝場〟として想像されるがゆえに「むつかしげなるもの」なのではないか、という。

(34) 三田村雅子「〈意味〉の解体――「成信の中将は」段の位置」（注(28)前掲書所収）も、「盗人・夜居の僧は、異次元の存在として捉えられているのではなく、女房という存在の持つ、うさんくささの相似形・鏡像としてある」と指摘する。

(35) ちなみに、『枕草子』における「家主人」の用例は、他に第五段「大進生昌が家に」における生昌の呼称に見えるのみで、生昌と清少納言との根源的同質性を考える上で見逃せない現象である。

(36) 〈うわさ〉については、安藤徹『源氏物語と物語社会』（森話社、二〇〇六年）参照。

(37) オウィディウス『変身物語(下)』（中村善也訳、岩波文庫、一九八四年）の巻一一参照。

(38) 安藤徹「光源氏の耳伝――帚木三帖、性差と記憶」（上原作和編『人物で読む『源氏物語』第二巻　光源氏Ⅰ』勉誠出版、二〇〇五年）では、「耳につく」が記憶に関わる表現であること、および「耳とどむ」も記憶の文脈に節合することを指摘する。「とどむ」が「残留」の意であるのに対して、「とまる」は「それまで続いて進行していた動きがやむ。またそのような動きをやめる」意だとされるが、「のち、両者の区別が曖昧となり、写本間において「とまる」「とどまる」の両語が相互に交換されている場合が多く見られる」（『角川古語大辞典』の「とまる」の項）とされる。なお、『枕草子』にも第八六段「宮の五節出ださせ給ふに」に「耳とどむ」の用例が一例見える。

(39) 現実的な可能性としては、①記憶されなければこの章段は書きえなかっただろうから、実際には記憶に残っていたが、表現としてはこのように書かれた、②このような記憶はなく、テクストとして創造的に書きなされた、ということが考えられる。だが、どちらかを正解と判断する手がかりは『枕草子』自体にはない。重要なのは、そうした判断なのではなく、書かれたテクストとしてどのような意味が生成しているかを読み取る（読み込む）ことであろう。

(40) 「耳」である以上、あくまでも音声情報が問題となる。このときの義懐の姿の印象深さは章段全体を通して充分に看取される。

(41) 「耳とまる」は、「耳ガとまる」「耳ニとまる」両様での解釈が可能であるが、「が」に比べて「に」の方が省略されにくいとすれば、「耳ガとまる」意に解しておくのが穏当か。とはいえ、「が」が明示されないところに、「に」のニュアンスを読み込む可能性が温存される。「耳にとまる」と「耳がとまる」は、「耳」で聞いたという点では同じであるが、表現としては厳密には別のことがらを表わしていると見なければなるまい。その違いをやや強調して言えば、「耳がとまる」では「耳」を主体として立ち上げ、対象である音声情報へと引きつけられ、結果としてそれを耳の内部に記憶として停留させるとすれば、「耳にとまる」では逆に音声情報自体を主体格として取り扱い、それが受容器官である「耳」へと侵入（滲入）し、そこに蓄積され記憶化される。その差異をどう価値づけるかは、今後の課題である。ここでは、「耳とまる」は「に」も「が」も明示せず、むしろ両者を含み込み、綯い交ぜにすることで、「耳」と〝記憶〟との関連性を一層強く訴える表現として、積極的に位置づけておきたい。

(42) 田中清文「平安朝の音(一)──「枕草子」の聴覚表現について」(『ちくご』一一、一九七六年二月)、沢田正子「枕草子の音」(『枕草子の美意識』笠間書院、一九八五年)、茂手木潔子「『枕草子』の記述に表わされた日本人の〈音〉への姿勢」(『上越教育大学研究紀要』六―二、一九八七年三月)、中川真「聴きとられる空間──『枕草子』の音風景」(『増補 平安京 音の宇宙──サウンドスケープへの旅』平凡社ライブラリー、二〇〇四年)、松井聡子「『枕草子』の音風景──音への興味と音による想像」(『文化論輯』六、一九九六年七月)、大洋和俊「枕草子・その音と声の風景」(『静岡英和女学院短期大学紀要』三四、二〇〇二年二月)、李暁梅「『枕草子』における音・声の研究──「忍びやか（に・なる）」をめぐって」(『広島女学院大学大学院言語文化論叢』五、二〇〇二年三月)、半﨑喜子「『枕草子』の研究──清少納言の感覚と時間」(『日本文学ノート』三八、二〇〇三年七月)など。

(43) 正確には、「耳とどむ」や「耳馴る」、さらには「目とまる」といった表現との関係性も視野に入れる必要があろうが、ここでは「耳（に）とまらず」との対比から浮かび上がる問題に絞って考える。

(44) 第一〇八段も「森は」という章段で、取り上げられている森のいくつかは重複するが、「耳とまる」云々は第一九六段のみに見える。

(45) 新日本古典文学大系の脚注は、「ようだての森」と「「耳とまるこそあやしけれ」との関係は判明でない」としつつ、「直前の「たちぎき」を承けて、言葉あそびをしているのかもしれない」と述べている。そうだとしても、続く「森などいふべくもあらず」云々は、「ようだて」という名への関心を述べているわけではなく、木が「一本」しかないのになぜ「森」と呼ぶのか、という疑問を提示しているのであって、それ以前とは位相が明らかに異なる。

(46) 森の名とは固有名詞の一例であるが、この固有名詞は〈言語〉を考える上での躓きの石である。安藤徹「光源氏の〈名〉」(注(36)前掲書所収) 参照。

(47) あらゆるテクストは自己言及的であるが、『枕草子』は特に自己言及的なテクストではないだろうか。深沢徹『自己言及テキストの系譜学──平安文学をめぐる7つの断章』(森話社、二〇〇二年) も参照。

『枕草子』格子考

東　望歩

一　格子と蔀

格子はいかなる性質を持ち、作品内でどのような役割や機能を果たすものであるのか。平安朝の文学作品全体を視野に入れつつ、『枕草子』の用例を軸に考察してゆく。

格子を考察するにあたって大きな問題のひとつは、格子と蔀・半蔀（以後、本稿では併せて「蔀」と記す）の違いである。そこで、まず考察の立脚点として、格子と近似の建具である蔀を置き、その相違について検討することから格子の輪郭をクリアにしていきたい。

この二つは違うものなのか、それとも「格子」はその作り方からの名であり、「蔀」はその機能からの名であって、結局同じものの別名(1)なのか。格子と蔀の相違については諸説あって、その相違は未だ明確にはされておらず、「格子といって蔀をさすこともある」という説明がなされることも多い。

その相違を問題とする場合には、蔀を「格子の桟の裏側に板を張った建具で、格子と使い方は同じ(2)」とするものと「蔀の上等なものを格子としている(3)」もの、おおよそ二つの立場に分類できる。だが、建物外部に付く建具に必要とされる雨風を防ぐなどの用途を考えれば、どちらにも板もしくは紙が張ってあると考えるのが自然である。

○格子の壺などに、木の葉をことさらにしたらむやうに、こまごまと吹き入れたるこそ、荒れかりつる風のしわざとはおぼえね。
（一八九段　野分のまたの日こそ／三二八頁）

野分の去った朝、格子の小間ひとつひとつに吹き入れられた木の葉に、吹き荒れた野分の荒々しさの中にかすかに残る繊細さを捉える一文である。仕切りの間に吹き込まれた木の葉が部屋に入らず格子のところに留まっている様を描写するこの用例は、格子が桟のみではなく、板もしくは紙が張られていることを具体的な形で示すものといえるだろう。

しかし、もうひとつの「蔀の上等なものが格子」、すなわち粗末なものが蔀、上等なものが格子という使い分けはどうだろうか。左は、各作品の格子および蔀の用例数を表にまとめたものである(4)。

作品名	格子	蔀（含半蔀・小蔀）	作品名	格子	蔀（含半蔀・小蔀）	作品名	格子	蔀（含半蔀・小蔀）
竹取物語	1	—	蜻蛉日記	11	2	更級日記	—	2
大和物語	1	1	和泉式部日記	2	—	夜の寝覚	21	—
平中物語	—	3	枕草子	17	3（5）	堤中納言物語	1	—（1）
落窪物語	10	—	紫式部日記	2	—	狭衣物語	12	1（2）
宇津保物語	15	6	栄花物語	6	2（3）	小右記	13	2
源氏物語	47	4（7）	大鏡	7	—（1）	御堂関白記	2	3

蔀の用例を中心に、その用法を検討していくと、まず、『宇津保物語』では、荒れ果てた俊蔭邸、天下の吝嗇家である三春高基邸、そして隠棲中の実忠邸の様子を描写する場合にのみ確認できる。

○舞人、陪従、いかめしう、御前数知らず過ぎたまふを見るとて、毀れたる蔀のもとに立ち寄りて見るに、

（「俊蔭」①五〇頁／俊蔭女、賀茂詣途中の若小君を垣間見る）

○住みたまふ屋は、三間の茅屋、片しはつれ、編みたれ蔀。めぐりは檜垣。長屋一つ、侍、小舎人所、てう店、酒殿。殿の方は、蔀まで畑作れり。殿の人、上下、鋤、鍬を取りて畑を作る。おとどみづから作らぬばかりなり。かかるをある人、「御蔀のもとまで畑作られ、御前近き対にて、かくせしめられたること、あるまじきことなり。この御蔵一つを開きて、清らなる殿かい造らせたまへ。財には主避く、となむ申すなる。天の下、そしり申すことはべるなり。」と申す。

（「藤原君」①一六六～一六七頁／三春高基邸の様子）

○ここは、七条殿。四面に蔵立てり。寝殿は、端はつれたる小さき茅屋、編みたれ蔀一間上げて、葦簾かけたり。

（「藤原君」①一七〇頁／三春高基邸の様子〔絵解〕）

○簀子もなき、蔀にかかれりける所なれば、そこにてもの越しにてのたまふ。

（「国譲上」③六四頁／隠棲中の実忠、藤壺の使者と対面する）

『源氏物語』七例(5)も、すでに指摘があるように、夕顔の家と宇治の八宮邸のみに集中して表れており(6)、ほかの場所で蔀が用いられることはない。

○檜垣といふもの新しうして、上は半蔀四五間ばかり上げわたして、簾などもいと白う涼しげなるに、をかしき額つきの透影あまた見えてのぞく。

（「夕顔」①一三五頁／夕顔の家の様子）

○半蔀は下ろしてけり。

（「夕顔」①一四二頁／六条邸へ向かう途に夕顔の家の前を通る）

○今日もこの蔀の前渡りしたまふ。（「夕顔」①一四二頁／翌朝、再び夕顔の家の前を通る）

○人にいみじく隠れ忍ぶる気色になむ見えはべるを、つれづれなるままに、南の半蔀ある長屋に渡り来つつ、車の音すれば、若き者どものののぞきなどすべかめるに、この主とおぼしきも這ひわたる時はべべかめる（「夕顔」①一四九頁／惟光から夕顔の家について詳細な報告）

○有明の月のいとはなやかにさし出でて、水の面もさやかに澄みたるを、そなたの蔀上げさせて、見出だしたまへるに、鐘の声かすかに響きて、明けぬなりと聞こゆるほどに、（「椎本」⑤一八八頁／八宮死去）

○宵すこし過ぐるほどに、風の音荒らかにうち吹くに、はかなきさまなる蔀などはひしひしと紛るる音に、人の忍びたまへるふるまひはえ聞きつけたまはじと思ひて、やをら導き入る。（「総角」⑤二五一頁／薫、弁の手引きで寝所に忍び入る）

○風のいとはげしければ、蔀おろさせたまふに、四方の山の鏡と見ゆる汀の氷、月影にいとおもしろし。（「総角」⑤三三三頁／薫、大君の死を悼む）

しかし、大君没後、「こぼちし寝殿、こたみはいとはればれしう造りなしたり」（「東屋」⑥八四頁）と、薫によってなされた改修後は、蔀の語が消え、格子が用いられるようになる。

○やをら上りて、格子の隙あるを見つけて寄りたまふに、伊予簾はさらさらと鳴るもつつまし。新しうきよげに造りたれど、さすがに荒々しくて隙ありけるを、（「浮舟」⑥一一九頁／匂宮、宇治で浮舟らを垣間見）

○ねぶたしと思ひければいととう寝入りぬるけしきを見たまひて、またせむやうもなければ、忍びやかにこの格子を叩きたまふ。右近聞きつけて、「誰そ」と言ふ。声づくりたまへば、あてなる咳と聞き知りて、殿のおはしたるにやと思ひて起きて出でたり。（「浮舟」⑥一二三頁／匂宮、浮舟の寝所に入る）

○日高くなれば、格子など上げて、右近ぞ近くて仕うまつりける。母屋の簾はみな下ろしわたして、「物忌」など書かせてつけたり。（「浮舟」⑥一二九頁／匂宮訪問の翌朝）

このようにはっきりとした用語の切り替えは、作中における意図的な書き分けをうかがわせる証左といえるだろう。そして、改修前の蔀は「はかなきさまなる蔀」、改修後の格子は「新しうきよげに造り」と描写されていることも、先に示した基準に妥当性に与えている。ただし、その格子が続いて「さすがに荒々しくて隙ありける」とも表現されていることには注意しておきたい。

『狭衣物語』においても、蔀の語が用いられるのは、零落の姫君である飛鳥井の女君の住まいのみである。

○堀川おもて、半蔀長々として、入門のいぶせげに暑げなるなりけり。（①八〇頁／狭衣、飛鳥井の女君を訪問する）

○おはして見たまへば、思ひやりたまへるもしるく、まだ蔀も下ろさで、端にながめ臥したり。（①九七頁／狭衣、飛鳥井の女君を再訪する）

『堤中納言物語』の場合は、格子・蔀とも用例がそれぞれ一つずつと少ないため、作中の用例だけで明確な使い分けがあると判断することは難しい。ただ、次に引くように「あやしき小家」では半蔀、「貝合」末尾で貝合が行われる邸宅の描写には格子が使われており、粗末なものが蔀、上等なものが格子という区分に沿った用例であるといえるだろう。

○あやしき小家の半蔀も、葵などかざして、心地よげなり。（「ほどほどの懸想」四二三頁）

○州浜、南の高欄に置かせて、はひ入りぬ。やをら見通したまへば、ただ同じほどなる若き人ども、二十人ばかり、さうぞきて、格子あげそそくめり。（「貝合」四五三頁）

また、『平中物語』『更級日記』には、格子の用例がないために比較検討することはできないが、「西の京極、九条のほど」「飛鳥本といふわたり」「かりそめの茅屋」など、品劣る家や旅先の住居、仮屋といった場所の建具として蔀が登場しており、蔀の用法に関しては、これまでと同じ傾向を確認できる。

○門のうちのかたに、車など引き立てて、この品高き男の供なる男どもなど、あまた立てり。そのかみ、ものいはで、奥にはひ入りて、隠れ立ちて、見れば、女、蔀押し上げて、かの高き人をぞいだしける。

（『平中物語』「三十四　目に見す見す」五一八頁／女の家）

○西の京極、九条のほどにいきけり。そのあたりに、築地など崩れたるが、さすがに蔀など上げて、簾かけ渡してある人の家あり。

（『平中物語』「三十六　楢の木のならぶ門」五二二頁／九条での垣間見）

○飛鳥本といふわたりに、（中略）この北なる家にはひ入りて、さしのぞきたりければ、蔀などさし上げて、女どもあまた集りをり。

（『平中物語』「三十六　楢の木のならぶ門」五二五頁／旅先での再会）

○門出したる所は、めぐりなどもなくて、かりそめの茅屋の、蔀などもなし。

（『更級日記』二八〇頁／帰京の途、「いまたち」の仮屋）

○石山にこもりたれば、よもすがら雨ぞいみじく降る。旅居は雨いとむつかしきものと聞きて、蔀をおし上げて見れば、有明の月の谷の底さへくもりなく澄みわたり、雨と聞こえつるは、木の根より水の流るる音なり。

（『更級日記』三四七～三四八頁／石山参籠）

ここまで、『宇津保物語』『源氏物語』『狭衣物語』『堤中納言物語』『平中物語』『更級日記』における用例を検討した結果、蔀はいわゆるうらびれた家、荒れた邸などに集中的に表れており、「蔀＝粗末」「格子＝上等」といった理解に一定の妥当性があることが確認できる。

しかし、格子や蔀の形状の詳細を示した同時代資料がない以上、「粗末」「上等」といった格子と蔀を分ける指標がいかなるものであったのかを実体的に確認することはできない。また、形状、造り、材質などに具体的な違いがあったのかどうかを確認できないだけでなく、『源氏物語』において宇治邸の格子が、「新しうきよげ」「荒々しくて隙ありける」と同時に表されていることは、何をもって「粗末」「上等」とするのかという基準すらも明らかではないことを示している。だからこそ、これまでは「それ（格子・蔀）がどのような場所（家・邸）にあるのか」というところから、蔀が「いわゆるうらびれた家、荒れた邸」にのみ確認できる建具であることを確認し、そこから類推することによって蔀が格子に比べて「粗末」であり、格子は「上等」であるという判断がなされてきたのである。

しかし、これをすなわち格子と蔀の定義と即断するのは難しい。『枕草子』をはじめとした右記以外の作品では、「粗末」という基準からは大きく外れるであろう内裏において蔀の用例が散見されるからである。次節では、このような既存の基準からは逸脱する蔀の用例から、格子と蔀のあり方について改めて考察していく。

二　格子と周辺空間

○上の御局の戸を押し開けたれば（中略）戸口の前なるほそき板敷にゐたまひて、物など申したまふ。御簾の内に、女房、桜の唐衣どもくつろかにぬぎ垂れて、藤、山吹など、色々このましうて、あまた小半蔀の御簾よりも押し出でたるほど、

（「二一段　清涼殿の丑寅の隅の」四九〜五〇頁）

○うちの局、細殿いみじうをかし。かみの蔀上げたれば、風いみじう吹き入りて、夏もいみじう涼し。

（「七三段　うちの局」一二七頁）

○局は引きもやあけたまはむと、心ときめき、わづらはしければ、梅壺の東面、半蔀上げて、「ここに」と言へば、めでたくてぞ歩み出でたまへる。

（「七九段　返る年の二月二十余日」一四一頁）

○藤三位の局に、蓑虫のやうなる童の、大きなる、白き木に立て文をつけて、「これ奉らせむ」と言ひければ、「いづこよりぞ。今日明日は物忌なれば、蔀もまゐらぬぞ」とて、下は立てたる蔀より取り入れて、

（「一三一段　円融院の御果ての年」二五〇頁）

『枕草子』における蔀は五例あり、その全てが内裏中、しかも「上の御局」「細殿」「梅壺の東面」「藤三位の局」といったさまざまな場所に登場している。歴史物語である『栄花物語』『大鏡』、そして歌物語の『大和物語』においても、内裏中における蔀の用例が同様に確認できる。

○明けぬれば、所どころの御格子上げ、妻戸押しあけ、半蔀上げ開きて、あるは髪をつくろひ、顔を磨きなど騒ぎたり。

（『栄花物語』「巻第二十四わかばえ」②四四四～四四五頁）

○御輿寄せて奉るほどなど、内の御前、上の御局の蔀取りのけて御覧ず。

（『栄花物語』「巻第三十二　歌合」③二二七頁）

○中宮の女房、上の御局の蔀長々と上げ渡して、押し出でつつ居並みたる前より、東宮上らせたまふ。

（『栄花物語』「巻第三十二　歌合」③二三〇頁）

○登花殿の細殿の小蔀に押し立てられたまひて、「やや」と仰せられけれど、狭き所に雑人はいと多く払はれて、おしかけられたてまつりぬれば、とみにえ退かで、

（『大鏡』「内大臣道隆」二六三頁）

○雨の降る夜、曹司の蔀のつらに立ちたまへりけるも知らず、雨のもりければ、むしろをひきかへすとて、

（『大和物語』「八三段　わが守る床」三〇八頁）

そして、『小右記』『御堂関白記』といった同時代の漢文日記においても、同様の例は複数確認できる。(7)

○今日中宮入給内裏（中略）入自陽明門、経式曹司西方、入自於陽明外、扈従者下馬朔平、玄輝等門、更経登花殿北西、寄御輿於弘徽殿西方、南辺立幔、放蔀一間、仮懸御簾、又敷出板棲三枚、（『小右記』天元五年五月七日）

○以外祐頼令書堂廊半蔀銘三間、書万春楽（『小右記』治安三年八月十六日）

○候女方渡殿南北障子并蔀等取放、為上上達部座、後涼殿簀子（『御堂関白記』寛弘一年十月十日）

○藤壺与梅壺間度殿盗来、引西蔀、依問北方走去（『御堂関白記』長和二年十二月九日）

また、内裏だけでなく、『蜻蛉日記』で道綱母が忍び訪れた兼家邸にも蔀が登場する。

○夜は明けぬるを、「人など召せ」と言へば、「なにか。まだいと暗からむ。しばし」とてあるほどに、明うなれば、をのこども呼びて、蔀上げさせて見つ。（一四三頁／病床の兼家を見舞った朝）

前節で確認したように、『宇津保物語』『源氏物語』などを中心に用例を検討した場合には、「蔀の上等なものが格子」という見解を否定する材料はなかった。しかし、『枕草子』『蜻蛉日記』『大和物語』といった作り物語以外の仮名文学作品や、歴史物語である『栄花物語』『大鏡』、そして漢文日記などの記録類を含めた場合には、このような理解では読み分けられない用例が多数存在しているのである。記録的な性格が強い後者の用例が、考証の資料として無視しえない存在であることは言うまでもない。うらびれた家、荒れた邸にのみ集中的に蔀が確認できるという前提が崩れた今、格子と蔀の相違をどのように把握するべきであろうか。

そこで漢文日記の用例に改めて注目すると、記事中に場所、すなわち蔀がある建物についての情報が書き込まれており、その建物は「渡殿」「廊」が多いことに気づく。歌合日記唯一の用例である『天徳内裏歌合』の冒頭に出てくる蔀も、清涼殿と後涼殿を繋ぐ「渡殿」に存在するものである。

○天徳四年三月卅日己巳、此日有女房歌合事、去年秋八月、殿上侍臣闘詩、爾時、典侍命婦等相語曰、男已闘文章女宜合和歌、及今年二月、定左右方人、就中以更衣藤原修子同有序等為左右頭、各令挑読、蓋此為惜風騒之道徒以廃絶也、後代之不知意者恐成好浮華専内寵之謗、仍具記之、其儀、暫撤却清涼後涼両殿中渡殿北蔀、

このことに留意して、先に引いた『蜻蛉日記』の用例の周辺を調べると、人目を忍んで夜半に本邸に訪問するという状況であったがゆえに、道綱母は寝殿からは離れた廊に迎え入れられていることが記述されている。

○人はいかがは思ふべきなど思へど、われもまたいとおぼつかなきに、たちかへりおなじことのみあるを、いかがはせむとて、「車を給へ」と言ひたれば、さし離れたる廊のかたに、いとようとりなししつらひて、端に待ち臥したりけり。（一四二頁）

しかし、先に引いた漢文日記の四例のうち一例には、渡殿・廊以外の蔀が登場している。『小右記』天元五年五月七日遵子中宮入内次第の記事における「弘徽殿西方」にある蔀である。

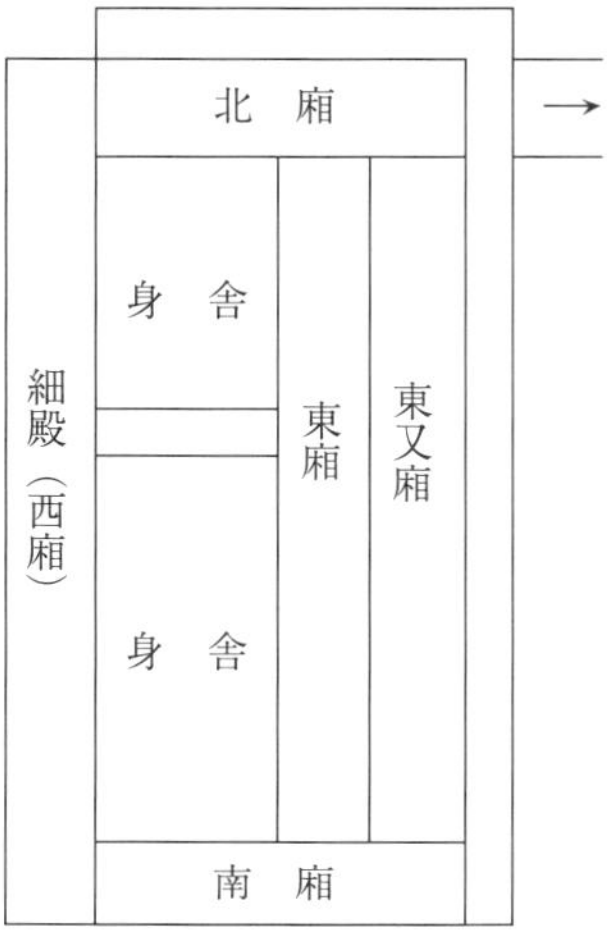

図1　弘徽殿平面図（『大内裏図考証』第十七参照）

弘徽殿の西廂は、南北九間と細長い形状から「細殿」と呼ばれる場所であり（図1）、細殿の蔀は、このほかにも先に引いた『枕草子』七三段、『大鏡』内大臣道隆伝にそれぞれ一例ずつある。また、『大和物語』八三段の「曹司」は、この段の女主人公である藤原季縄女右近が、「故后の宮」すなわち醍醐皇后穏子に仕えていたことから、弘徽殿の細殿における蔀を指す可能性が強いと考えられる。

通路としての役割を同じように持っていても、二つの棟を繋ぐ役割を担い、どちらからも独立した建物と認識される渡殿や廊と、廂部分に作られる細殿とでは、その性質をやや異にする。(8)それでも、「細殿」という名前が与えられることで、母屋の拡大空間ではなく、ある程度独立したひとつの主空間として定位されていることも確かである。

渡殿・廊・細殿が独立的な空間として定位されていることを、従来、蔀との関わりが言われてきた「粗末」な家屋のあり方と合わせて考えると、蔀は〈建物―外〉という空間関係に置かれる建具として理解できる。そして、周辺空間との関わりという視点から、シンプルな〈建物―外〉関係を基本とする蔀と、〈母屋―廂―簀子―外〉という連続的な関係の中で廂の外側に取り付けられる格子という対比が見えてくるのである。

『源氏物語』六条院にある「渡殿の格子」は、渡殿・廊に格子がかけられた唯一の例である。

○この渡殿の格子も吹き放ちて、立てる所のあらはになれば、（「野分」③二六六頁／夕霧、紫上を垣間見る）

これは、「局を渡殿に置く場合、儀式の見物に際してなどの臨時的な場合は正面側の透渡殿にも設けられたと考えられるが、長期間おかれる局は母屋と廂からなる二間幅を持つ渡殿の片側に置かれた」(9)などの問題によるものだろう。つまり、その用途や構造の違いから、周辺空間の関係が、〈渡殿―外〉から〈渡殿・母屋―同・廂―外〉へと複層的に捉え直された場合、そこに置かれた建具は格子とされるのではないだろうか。類似の例として、『宇津保物語』の楼にある反橋の格子がある。

○西、東に並べて、楼の二つの中に、いと高き反橋をして、北、南には格子かくべし。それにわれは居たまはむとす。（「楼上上」③四五六頁／楼の造営計画）

○南の庭の、遥かなる水の州浜のあなた、山際に立てる二つの楼の中三間ばかりを、いと高き反橋の高きにして、北、南には、沈の格子かきたり。

（「楼上上」③四九二頁／楼の様子）

渡殿や廊と同様に二つの建物を繋ぐ役割を果たす反橋だが、ここでも「それにわれは居たはむとす」と、はじめから居住空間として設計されたことが明記されている。格子の語が使われていることから、『源氏物語』の用例と同様に、二間幅以上の構造であったことを推測することも可能であろう。

しかし、『枕草子』に確認できる「上の御局」（二一段）および「梅壺の東面」（七九段）の蔀は、渡殿・廊・細殿のいずれにも当てはまらない例である。この「上の御局」は、清涼殿の東廂北二間にある弘徽殿の上の御局（図2）であり、『栄花物語』にも同所の蔀が一例見える。また、「梅壺の東面」は、梅壺の東廂（図3）を指す。藤三位すなわち藤原師輔女繁子は、梅壺に住んでいた円融女御詮子に仕える女房であったことから、「藤三位の

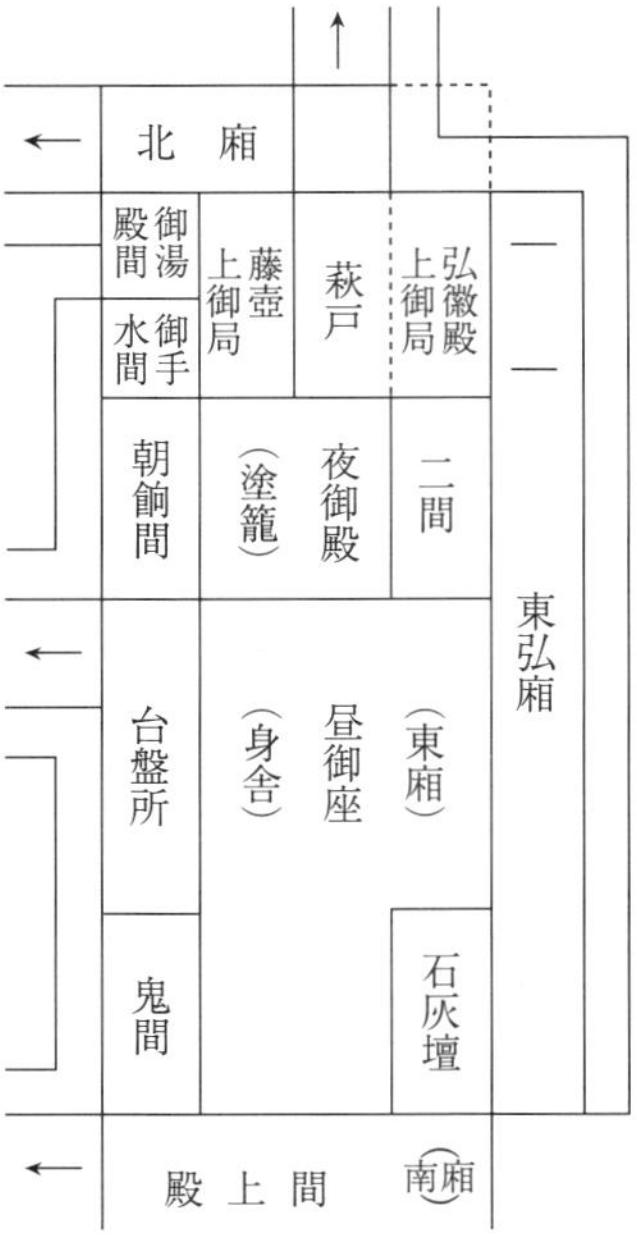

図2　清涼殿平面図
（『大内裏図考証』第十一之上参照）

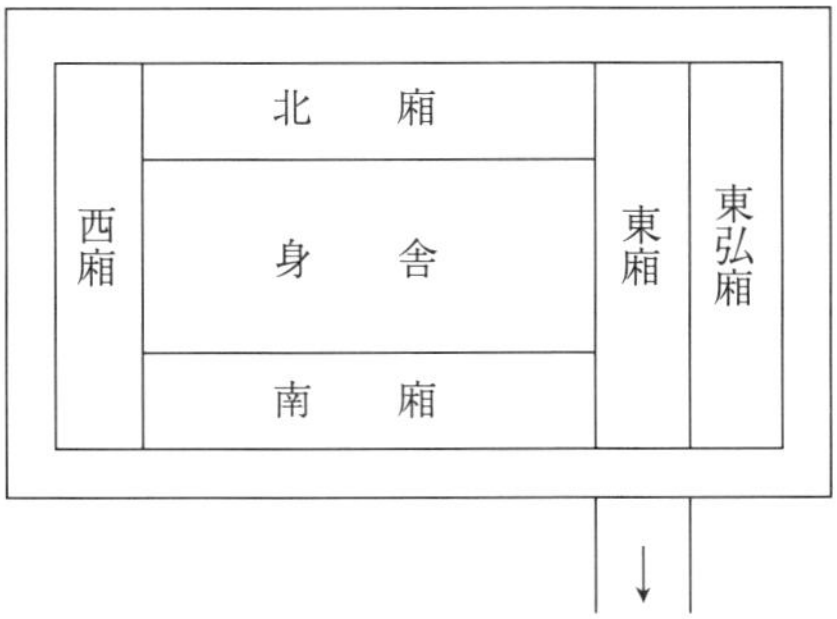

図3　梅壺平面図（同　第十八参照）

局」（一三二段）にある蔀も、梅壺の東廂のものと考えられる。
二つの場所に共通するのは、どちらも東廂にあたるだけでなく、その外側に東弘廂が付くことである。弘廂は、又廂（孫廂）と同じく廂のさらに外側に付くものだが、畳を敷いたり、外側に几帳を並べたりして、廂と同じ部屋内として取り扱われる又廂に対し、屋根・柱・床があるだけで吹き放しの構造となっているため、部屋外として扱われる場所を指す。(10)

又廂が付いた職御曹司（『枕草子』八三段および九五段）では、建具として格子が用いられている。「御帳にあたりたる御格子」（一五八頁）とあるから、職御曹司で定子の御座所とされた南廂にある建具を指すのであろう。ただし、これが又廂と弘廂との違いによるものか、「母屋は鬼ありとて、南へだて出だして、南の廂に御帳立てて、又廂に女房は候ふ」（一三一頁）という特殊な条件によるものかは一考を要するため、ここでは、弘廂が付いている場合には蔀が使われる傾向があることを指摘するに留めておきたい。(11)

最後に、『栄花物語』巻第三十二冒頭にあるもうひとつの「上の御局」にある蔀について触れておく。続いて「弘徽殿、藤壺のはざまのいと狭きに、上達部、殿上人立ちこみ、近衛司、胡籙負ひて立ちやすらひたり」（③二二七頁）とあるため、これは藤壺の上の御局（図2）北側の廂にある建具を取り去ることによって視界を確保したことを示す記述であろう。しかし、北廂の外側にある建具を、「北廂の格子」ではなく「上の御局の蔀」とするのはなぜだろうか。「北廂の西半分は藤壺の上の御局として使用されていたため、このように表現されたか」(12)と考えても、格子ではなく蔀としている点は理解しがたい。これまで確認してきたような「廂のない（粗末な）家屋」「渡殿・廊・細殿」ではなく「廂の外側に弘廂がある」といった傾向からも外れている。

ここで考えられるのは、「取りのける」という表現とともに用いられていることから、建具の名称ではなく取り外した板そのものを示している可能性である。[13]「敷蔀下、坐其上」(『小右記』天元五年一月三日条)、「載蔀持去、即死者」(『貞信公記』天慶一年一月二二日条)、「是令敷半蔀二枚」(『九暦』天徳四年一月十二日条)などのように、蔀は板自体を指す語としても使われるが、格子はあくまで建具を示す。

ゆるやかに変化していく空間構成の間で機能する格子と、直に接している内外を隔てる蔀が、形状、取り付けなどに何らかの違いを持つ可能性も考えられるが、この点で現存資料から推測以上の結論を導き出すのは難しいだろう。ただ、蔀板そのものを指すこともあるために、立蔀、半蔀、小蔀、蔀屋、蔀車などの語に展開する幅を持っている蔀とは違い、格子は廂と強く結びついた建具を指す用語なのである。

建具が「諸場所の秩序の方向づけ」に深く関わっていることはすでに指摘があるが、[14]母屋の拡大空間であると同時に、簀子との連続性をもつ「端」[15]空間としての性格も持つ廂は、内側にある母屋とも外側にある簀子とも結びつきうるため、その外側に取り付く格子は、〈廂―簀子〉間で開閉することによって、内部と外部を動的に規定する境界としての役割を廂に負わせる。それに対して、〈建物―外〉が明確に分かれた空間に挟まれている蔀は、その開閉が空間のあり方には作用しない。

次節では、このような格子の建具としての有り様と、それが持つ意味を踏まえつつ、『枕草子』の用例を具体的に見ていくことで、格子が作品中で果たす役割について考えていく。

三　格子の意味と役割

『枕草子』中に登場する格子は、「つとめて」「暁」など早朝の表現とともに頻出している。全十七例中、十例が、朝を知らせるものとして表われる。

「御格子参る」の慣用表現が示すように、格子は時間の秩序を示す指標であり、「格子の開閉は無論、昼と夜の生活時間の境界を意味した(16)」。格子の開閉は、採光との関係から、空間のみならず、時間の推移とも無縁ではない。辰一刻、戌一刻という定まった規範に従って開閉が行われることによって、時間というあいまいで不分明なものを昼と夜の境で区切る役割を果たすのが格子なのである。

○九日戊戌永承四年十一月、天晴、辰一剋上格子、同四剋主水司供御盥、次御粥、巳一剋右衛門府献日次御贄鯉一捧、近江国献雉一翼、今日有殿上歌合事、（『内裏歌合永承四年』）

○永承六年五月五日甲寅、雨降、辰一刻、上格子、同四刻、主水司供御手水幷御粥等、巳一刻、左兵衛府献日次御贄鯉一捧、今日有菖蒲根合事、（『内裏根合永承六年』）

しかし、公式の場では定刻通りに正しく行われている上格子も、日常においてはその限りではない。『枕草子』における格子の開閉は、規範を意識しながらもそこからずれていくところにこそ、その意味が強く浮かび上がる。

○局へいととく下るれば、侍の長なる者、柚の葉のごとくなる宿直衣の袖の上に、青き紙の、松につけたるを置きて、わななき出でたり。「それはいづこのぞ」と問へば、「斎院より」と言ふに、ふとめでたうおぼえて取りてまゐりぬ。まだ大殿籠りたれば、まづ御帳にあたりたる御格子を碁盤などかき寄せて、一人念じあぐる、いとおもし。（「八三段　職の御曹司におはしますころ、西の廂に」一五八頁）

○つとめて、いととく御格子まゐりわたして、宮は、御曹司の南に、四尺の屏風、西東に御座しきて北向きに立てて、（「一〇〇段　淑景舍、春宮にまゐりたまふほど」一九九～二〇〇頁）

どちらの例も、「いととく」格子を上げることで、本来ならば夜であるはずの時間を終わらせて一日を始めてしまう。逆に、格子を上げないことによって夜を引き延ばすのが、初出仕の頃を回想する一七七段である。

○暁には、とくおりなむといそがるる。「葛城の神もしばし」など仰せらるるを、「いかでかは筋かひ御覧ぜられむ」とて、なほ臥したれば、御格子もまゐらず。女官どもまゐりて、「これはなたせたまへ」など言ふを聞きて、女房のはなつを、「まな」と仰せらるれば、笑ひて帰りぬ。

（「一七七段　宮にはじめてまゐりたるころ」三〇七頁）

夜明け前からしきりに退出しようとする清少納言を、定子は夜のみに行動する葛城神に例えて引き留めたからこそ、定刻にやってきた女官たちが格子を上げるのを「まな」と制止する。それは、葛城神たる清少納言がその場に居続けるために、「夜を明けさせない」方法なのである。

また、『枕草子』では、昼、夜を問わず、基本的に格子は開いているもの、もしくは開かれるものとして描かれる。九〇段は下ろされるべき時間に格子が下ろされていないことで章段が成立しているし、一七二段では、里居に客を迎え、格子を上げたまま夜を明かす風流を良しとする。

そして、閉じている場合には、開かれるべき格子が開かれていないことが重要であり、その後、開かれるためにこそ閉じている。先に引用した一七七段の格子は、清少納言が定子の許しを得て「ゐざりかくるる」とともに、待ちかねていた女官たちによって「おそきと上げ散ら」される。

○雪のいと高う降りたるを、例ならず御格子まゐりて、炭櫃に火おこして、物語などしてあつまりさぶらふに、「少納言よ。香炉峰の雪いかならむ」と仰せらるれば、御格子あげさせて、御簾を高く上げたれば、笑はせたまふ。

（「二八〇段　雪のいと高う降りたるを」四三三頁）

二八〇段の場合も、本来は開かれているはずのものだったことが、「例ならず」という表現によって確認されている。そして、それは、定子の下問を受けた清少納言によって劇的に開かれるために必要な叙述なのである。

『枕草子』中で格子が閉じているのは、次の二例のみである。

○かきくらし雨降りて、神いとおそろしう鳴りたれば、物もおぼえず、ただおそろしきに、御格子まゐりわたしまどひしほどに、この事も忘れぬ。（「九五段　五月の御精進のほど」一九〇頁）

○神のいたう鳴るをりに、神なりの陣こそいみじうおそろしけれ。左右の大将、中少将などの、御格子のもとに候ひたまふ、いといとほし。（「二七七段　神のいたう鳴るをりに」四三一頁）

先に引いた『内裏歌合永承四年』『内裏根合永承六年』における上格子の記事にそれぞれ「天晴」「雨降」とあることからも分かるように、格子の開閉は、時間によって管理され、基本的には、天候とは関わりなく行われるものである。九五段でも、雨が降り込むことではなく、「ただおそろしきに、御格子まゐりわたしまどひし」とあるように、雷に対応するものとして下格子がなされていることに注意したい。「神」「おそろし」という表現は、二七七段にも共通のキーワードとして押さえることができる。

では、なぜ雷によって格子は下ろされなければならないのか。なぜ「格子のもと」に立つ人々は「いといとほし」と評されるのか。この点について示唆的と思われるのが、『大鏡』が伝える朱雀院にまつわる逸話である。

○八幡の臨時の祭は、この御時よりあるぞかし。この帝生まれさせたまひては、御格子もまゐらず、夜昼灯をともして御帳の内にて三まで生したてまつらせたまひき。北野に怖ぢ申させたまひてかくありしぞかし。（「朱雀院」三八頁）

○八幡の臨時の祭、朱雀院の御時よりぞかし。朱雀院生まれさせたまひて三年は、おはします殿の御格子もまゐらず、夜昼火をともして、御帳のうちに生ほしたてまつらせたまふ。北野に怖ぢさせたまひて。（「太政大臣道長（雑々物語）」三七〇頁）

雷神となった菅原道真の怨霊を恐れ、朱雀院は「御格子もまゐらず」に外界と隔絶した家屋の「御帳のうち」(17)で、昼夜絶やさぬ忌火によって邪気を祓いながら養育された。ここには、格子を上げないことで怨霊の侵入を防ぐことができる、という意識を見ることができる。だからこそ、「神なりの陣」（雷鳴の陣）で清涼殿の孫廂に伺候する近衛の将たちは、「格子のもと」、すなわち、格子の内側にある安全な場所ではなく、その外側で、直接、雷の驚異に身を晒さなければならないことが「いといとほし」いのであり、「神いとおそろしう鳴りたれば」、それを防ぐべく格子は速やかに下ろされなければならない(18)。

では、逆に、下ろされるべき格子を上げることは何をもたらすのか。次に引くのは、『源氏物語』横笛巻で落葉宮訪問から深夜に帰宅し、名残を楽しむように格子を上げて月見に興じる夕霧と、それを当て擦る雲居雁のやりとりである。

○「なやましげにこそ見ゆれ。いまめかしき御ありさまのほどにあくがれたまうて、夜深き御月めでに、格子も上げられたれば、例の物の怪の入り来たるなめり」など、いと若くをかしき顔してかこちたまへば、うち笑ひて、「あやしの物の怪のしるべや。まろ格子上げずは、道なくて、げに入り来ざらまし。あまたの人の親になりたまふままに、思ひいたり深く、ものをこそのたまひなりにたれ」　（「横笛」④三六一頁）

開いた格子が物の怪が呼び込んだと詰る雲居雁に「あやしの物の怪のしるべや」と返す夕霧だが、これを「物の怪ならどこからでも入れるはずで、雲居雁の言葉を愚かしいとからかう」(19)とのみ解するべきかは疑問である。「格子も上げられたれば、例の物の怪の入り来たるなめり」というような発言が出ること自体、格子の開閉と物の怪との関わりが一般に意識されていたことの証左であろう。何より、雲居雁には知るすべもないことながら、格子を開け放したまま「すこし寝入」った夕霧のもとには、実際、夢路を辿って「亡き人」である柏木が訪れているのである。雲居雁の糾弾は、決して嫉妬に駆られただけの的外れなものではないし、「まろ格子上げずは、道なくて、げに入り来ざらまし」とは、笛の音を「たづねて来たる」柏木を夢に呼び込む「道」を作ったものが、開かれた格子であったことを、発言者の意図とは別のレベルで物語が示す叙述なのである。

夜開かれた格子が呼び込むのは物の怪だけではない。『夜の寝覚』冒頭で、夢を訪う天人から琵琶の秘曲の手ほどきを受けていた中君は、「琴、琵琶弾きつつ、格子も上げながら寝入」(二〇頁)る。音楽、夢、開かれた格子という道具立てを意図的に用意して、天人の訪れを待つのである。弾箏の奇瑞を語る『今昔物語集』巻第二十四「北辺大臣長谷雄中納言語第一」でも、天人登場の傍には、夜に開かれた「隔子(格子)」の表現がある。

○大臣或時ニ、夜ル箏ヲ弾給ヒケル、終夜心ニ興有テ弾給フ間、暁方ニ成テ、難キ手ノ止事無ヲ取出テ弾給ヒケル時ニ、我ガ心ニモ、「極ジク微妙シ」ト思給ケルニ、前ノ放出ノ隔子ノ披上タル上ニ、物ノ光ル様ニ見ケレバ、「何光ルニカ有ラム」ト思給テ、和ラ見給ケルニ、長ケ一尺許ナル天人共ノ二三人許有テ、舞フ光リ也ケリ。(③二四五頁)

また、『夜の寝覚』では、中君を取り巻く中傷のキーワードとして、繰り返し「格子」が登場している。

○夜は、御殿籠りぬるやうにはべれど、人の寝ぬる間には、起き出で、かの御方におはしましぬれば、御格子を放ちまうけて入れたてまつる。(一七五頁/弁の乳母、中君を中傷)

○月の明き夜、大納言のうそぶきながめ歩きたまふついでに、さこそはべれ、人のけはひやするなどはおぼしもやすらむ、立ち止まりなどしたまふを、格子放ちて入れたてまつると、とりなしはべるべし。(略)ひとりおはする所にもあらず、一つ所にて、いとさ、うけばり、宵暁ごとに格子放ちて出だし入れたてまつることは、いかでかはべらむ。(一八一頁/宰相中将、中君擁護の申し開き)

○弁の乳母、心ゆきて、「あの御方の御格子、今宵もや放ちまうけられつらむ」と高やかに言ふが聞こゆれば、
（二九一頁／大納言、大君を慰めて夜を明かす）

「例の寝覚めの夜な夜な起き出でて、あなたの格子の面に寄り居寄り居したまふ」（一七〇頁）という大納言の行動を発端にして巻き起こった噂は、「格子放ちまうけて入れたてまつる」という表現によって中君が積極的に関係を結んでいるがごとき印象を与えるものとなっている。ここでは、格子を開いて待ち迎えることは、外界からの訪れを呼び込む指標であることが改めて確認できる。

昼夜の狭間に置かれているがゆえの時間性、前節で確認したような空間的秩序との関わり、そして、それらを背後に置いて開閉される格子の役割をもっとも端的に示すのは、その不在を語る一五五段の冒頭部分だろう。「例のやうに格子などもなく」という表現が引き起こす時間と空間の無秩序は、格子があることの意味、格子が果たす役割を逆照射する形で浮かび上がらせるのである。

○故殿の御服のころ、六月のつごもりの日、大祓といふ事にて、宮の出でさせたまふべきを、職の御曹司を方あしとて、官の司の朝所にわたらせたまへり。その夜さり、暑くわりなき闇にて、何ともおぼえず、せばくおぼつかなくて明かしつ。つとめて見れば、屋のさまいとひらに短く、瓦葺にて、唐めき、さまことなり、例のやうに格子などもなく、めぐりて、御簾ばかりをぞかけたる。なかなかめづらしくてをかしければ、女房、庭に下りなどして遊ぶ。前栽に、萱草といふ草を、籬結ひて、いとおほく植ゑたりける。花のきはやかにふさなりて咲きたる、むべむべしき所の前栽にはいとよし。時司などは、ただかたはらにて、鼓の音も例のには似ずぞ聞ゆるをゆかしがりて、若き人々二十人ばかりそなたに行きて、階より高き屋にのぼりたるを、これより見あぐれば、ある限りの薄鈍の裳、唐衣、同じ色の単襲、紅の袴どもを着てのぼりたるは、い

と天人などこそえ言ふまじけれど、空よりおりたるにやとぞ見ゆる。同じ若きなれど、おしあげたる人はえまじらで、うらやましげに見あげたるも、いとをかし。左衛門の陣まで行きて、倒れさわぎたるもありしを、「かくはせぬ事なり。上達部のつきたまふ倚子などに、女房どものぼり、上官などのゐる床子どもを、みなうち倒しそこなひたり」など、くすしがる者どもあれど、聞きも入れず。屋のいと古くて、瓦葺なればにやあらむ、暑さの世に知らねば、御簾の外にぞ、夜も出で来、臥したる。古き所なれば、蜈蚣といふ物、日一日落ちかかり落ちかかり、蜂の巣の大きにて、つきあつまりたるなどぞ、いとおそろしき。殿上人日ごとにまゐり、夜もゐ明かして、物言ふを聞きて、「あにはかりきや、太政官の地の、いまやかうの庭にならむ事を」と誦し出でたりしこそをかしかりしか。（「一五五段　故殿の御服のころ」二八二〜二八四頁）

六月の大祓のために、服喪中の定子が、職御曹司から太政官の朝所に行啓するところから章段は書き起こされる。屋根の低い唐風の建物には、格子による外界との隔てがなく、代わりに御簾をかけめぐらせることで、かろうじて内部空間が確保されている。しかし、格子によって内外関係が明確化されない空間のあり方は、「なかなかめづらしくてをかしければ、女房、庭に下りなどして遊ぶ」と女房たちを外界へと誘う契機となり、時を知らせる鼓の音に引かれてさらなる外界へと歩み出した彼女たちは、時司の鐘楼を上り、左衛門の陣で前代未聞の騒ぎを引き起こし、暑さを理由に夜も御簾の外に出て簀子に眠る。「室内から屋外へは、一つの連続した空間としてあるのではなくて、その間には強固な境界が意識されている。通常その境を仕切っているのは、簀子と廂の間の格子や御簾や几帳や屏風などであるが、そうした具体的な遮蔽物がなくとも、屋外は女性たちにとって自己のテリトリーの外なのである。それは自分の屋敷か他人の家かにはあまり関係しない(20)」ことを鑑みれば、彼女たちの行動の特異さが浮き彫りになるだろう。

格子が開かれているからといって、女性たちが屋外へと足を踏み出すことは普通ありえない。そういう意味では、彼女たちの「テリトリー」は、具体的な遮蔽の有無に関わらずに形成されているが、格子が開かれていることと存在しないことの違いは、外界に下りていった女房たちの無秩序ともいえる姿から明らかである。

庭に下りた女房たちが左衛門の陣へ向かう、という類似のモチーフを扱ったものに「七四段　職の御曹司におはしますころ、木立などの」がある。ここでも「母屋は鬼ありとて、南へへだて出だして、南の廂に御帳立てて、又廂に女房は候ふ」（一三二頁）という記述によって、職御曹司を扱ったほかの章段ではとくに言及されることのない、女房たちの置かれた特異な空間的状況を確認していることに注意したい。

女房たちが「声」（音）をしるべにさらなる外界へ踏み出していくこと、そして、それが「左衛門の陣」（建春門）に留められていることも両段に共通する要素である。内裏を守る「左衛門の陣」に留められることを、一五五段の始発が、「御服」の穢れを憚った大祓中の内裏からの行啓であったことや、女房たちが「いと天人などこそえ言ふまじけれど、空よりおりたるにやとぞ見ゆる」と異界の住人に喩えられていること、七四段で女房たちの住まう職御曹司が「鬼」を内側に抱えた場所であることなどと合わせて、内外の逆転という視点から捉えることも可能だろう。

開かれた格子は外部からの侵入を呼び込むが、格子という存在自体を失った場合は、保証された〈場〉そのものが内側から崩れていく。時間を司る「時司」や内裏を守る「左衛門の陣」といった場所に向かうことが示しているように、女房たちは、格子の開閉によって管理され、支えられていた時間と空間の秩序を失ったがゆえに、新たな時空の境界を求めて外界を彷徨う。「例のやうに格子などもなく」という表現によって、夜の世界と昼の世界、屋内という女性の世界と屋外という男性の世界は混沌として混ざり合い、女房たちは「太政官の地」を

「夜行」して「御簾の外」で夜を過ごし、男性たちはそこへ「日ごとにまゐり、夜もゐ明か」すのである。

四　まとめ

第一節では、その相違がしばしば問題とされ、時に同一視されることもある蔀と対照させながら、格子がいかなる建具であるのかを考察する。そして、『源氏物語』などの物語作品を中心に用例を押さえていった場合には、「蔀の上等なものが格子」といった理解に妥当性があることを検証した上で、記録類も含めた平安期の文学作品全体には、内裏に存在する蔀など、そこから逸脱していく用例が数多く確認できることを指摘した。

第二節では、『枕草子』をはじめとして、日記、歌物語、歴史物語などの作品では、渡殿・廊などに蔀の用例が見られる傾向があることを手がかりにして、母屋の付属・拡大空間であると同時にその外部にめぐらされた簀子との連続性を持つ廂につく格子に対して、蔀は右記のような独立的空間と外部を隔てる建具であること、つまり、格子と蔀の相違を周辺空間との関係によって把握できることを論じた。

第三節では、『枕草子』の具体的な用例について論じていく。格子は廂という内側にある母屋にも外側にある簀子にも繋がりうる曖昧さを持った空間と関係しているため、接する内外空間が自明に分かれている蔀にはない空間に対する可変性に加えて、昼と夜との境界を都度引き直す格子の時間性を合わせ持つ。このような格子のあり方を示すものとして、その開閉に関わる表現を検討し、さらに、開くことによって内外を繋げる格子が、異質なものを招く交通・交流の指標となりうることについて分析した。

以上、『枕草子』における用例分析を中心にして、格子の意味と役割について考察してきた。虚構と現実との間に屹立する『枕草子』という作品は、ある語の用法や意味づけを作品内で統一的にコントロールすることによって構築される物語作品と、日記や歴史物語などの記録性が強い作品を同時に視野に入れ、ジャンルにとらわれずに全ての用例を横断的・総合的に見ていくことを必要とする。そして、そのプロセスこそが、『枕草子』研究をして作品の背後にある平安期の文学世界を見通すことにつながっていくのである。

（1）中田祝夫・和田利政・北原保雄編『古語大辞典』「しとみ・語誌」小学館、一九九三年。
（2）倉田実・池浩三「建築物　寝殿造④建物各部」（秋山虔・小町谷照彦編『源氏物語図典』小学館、一九九七年）。
（3）鈴木賢治「寝殿造の外部建具①蔀、格子」（『源氏物語の鑑賞と基礎知識No.17　空蟬』「特集　源氏物語における「建築」」至文堂、二〇〇一年）。
（4）「蔀」について、「半蔀」「小蔀」を含めた用例数を括弧内に示したが、「立蔀」「蔀車」「蔀屋」および建具の「蔀」ではない「蔀」（板）等は除いた。
（5）「門は蔀のやうなるをし上げたる」（「夕顔」①一三六頁）は、蔀そのものではないため、用例には数えない。
（6）前掲論文(3)。
（7）『御堂関白記』三例中残りの一例は、「五節参一条院、以東対為舞殿、東西対為五節宿所、舞殿融〔隔〕依別様、行事式部丞定佐勘当、忽依蔀遣戸別様、以御簾、懸舞殿三面、月食無違事」（寛弘三年十一月十四日条）である。一条院内裏東対における五節舞については、「五節舞姫等参帳台試也、東対南母屋二間并東西庇等蔀隔為右大将五節所、同対艮為太皇太后宮大夫五節所、母屋二間為舞殿、塗籠師曹司、西対塗籠為済家朝臣五節所、北塗籠、北也為生昌朝臣五節所、行事式部丞泰通」（『権記』長保元年十一月廿二日条）という類似の記述があり、五節の舞殿・宿所とするために、蔀や遣戸を間仕切りに立てて「別様」のしつらいとしたことを示すものと考えられる。このため、ここでの「蔀」は、立蔀や蔀板に類するものとして考察の対象から外した。
（8）平山育男「寝殿造の構成⑩廊――渡殿とはどう違うのか」（前掲書(3)）。
（9）平山育男「寝殿造の構成⑨渡殿」（前掲書(3)）。
（10）太田静六『寝殿造の研究』吉川弘文館、一九八七年。

(11) ただ、この傾向は、弘廂が屋内でありながら部屋外として扱われるのに比して廂がつねに屋内かつ部屋内という安定した空間であること、つまり、廂と簀子の中間に位置する弘廂によって簀子との連続性が隔絶され、端空間の中に〈廂―弘廂―簀子〉という空間関係が生まれ、廂の中間性が剝奪されることに関わりがあるのではないかと考えている。このことによって、周辺空間、とくに廂と建具の関係が変化するからである。

(12) 秋山虔・池田尚隆『新編日本古典文学全集　栄花物語③』頭注（小学館、一九九八年）。

(13) 「取りのける」に類似した表現としては、「格子のもと取りさけよ」（『紫式部日記』一六一頁）が一例のみあるが、これは建具として機能している状態を指している点で、当該例とは異なっている。また、「あざればましと思へば、はなたず」（同）とあり、実際に取り外されることはない。

(14) 玉腰芳夫『古代日本のすまい』ナカニシヤ出版、一九八〇年。

(15) 石坂妙子「『和泉式部日記』の境界性――「端」空間をめぐる考察」（『中古文学』一九八八年五月）。

(16) 後藤祥子「紫式部日記の解釈一つ――「御格子まゐりなばや」――」（『日本女子大学紀要文学部』一九九一年三月）。

(17) 「御帳のうち」もまた、四方に施された邪気除けによって守られた空間である。『宇津保物語』いぬ宮出産の場面では、「あるじのおとど、君だちは、簀子に弓引きつつ候ひたまふ。御格子のうちの廂には、宮のはらからの男君たちおはします。御帳の前に弓引きつつ、中納言候ひたまふ」（「蔵開上」②三三五頁）と、出産に苦しむ女一宮のため、格子と御帳という二重の守りの外側で、それぞれ破魔の弦打ちを行っている。

(18) 格子と異界のものとの関わりを考えるにあたっては、中国の「室」における牖という窓について、「貴族に疾病あれば室に移されて斎戒して看護を受けるんですが、北側の土塀に沿って寝かせる。そして死に至れば、南牖の下に遺体を移し、「魂呼ばい」をするんです。ですからこの窓は魂が出入りするところと言えます。この窓は連子窓（格子戸）だそうです」（池浩三・倉田実「対談『源氏物語』の建築をどう読むか」（前掲書(3)））という発言などもあり、格子という形状の意味からも改めて考えてみる必要のある問題だろう。

(19) 阿部秋生・秋山虔・今井源衛・鈴木日出男『新編日本古典文学全集　源氏物語④』頭注（小学館、一九九六年）。

(20) 増田繁夫「枕草子の空間――局という世界」（『国文学』一九九六年一月）。

〔付記〕　各作品の本文引用は、全て新編日本古典文学全集による。ただし、和歌関係資料については、『新編国歌大観CD―ROM』ver.2、古記録類については、東京大学史料編纂所の古記録フルテキストデータベースをそれぞれ使用した。また、引用に際しては表記を適宜私に改めた。

『枕草子』「三月ばかり物忌しにとて」段の構成意識

――〈評価すること〉と〈評価されること〉との対比から――

外山敦子

一 問題の所在

『枕草子』「三月ばかり物忌しにとて」段は、清少納言が物忌のために退出した折の回想二話（本稿では、便宜上一話目を「前半部」、二話目を「後半部」と称す）を、和歌を中心に記したものである。

三月ばかり物忌しにとて、かりそめなる所に人の家に行きたれば、木どもなどのはかばかしからぬ中に、柳といひて、例のやうになまめかしうはあらず、ひろく見えてにくげなるを、「あらぬものなめり」と言へど、「かかるもあり」など言ふに、

さかしらに柳のまゆのひろごりて春のおもてを伏する宿かな

とこそ見ゆれ。

前半部

そのころ、また同じ物忌しに、さやうの所に出で来るに、二日といふ日の昼つ方、いとつれづれまさりて、ただ今もまゐりぬべき心地するほどにしも、仰せ言のあれば、いとうれしくて見る。浅緑の紙に、宰相の君いとをかしげに書いたまへり。

「いかにして過ぎにし方を過ぐしけむ暮らしわづらふ昨日今日かな

となむ。わたくしには、今日しも千歳の心地するに、暁にはとく」とあり。この君ののたまひたらむだにをかしかべきに、まして仰せ言のさまは、おろかならぬ心地すれば、

「雲の上も暮らしかねける春の日を所からともながめつるかな

わたくしには、今宵のほども少将にやなりはべらむとすらむ」とて、暁にまゐりたれば、「昨日の返し『かねける』、いとにくし。いみじうそしりき」と仰せらるる、いとわびし。まことにさる事なり。

後半部

（四三四～四三六頁）[1]

前半部は、三月頃物忌のために訪れた「かりそめなる所」の柳を見て清少納言が和歌を詠むというもの、後半部は、同じ頃の物忌の折に、中宮の和歌が届いて返事をするが、帰参後その内容について中宮に咎められるという話である。

本段には解釈上問題となる点が多くある。そのうち、①史実年時の特定、②清少納言の返事「少将にやなりはべらむとすらむ」に登場する「少将」の典拠、③清少納言の返歌に対する中宮の苦言「『かねける』、いとにくし」の真意には特に関心が集中しており（いずれも章段後半部）、すでに様々に論じられている。

だが、本段の関心が後半部に偏っている一方で、前半部に関する言及はほとんど見られない。両話には〈同時

期の物忌〉という共通点があるものの、内容上の関連性が見られないため、前半部は付け足しであるとの見方もある。しかし、本段における前半部の位置づけは、本当にそのような付属的なものなのだろうか。章段全体における前半部の位置づけについては、改めて問い直す必要があるのではないか。

本稿では、関連が見いだしにくいとされる前半部と後半部について、両話間における類語・対義語等の意図的な配置を指摘し、章段全体における前半部の位置づけと本段の構成を再確認する。その上で、本段末尾「まことにさる事なり」が、直前の中宮の苦言（「かねける」、いとにくし）に対する直接的な反省の念のみならず、両話の総括的感慨を示していることを指摘したい。

二　評価の主体者、清少納言――「三月ばかり物忌しにとて」段のことばと構成――

従来、本段の前半部と後半部との間には〈同時期の物忌〉という共通点があるものの、二度の出来事の間に直接的な影響関係や関連性は見いだせないとされてきた。本稿では、まず両話に共通する〈方違え先での出来事〉を記した箇所に注目し、そこにみられる意図的なことばの配置を指摘したい。

一度目の物忌（前半部）では、清少納言が方違えのために訪れた「かりそめなる所」の「柳」をめぐる、宿主とのやりとりが話題の中心となっている。この「柳」の葉は通常のものに比べて広がっており、日ごろ見慣れていた柳とは趣を異にしていたため、清少納言は「にくげ」と思う。清少納言は、別の章段で柳の美について次のように述べている。

三月三日は、うらうらとのどかに照りたる。桃の花の今咲きはじむる。柳などをかしきこそさらなれ。それもまだ、まゆにこもりたるはをかし。ひろごりたるはうたてぞ見ゆる。

（「正月一日は」段、三〇頁）

清少納言が方違え先で見た「柳」は、傍線部のような「ひろごりたる」状態だった。それが彼女の美意識にそぐわず期待外れだったために、「にくげ」と評されてしまうのである。

それから間もなくの二度目の物忌（後半部）では、方違えのために宮中を退出した清少納言のもとに、中宮の仰せ言が届けられた。宰相の君によって「浅緑の紙」にしたためられたその手紙を、清少納言は「をかしげ」と見る。中宮の和歌は、清少納言のいなかった過去の日々を回想し、今彼女がいない無聊の時間を「昨日今日」と表し、彼女の帰参を心待ちにしていると伝えるものであった。物忌から二日目にして早くも「つれづれ」が高じ、すぐにも宮中に帰参してしまいたい思いに駆られていた清少納言は、以心伝心ともいうべきタイミングの一致を「いとうれしく」思う。

二度にわたる方違え先での出来事には、ひとつの共通点がある。前半部の清少納言が、方違え先の「柳」を「見」て「にくげ」と思ったのに対して、後半部の清少納言は、中宮の仰せ言をしたためた宰相の君からの手紙を「見」て、その筆跡を「をかしげ」と思っている。つまり、方違え先での清少納言は、「柳」や宰相の君の手紙（その紙の色は、前半部の「柳」と対比させるかのように「浅緑」であったことが明示されている）を〈見る人〉として記されているのである。そして清少納言は、それぞれを「にくげ」「をかしげ」という対照的な評価を下した。宮中の外にあって、清少納言は一貫して〈見る人〉すなわち評価の主体者として存在しているのである。

両話にそれぞれ配置されている「柳」と「浅緑」、「見ゆ」と「見る」、「にくげ」と「をかしげ」という類語・関連語・対比表現は、前半部と後半部との緊密な繋がりを証明するものであり、従来「付属的」とみられていた本段前半部の位置づけに再考を促す根拠の一つとなるだろう。

三　評価の主体から客体へ

方違え先で中宮から帰参を促す和歌を受け取った清少納言は、さっそく「雲の上も暮らしかねける春の日を所からともながめつるかな」と返歌して、翌暁宮中に戻った。ところが、中宮は清少納言の返歌に苦言を呈する。清少納言は中宮に評価されなかったのだ。

宮中の外で〈評価する側〉にあった清少納言が、宮中に戻るとたちまち〈評価される側〉に転じ、中宮による「にくし」評が、清少納言による「柳」に対する「にくげ」評と対をなしている。つまり、〈評価の主体者〉であった清少納言が〈評価の客体者〉へと逆転する様相を、前半部の清少納言による「にくげ」評と、後半部の中宮による「にくし」評との対比構造が明らかにしているのである。

中宮の苦言「『かねける』、いとにくし」の解釈は、本段における最も重要な課題の一つであり、従来様々に論じられてきた。注釈書を中心に当該箇所の解釈をまとめると、①清少納言の自負心過剰と見る説、②中宮の気持ちを断定したとみる説、③中宮の気持ちを理解していないとみる説、④それ以外に大別できる。(2)これらの説では、清少納言とのやりとりから中宮の発言の真意を探っているため、考察の範囲は必然的に章段後半部に限定されてきた。しかし、前述の通り、本段は前半部と後半部との間に明確な構成意識がみられ、清少納言に対する「にくし」評も、「柳」に対する「にくげ」評と対をなしている。従って本稿では、当該箇所の解釈について、前半部との対比構造を手がかりにして考察することとする。

まずは再び前半部に戻り、方違え先の「柳」がなぜ清少納言によって「にくげ」と評されたのか、いま一度確認してみたい。

清少納言は「にくげ」な「柳」に不満を抱き、「さかしらに柳のまゆのひろごりて春のおもてを伏する宿かな」と詠んだ。詠歌中の「柳のまゆ」は、柳の芽の萌え出たのを蚕の「繭」にたとえ、一方それを「柳眉」という語のある縁で「眉」に掛けている。[3]従って「まゆのひろごりて」は、柳の葉が広がっている状態を指すのと同時に、「まゆ」を「眉」の意で解した場合は「眉を広ぐ」の意となる。「眉を広ぐ」は、「眉を開く」に同じで心中の心配や憂いがなくなって安心することをいう。[4]従って、歌意は「生意気にもこの柳は安心しきって緊張感がないために葉が広がってしまって、春の面目が丸つぶれの家であることよ」となろう。清少納言は、方違え先の葉の広がった「柳」のありようを、生意気で緊張感がまるでないと受け止め、「にくげ」と評しているのである。

　ところが、このような「柳」に対する批判的なまなざしが、後半部では清少納言自身へと向けられることとなる。

　中宮の仰せ言は、前述したように、彼女の心境と共鳴するかのようであった。清少納言にはそれが何よりも嬉しかったのだが、それには背景となる出来事があった。

　本段後半部の中宮と清少納言との贈答歌は、『千載和歌集』雑上に収載されている。その詞書に「一条院御時、皇后宮に清少納言初めて侍けるころ、三月ばかり二三日まかりいでて侍けるに、かの宮よりつかはされて侍ける[5]」とあることから、本段は、初出仕から間もないころの「三月」のことであると考えられている。[6]これと同じ頃初出仕の折の回想話として『枕草子』には「宮にはじめてまゐりたるころ」段があるが、当段では、新参者であることの気後れから中宮の誤解を招き、中宮の仰せ言をしたためた「浅緑の薄様」(三一三頁)が届けられても、真意を十分に伝えきれず苦悩したことを記している。

　本段「三月ばかり物忌しにとて」は、これより間もなくの頃のことである。中宮の仰せ言は、またもや「浅緑の紙」で届けられたが、そのタイミングについて「二日といふ日の昼つ方（中略）ただ今もまゐりぬべき心地するほどにしも」と述べ、宮中に帰参したい気持ちが極まったまさにその瞬間であったことを、筆者はことさらに強調している。(7) 中宮と清少納言は、互いに「つれづれ」をかこち、相手を思い、その思いが高じ極まった瞬間が見事に一致していた。清少納言は、中宮にわが思いが通じたことを、出仕後初めて確信したのだ。その時の清少納言の心情は、まさに前半部における「まゆのひろごる（＝眉の広ごる）」「柳」、すなわち心中の憂いが消えてすっかり安心した状態の「柳」と符合していよう。清少納言の返歌の「暮らしかねける」は、中宮の和歌の「暮らしわづらふ」に共鳴させたもので、中宮との一体感を得た喜びを伝える表現であったはずである。しかし、その表現こそが中宮によって「にくし」と評されてしまったのだ。かつて清少納言が「にくげ」と断じた「柳」へのまなざしが、いま清少納言自身に向けられている。中宮にとっての清少納言は、今まさに「さかしらに」眉の広がった「柳」そのものである。仰せ言が絶妙のタイミングで届いたことにすっかり安心し、中宮と心情が一致したなどという差し出た判断を下したことに、中宮は「にくし」と評したのだといえよう。本段の構成からは、「柳」を「さかしら」と評した清少納言が、一転して中宮から「さかしら」と評される立場に追い込まれるという逆転の構図が浮かび上がってくるのである。

四　評価すること／評価されること――「まことにさる事なり」の発見――

本稿では、従来関連が見いだしにくいとされてきた「三月ばかり物忌しにとて」段の前半部と後半部について、両話間における類語・対義語などの意図的な配置を指摘し、章段全体における前半部の位置づけと、〈評価すること〉と〈評価されること〉との二項対立及びその逆転現象の構図を明らかにしてきた。そうした構成意識を踏まえたとき、本段末尾「まことにさる事なり」の一文は、章段全体のなかでどのような役割を担っているのだろうか。

「まことにさる事なり」の「さる事」が指す内容は、直前の中宮の苦言「昨日の返し『かねける』、いとにくし」とみるのが通説となっている。(8) また、清少納言がその不当な評価を「素直に受け入れている」(9) のは、出仕直後の「初々しさ」「新参意識」(10) の表れであるとの指摘もある。しかし、清少納言は、本当に中宮の評価を「素直に受け入れている」のか。またその理由は本当に「新参意識」によるものなのだろうか。

本段の出来事の直前にあたる、初出仕の折の回想話「宮にはじめてまゐりたるころ」段では、新参者であることの気後れから中宮の誤解を招き、真意を十全に伝えきれなかった当時の苦悩を、「いみじ」「にくし」「くちをし」「わびし」「嘆かし」など言葉を尽くして書き連ね、中宮に認めてもらえなかった嘆きと苛立ちを顕わにしている。当段から明らかになることは、清少納言はたとえ出仕直後の新参者であっても、不当な評価については「素直」には受け入れないということである。本段末尾でも、中宮の評価について「いとわびし」と一旦は失望や困惑を隠しきれずにいる。従って、最終的に「まことにさる事なり」と納得せざるを得なかったのは、彼女の「新参意識」がそうさせたのではなく、他に理由があるとみるべきではないだろうか。

再び前半部に戻る。方違え先の「柳」は、清少納言が普段見慣れているものとは異なり、葉が広くて風情がなかった。これは柳ではないと思った清少納言が「あらぬものなめり」と言ったのに対し、宿主は「かかるもあり」、つまりこういう種類の柳もあると反論している。清少納言と宿主との間では、「柳」に対する認識が一致していない。諸注によればこの「柳」の種類は、「シダレヤナギの他に、観賞用として栽培もする世間周知の柳で、葉がより広いものということになると、（中略）俗にネコヤナギと呼ばれるカワヤナギ、即ち春曙抄が指摘した

「楊」がこれに相当する」こととなる。[11] つまり、宿主の反論は極めて正当なものであった。しかし、宿主の正論は清少納言に届かない。この「柳」が、清少納言の常日ごろ賞賛する柳に当てはまるものではなく、彼女の美意識にかなうものでもなかったからだ。それは、極めて主観的でかつ（宿主にとっては）理不尽な理由であろう。だが、そもそも〈評価〉とはそうした理不尽なものではなかったか。何ものかの価値を判断するとき、〈評価する側〉の論理や好悪の情が何よりも優先される。〈評価の主体者〉たる清少納言は、そのことに何の疑問も抱かず、ましてや宿主の正当なる反論に耳を貸すこともなく、「柳」の枝ぶりを風情のないものと断じたのである。

その理不尽な行為は、章段後半部においては清少納言自身へと向けられた。中宮による苦言は「たわむれであるにせよ珍しいこと」[12]だというが、いったい彼女の返歌にそれほどの落ち度があったのだろうか。中宮の和歌中の「暮らしわづらふ」に、彼女は「暮らしかねける」と応じ、中宮の仰せ言をしたためた宰相の君の私信「わたくしには、今日しも千歳の心地するに」にも、「わたくしには、今宵のほども少将にやなりはべらむとすらむ」と、相手のことばに寄り添い見事に符合させているのだ。にもかかわらず、中宮はそのことを評価しなかった。清少納言は、正当な評価を受けられなかったことを「いとわびし」と嘆くよりほかない。だが本段が、「宮にはじめてまゐりたるころ」段と同様の悲憤を書き連ねることなく「まことにさる事なり」との一文で締めくくっているのは、〈評価〉というものが時に理不尽さを伴う行為なのだという諦観にも似た感慨を、本段執筆時の清少納言が抱いていたためではなかったか。つまり本段は、筆者が執筆時において中宮から苦言を受けたことを回想した際、同時期のもう一つの出来事（方違え先での「柳」の評価をめぐるやりとり）を前半に据え、〈評価をすること〉と〈評価されること〉の同時体験を対比的に記すことで、不本意ながらも結果を受容しようという姿勢を示しているのである。本段末尾「まことにさる事なり」は、直前の中宮の苦言に対する直接的な反省の念のみならず、両話の総括的感慨を示すものとして機能するのである。

中宮からの評価の低さは、清少納言にとってやりきれなく受け入れがたいものであった。従って、「まことにさる事なり」という感慨は、決して「自身の詠歌の拙さ」を「素直に受け入れ」たものではない。しかし、自分自身が「柳」を評したときのように、評価というものは〈評価の主体者〉の論理がすべてであり、その結果は受け入れざるを得ないのである。

（1）『枕草子』の本文は、松尾聡・永井和子校注『新編日本古典文学全集　枕草子』（小学館、一九九七年）に拠る。なお引用文には私に傍線等を付し、末尾に頁数を記した。

（2）①は、北村季吟『枕草子春曙抄』、松尾聡・永井和子『日本古典文学全集　枕草子』（小学館、一九七九年）、増田繁夫『和泉古典叢書　枕草子』（和泉書院、一九八七年）、松尾聡・永井和子『新編日本古典文学全集　枕草子』（小学館、一九九七年）、上坂信男ほか『講談社学術文庫　枕草子　下』（講談社、二〇〇三年）など。②は、五十嵐力・岡一男『枕草子精講』（一九五四年）、池田亀鑑・岸上慎二『日本古典文学大系　枕草子』（岩波書店、一九五八年）、小島俊夫「〈「かねける」いとにくし〉（枕草子「三月ばかり物いみしにとて」）の解釈をめぐる諸説について」（『奥羽大学文学部紀要』第一号、一九八九年一二月）など。③は、金子元臣『枕草子評釈』（明治書院、一九二一年）、萩谷朴『新潮日本古典集成　枕草子　下』（新潮社、一九七七年）、萩谷朴『枕草子解環　五』（同朋舎、一九八三年）など。④は、池田亀鑑『全講枕草子』（至文堂、一九五七年）の「図星を指されて憎らしいというほどの意であろう」というもの、近藤明「「かねける」いとにくし――枕草子「三月ばかり物忌しにとて」段小考――」（『女性（山形女子短期大学創立二十周年記念論集）』、一九八七年）の「「かぬ」の用法は、接続関係と主語の二点において、当時まだ耳慣れない新しいものであり、それが中宮定子や女房たちの言語意識に反した」というもの、渡辺実『新日本古典文学大系　枕草子』（岩波書店、一九九一年）の「「かねける」は、何かをしようとして出来ないことを表わすから、中宮の能力不足を言ったような響きを伴う」というものなどがある。

（3）松尾聡・永井和子校注『新編日本古典文学全集　枕草子』（小学館、一九九七年）四三五頁頭注。

(4)『日本国語大辞典　第二版　第一二巻』(小学館、二〇〇一年)。
(5)『千載和歌集』の本文は、片野達郎・松野陽一校注『新日本古典文学大系　千載和歌集』(岩波書店、一九九三年)に拠る。
(6)清少納言の出仕年時については、正暦四(九九三)年冬とみる説と正暦四年初春とみる説とがあり、どちらの立場に立つのかによって、本段の史実年時に一年の落差が生じることになる(上坂信男ほか『講談社学術文庫　枕草子　下』(講談社、二〇〇三年))。
(7)『千載和歌集』詞書は当該箇所を「三月ばかり二三日まかりいでて侍けるに」と述べている。対する『枕草子』は「二日という日」であることを厳密に示している点に注意したい。中宮の贈歌は、清少納言不在の無聊の時間を「昨日今日」(つまり二日間)と表していることから、中宮との以心伝心ぶりを示すために、「二日という日の昼つ方(中略)ただ今もまゐりぬべき心地するほどにしも」と「二日目」であることをことさらに強調して、中宮の時間表現との完全なる一致を目指したものと考えられる。それに対して『千載和歌集』の詞書は、中宮の和歌が清少納言退出の二日目に届けられたのか、あるいは三日目なのかが曖昧である。『千載和歌集』の撰者にとっては、清少納言と中宮との心情の一致を示すことに、『枕草子』の筆者ほどのこだわりをみせる必要がなかったためであろう。
(8)田中重太郎ほか『枕草子全注釈　五』(角川書店、一九九五年)は、本段末尾の一文を「「わたくしは真実の気持を詠んだのである(のに)」との弁解のことば」とし、「さる事」を清少納言自身の詠歌の内容と解している。
(9)保科恵「三月ばかり(第二八四段)」(枕草子研究会編『枕草子大事典』勉誠出版、二〇〇一年)。
(10)田中重太郎ほか『枕草子全注釈　五』(角川書店、一九九五年)。
(11)萩谷朴『枕草子解環　五』(同朋舎、一九八三年)。
(12)松尾聰・永井和子校注『新編日本古典文学全集　枕草子』(小学館、一九九七年)四三六頁頭注。

『枕草子』の語法――時の助動詞を中心に（一）――

糸井通浩

序　本稿の課題

『源氏物語』が「もののあはれ」の文学と言われるのに対して、『枕草子』は「をかし」の文学と評されている。概ね納得できる批評である。「春は曙」という文を、「（いと）をかし」の省略と見るのが通説(1)であるように、特にいわゆる「類聚章段」において、筆者が取り上げる項目は、筆者の「をかし」という評価に叶ったものが取り上げられていると見ているからである。列挙される項目は、「をかし」という眼鏡に叶ったものという暗黙の了解が、「をかし」の省略を復元可能にしている。つまり、「をかし」という評価で物ごとを見ることが、この作品の基本的な物の見方になっている。それゆえに、「をかし」の文学とされてきたわけである。もっとも評価語は「をかし」のみでなく、様々な語が設定されていることは言うまでもない。

ところで、この「をかし」という評価語を中心に様々な評価語で取り出される事項が、どのように取上げられているのか（表現されているのか）に注目してみると、その多くの項目が助動詞「たり」(2)（及び、り）」で括られているることが目立つのである。このことは何を意味するのか、これを考えてみたいというのが、本稿の基本的な課題なのであるが、そのことを考える上で、「たり」を含む「時の助動詞」（つ・ぬ、たり・り、き・けり）及びテンスに関わるムードの助動詞「（む）・らむ・けむ」の用い方との関係において考えてみようと思う。

『枕草子』は、従来から指摘されているように、様々な文章様式で書かれている。いわゆる「類聚章段・随想章段・日記章段」という三分類が代表的な分類である。本稿では私に、この三分類を整理し直して、その様式（タイプ）に従って「時の助動詞」の用いられ方（生態）を考察する。つまり本稿では、古典文法の語法研究と、その語法を手がかりにしての『枕草子』の文章研究とを課題としたい。

『枕草子』という作品は、伝本系統によってかなりな本文異同を相互に持っている。また、現存のテクストに至る過程で、修訂や後人補充といわれることが施されていると指摘されている部分もあるが、本稿ではこうした問題には特には触れず、岩波文庫本（池田亀鑑校訂・三巻本系本文）を底本として用いて、考察した。なお、本文引用の後の（数字）は、底本の章段番号である。

一　文章様式の分類

従来から、『枕草子』の各章段は、三種類の文章様式に分類できると説明されてきた。それぞれ典型的な「類聚章段」「随想章段」「日記章段」を念頭においてみると、プロトタイプ的には、充分納得できるが、個々の章段を見るとき、境界的な章段もあって、厳密に区分することが必ずしもできているとはいえない。しかし、本稿で、時の助動詞を手がかりにして、文章様式と叙述の方法との関係性を考察するにおいて、各段冒頭の文構造を目安に、従来の三分類をベースにして、次のように分類する。以下の記述では、下に示したタイプ記号（A—G）によって、それぞれを指示することとする。

	タイプ
Ⅰ類聚章段	
①「物（名）は」型	A
②「（評価語）もの」型	B
Ⅱ随想章段	
①「＊＊は」型	C
a「春は、夏は」型	C—a
b「もの（人・所）は」型	C—b
cその他の「＊＊は」型	C—c
d主題「は」省略型	C—d
②非「＊＊は」型	D
Ⅲ日記章段（体験記録風）	
①「うへにさぶらふ御猫は」型	E
②「き」を用いた体験記録	F
a「き」による額縁構造の段	F—a
b「き」構文挿入の段	F—b
③その他	G

タイプAは、「山は」（13）「市は」（14）など、「物」を主題化して、その「物」に属する具体物（下位類）のうち、「をかし」と評価される物を列挙する章段である。「物」は知覚で認知できるものである。つまり該当の物が存在すること自体が評価「をかし」の対象である。

タイプBは、「すさまじきもの」（25）「胸つぶるるもの」（150）などの章段で、「もの」の内容は、感情や感覚、または評価などの、内面における思考作用にあたるものである。列挙される項目は、主題化された感情や感覚を引き起こしたり、ある評価に該当したりする「ものごと」である。形容詞であれば、「もの」を修飾するのは、ほぼ情意形容詞である。つまり「もの」は、知覚で認知する「物」というより、内面作用でとらえられる「もの」である。タイプAとタイプBは、はっきりと対象が異なる。しかも、両者にははっきりとした構文的違いがある。タイプAは、主題を係助詞「は」で明示しているが、タイプBは、主題を投げ出しているだけである。係助詞「は」を用いず、主題語「……もの」と列挙項目との間につなぐ語がない。これは何を意味するのだろうか。

この違いは、伝本系統や各テクストを越えた、『枕草子』特有の文構造上の違いと言っていいようだ。ここで注目されることは、かつても述べたが[3]、このタイプBの例として、「をかし」の文学であるにも関わらず、「をかしきもの」の段が存在しないことである。先に述べたように、通説では、「春は曙」（1）という文は、「（いと）をかし」という述語成分の省略と見ているが、注（1）に指摘したように、指定の助動詞「なり」の省略と見る説があり、この説に立てば、「春は曙」という文は、「（をかしきもの）春は曙（なり）」ということになる。このことは、タイプAの全ての章段に当てはまることであり、つまり各項に述語の「をかし」が省略されている文とは見ない説であることを意味する。既に、「をかしきもの」を取り上げることは、読者に了解されていると見るのである。述語として「をかし」が明示されていなくても、各項は「をかし」と評価されたゆえに取上げられているのである。にもかかわらず、実際には「をかし」が述語として表現されている項目もある。それは何を意味するのか、と言うことになるが、このことは、省略をしなかったのではなく、逆に必要がないのに敢えて「をかし」と明示したかったと見るべきで、筆者の文体の問題である。

タイプAは、すべて「をかしきもの」の章段であった。これにレベル的に対応するのがタイプBである。係助詞「は」で、主題を明示するレベルを包括する大主題（上位概念）という意識が、「……もの」の後に切れ目を置くことになったのではないか。AとBの関係を図示すると、次のようになる。

〔図表１〕

タイプCは、様々な型に分けざるをえない。しかし、自由な叙述を試みながらも、自ずといくつかのタイプに整理できるようである。タイプC―aは、「春は（曙）」（1）や「内裏は」（92）などの段で、文構造はタイプAに属し、大主題「（をかしきもの）」の章段と見て良いであろうが、評価「をかし」の対象は、存在する物（「もの」）そのものではなく、その時期や場所における「こと」や「さま」、つまり主題の事項の内容、またはそれに伴う側面を取り出して、評価「をかし」の根拠にしている点で、タイプを別にみて、随想章段とした。[4]

タイプC―bは、タイプBに似てはいるが、「……ものは」と、係助詞「は」によって主題を明示している点が異なる。例として、「ふと心おとりとかするものは」（195）など作品後半に集中しており、冒頭の文にとりたての「こそ」が含まれているものがほとんどである。「ものは」が「ひとは」「ところは」となっている章段もこのタイプに属させる。

タイプC—cは、以上のタイプC—a、b以外の「＊＊は」型章段で、例として「をのこは、また、随身こそあめれ」(48)など、不特定のある種の「人」を具体的に、「説経の講師」(33)「ちご」(59)などを主題化している章段である。

タイプC—dは、逆に係助詞「は」の省略ではないかと思われる章段で、その点タイプBと似ている。例に「小舎人童」の段(54)、「祭りのかへさ(いとをかし)」の段(222)、「この草子、目に見え心に思ふこと……」(319)などを当てる。

タイプDは、典型的な随想章段で、タイプCが冒頭文に主題のとりたてをする「は」を用いているのに対して、冒頭において、係助詞「は」による主題化が見られない章段である。例に「思はん子を法師になしたらんこそ心ぐるしけれ」(7)、「野分のまたの日こそいみじうあはれにをかしけれ」(200)などがある。「こそ」によって、とりたて意識を示すのが特徴である。

タイプE、F、Gは、いわゆる日記章段に属する章段である。先の分類表で「体験記録風」とも規定した。ところで、具体的事項を叙述する場合に、その事項を例示的に取り上げて、一般論を展開する場合と、特定の時、特定の場所で実際あったことを叙述する、いわゆるその事項を「一回的事実」として叙述する場合とに区分できる。当のタイプE、F、Gは、後者に属し、タイプA—Dは、前者に属するという区別が可能だとみている。通常言う「随想」というジャンルの文章様式とは必ずしも一致していない。

タイプEは、特定の個物を「は」で主題化して、それについて述べた章段で、「うへにさぶらふ御猫は」(9)

や「成信の中将は」(292)など、後者などは、その人物のエピソード集になっている。このタイプは、すべて助動詞「き」が用いられている章段である。タイプFも、助動詞「き」を用いている段であるが、用い方で二種、a、bに分けられる。

タイプF、Gは、タイプEと異なり、冒頭文に主題を提示する「は」を持たない段で、冒頭文がほとんどの場合、人物の行動描写または、たまに自然描写となっている章段である。タイプGは、主題を提示する「は」も用いず、助動詞「き」も現れない章段である。(5)

以上、私的な、章段の分類を示したが、便宜この様式(タイプ)を単位に、各章段における、時の助動詞などの用い方(生態)について分析を試みたいと思う。

二　時の助動詞類の用法概観

(一)相互承接と叙述の層

ここでは、動詞文を中心に考える。動詞を核とする「述語成分」は、必要に応じていろいろな文法機能を備えた助動詞及び終助詞が複数結合することがある。それらの助動詞の結合順序には一定の順序のあることが指摘されていて、その事実を相互承接という。本稿で扱う時の助動詞群(「む」「らむ」「けむ」も含む)の間にはどういう事実が認められるかを、松村博司監修『枕草子総索引』(右文書院・1967)を参考にしながら、先ず確認してみることにする。

その前に、もう一つ確認しておきたいこととして、ここで扱う助動詞群は、それぞれペアで存在していることである。(6)「つ」と「ぬ」、「たり」と「り」、「き」と「けり」、「(む)」と「らむ」と「けむ」である。ペアであるとは、両者は用法上対立的関係にあることを意味し、それ故同時に両方が重ねて用いられることはない。相互承接の点で言えば、同じ層に属していることを意味する。それぞれのペアの意味用法の違いについては、後に確認することにする。

さて、大きくは、A群「ぬ・つ、たり・り」が、B群「き・けり、む・らむ・けむ」に先行するということは言うまでもない。ただし、本稿では「む」については、特にとりたてて、触れることはない。

〔図表2〕

ぬ・つ たり・り
｜
き・けり む・らむ・けむ

先ずA群内同士では、どういう順序性にあるかを確認する。「にたり」は存在するが「たりぬ」は用例がない。「てたり」は認められないが「たりつ」は多くの事例がある。まとめると「ぬ―たり―つ」の順序が確認できる。しかし、「ぬ」と「つ」が同時に用いられることはない。「たり」との関係における、「ぬ」「つ」の間に見られる相互承接上の違いは、それぞれの助動詞の意味用法の違いに基づいたものである。この事については後述する。

A群の「ぬ・つ」はB群の「き・けり」「らむ・けむ」のいずれにも上接する。つまり「ぬ・つ―らむ・けむ」または「ぬ・つ―き・けり」の順序で用いられることがあった。しかし、「たり・り」は「たり・り―き・けり」の承接は存在するが、「らむ・けむ」には上接することはなかった。つまり「らむ・けむ」は過去、ないし現在の事態を推測するが、同時に「たり・り」による事態の認識を含んでいたと言うことであろう。

B群内同士の相互承接はどうだったであろうか。「き・けり」と「けむ」は相互承接することはなく、前者が「確定の過去」の認識を示すのに対して、後者は「不確定の過去」の認識を示すという対立関係にあったからである。同じく、「たり・り」が「確定した現在」を示すのに対して、「らむ」は「不確定の現在」を示すという対立関係にあったと認められる。なお、「き・けり」と「らむ」とは、承接関係も意味用法上の対立関係もなかったことはいうまでもない。

こうした相互承接の事実は、叙述の層の違いと深く関わっているのであり、そのことは、つまり表現主体の叙述の視点の問題と関わっていることを意味する。後の各文章様式毎に考察するときに問題にすることになる。

(2)各助動詞の意味用法

叙述の層は、やはり大きくは、先のA群の助動詞および「(む)らむ」による叙述と、「(む)らむ」を除くB群の助動詞による叙述とに分けられる。A群による場合にも、さらに二つの叙述の姿勢がある。しかし、それを説明するには、視点に関わる、二つの視点時を区別しておかねばならない。事態時と発話時である。

事態時は、その事態が実現している「とき」のことであり、発話時は、主体が表現を紡ぎ出している「とき」、つまり発話者の「今(・ここ)」を意味する。ただし、発話時と事態時が分離している場合と、両者が一致している場合とがあることに注意したい。

さて、A群による叙述は、事態時に視点(認知の今・ここ)を据えての叙述である。この場合に二種の叙述がある。一つは、その「事態」が現に既にあったものである場合(歴史的事態)、つまり発話者が、その「事態」を過去に経験したり、事実として聞き知っていたりする場合である。この場合、発話時の「今(・ここ)」から事態時の「今(・ここ)」に視点を移して叙述していることになる。もう一つの場合は、描かれる「事態」が、仮想的にあり得る、典型的な事態、あるいは例として示す事態として描かれている場合(仮想的事態)である。発話者は、発話時の「今（・ここ）」にありながら、今その「事態」が存在するかのように叙述する。視点はその事態時に設定されていることになる。

前者は、過去にあった特定のことを眼前に生起する事態のように描く。これを「歴史的現在」と言うこともある。しかし、日本語の語りの場合は、英語などにおけるように、特別な手法、特別なレトリックと見るまでもなく、日本語の語りの言語では普段に見られる描き方である。(7) 後者は、個別的に事態は捉えられていても、生起した特定の「事態」ではない。(8) 例示的で「など」を伴って描かれることもあり、また習慣的事態であったりする。つまり、語り手（表現主体）の発話時（今・ここ）において、あり得る事態と認識（仮想）して描く。

次に、B群による叙述の場合は、語り手（表現主体）の発話時（今・ここ）において、描く「事態」を既にあったこととして描く。ただし、「けり」構文の場合は、描かれた「事態」がいずれも既に実現している事態であることには変わりはないが、それが「過去のこと」も「現在のこと」（いわゆる詠嘆とされる場合、現在の事実に今気づいたことを示す「けり」による）もあることに注意しなければならない。

〔図表3〕

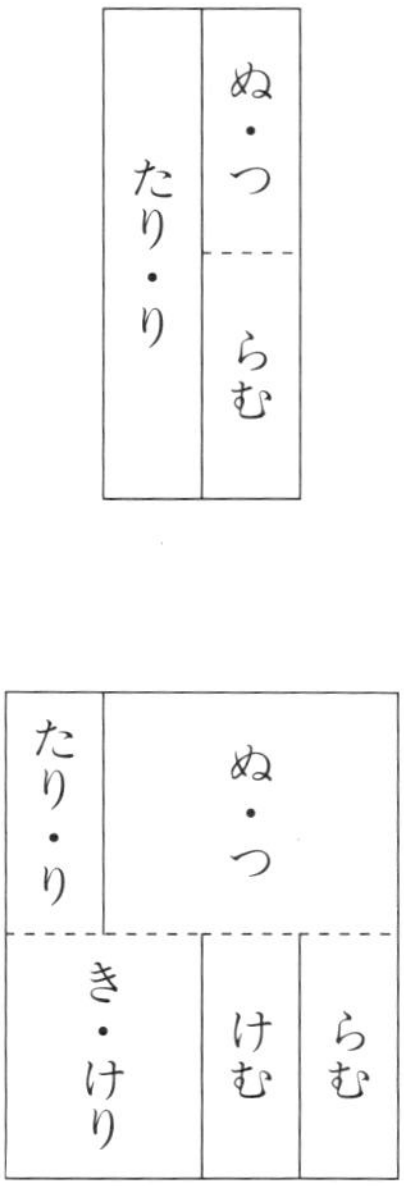

時の助動詞群は、それぞれペアで存在している。次にそれぞれの用法上の違いについて、従来の研究(9)を踏まえて概観しておきたい。

つ・ぬ

「つ」は、それまで継続していた動作、状態の、眼前における完了・終結を示す。動作は意志的な場合が多い。「ありつる文」と状態「あり」にも下接する。これは「さっきの手紙」を意味する。つまり、今の瞬間においては意識から消えていた（完了）が、なおその存在が現在のことと意識されていたことを意味する。「ぬ」は、事態の変化を示し、それによって新たな状態（新たな場面）の発生を示す。自然現象など、人間主体にとっては無意志的な動作・事態の場合が多い。

『土佐日記』二月十六日の、桂川を渡ったときの歌、

あまぐもの遙かなりつる桂川　袖をひてても渡りぬるかな

土佐にいるときから、故郷の「桂川」は「はるかに（遠いもの）」であったが、その思いは今現に桂川を渡る直前まで意識されていた思いであったことを「つる」は物語り、渡った今「遙かなる」ものという思いが完全に消滅したというわけである。帰京の実感が今初めて湧いたのだ。それ故無我夢中で桂川を気づいたら渡っていた、袖が濡れるなど気にする余裕もなかったという思いが「ぬる」に込められている。そして今はもう京の生活空間にいる。「渡る」という行為は意志的に為されることが普通かも知れないが、ここはそうではなかったのである。

「つ」と「ぬ」の違いが、「たり」との承接の違いに現れている。「てたり」はなくて「たりつ」（継続していたものが完了する）があり、「にたり」（事態の変化が新しい状態を発生させた）があり、「たりぬ」はないのである。

たり・り

ともに存在詞「あり」を根にして発生した助動詞で、両者の用法に基本的には違いがない。しかし、動詞の動作を「あり」によって状態化する用法であることに変わりはないが、動詞に「て」を介して接合するかしないかの違いがあり、また発生的に「り」が、四段動詞とサ変動詞にしか付かないのに対して、「たり」はすべての動詞に付きうるという違いから、やがて勢力的に「たり」が「り」を駆逐していくことにな

る。そこで、ここでは「たり」によって、この助動詞の用法を確認しておきたい。

動詞に「てあり」が付いて、動作を状態化する、ここに助動詞「たり」が成立した。存在詞「あり」の文法化である。[10] 基本的に、継続動詞についた場合は動作の継続という状態を示し、瞬間動詞に付いた場合は、変化の結果の持続という状態を示す。この用法を基本としながら、現代語の場合を先取りして言えば、過去・完了の「タ」はこの「たり」の残存形と言われるように、「たり」は他の時の助動詞の用法をだんだんに吸収していくことになる。逆に、「たり」本来の用法であった、現代語の「―テイル」に相当する用法が弱体化して、今や「―テイル」「―テアル」の形式が、テンス・アスペクトにおいて、「―タ」と対立的関係にあるに至っている。

ところで、動詞（一般動詞）の裸形（動詞に何も助動詞の付かない形、基本形・ル形とも）が終止法で用いられると、現代語ではテンスは未来になるが、古代語ではテンスは現在になる。例えば、「―とて笑ふ」は、現代語では「―と言って笑った」「―と言って笑っている」とするところであるが、古代語ではテンスは現在（今・ここ）と見るべきである。[11] 共に表現主体の視点が、事態や状態を眼前に生起しているものとして捉えている表現である。

具体的に見てみよう。

『枕草子』に用いられた「降る」という動詞に注目してみよう。降るものは、ほとんどの場合「雪」か「雨」である。「降る」と「降りたり」とが、どう使い分けられているかを確かめてみる。雪の場合、両者の違いははっきりしている。「降りたり」は、「下衆の家に雪の降りたる」(45)「雪のいと高うはあらで、うすらかに降りたるなどは」(181)「雪のいと高う降りたるを」(299)などから分かるように、例外なく降った結果を示している。つまり雪はやんで、積もった状態をさす。それに対して「降る」は「雪高う降りて、今もなお降るに」(247)「雪のかきくらし降るに」(293)「白き雪のまじりて降る、をかし」(250)など、雪が降り続いている、つまり動作の継続を言っている。なお、「(雪) 降りにけり (る)」が二例見られるが、これは、降雪の動作の終了を示しているが、背後に積雪といった、降った結果の存続 (状態) が意識されていると見て良い。

「雨」の場合、少し複雑になる。「降る」は、雪の場合同様、降り続いていることを意味するが、「降りたり」には、「雨うち降りたるつとめて」(37) のように、降った結果が意識されている (露に濡れている、埃が洗われてあざやかなど) 場合と、「―に雪降らで、雨のかきくらし降りたる」(98) などでは、裸形「降る」と同じで降雨の継続を意味している場合とがある。「降る」で充分なところを、敢えて「降りたる」としているところに文体的意図があると思われる。現代語でも「今日は良く降りますね」「外では雨がひどく降っていますね」と、「降る」「降っている」両方とも、現在の状況を言うのに使われる。しかし、前者は動作の実現そのものに関心があり、後者は現在の状態、その継続中に関心がある、と言う違いが認められようか。

古代語では、「降る」の裸形だけで、現在の状態、その継続中であることを意味し得たのである。敢えて「たり」を添えて「状態化」をはからなくても、動詞自体がそういう性質を持っている場合は「たり」を添えなくても良かったと思われる。しかし、『枕草子』では、評価語「をかし」などで評価される根拠が、ものごとの状態におかれているとみられる。そのことは、「―たる、をかし」と言う構造の文が目立つことによって分かる。例えば、「ありく」は「舟のありくこそ、いみじうをかしかりしか」(114)「人のしりさきに立ちてありくもをかし」(151) と「たり」を添えていない。ところが、ただ三例「ほとめきありきたるこそをかしけれ」(43)「ゆるぎありきたるも」(25)、そして「ただ板敷などのやうにありきたるもをかし」(120) と「たり」を付加している。最後の例については異文があり、[12] この直前には「誦しつつありくこそ……をかしけれ」ともある。「ありく」自体に動作の継続、状態性を含んでいるので、「たり」を敢えて付けるまでもなかったと思われるが、先の二例が

「たり」を付けているのには、なんらかの文体的な意図があってのことであろう。

同じことは、「行く」および、「走らせ行く」など「行く」の複合化形などにもいえる。「たり」が多用されている段にあっても、「ゆるゆると久しく行く（いとわろし）」(32)とある。もっとも、「行く」については、現代語でも動作の継続の意味で「行っている」とは言わない。「行っている」と言える場合は、「行く」の結果を示して、「(だから)今ここにいなくて、よそにいる」ことを意味する。

本稿では、時の助動詞の中でも、特にこの「たり・り」に注目して、『枕草子』の文章について考えたいと思っている。

き・けり

「き」と「けり」が重ねて用いられることはなく、両者は、従来選択関係にあると見られている。ここでは、それをペアと言っている。しかし、果たして両者はきれいな相補分布を為しているかというと、必ずしもそうはいえないのではないか。確かに、有力な解釈である、「き」が「目睹回想」（表現主体が体験した過去）で、「けり」が「伝聞回想」（聞き伝えで知った過去）と言う区分は、まさに「わがこと」「ひとごと」(13)の違いを意味し、明確な相補分布を為していると言える。しかも『枕草子』の章段の中には、いくつか前の世代（時代）のエピソードを書き留めたものがあるが、必ずと言っていいほど「けり」で語られている。しかし、「けり」が「わがこと」について用いられた場合もあるわけで、また逆に「き」がすべて「わがこと」だとはいえない事例は、少なくはないのである。

いずれにしろ、「けり」による認識が、存在詞「あり」を根に持っていることは無視できないであろう。「けり」によって統括される事態には、表現主体の発話時（今・ここ）から見るとき、明らかに（今・ここ）に属さない、過去の事態である場合と、（今・ここ）に属する事態である場合とがある（従来前者を「過去」ないし「詠嘆的過去」と言い、後者を「詠嘆」と言っている)。しかし、いずれの場合も表現主体の発話時を基点とする認識であることに変わりはない。ただし、視点が事態時に移されている場合は、その事態時が基点(今・ここ)となる。

整理すると、「き」と「裸形・基本形」が対立的選択関係にあり(例:「かたる」と「かたりき」)、さらに「き」と「けり」が対立的選択関係にあり(例:「かたりき」と「かたりけり」)、また「裸形・基本形」と「けり」が対立的選択関係にある(例:「桐壺なり」と「桐壺なりけり」、「かたる」と「かたりけり」)ということになる。

改めて、『枕草子』においての用いられ方を確かめて、両者の本質についてはさらに後に考えてみたい。

らむ・けむ

「らむ」は、表現主体の「今・ここ」で確認できない、しかし「今」のことについて推測する場合に用いられ、「けむ」が既にあったことと認識していることに関して推測するときに用いる助動詞であることは、まず了解できる。テンス的に「現在」と「過去」という対立にある。なお本稿では「む」については触れないが、「む」はテンス的には「未来」を想定するときに用いる。ただし、加えて、時制を越えた判断、例えば、一般的な事実やその原理や真理についての推測にも「む」は用いられる。

先に、「叙述の層」の区分において、「相互承接」における区分のB群から「らむ」だけをはずして、「つ・ぬ、たり・り」のグループに入れたが、「らむ」は事態時(発話時と重なる場合もある)を(今・ここ)とする視点から、その「今」に属する事態の不確かなことがらを推測する助動詞だからであった。「らむ」の「ら」は存在詞「あり」に由来すると解されている。つまり、既に先にも触れたが、「たり・り」と「らむ」は対立的関係にあった。確立した現在の状態と認識している場合とまだ不確かと認識している場合とである。「つ・ぬ」と「らむ」とは対立的関係になく、相互承接関係にあった。

「けむ」の「け」は、おそらく「けり」の「け」と通う語素であろう。(14) つまり、「けり」と「けむ」は既にあったことに関する認識において、前者は確定的なことと認識していることを示し、後者は不確定なことという認識にあることを示しているのである。

三　類聚章段タイプAの表現

タイプA（「物は」の章段）は、本来タイプB（「……もの」の章段）にあたる「をかしきもの」の段のもとに、すべてのタイプAの段が属するという関係にあると先に見た。つまり「をかしきもの」の段の下位類が、タイプAの各段と言うことになる（ただし、先述の通り「をかしきもの」という段が『枕草子』の一つの章段として存在するわけではない・図表1参照）。従って、それぞれの限定された、各段のテーマのもとに列挙された項目（フィラー）は、すべて「をかしきもの」の評価に該当する項目である。それ故いちいち「をかし」を付ける必要はないはずであるが、にもかかわらず「をかし」と評価語を伴っている場合があるのは、それぞれに理由があってのことであろう。(15)

タイプAは、「物」（中には行動・時期も）の存在そのものに対して、「をかし」の評価をクリアする物だけが列挙される。言うまでもないが、「弾くものは」(217)「見ものは」(219)「降るものは」(250)の段もここに属する。タイプB（「……もの」型）ではない。

さて、段によって随分記述に差がある。単に項目だけの列挙に終わっている段から、その項目をとりあげた、「をかし」の根拠を縷々述べ立てて随想章段とまごう段まである。「をかし」と評価した根拠は様々で、多岐にわたる。それらの記述に現われる「時の助動詞」に注目して、タイプAの記述上の特徴を考えてみたい。

タイプAの記述で目立つのは、「けむ」の使用である。『枕草子』全体で八〇例弱の内一六例を占める。この数値は、文章量から見て、かなりの頻度になる。存在そのものを「をかし」と評価しているのだが、特にそのものの「名」に関心があったことは、従来指摘されているところである。そういう名が付けられたことへの関心であり、そういう関心を持ちたくなるものであることが「をかし」に叶う根拠になる。「（何の心ありて……と）つけけむ」（40）と言うわけである。これは「つけけるならむ」（38・二例）にも相当する文末形式である。

項目の名の由来や、それにまつわって伝えられている故事を「奥ゆかし」とする評価が「けむ」によって根拠づけられている。しかし、「奥ゆかし」は過去にのみ求められるのではなく、「らむ」「ならむ」「にやあらむ」「なるべし」などによって、その項目の現在におけるあり方にも関心を向けている。「鳥は」（41）では「らむ」が多用されており、この「らむ」を伝聞の「らむ」と解したりするが、「らむ」の本来の用法からはずれた用法というわけではない。存在や生態についての知識は持っていて、その項目の存在は確かであるが、現に自らは確かめていなくて、「不確かな現在」であることを承知の上で、それ故「奥ゆかし」と評価しているのである。かえって「と聞いている」（伝聞）と訳すことがいいかどうか、疑問にもなる。

以上推量形の助動詞は、筆者の発話時（今・ここ）を基点にしている。同様に、筆者の発話時を基点にして、「き」によって過去における個別的体験を「をかし」の根拠にしている場合もある。しかし、「き」で統括された事態がすべて、筆者の発話時から見て過ぎ去ったこととして捉えられているわけではない。例えば、次のような用い方もある。

1）色々にみだれ咲きたりし花の、形もなく散りたるに、冬の末まで、……立てる、人にこそいみじう似たれ。（67）

2）なにがしにてその人のせし八講、経供養せしこと、とありしことかかりしこと、いひくらべゐたるほどに、

この説経のことはききも入れず。（33）

1)は、個別的な事態を想定して描いているが、特定の事態ではない。「き」の働きは、「かつて花がカラフルに咲いていた頃」と「花がすっかり散ってしまった今」との時間差を示している。後者を事態時として、前者がそれ以前のことであることを示す。これが「き」の用法の典型例である。つまり、視点の置かれた時点（1)では事態時）を（今・ここ）として、それとは切れた過去の事態であることを示している。2)では、説経を聞きに来ている人たちの「今」（発話時）を基点にして、語られる事態が、その人たちが過去に経験したことであることを「き」が語っている。

3)こま野の物語は、古蝙蝠さがし出でて持ていきしがをかしきなり。（212）

3)は、「き」で統括されている事態が、筆者の発話時（今・ここ）を基点とするものと考えると、過去の事態であることを、この「き」が示している。ただ、その事態が「物語」の作中世界のことであって、筆者の現実世界とは異なった、時間を共有できない世界のことである。ここに筆者の物語観が露出している、注目すべき例である。もっとも、「成信の中将は」（292）の段では、同じ物語の作中世界を「むしばみたる蝙蝠とり出でて、『もとみしこまに』といひてたづねたるが、あはれなるなり」と「たり」で捉えていることに注意しておきたい。

4)あはれなりしことを聞きおきたりしに、またもあはれなることのありしかば、なほとりあつめてあはれなり。（242）

この例では、筆者の発話時を基点に、（今・ここ）の時間と三つの過去の事態の時間が重層（入れ子）的に述べられていて、珍しい例である。

「ぬ」「つ」は、（今・ここ）を視点として詠まれる和歌の場合は別として、基本的には事態時を基点に用いられると見て良い。

5)近かりつるがはるかになりて、いとほのかに聞ゆるもいとをかし。(219)

「遙かになってしまっている」今を基点に、「近かったとき」が「ついさっき」のことという時間関係の認識を表わすのが、「つ」の基本である。

6)六月になりぬれば、音もせずなりぬる、すべていふもおろかなり。(41)

「ぬ」によって、(今・ここ)において、時は「六月」であり、(ほととぎすの)音がもう聞かれないことを示している。基本は変化の実現を示すことにあるが、今がその結果の状態にあることをも自ずと意味することになる。この後者の意味を、基本的用法として持っているのが、「たり」である。「ぬ」という変化によって、「たり」という状態になるのである。なお、「にたり」もある。

「をかし」の根拠を述べるのに、随想章段のように詳しい説明が為されているところでは、「たり」の使用が目立つ。特にここで注目したいのは、例えば、32段[16](なお、この段は、「車は」ないし「牛車は」というタイトルが欠落しているものと見ておく)、

7)びらう毛は、のどかにやりたる。いそぎたるはわろく見ゆ。網代は、はしらせたる。人の門のまえなどよりわたりぬるを、ふと見やるほどもなく過ぎて、供の人ばかりはしるを、誰ならむと思ふこそをかしけれ。ゆるゆると久しくゆくはいとわろし。(32)

「のどやかにやりたる(をかし)」のように、「たり」が「びらう毛」を「をかし」と見る根拠がどこにあるかを示しているが、このように直接根拠となる事態を提示している「たり」である。この段では、他に「いそぎたる」(ただし、これはマイナス評価の対象)「はしらせたる」である。「はしる」「ゆるゆると久しくゆく」は先に取

り上げたように、「ゆく」事態が「たり」を含んでいると捉えているものと判断する。「はしる」も同じである。おのおのの車のどういう点を「をかし」と見ているかというと、「やる」「いそぐ」「走らす」「走る」「ゆるゆると久しくゆく」という行為ないし動作ではなく、「たり」を付けて、それぞれの状態・様態（ありさま）に注目しているのである。このように、「をかし」の根拠が「こと」（行動）でなく、「たり」が統括する「さま」であるところに、『枕草子』の基底にある、ものを見る目があるように思われる。

8）藤の花は、しなひながく、色こく咲きたる、いとめでたし。（37）

これも、「色こく咲く」コトでなく、「色こく咲きたる」サマに注目しているのである。しかし、花は「咲きたる」サマに注目が行きやすいのであるが、中には、「春秋と咲くがをかしきなり」（67）とあり、これは明らかに「咲く」動作に注目している場合である。

ところで、「見ゆ」「聞こゆ」は、今の「見える」「聞こえる」にあたり、この形で発話者にとっては現在の状態を指す。古典でも「遠うより聞ゆるが……をかし」（218）「鳴く声雲井まで聞ゆる、いとめでたし」（41）と「たり」で状態化しなくてすむが、「いつしかしたり顔にも聞えたるに」（41）と「たり」を伴なっていることもある。同じく「茎はいとあかくきらきらしく見えたるこそ、あやしけれどをかし」（40）と、「見ゆ（る）」でなく「見えたり（る）」とすることが多い。現代語でも、「見える―見えている」、「聞こえる―聞こえている」と両方の形が使われる。ただ、「咲く―咲いている」などとは異なる使い分けがあり、後者の用法として、主体の認知（見える・聞こえる）を確信して述べる働きがある。古典語の場合もそれから類推して解釈して良いであろう。

また、「言ひたる」「言はれたる」（二例）（以上、40）、「申したる」（一本に、25）「（業平が）詠みたる」（62）、「書きたる」（67）などは、いずれも「いふ」「詠む」「書く」という動作の状態ないし進行中を意味しているのでなく、動作の存在ないし結果が「今」も確認できることを意味している。

以上、タイプAの表現の範囲で確認できることを、記述してきた。(二)では、タイプB以下について述べる予定である。

(未完)

(1) 渡辺実「『枕草子』の文体」(『國文學』學燈社・1988・4)は、「春は曙(なり)」とみている。筆者もこの説に賛同する。「春って、曙よ」という現代語訳は、この解釈と同じ考えに立っている。また、小松英雄『仮名文の構文原理』(増補版・笠間書院・2003)では、「春は曙」を一文とみないで、以下の叙述のための場面設定、状況提示の機能を果たしている表現と捉えているが、ここでは、その考えはとらない。

(2) 例:「……いとはなやかなる色あひにてさし出でたる、いとをかし」(67)。

(3) 拙稿「枕草子の語法一つ——連体接「なり」の場合」(『國語と國文學』至文堂・1992・11)。

(4) 「春は曙」(1)の段は、「びらう毛は」(32)の段と類似した様式を有する。下記で、後者を「車は」ないし「牛車は」の冒頭を欠いた段と見ているが、それだと、「春は曙」の段については、「季節は」という冒頭を欠いたものと見ることになる。

(5) 例:「殿上の名対面こそなほをかしけれ。御前に人侍ふをりはやがて問ふもをかし」(56)。

(6) 「総索引」の底本と本稿の底本は、共に三巻本系であるが、本文の間に異同がある。この点は十分配慮している。

(7) 拙稿「『歴史的現在(法)』と視点」(『京都教育大学国文学会誌』第17号・1982)及び視点については、拙稿「視点」(多門靖容・半沢幹一編『ケーススタディ 日本語の表現』おうふう・2005)など。

(8) 本稿では、「個別(的)」を、「彼女はアメリカ人と結婚したがっている」という場合、「アメリカ人」とは一人の男性であるのが普通で、これを個別的指示物ととらえ、さらに、その「アメリカ人」が、誰々と決まっているとき、「特定」化された指示物とみる。つまり、個別的認識をしていてもその指示物が特定化しているとは限らない。

(9) 時の助動詞による、平安時代のテンス・アスペクトについては、『源氏物語』を対象とした、鈴木泰氏の詳細な研究、『古代日本語動詞のテンス・アスペクト——源氏物語の分析』(ひつじ書房・1999)、「時間表現の変遷」

（月刊『言語』１９９３—２）などがあり、『枕草子』の助動詞「き」をめぐる、松本邦夫氏の一連の論考、「枕草子の『回想』——〈はなし〉と〈かたり〉の位相——」（『古代文学研究　第二次』第二号・１９９３）、「枕草子・一条帝関係小段の位相——一条帝の叙述における「仰せらる」と「き」——」（『同上』第五号・１９９６）など。

(10)「てあり」は動詞連用形に接続するが、融合して助動詞「たり」になるものと、未融合の「てあり」のまま用いられている場合とがある。後者についての考察は、続稿(二)の予定。

(11)現代語の「た」について、「もう食べた？今食べたよ」「打ちました。大きい。入った。ホームラン！」などの「た」は、今眼前において出来事が実現していることを示している。テンスは現在とみる。

(12)同じ三巻本でも、本文によっては、「おもひたる」となっている（「新潮日本古典集成」本（萩谷朴校注・１９７７）・増田繁夫校注『枕草子』（和泉書院・１９８７）など）。この方が本文の理解はしやすい。

(13)この用語は、渡辺実「「わがこと・ひとごと」の観点と文法論」（『国語学』165集・１９９１）のものによる。

(14)「けり」の「け」について従来、過去の助動詞「き」とする説と動詞「来」の連用形「き」とする説とがある。

(15)注(３)の拙稿参照。

(16)この事については、注(４)参照。

龍谷大学蔵徒然草伝写本について

木村雅則

一　はじめに――徒然草の伝本研究

『徒然草』は、近世の数多い版本を始めとして、現在もなお中学・高校の教科書教材の中心であるほど広く人口に膾炙してきた古典随筆である。またその研究についても、慶長九年（一六〇四）の『徒然草寿命院抄』を嚆矢として、実に多くのものが世に出されてきている。現存する最古の写本としては、永享三年（一四三一）の奥書を持つ正徹自筆本であるが、伝本関係や分類などの研究となると、現存する伝本の数がおびただしい上、『國書總目録』に未記載のものも少なくないためか、諸説が示されているものの、未だ定説を見るまでには至っていない。

『徒然草』の伝本研究については、桑原博史氏『徒然草研究序説』（明治書院・昭和五一年）が詳細である。それによると、現在でもその出発点は鈴木知太郎氏「徒然草諸本解題」（山田孝雄『つれ〲草』付載・宝文館・昭和一八年）であるという。鈴木氏の研究は三六本の写本と刊本を対象とした考察である。さらに、高乗勲氏が『徒然草の研究』（自治日報社・昭和四三年）の中で、七一本の伝本を対象として分析し、嵯峨本系・貞徳本系・桂宮本系・正徹本系の四系統を示した。だが、現在多くの校本が烏丸光広本を底本としていることから考えると、烏丸本を中心とした系統を立てるのが自然であろう。また、特異な章段配列を持つ常縁本の位置づけが妥当性に乏しいとも言わざるを得ない。

現在最も有力な説は、烏丸本系統・幽齋本系統・正徹本系統・常縁本系統の四分類とするものであろう。これは、桑原氏が前掲書で示す分類であり（島津忠夫氏にも同様の見解がある）、その後、齋藤彰氏が『徒然草の研究』（風間書房・平成一〇年）でさらに詳細な伝本分析とともに示している。これとても幽齋本系統が第一類〜第三類、烏丸本系統も第一類〜第三類などと小分類され、相互の小分類間でそれぞれに類似性が重複しているような部分があるが、現在最も有力な説であると言ってよいと思われる。

本稿は、これらをふまえた上で、現在龍谷大学に所蔵されている『徒然草』の伝写本について、その紹介を兼ねて取り上げるものである。

二　龍谷大学所蔵の『徒然草』

現在、龍谷大学に所蔵されている『徒然草』は、古注釈書類を除くと、次の二写本・五版本が確認されている。

〈写　本〉

①『つれづれ草』〇二一—五八三—一。二冊。室町期に写されたものと推定される。

所謂「龍谷大学本」である。下巻に一折二丁の落丁と思われる箇所があるが、ほぼ完本である。これは、秋本守英・木村雅則が翻刻し、総索引を作った（『龍谷大学本徒然草本文篇』・勉誠社・平成九年、『龍谷大学本徒然草索引篇』・勉誠出版・平成一〇年）。なお、これらが刊行された時は、この写本が龍谷大学に所蔵された直後のことであり、まだ整理番号が付されていなかった（以下、「龍大本」と呼ぶ）。

②『つれづれ草』〇二一―三三七―一。一冊。延徳二年（一四九〇）写か。

表紙には「つれづれ草　写本　全」とあるが、上巻のみである。「延徳二年　平忠重写」とあることから、高乗氏が前掲書で「延徳本」として紹介している。また、「龍谷本」として桑原氏・齋藤氏も紹介しており（桑原氏はこの影写本である京大文学部蔵本に拠っている）、齋藤氏は正徹本との異同を詳細に調べている（「正徹本系統つれつれ草の古態的性格――龍谷本の性格――」・『徒然草の研究』第一章二・風間書房・平成一〇年）。前掲拙稿では、この写本の最初に「寫字臺之蔵書」の印があったことから、この写本を「写字台文庫本」と称していた（以下、「忠重本」と呼ぶ）。

〈版　本〉

③『つれづれ草』〇二四・三―七六五―二。二冊。

万治二年（一六五九）、高橋清兵衛刊行。前掲の『龍谷大学本徒然草本文篇』において、「萬二本」として、秋本守英・木村雅則が翻刻し、龍大本と対校しつつ示した。

④『新校絵入　つれづれ草』九一四・五―三五―二。二冊。

元禄一六年（一七〇三）刊。「加賀屋作兵衛・荒川屋限兵衛蔵版」の奥書がある。

⑤『つれづれ草　上下』〇二一―七三九―二。二冊。

元文二年（一七三七）刊。「菊屋善兵衛版」の奥書がある。

⑥『つれづれ草　絵入　上下』九一四・四五―6―W―（二）。一冊。

嘉永三年（一八五〇）補刻の袖珍本（小型本）である。「浪華書林　敦賀屋九兵衛　象牙屋治郎兵衛　敦賀屋彦七」の奥書がある。

⑦『つれづれ草　絵入　下』〇二四・三―七六七―一。一冊。

正徳二年（一七一二）刊。奥書には「和泉屋茂兵衛」の名がある。内題には「新版絵入　つれづれ草」とあり、表題は「下」となっているが、一冊で完本である。

三　二写本について

①龍　大　本

龍大本の書誌解題を前掲『龍谷大学本徒然草本文篇』より引用する。(1)

体裁は、縦二四・五糎、横一八・〇糎の大きさの綴葉装冊子本で、上・下の二冊、表紙は蕉茶色の紙表紙で、稲妻菱繋菊唐草散空押模様があり、見返しは本文と共紙である。稲妻菱繋は殊に裏表紙にはっきり出ているが、菊唐草散は空押が辛うじて判別できる程度までに均されてしまっている。外題は縦一五・〇糎、横三・二糎の撫子色地に銀泥で花菱と唐草模様を描いた中央題簽に「つれ〳〵草上（下）」と墨書する。内題はない。本文の料紙は厚紙の斐紙（鳥の子）で、虫損はごく僅かである。本文墨付は、上冊七八丁、下冊五八丁で、丁付はない。本文は一筆書きで、一面に一〇行、一行は二〇字前後で、章段毎に改行して起こすとともに、章段の改まったことを行頭の右肩に朱線を施して示す。本文中の漢字には右傍に片仮名（稀に平仮名）で小書きしてよみを示したり、平仮名の右傍に漢字を宛てたり、本文の右傍に小書きで異本注記をしたり、また本文左傍に小書きで解説的注記をしたりしている。奥書、識語の類はなく、書写者や書写年代に関しては不明と言うほかない。

この写本は、『國書總目録』に所在が示されていない。このことから、本書の注目点はまず本文の系統上の位置づけがあげられる。また、それと同時に、書写年代なども注目点として考えられる。

稿者の分析によると、龍大本の本文は、所謂流布本系統、つまり高乗氏の分類で言うと嵯峨本系と貞徳本系の混合本文であろうと考えられる。ただし、上巻と下巻とで拠った伝本が異なる可能性が高く、下巻は正徹本の影響を強く受けている本文である。(2) また、齋藤氏の分類で言うと幽齋本系統第二類の本文との類似も考えられたが、稿者が精査した結果、幽齋本系統第二類ではないとするほうが蓋然性が高い。(3)

また、烏丸本・正徹本・常縁本と比較した本文表記上の特徴として、使用されている漢字の延べ字数に比して異なり字数が多いことが挙げられる。このことは、龍大本が積極的に様々な漢字を使っていることを意味する。そのためか、漢字の読みやその意味についてルビの形で書き込まれている部分が四七箇所、本文の平仮名表記の部分に漢字を注記してある部分（所謂「振り漢字」）が三箇所認められる。また、龍大本にしか使われていない漢字表記やそのルビから考えると、漢字を誤読していると思われる箇所などもある。

このように、この写本の系統上の位置づけについては、まだ問題が残る。とりわけ注目されるのは、ある特定の伝本とのみ本文が共通する箇所の存在である。その中でも、高乗勲氏が示された「王堂旧蔵本」との共通異文は、単なる偶然の一致では考えられないような表記や語法の問題をはらんでおり、極めて興味深い。(4) また、龍谷大学本の独自異文が存在したりもする。今後も精査を続けていくつもりである。

②忠　重　本

この写本の書誌解題は、既に齋藤彰氏によってなされている。いまそれを引用する。[5]

本書は二七・五×二二・八糎の袋綴一冊本。上冊のみ。表紙は薄茶色地の雲紙で原装。表紙左に「つれ〳〵草　寫本　全」と直に書く。本文とは別筆である。見返しは本文共紙。本文料紙楮紙。遊紙首尾ともになく、墨付六五丁。一面一二行。章段区分は改行による。但し、第一三四は同筆の墨での行間の合点による。墨の同筆の補記・校合・傍書がある。六五丁裏中央に「兼好作也云云」とあり、六六丁表に「延徳二年竜集庚戌八月日平忠重本也」の奥書がある。本文と同筆である。正徹本系統に属する延徳二年写本と認める。一丁表の右下に「寫字臺之蔵書」の長方形陽刻朱印を捺す。虫損がある。

これに追加するとすれば、本文は一筆書きで、一行はおおむね二二字前後、また、本文での漢字部分にはいわゆる「ルビ」は付されていない、ということぐらいであろうか。

齋藤彰氏は、前掲書で、次の点を指摘しておられる（以下、齋藤氏の言う「龍谷本」は「忠重本」と書く）。

1　正徹本にはないが、忠重本にある語句

2　正徹本と忠重本に共通する特殊な漢字（三例）

3　忠重本の校異（傍記の形で異本表記をしているもの）（五例）

4　忠重本独自の欠脱（正徹本と比較した上での不足部分）（一〇例）

5　正徹本と忠重本に共通する誤脱

忠重本写本の注目点は、次のごとくである。

まず、この写本は正徹本系統と見なされているようであるが、その妥当性の再検討である。例えば高乗勲氏は

「正徹本の祖本と同祖関係」だと言うが、同時に「川瀬氏の説のごとく正徹本の伝写と見ることはできない」とも言っている。

これには、本文そのものの校異を調査するとともに、異本表記のあり方や、独立異文の問題などもあり、多くの観点からの分析が必要であると思われる。先行の齋藤氏の研究では、正徹本の古い形態を探る目的で、正徹本とのみ比較校合しているが、他の系統本とはどうなのか。さらに細密な比較校合の必要を感じる。

そのために、この写本の本文を翻刻し、研究に資することは不可欠なことであると考える。また、翻刻本文を提供することにより、別の手法での伝本研究（例えば稿者が示したような「文節対照法」など）にも大きく寄与できるであろうと思われる。

次に、この写本が奥書通り実際に「延徳二年」に書写されたものかどうかという点である。この写本の親本に「延徳二年　平忠重写」とあったものをそのまま転写し、実際には延徳二年以降の別の年に書き写されたのかもしれない。従来の説でも、鈴木知太郎氏は「延徳の写とは認め難し。されど室町末葉を降るものにはあらざるべし」、高乗勲氏は「延徳二年の書写でないとしても室町末期を下らぬものと見られている」として、室町期だとしても延徳二年書写説を支持しないが、齋藤彰氏は前述の通り「正徹本系統に属する延徳二年写本と認める」とされており、意見が分かれている。

加えて、同じ室町期の写本ということもあり、この写本が龍大本（前項の①）と関係があるかないかも判断する必要があろう。前述の通り、「龍谷大学本」は、下巻は正徹本の影響を強く受けている本文であるが、上巻はそうではない。忠重本は上巻だけであるので、この両者の関係を考えることによって、室町期の『徒然草』の本文形態について言及できる可能性がある。

四　おわりに

『徒然草』は、伝本の数はおびただしいものの、桑原氏や齋藤氏が指摘するように、序段と二四三段に分ける現行の区分は、浅香久敬『徒然草諸抄大成』(貞享五年・一六八八)のそれを踏襲しているし、また、章段の配列や区分が異なっても内容が新たに加わった伝本はない。そう考えると、伝本関係の確定も何とかなるような気がするものの、室町期の写本が少ないことや、本文異同の多さがそれを阻んでいる。愛されてきたものゆえの悲劇なのかもしれない。

この「延徳二年」本は、比較的早くから紹介され、校合資料として使われてきたものの、未だ翻刻がなされていないのは非常に残念なことであった。今回、翻刻を取り上げることにより、『徒然草』研究に少しでも寄与できるところがあることを祈っている。

(1) 秋本守英・木村雅則『龍谷大学本徒然草本文篇』(勉誠社・平成九年)四〇一頁。
(2) 拙稿「文節対照法による伝本関係の計量的研究」(国語語彙史研究会編『国語語彙史の研究一八』・和泉書院・平成一一年)。
(3) 拙稿「所謂幽齋本系統と龍谷大学本徒然草」(『國文學論叢』第四五輯・平成一二年)。
(4) 前掲(3)、また拙稿「龍谷大学本徒然草の分析――その方法と伝本関係を中心に」(『京都府立嵯峨野高等学校研究紀要』第一号・平成一一年)などでも指摘した。
(5) 齋藤彰『徒然草の研究』(風間書房・平成一〇年)一五頁。

徒然草の近代——文学史記述をめぐって——

朝木敏子

一　〈随筆〉という制度

ひとつのテクストの光芒は時代の〈文学〉の変遷と無縁ではない。

傑作は賞讃者の行列で私たちに運ばれてくる、とコントが言ったように、ある時代にあったがままの性格で古典は長生きするのではない。後世これに附加するものによって生きる。何を附与するか。後世はその時代々々に準じて種々な陰翳の完璧性を古典に附与するのだ。(1)

小林秀雄が言うように、正典化されたテクストは文学史の中で発見され続けることによって生きる。文学史それ自体が、「複数のテクストを読みつつ、それから時間的な「意味」を生産する「読み方」にほかならない」(2)のだから。〈随筆〉としての『徒然草』もその例外ではない。周知のように『徒然草』には近世以来のぶ厚い読みの歴史(3)がある。『徒然草』の〈文学〉を疑う人はいない。しかし、その読みの〈制度〉の中にこそ、私たちの

〈文学〉という呪縛が潜んでいること、これもまた確かなことだ。

しかも、文学史上の『徒然草』には常にひとつの困難がつきまとう。それは、テクストの発生と、遅れてやって来た〈随筆〉という「附与」されたジャンル意識との間に横たわる長大なタイムラグだ。これは同じく〈随筆〉とされる『枕草子』も同様だ。「つれ〲草のおもふりは清少納言が枕草子の様也(4)」と、正徹の最初の「賞讃」が記されたのは、『徒然草』の推定される成立からおよそ百年が過ぎていたのであるし、その『枕草子』自体が〈随筆〉と明確に同定されるのは、伴蒿蹊『国文世々の跡(5)』（寛政八年・一七九六年）を待たなければならない。石原正明が、同時代の『玉勝間』『塩尻』と同じ土俵に『徒然草』をのぼせ、「いにしへ今、からやまとにわたりてめでたき」「随筆」『枕草子』と比較の上、

> 随筆の中には、つれ〲草、いと幸ある書なり。げに其世にとりては、よろしげなる筆つきとはみゆめれど、枕草子など猶めでたき書はいと多かるを、何ともおもひたらで、注さくなど、所せきまでつくり出て、もてはやすなる、大かた此書、文章などはけしうはあらぬを、道心がましく、さかし立たる事書ちらしたるが、かしらいたき心地す。されど中には、心につく物語もあり(6)。

と、古典随筆の代表的なテクストとして、毀誉褒貶相交えた意味付けをするのはそれからまもなくのことだ。「みきく事、いひおもふ事、あだごとも、まめごとも、よりくるにしたがひて、書つくる」「つくろひのなき」〈随筆〉という私たちになじみ深い定義は、そのときに「附与」される。それ以来、私たちの読みはこの定義に絡め取られ続けてきた。

いわば、ジャンルとしての〈随筆〉は後代になり発見された読みの〈制度〉としてある。このことは、『源氏物語』がその発生当初から、作者自身に「源氏の物語（傍点筆者）」と呼ばれ（『紫式部日記』）、〈物語〉なるジャ

ンル意識のもとに書かれ読まれ意味を生産し続けたという、正典としての幸福な道行きと比較するときにはっきりする。それは、柄谷行人のいう「「内面」や「自己表現」というものの自明性」(7)が近代の産物であると同様に、一つの転倒された〈制度〉として私たちの読みを規定してきた。

小林秀雄が冒頭に挙げた発言から数年後に下した次の裁断は、そういった正徹以来引き継がれてきた『枕草子』とのアナロジーに始発する読みからの離脱であり、「随筆文学」の「捩れて、交わらない」(8)とされる漢語「随筆」からの決別だったろう。『東斎随筆』以来、近世随筆の時代においてもなお存在した〈随筆〉という語のもつ意味内容《シニフィエ》の、ある種のたゆたいの中から、〈随筆文学〉は新たな一歩を踏み出すことになる。

> 「徒然草」が書かれたということは、新しい形式の随筆文学が書かれたというようなことではない。純粋で鋭敏な点で、空前の批評家の魂が出現した文学史上の大きな事件なのである。僕は絶後とさえ言いたい。彼の死後、「徒然草」は俗文学の手本として非常な成功を得たが、この物狂おしい批評精神の毒を呑んだ文学者は一人もいなかったと思う。……中略……兼好は誰にも似ていない。よく引き合いに出される長明なぞには一番似ていない。彼はモンテエニュがやった事をやったのである。モンテエニュが生まれる前に。モンテエニュより遙かに鋭敏に簡明に正確に。いかにも、「徒然草」は文章も比類のない名文であって、よく言われる「枕草子」との類似なぞもほんの見掛けだけのことで、あの正確な鋭利な文体は希有のものだ。(9)

『徒然草』はここに発見し直され、文学史の中に布置し直される。小林が「附加」したのは、「空前の批評家の魂」という「陰翳」だった。小林が『徒然草』にモンテエニュを見出した意味は深い。「エセー」という、私たちに親しい翻訳語——近代の概念を附与されたこの『徒然草』の読みは、今も私たちを強く規定しているからだ。

小林が『徒然草』にかけた呪縛は強い。

兼好は、徒然なる儘に、「徒然草」を書いたのであって、徒然わぶるままに書いたのではないのだから、書いたところで彼の心が紛れたわけではない。紛れるどころか、眼が冴えかえって、いよいよものが見え過ぎ、ものが解り過ぎる辛さを、「怪しうこそ物狂ほしけれ」と言ったのである。この言葉は、書いた文章を自ら評したとも、書いていく自分の心持ちを形容したとも取れるが、彼の様な文章の達人では、どちらにしても同じ事だ。(10)

江藤淳の言うように、「小林秀雄にとって文学とは一貫して「自意識」(conscience) の問題であった(11)」。

人はいかにして批評というものと自意識というものとを区別し得よう。彼(ボオドレエル、括弧内筆者)の批評の魔力は、彼が批評するとは自覚することであることを明瞭に悟った点に存する。批評の対象が己れであると他人であるとは一つの事であって二つの事でない。批評とは竟に己の夢を懐疑的に語る事ではないのか!(12)

小林自身がいうように、批評と自意識が一つのものなら、彼はそこに自分にとっての最大の課題を見、『徒然草』に、批評家自身の、一種の自己形象を見たのではなかったか。そのことは、モンテーニュの『エセー』(*Le Essais*) 冒頭の、次の発言を重ねて見ればはっきりする。

読者よ、これは正直一途の書物である。はじめにことわっておくが、これを書いた私の目的はわが家だけの、私的なものでしかない。あなたの用に役立てることも、私の栄誉を輝かすこともいっさい考えなかった。そういう試みは私の力に余ることだ。私はこれを、身内や友人達だけの便宜のために書いたのだ。つまり彼らが私と死別した後に(それはすぐにも彼らに起こることだ)、この書物の中に私の生き方や気質の特徴をいくらかでも見いだせるように、また、そうやって、彼らが私についてもっていた知識をより完全に、より生き生きと育ててくれるようにと思って書いたのだ。……中略……私は単純な、自然の、平常の、気取りや技巧のない自分を見てもらいたい。というのは、私が描く対象は私自身だからだ。[13]

『徒然草』が、古典仮名文の中で育まれたエクリチュール上の〈我〉の確立を待って書かれたこと、そしてそれが私的なエクリチュールであったことはすでに書いた。[14] しかし、そのことと、〈自己語り〉の正典《カノン》として、『徒然草』が文学史の中で発見されていく道行きとは、また別のことだ。

また小説やロマンスと同じように告白にも短編形式がある――随筆がそれである。モンテーニュの「誠実の書」(『随想録』の冒頭の言葉)は、多くのエッセイからなる告白なのであって、長篇告白の連続的な筋立てが欠けているだけなのである。

ノースロップ・フライ[15]を待つまでもなく、そこにあるのは一つの〈告白〉である。『徒然草』は、一部に自己の言動を記すものの、総体としては自己の言動のドキュメントではない。しかし、小林が、『徒然草』を自己の形象化と捉えたとき、それは『徒然草』の近代、の一つの結節点であったと言っても遠く誤るまい。

大正九年(一九二〇年)での英文学者厨川白村の次の発言には、その小林のナイーブな先蹤を見ることができる。

エッセイに取って何よりも大切な要件は、筆者が自分の個人的人格的の色彩を濃厚に出す事である。その本質から云って、記述でもなければ説明でもなく議論でもない。報道を主眼とする新聞記事が非人格的《インパアスナル》に、記者その人の個人的主観的の調子《ノオト》を避けるのとはちやうど正反対に、エッセイは極端に作者の自我を拡大し誇張して書かれたもので、その興味は全くパアスナル・ノオトに在る。……筆者その人のおもかげが浮き出して居なくては面白くない。自己告白の文学としては此体を取る事が最も便利だ。[16]

それは、ちょうど、私小説言説が隆盛を見せた時代のことだ。同じ頃、それと微妙に絡み合うように〈自照文学〉という概念が生まれ、『徒然草』と同じ括りで「女流日記文学」もまた発見されつつあった。事の次第は、〈随筆〉と〈自己表現〉の問題に関わっているようだ。

二　随筆とエッセイ

〈随筆〉と〈エッセイ〉は、最初から一対の概念として対応し、〈自己表現〉のテクストとしてあったわけではない。

興味ふかいのは、この厨川の「エッセイ」と題する一文の冒頭が、中学校の文法の用例で見たとして「筆とれば物書かる」と『徒然草』一五七段(17)のさりげない引用で始まっていることだ。それが、「エッセイ」の極意だとでも言うように。厨川は「エッセイ」を次のように定義する。

……親しい友と心おきなう語り交わす言葉を其儘筆に移した様なのがエッセイである。興が向けば肩の凝らない程度の理屈も言はう、皮肉も警句も出るだらう。勝手な気焔も吐くだらう。ヒュウモアもあればペイソスもある。語るところの題目は天下国家の大事は申す迄もなく、市井の雑事でも書物の批評でも知人の噂でも、さてはまた自分の過去の追憶でも、思ひ浮かぶが儘を四方山の話にして即興の筆に託した文章である。(18)

厨川は、この小論の末尾で、「日本文学では清少納言の枕草子や、之に近しとすれば、兼好の徒然草に至つては立派なエッセイだと云つて可かろう」と述べている。右記のエッセイの定義は『徒然草』にこそあてはまるもの、といってよいだろう。そうして、徳川時代の「随筆物」を「物識りの手控か衒学者の研究断片のようなもの」と退けている。石原正明が「随筆」に下した「つくろいのなき」という定義が、いつのまにか伝統的な「随筆」とは区別された「エッセイ」の概念にスライドしているのを見ることができる。

> しかし随筆を一つの文学形態として捉えようとしたのは、近代以後の研究者が文学史の体系化に当たって、西欧において発達したessay（英）、essai（仏）を念頭におき、形態的に内容的にそれを相応する作品を性格づける作業においてであったと考えられる。

とした中村幸彦の『日本古典文学大事典』の記述にみられる対応関係が、今やできつつあった。

〈essay〉とその訳語としての〈随筆〉との蜜月は、〈essay〉の概念が移入された当初には存在しなかった。「エッセイ」の早い時代の用例は、西周の『百学連環』[19]に見ることができるだろう。『百学連環』は、明治三年（一八七〇年）から西の私塾育英舎での学問概論の講義ともいうべきもので、それは、西洋のEncyclopediaから来た、西洋の諸学問を一貫した体系のもとで組織的に講述しようとした大がかりな試みであった。[20]西はここで、Literatureに「文章学」または「文学」の訳語を与えたことで知られる。[21]『百学連環』はあくまでも西の講義を聴いた永見裕の手控えであることを考慮に入れなければならないが、西は、そのLiterature（文章学）の下位分類の中にRhetoric（文辞学）をあげ、さらにそこに含まれるCriticism（論弁術）をとりあげ、その中にEsssayを分類する。「即ち看定《メキヽ》といふことにして、文字を目刺《メキヽ》し是非を弁別して文に書く所の学なり。此文章は一種の別なるものにて、散文及ひ詩の如きものにあらす。Essay（試体）及ひReview（題跋）等を書く所の学は皆此Criticismなるものより出る所なり」とする。ここには、「思ひ浮かぶが儘を四方山の話にして即興の筆に託した文章」という厨川のようなくつろいだ理解はないし、また、〈自己表現〉のテクストとして〈essay〉が熟していたわけでもない。

〈essay〉と〈随筆〉との一応の対応関係が見えるのは、明治三一年（一八九八年）発刊の、William George

Aston, *A History of Japanese Literature*[22] だろう。この書はロンドンで刊行されてから、アメリカ、フランスで翻訳され、今でも諸外国で日本文学の入門書として読まれている[23]。これは明治四一年（一九〇八年）に柴野六助によって邦訳[24]された。東京帝国大学教授芳賀矢一が序文を書いているように、欧米人によって書かれた最初の文学史として大いに関心が寄せられたものと思われる。

ここでアストンは、漢文で書かれた「歴史・神学・科学・法律」を〈文学〉から排除し、平安時代（CLASSICAL AGE）の文学について次のように総括する。

The native literature may be described in one word as belles-letteres. It consisits of poetry, fiction, diaries, and essays of a desultory kind, called by the Japanese Zuihitsu, or “following the pen”, the only exception being an few works of a more or less historical character which appeared towards the close of the period.

故に、此の時代に於ける日本文学の性質は、即ち「美文学」なりといふ一言に尽きたり。その種類、曰く歌・曰く小説・曰く日記及び紀行・曰く秩序なき論文、即ち日本人の所謂随筆等にして、この時代末に、多少の歴史的性質或文学の出でたるは寧ろ例外なり。　（柴野訳）

つまり、仮名で書かれた〈文学〉は漢文で書かれた「知識的書籍（thoughtful work）」とは区別された「美文学（belles-letters）」であること、それに基づき幾つかのジャンルがあることを述べる。その中での日本の〈随筆〉、逐字訳としての「following the pen」は〈essay〉という一つの独立したジャンルとして認定されている。「following the pen」というからには、「とりとめのない」「筆に任せた」というところにポイントがあるようだ。

あとに続く各論の中では、この〈essay〉に対応するものは、『枕草子』だけなので、それが『枕草子』を指すジャンルであることは明らかだ。

The *Makura no Sōshi* is the first example of a style of writing which afterwards became popular in Japan under the name of Zuihitsu or "following the pen." There is no sort of arrangement. The author sets down upon the spur of the moment anyting which occurs to her.

「枕草紙」は、随筆（即ち following the pen）と称して、其の後日本にて、好評を受けし一文学の嚆矢とす。故に、この書各篇些〻の連絡なく、心に移り行く何事をも、一気呵成に書き下せり。（柴野訳）

〈随筆〉が遅れてやってきたジャンルであることを認識しているし、また「筆に任せ」て書かれた「各篇些〻の連絡な」い雑纂形式である、という形態的な面が重視されているようだ。『百学連環』に見られるような〈論考・批評〉的な性格は、この〈essay〉の概念からは排除されている。厨川のような「つくろいのない」「エッセイ」はこのあたりに胚胎するようだ。

さて、『徒然草』のほうもまた、状況は変わらない。南北朝時代の総論に

The 270 years covered by these two periods were singularly barren of important literature in Japan. One or two quasi-historical works, a charming volume of essays, and a few hundred short dramatic sketches (the *Nō*) are all that deserve more than a passing notice.

此の両時代、前後合せて二百七十年間は、日本に於ける名文不毛の時代にして、只歴史風の書物一二種・興味深き論文の書一種・戯曲的小品文（謡曲）数百篇有るのみ。併し是等は、熟読すべき価値十分あり。（柴野訳）

とし、各論の段階で「a charming volume of essays」に対応するテクストは『徒然草』だけなのだから、アス

トンにとっての〈essay〉の概念にかなったのであろう。

さらに、アストンは、『徒然草』のスタイルに関しては次のように述べる。

It is a collection of short sketches, anecdotes, and essays on all imaginable subjects, something in the manner of Selden's Table Talk.[25]

「徒然草」は、短篇文・逸事談・及び全く創造的題目——其の中の或著はSelden《セルデン》のTable Talk《テーブルトーク》の如きもの——に関する論説等を示す。（柴野訳）

基本的にアストンは『徒然草』に関して「随筆（following the pen）」という表現をとらない。どうやら、先に見た厨川の「エッセイ」の概念に合致するのだ。一方、柴野はここでもそれを「論文」「論説」と訳しているのだから、西周が示したカテゴリーを踏襲した訳になっていると言える。柴野の側に〈essay〉——『徒然草』——〈随筆〉という訳語としての対応関係や認識はない。

あるいは、本居宣長の部分で「『玉勝間』（十五巻。西紀一八一二年、宣長の没後刊行）は、宣長の随筆録にして（傍点筆者）」と柴野が訳した部分のアストンの原文が「The *Tamagatsuma*《ママ》 (in fifteen volumes, published posthumously in 1812) may be called "Motoori's Note-book"」となっているので、厨川が退けた「物識りの手控か衒学者の研究断片のようなもの」、アストンのいう「知識的書籍（thoughtful work）」を柴野の方で〈随筆〉と認知していた可能性はある。アストンは江戸時代の総論で多岐にわたる文学ジャンルをあげ、その中に〈essay〉をあげているが、各論の部分では、続出した随筆群に特別に筆をさいていない。また、柴野もこの部分に関しては「議論（傍点筆者）あり」とだけ訳していて状況は変わらない。アストンにとって日本の〈essay〉の概念的な原型をなしているのは、やはり『枕草子』と『徒然草』の二書なのだ。ことはこの二書のテクスト理解に起因する。

アストンは、同書巻末の参考文献に、「本邦文学史の嚆矢」を自認する三上参次・高津鍬三郎の『日本文学史』(26)（明治二三年・一八九〇年）をあげる。その三上・高津が、『枕草子』『徒然草』に関して、「草子。即ち随筆の文」という明確なジャンル意識を持っており、アストンがこの二書を「essay」とするからには、アストンの側は、いささかの留保はつけながらも〈essay〉と〈随筆〉との概念的な対応関係を認めていることになろう。しかし、柴野の側の、〈essay〉の訳語としての〈随筆〉という言語的な対応関係は、いまだ熟してはいないようだ。柴野にとっての〈随筆〉は、江戸時代以来のそれなのであり、〈essay〉は『百学連環』以来のそれなのだから。〈随筆〉――〈essay〉をめぐる概念と言語のねじれは後代へと持ち越される。むしろそれは、言語の変換によるずれというよりは、文学観そのもののねじれと言えるだろう。アストンは、三上・高津の業績を高く評価しながらも、その作家や作品に対する批評的言説が、必ずしもヨーロッパ人の賛同を得るものではなかったことを明記している。

ちなみに、厨川とほぼ同時代のアーサー・ウェイリーは一九二五年に *The Tale of Genji* を刊行していることで著名だが、それから三年後の一九二八年、『枕草子』の抄訳である *The Pillow Book of Sei Shonagon*(27)を刊行している。これは、多く日記的章段を取りあげ抄訳を加えて概説し、『枕草子』の入門書、ひいては清少納言の時代の文化論ともなっている小著である。

ここで、ウェイリーは、『枕草子』について、

It consists partly of reminiscences, partly of entries in diary-form. The book is arranged not chronologically, but under a series of headings, such as 'Disagreeable Things,' 'Amusing Things,' 'Disappointing Things,' and the like; but often this scheme breaks down and the sequence becomes entirely arbitrary. To keep some kind of jornal was common practice of the day. No other miscellany like the *Pillow-Book* exists;……[28][29]

と内容については先にも述べたようにいわゆる日記的性格を重視している。その形態に関しても、配列の恣意性と「雑多な寄せ集め (miscellany)」という性格を指摘するに止めている。また、別の部分では、「事実の記録 (plain record of fact)」とし、基本的には〈essay〉を見ないという態度で貫いている。このように『枕草子』が〈日記〉との関連で読まれていたことは、後に女流日記文学と随筆文学とが自照文学という括りで突出していったことを思えば興味深い。

ここで先の厨川白村が英文学者であったことを銘記しておくのは無駄ではない。後に述べるように大正年間に随筆に光を当て、「随筆文学」という用語を使った土居光知は英文学者だったし、「自照文学」言説を生み出した垣内松三の理論はR. Moultonの*The Modern Study of Literature*の批判的摂取によるものだった。当時の国文学界の泰斗であった芳賀矢一、藤岡作太郎等の国文学史に関する記述が、〈随筆〉や『徒然草』にそれほど高い地位を与えていないのに対し、これらの大正時代に活躍した欧米の文学に造詣の深い研究者達が、中世という時代や『徒然草』を高く評価しているのは興味深い現象である。小林、厨川のように、日本において『徒然草』を〈自己表現〉としての〈エッセイ〉とする認識の定立には時間がかかるようだ。

三　国民文学の中の『徒然草』

ここで興味深いのは、このアストンが

There is much self-revelation in Kenko's writings. The personality which the portray is not a wholly lovable one.

兼好の文章は、自ら、兼好自身の人物を説明せるもの多く、其の文に拠って、兼好の為人の徹頭徹尾可憐の人物にあらざるを知るべし。（柴野訳）

と述べていることだ。あまり好意的とは言い難い言辞は、「兼好と『徒然草』」という独立した章立てをし、その冒頭での、

If there are many arid wastes in Japanese literature, there are also some pleasant oases, and of these the *Tsure-dzure-gusa* is surely one of the most delightful.

日本の文学には、乾燥不毛の地も多かれども、泉水混々たる沃地の無きにあらず。「徒然草」の如きは、確に最も趣味ある文学の一つなり。（柴野訳）

という総合的な高い評価に矛盾するようだが、これは引き続く記述[30]での兼好の独身主義にまつわる限定的な見解であったようだ。『徒然草』第六段「我身のやむごとなからむにも、まして数ならざらむにも、子といふ物、なくてありなむ」、第七段の「四十に足らぬほどにて死なんこそ、めやすかるべけれ」などの章段が挙げられていて、兼好の「mixed character（為人のふしぎに混合せるもの有る）」という理解の一端にすぎない。

しかし、少なくともここでの問題は、冒頭でここでアストンが『徒然草』というエッセイに「self-revelation」や「personality」――自己表象とでも言うべき――を見ており、引き続く叙述のほとんどを、兼好その人に宛てているということだ。

アストンが参考にしたという三上・高津の『日本文学史[31]』は、確かに日本文学史の嚆矢として画期的なものだ

ったが、〈随筆〉というジャンルに関して言うなら、述べられている概念そのものはそう新しいものではない。基本的には近世以来のものを受け継いでいる。

概して云はば随筆の文は、多くは外より応ずるものにして時々刻々、目に視、耳に聴き、胸に浮びしことを、書きあつめたるものなり。（同書）

と〈随筆〉は定義されている。そもそも、〈随筆〉そのものが、「草子。即ち随筆の文」という章立てに含まれているように、「草子文」という概念が生きている時代のことだ。〈随筆〉の基本的なポイントは〈自己表現〉や〈告白〉といった内在的なものよりも、その形態にあったと言わなければならない。

枕草紙は、草子文の最も古く、且つ最も妙なるものとす。草子とは草案草稿の義なりといひ、或は、冊子の転音なりともいふ。後世の随筆といひ、漫筆といふもの、即ち是なり。この種の文学に属する著書は、甚だ少し。江戸時代に至りては、随筆の見るべきもの、多くあらはれたりと雖も、其以前には、枕草紙の他には、吉田兼好の徒然草、鴨長明の方丈記、四季物語等あるのみ、……後略（同書）

また内容に関しても、

此書（徒然草、括弧内筆者）は随筆にして、見しもの、聞きしもの、思ひしこと、感ぜしことを、何くれとなく書き綴りたるものなれば文章は概ね長からず。（同書）

と述べている。

これら三上・高津の定義は、実は、前の時代の『野槌』をはじめとする「草は草紙の義なるへし。又清書せさるさきを。草案草藁共云也[32]」を受け継ぐものであって、内容についても、石原正明の「随筆は、みきく事、いひおもふ事、あだごとも、まめごとも、よりくるにしたがひて、書つくるものにしあればﾞ」を受け継いでいるにすぎない。

いかにも、三上・高津は、〈文学〉に関して、

文学とは、或文体を以て、巧みに人の思想、感情、想像を表はしたる者にして、実用と快楽とを兼ぬるを目的とし、大多数の人に、大体の知識を伝ふる者を云ふ。（同書）

と定義しており、「文学は人心の反照なり」「文学は人心の射映なり」と、〈文学〉と「人心」の表象に関わる発言をくり返している。しかし、イポリット・テーヌの影響を強く受ける該書に扱われる〈文学〉そのものが、読みの問題として「一国民が其国語によりて、その特有の思想、感情、想像を書きあらはした」「国文学《ナシヨナル、リテラチユーア》」に流れていくという発想の枠組みをもつものだったことを忘れてはならないだろう。

このような考え方は、芳賀矢一に代表的にみることができるだろう。ほぼ同時代の明治二三年（一八九〇年）に書かれた「国文学読本緒論(33)」には、

文学は心性の作用に起因するものなる事すでにいへるが如くなれば文学の沿革を知るはこれ実に心性の発達をみるに外ならず。故に国文学の沿革を研究するは、吾人に於ては最も興味あるべき事業なるべし。なんとなれば、之によりて日本国民の思想の変遷を知るを得べければなり。

と「日本国民の思想」に収斂する〈文学〉観を述べる。この発想は、芳賀が明治三一年（一八九八年）の帝国教育会で行った夏期講習の講義録である『国文学史十講(34)』の

時代の一人物と、人物の一時代とは、相関連しなければならぬ。此文学時代はかういふ人物によつて造られた。此文豪はかういふ時代に成立つた。かういふ新機軸を出したといふ関係を見て、文学の変わってきた次第其文学の変遷する有様を説明しなければならぬのであります。

という文学史の発想に繋がっていく。つまり、テクストに読みこまれた「思想、感情、想像」は、時代の思想の反映であり、〈自己表現〉（個人）ではなくその時代の「日本国民の思想」に向かって収斂していくべきものなのだ。

これら、「明治文学者の第一世代[35]」を引き継いだのは藤岡作太郎だ。藤岡は、明治三三年から十年間、東京帝国大学で「芳賀の片腕として」、「芳賀が目ざした文学史の方法のより具体的実践者として」あったとされる[36]。晩年の著書『国文学史講話[37]』には芳賀らに見られた時代思潮と作家の思想との関連が象徴的に現れている。藤岡は『徒然草』の多面性について次のように総括する。

……その見聞記たり、感想録たる徒然草の、この時代の産物としては太平記と併称せられ、随筆としては枕草紙と並べて軽重を問はれむとするも、畢竟この旧思想たる情緒主義と新思想たる厭世主義とが、併存錯交、或は融和し、或は反発して、時に渠に、時にこれに偏重し、一種独特の調をなせるが為のみ。一言にして兼好を評すれば、渠は新旧思潮葛藤の時代の鏡面の影なり、……後略

と、テクストに時代思想の反映を見るという、先に見た芳賀らの論を強く受け継いでいる。文学史記述の中心は個人――〈自己表現〉にはないのである。

基本的に、三上・高津、芳賀らは基本的に、イポリット・テーヌやハーバート・スペンサーの影響を強く受け、一国の文学に国民の特性の反映を見ようとする。これに関し、三上・高津は、「国文学を構成する個条」に「国民固有の特性」をあげ、「概して日本文学を、優美といひ」という評価を下している。これは、芳賀の『国文学史十講』においても同様で、「我が国文学の性質はどうかといふに、国文学は優美である」「それで国文学の中にも雄大高壮といふことは少なく、繊麗といふことが大変すぐれて居るやうに思はれるのであります」という文学

観がうかがえる。

それは、三上・高津の言うごとく「平安の朝の人心は艶麗優美なること花の如く、また、月の如し。……さては此人心、文字にあらはれて、平安朝の文学となり」という平安朝重視に基づく女性的な文学観だった。この日本文学に附与された特性は、「その後すべての日本文学史の記述ならびに日本文学観を長く支配することになるのである」(38)。「平安の朝にあらはれたる、雅文の双璧とも称せられ、源氏物語と、肩をならぶるものは、枕草子なり」という三上・高津の、高い評価も、よってその文脈の中で読まれなければならない。

結局、芳賀矢一が『枕草子』に関して下した結論は以下のようなものである。

枕草紙も日記物語も歌集の一変化たるをおもふものは必ずしも之を咎めずして可なり。之と同時に巻中の批評につきて直ちに之を清少納言の観察とし意見となすは亦誤れり。何何はうつくし、何何はみにくしといふも畢竟時代の精神を清少納言がいひあらしたるに過ぎざるもの亦多かるべければなり。其の文辞を一々清少納言が独創の見に出ずとして之を言質として清少納言を論ぜんとするものは個人を認めて時代を認めざる人の論たるのみ。(39)

結局、時代の〈文学〉はこの〈随筆〉にも「個人」の〈自己表現〉や〈告白〉を認めない。

これに対し、「優美な」平安文学ではない『徒然草』は『枕草子』とはいささか違う道を歩いていた。アストンより少し前、明治二五年（一八九二年）に書かれた大和田建樹が『和文学史』(40)でもいうように、中世は「文学史中の暗黒時代」と称された。これは、この時代の文学史の一般的な通念である。そのためか、これらの文学者達の間で、中世と『徒然草』の評価は意外なほど低いのだ。三上・高津も『徒然草』に関しては、

（テクスト外の事情から、括弧内筆者）要するに、其人物の言行は詳かに知るべからず。徒然草の中に論ずる

処を以て推すも、時としては清潔無垢、高節自ら持して。一点塵を許さゞる如く、時としては瀟洒磊落、また江海の氾濫するが如く、渾濁も之を辞せざる風あり。随筆の文は、殊に能く其作者を表はすものなれども、徒然草に至りては然ること能はず。(41)

と、基本的に『徒然草』にはアイデンティファイされた作家像は認めないという立場を取っている。〈自己表現〉、とりわけ〈告白〉という、後の時代に見る個に収斂していく『徒然草』観からは質的に遠いと云わなければならない。

芳賀も、『国文学史十講』(42)では、

兼好法師は長明よりは後の人で、南北朝にかけて生存した人です。応永年間に死んだ人です。此人の性質については褒貶相半ばして居ります。一体妙な人間であります。雑駁な人間と評して宜いと思ひます。卜部といふのが神官の家であるが、儒老の学問を学んで殊に老学に傾いた人である。仕舞に仏教に這入つたから学問は神儒仏老を合わせた人である。其著述の徒然草が雑駁なことは、当然な訳である。此人は博学な人であるが、徒然草に書いてあるを見ても、長明ほど節操のない人の様に思はれます。

と述べている。その多面性も手伝って、この日本文学史の黎明期、『徒然草』にテクストから焦点化される作家像——自己表象を見ることは少なく、一体に『徒然草』の評価は高くない。アカデミズム主導の国民文学の生成とはいささかずれた場所に『徒然草』は身を置いていたということだ。

『国文学史概論』(43)で芳賀の下した裁断はこうだ。

然れども文学としての価値はもとより枕草子に及ばざること遠し。

わずかに次の時代に引き継がれるべき読みを準備していたのは藤岡作太郎だった。藤岡の明治三九年(一九〇六年）から最晩年にあたる明治四三年（一九一〇年）にかけての東京帝国大学での講義題目は「鎌倉室町時代文学史」であり、その中で『徒然草』を論じている。[44] 没後、それに基づいた『鎌倉室町時代文学史』がまとめられたが、[45] その中では『徒然草』に関し、次のように発言している。

徒然草一篇、実に著者が人生観の告白なり。即ち無常のさとりを以て人生の一大事とする事、首尾を通じて一貫せり。

読み取られているのは、〈告白〉の萌芽であろう。加うるに「無常」もまた周知のように、『徒然草』に関して私たちを強く規定する概念であったことは言うまでもない。しかし、先に述べた、厨川白村のいう「パアソナルノオト」にはいまだ遠いと言わなければならない。

四　自照文学と随筆

ハルオ・シラネが言うように、古典は創造される。[46] そのモメントの一つが文学史の構築だ。これは、すでに見てきたように明治二〇年代から始まったものだ。それは官学アカデミズム主導の国民文学の形成のための一つの大きな動きだった。

しかし、一九二〇年代初頭、これらの成果を踏まえながらも、欧米の文学論に基づいた新しい文学史が模索された。それは、土居光知と垣内松三の仕事である。彼らに共通して言えるのは、欧米という「外部の眼差し」[47] をより強く文学史観に持ち込んだこと、暗黒時代とされた中世に光を当てたこと、藤岡作太郎等が主導したnovel——小説重視の文学観により二義的なものに押しやられていた〈随筆〉に新たな価値を附加したこと、そして中世と大正という当時の〈現代〉との間にアナロジカルな文学の課題を見出したことだろう。

垣内松三は、R・G・モールトンの文学入門書 *The Modern Study of Literature* の影響を強く受け、賛否両論[48]はありながらも〈自照文学〉という概念の形成に大きな力を及ぼした。[49]その文学史観は東京高等師範学校の講義に見ることができる。垣内のこの講義録は、後に石井庄司の筆録をもとに『国文学史』[50]として出版されている。

この中で垣内は中世という時代を次のように高く評価する。

表面ニ現レザルカクノ如キ文学現象ヲ暗黒時代ト称スルケレドモ、ソノ文化ノ奥ニ輝イテヰル青イ光ニ照ラサレタ沈思ニ基ヅクトコロノ文学ノ展開ハ、決シテ暗黒時代デハナクシテ、却ッテ厳粛ナル内面ニヨリ深イ文学ノ道ヲ見出スコトガデキルノデアル。（同書）

そして

中世文学思潮ノ一方ノ先端ハ深ク中古・上古ノ文学ニ入ルト共ニ、中世文学ノ特色ヲ明ラカニスル点ハ自照ノ作用デアル。又他方ノ先端ハ近世文学ノ初期ニ達スルト同時ニ、近代文学ノ一面ヲ通ジテ現代ニ至ッテヰル。（同書）

と述べるように、中世の〈文学〉の課題は〈現代〉の課題にもつながるとしたのである。そして、その中世文学の本質は「自照ノ作用」であり、それを代表的する文学形態を〈essay〉とするのである。

カクノ如キ理由ニヨッテ、中世文学ノ形象ト展開ヲ求メルトキニ、アラユル文学ノ全体ニ通ジテ、明瞭ニ古代文学ト近世文学トヲ連絡スル律動的ナル展開ヲ見出スコトガデキルノデアッテ、ソノ代表的ナルモノヲ、先ズ Essay ト抒情詩トニ見出スコトガデキルト思フ。（同書）

垣内は、中世の〈essay〉を①随筆②法語及び語録③芸術論・歌論④政治論という四つの領域に拡大し、「最モ直接的ニ人性ノ内面ヲ表白スル文学デアル」とする。垣内の文学史は基本的に思惟的なものを重視し、国民国家に収束せず、人性——一個人の個性に収束させるものだった。

大正一一年（一九二二年）に書かれた『国語の力』(51)の中では、

日本文学思潮の大勢は、一々の作品を一々に政治史的年代に排列したものではなく、作家の個性の内面に持続せらるゝ人性の展開の上に見出さねばならぬ。

と述べる。そこで大きな価値を置かれるのが『徒然草』だったのである。『徒然草』は鎌倉時代の代表的作品としてとりあげられる。さらに講義の中では次のように言う。

ソノ（Essay の、括弧内筆者）一ハ、前時代ノ随筆ヲ継イデ、自己ノ反省ノ上カラニジミ出シタ心ノ記録ヲ記サントスル文学デアッテ、普通ニ随筆トイフコトガデキル。ソレハ兼好ノ『徒然草』デアル。

（『国文学史』）

『徒然草』は日本文学史上初めて〈essay〉というジャンルを与えられ、「自己ノ反省」「心ノ記録」という内面的な自己表象としての性格を附与される。

さらに、『徒然草』については、

……『徒然草』ノ全面ニ一貫シテヰル特性は哲人的生活デアリ、又哲人ノ印象デアル。単ニ現実に対シテ、ソレヲ描写シ、若シクハコレニ感慨ヲ托スルダケデハナク、ソノ内面ニ於ケル人格的統一ノ展開ニ於テ、平安朝時代ノ感傷的ナ随筆、若シクハ鎌倉時代ノ厭世的ナル随筆ニ対シテ、ココニ最モ人間的ナル、且ツ人道的ナル香気ヲ感ズルコトガデキル。コノ意味ニ於テ、個性ノ内面ニ人間性ガ誕生シタト言フコトガデキル。少ナクトモ日本文学史上ニ於テ個人ガ生レ、個性ガ現レルマデニハ数世紀ヲ要シタノデアルガ、ココニ随筆ノ方面ニ於テ個性ノ内面カラ人間性ノ生レダシタトイフコトハ、特ニ中世文学ニ於テ明ラカニシナケレバナラン重要ナル問題ダト思フ。（同書）

『徒然草』は、〈随筆〉―〈essay〉として認定され、〈個性〉の誕生――内面の表象の嚆矢――と捉えられる。そしてかつ、中世の文学を解明する上での代表的な作品とされるのである。講義の別の部分で垣内が、〈essay〉を「現在ニ即シテ自己表現ノ機関トシテ自ラニ産出サレル文学デアル」と規定していることからも見て取れるが、〈essay〉―〈随筆〉―〈自己表現〉という問題系は垣内において初めて繫がりをみせ、『徒然草』は〈自照文学〉として、価値と研究の意義が見直される。

自照文学の研究はこれまで最も軽んぜられたる研究の一面であるが、文学研究者の中には、この一系列の文学を以て、文学全体を統率するとさへ考へるものもあるのであるが、特に最近に於て随筆Essay、Personal essay、Essaiwissenschaft の研究が注意せられてから、歴史的にも又その分野に於ても範囲を拡大して文学研究の一系列として確保せらるゝに至つた。自照文学はSelf-reflection の文学である。……中略……日本文学の立場に於て世界文学と連絡する最も興味ある方面は、思ふにこの系列の文学に於て見出されるのではあるまいかと思ふのである。(52)

こうして、〈随筆〉としての『徒然草』は古典上の正典《カノン》として世界文学との繫がりの中に地位を取り戻すのだ。久松潜一は垣内の講義について「日記随筆を講義されるというようなことは、当時としては新しいことだった」と述懐しているが、(53)垣内の講義は池田亀鑑なども聴講しており、その〈自照文学〉観の形成に大きな影響を及ぼしたものと思われる。

日記・紀行・随筆の如き小品は、その表現形式に於ては各々類型を異にするが、その本質に於ては内省に於ける自己返照の記録である。特にこれ等の作品が至純なる人心の記録であるほど、個性の内より内に還つて、人性の根源に還元せられるのであるから、旅の寂しさの中からも、生活の悩みの中からも、人性の原型を見るのである。[54]

垣内の言う〈essay〉は前掲『国語の力』の中では「試論《エッセイ》（「哲学又は感想の文学」）」とも訳されているが、日記・紀行・随筆を含む思惟的なものとされる。そうして、〈自照文学〉というカテゴリーで括られたこれらは、個人の人生観や哲学的な要素を附加され、近世以来の「つくろひなきもの」という身軽さから離れたシリアスな読みが強調されていく。

垣内と同調するように[55]時を同じくして、

その（日本文学、括弧内筆者）うちで普遍的な興味のあるものを求めるならば万葉が第一に来る。平安朝文学としては源氏物語であろうが、蜻蛉日記、紫式部日記、和泉式部日記、枕草子、更級日記、徒然草等、日記及び随筆は従前より高い価値を認められるべきものではあるまいか。これ等には慎ましやかに低い声ではあるが、過去の日本文学に於いて最も稀な個性の直接的な表現がある。[56]

と述べたのは土居光知である。土居は厨川白村とほぼ同時代の英文学者だが、その著書『文学序説』は外国文学を射程に収めた広範な視点から日本文学の展開を考察したものである。該書は大正期から戦前・戦後の研究者の中に多くの読者を得、初期の読者の中には池田亀鑑や久松潜一といった後の指導的国文学者もいた。[57]注目すべき事は、土居はこの著書の「日本文学の展開」のなかで「日記文学」[58]と同様に、「枕草子、徒然草の如き」テクストを「随筆文学（傍点筆者）」というタームで特立し、高い価値を認めたことだ。「個性の直接的な表現」が重視され、垣内とよく似た指摘を見ることができる。

当時の（平安朝の、括弧内筆者）人々が日記をつけたことは、彼らが始めて反省的になり、自我を連続の相のもとに見出さんとしたがためであろう。(59)

（「日本文学の展開」）

また、

そして彼（兼好、括弧内筆者）が死を直視し、人生の無常を痛感したことは、かえって生の価値を切実に感じ、最も充実した刹那を持つように、それがためには自己を知り、自己の忠実になり、自己に集中せんとした。

（同前）

というふうに、土居においては、〈日記〉〈随筆〉は、内省的な〈自我〉の発見装置として機能するものであり、それゆえ、特に〈随筆〉は、〈文学〉の最も成熟した展開の相として捉えられた。

そもそも、土居の文学史観は、日本文学のひとつのサイクルを叙事→抒情→物語→劇→論説の五段階の展開とし、それぞれのサイクルの反復的な循環による、一種の文化史観である。『徒然草』は第一期（サイクルの一巡目）の最末期の論説の時代に相当する。随筆、試論、批評、論証等が含まれ、その属性として、「精神の自己表現」「反省する心の自己反省」「精神の展開」「観照的」等の言葉が使われている。さらにこの最終段階である論説の時代は、「相応する個人の一生に於ける時期」という観点からは、最晩年の「自覚の時」に見なされる。『徒然草』はこの人生のメタファーとしての文学史観からすれば、成熟の時代に相当するわけである。第二期（サイクルの第二巡目）の最末期が「儒学者及び国学者」の時代、第三期の最末期には第四期を見はるかす大正の現在（大正一〇年あるいは一九二〇年前後）とその文学類型のサイクルは螺旋的に繰り返されるが、そのサイクルの最末期という点で、土居は『徒然草』に一九二〇年代という〈現代〉とのアナロジーを見るのである。

現代の文学は、自意識的に、理知的にならざるを得なかった。文学は要するに知識をも行為をも人間化し、

一切を純粋感情のうちに融かして、自我の内容とし、一層充実した自我の姿を描くことによって自我を創造せんとする。　（同前）

『徒然草』の時代はかような〈現代〉とのアナロジカルな時代であり、土居にとっての「自我」追求の文学観の最も顕現する時代であるといわなければならない。垣内と同じように中世重視の意義は、大正という〈現代〉――読者の時代との等質性にある。そこに、〈随筆文学〉としての『徒然草』が見出された、ということだ。

兼好が

つれづれなるままに日ぐらし硯に向ひて心に移り行くよしなしごとをそこはかとなく書きつくればあやしうこそ物狂ほしけれ

と書いた序文は、充実した生活、展開する思惟に入ることができぬ。この途を見出さんがためには分裂した刹那の断層をそのままに誌して我の姿を如実に眺めなければならぬ。然るに何という混乱した姿であろう、そして統一に赴くべき途も見出し得ない故に物狂おしさを感ずるという如き意味ではなかろうか……中略……かかる複雑な精神内容を統一することは当時に於いては不可能であった。彼は未完成の精神を尚び、無差別論者で、彼の著作は一貫した主張のない批評となった。　（同前）

自意識が批評へと向かうこの場所から、一世代を超えた小林秀雄の『徒然草』像は意外なほど近いのだ。「作者の個性が常にIchの形に於て、自己自らの真実を、最も直接的に語らうとする懺悔と告白と祈りとの文学」[60]と〈自照文学〉を規定する池田亀鑑が、その正典《カノン》として『徒然草』を最終的に位置付けるのはそれからまもなくのことだ。

自照の文学は、忠実なる自己批評である。現実の世界に於ける自己の姿の直接な、そして率直な凝視であり、観照である。小説は、現実ならぬ真の世界を創造するが、自照の文学は、現実に即した真の世界を創造する。現実そのものの模写や叙述でなくて、より高い美と幻想の表現である。

（「自照文学史」[61]）

文学史的記述の中心が国家から自我へと移り変わる中で、『徒然草』は再び文学史の前面に押し出されてきた。それは、成熟した〈現代〉、という史観とひとつのものだ。同じく「自照文学史」の中で、池田は〈現代〉の文壇状況について次のように述べる。

評論又び随筆の方面の賑やかさは、現代の文壇の一つの特質である。多くの評論、随筆、詩論等がほとんどあらゆる作家によつて発表せられた。……中略……現代は、全く自照文学の全盛時代であるとも云へよう。

（同前）

〈自照文学〉はまさしく〈今日的課題〉だったのである。

五　おわりに

『徒然草』の近代は、文学テクストに作者の個性・自我を見るという近代自我史観とともに読み込まれてきた歴史だ。それは、〈女流日記文学〉と同じ〈自照文学〉というカテゴリーで括られながらも〈現代〉と切り結ぶ〈批評〉という観点があることで、方向を少しく変えてきた。『徒然草』が外来語である〈エッセイ〉にとりこまれ、批評となっていくためには、明治末から大正にかけての〈文学〉の変遷に伴う〈随筆〉というジャンル観の変貌がある。その紆余曲折の一端を、文学史記述の中で瞥見してみた。小林の『徒然草』論が今もなお新鮮に見えるのは、近代自我史観というひとつの文化伝統——意味付けの規範にまつわる『徒然草』の近代を象徴的に言い当てているからだろう。それは、それが、現代——私たちの今ここ——とどう関わっていくかはこれからの読みにかかっている。

(1)「文芸批評の行方」(一九三七年)、『小林秀雄全作品』九、二〇〇三年六月、新潮社。
(2)和田敦彦「読書としての文学史――文学史の〈性〉と〈生〉」、坪井秀人編著『偏見というまなざし　近代日本の感性』、二〇〇一年四月、青弓社。
　文学史は単なる詩や小説の出版記録ではない。小説と小説を互いに関係づけ、それらをあるときは起源や影響といった名のもとに配置し、あるときは発展や衰微といった語のもとに結び合わせる。それは、複数のテクストを読みつつ、それから時間的な「意味」を生産する「読み方」にほかならない。
(3)『徒然草』は慶長年間以降、数十年にわたって爆発的に読まれ、多くの注釈書を産み出すが、〈随筆〉というジャンル意識のもとでの読みはない。このあたりの「徒然草注釈書時代」については、島内裕子の研究が多くの示唆を与える。
『兼好――露もわが身も置きどころなし――』、二〇〇五年五月、ミネルヴァ書房、『徒然草の遠景』、一九九八年三月、放送大学教育振興会など。
(4)『正徹物語』、『日本古典文学大系』、岩波書店。
(5)『伴蒿蹊集』、叢書江戸文庫七。
　枕草子は別に随筆なるものから、物語にたぐふべしや、詞のさま又めでたし。
(6)『年々随筆』、『日本随筆大成』、第一期二一新装版、一九九四年四月、吉川弘文館。
(7)「内面の発見」、『日本近代文学の起源』、一九八八年六月、講談社文芸文庫。
(8)荒木浩「説話文学と説話の時代」、岩波講座『日本文学史』第五巻、一九九五年一一月。
・「随筆」という用語の初出」は一条兼良の『東斎随筆』で、「この書名は宋の『容斎随筆』をもじったものとされ」る。しかし該書は「書承による説話を集めて分類したものにすぎず、随筆の名に値しない。
(三木紀人「随筆文学総説」、研究資料日本古典文学第八巻『随筆文学』、一九八八年四月、明治書院)
(9)「徒然草」、『小林秀雄全作品』一四、二〇〇三年一一月、新潮社。

(10) 小林秀雄「徒然草」、同前。
(11) 江藤淳『小林秀雄』、二〇〇二年八月、講談社文芸文庫。
(12) 「様々なる意匠」、『小林秀雄全作品』一、二〇〇二年九月、新潮社。
(13) 「読者に」、モンテーニュ『エセー』原二郎訳、ワイド版岩波文庫。
(14) 朝木敏子『徒然草というエクリチュール――随筆の生成と語り手たち――』、二〇〇三年一一月、清文堂出版。
(15) 海老根宏他訳『批評の解剖』、一九八〇年六月、法政大学出版局。
(16) 「象牙の塔を出て」、『白村随筆集』、一九二六年九月、人文会出版部。
(17) 筆を執れば物書かれ、楽器を取れば音を立てんと思ふ。盃を取れば酒を思ひ、賽を取れば攤打たむことを思ふ。心はかならず事に触れて来る。仮にも不善の戯れをなすべからず。……以下略(新日本古典文学大系)
(引用は新日本古典文学大系、以下『徒然草』の引用はこれによる)
(18) 前掲注(16)。
(19) 西周全集、第四巻、一九八一年一〇月、崇高書房。
(20) 西周全集、第四巻、大久保利謙の解説による。
(21) 長谷川泉『近代日本文学評論史』、一九五八年三月、有精堂出版。
なお、「文学」という語の概念規定、その移りゆき、日本の「文学」の生成については、鈴木貞美に詳細な論がある(『日本の「文学」概念』、一九九八年一〇月、作品社)。
(22) W. G. Aston, *A History of Japanese Literature*, William Heinemann, London, 1898, 以下アストンの引用はこれによる。
(23) この知識は、鈴木貞美前掲書によっている。注(21)。
(24) 柴野六助訳補『日本文学史』、一九〇八年五月、大日本図書株式会社、以下柴野訳の引用はこれによる。
(25) 柴野訳『日本文学史』では注や引用されるべき例文などが、本文中に入れ込まれている。ここでは、本文中に次の注がつけられている。
Selden(一五八四―一六五四)英の政治家にして著述家なり。著書数多きが中にも Table Talk は最も価値あり。

・table talk（くつろいだ場）での雑談（となる話題）；（書物に載った）有名人の会話（談話）
（リーダーズ英和辞典）

(26) 三上参次・髙津鍬三郎『日本文学史』、一八九〇年一〇月、金港堂、以下引用はこれによる。アストンは時代区分などはこれによっているものと思われる。

(27) 津島知明に翻訳がある。『ウェイリーと読む枕草子』、二〇〇二年九月、鼎書房。

(28) Sei Shonagon and Arthur Waley, *The Pillow Book of Sei Shonagon*, Kessinger Pub. Co, MT, 2005.

(29) ピローブックは回想録の部分と日記形式で書かれた部分からなります。それらは年代順に並べられているわけではなく、「不愉快なもの」「楽しいもの」「がっかりさせられるもの」といった一連の標題のもとにあります。けれど、そうした配列もしばしば崩れ、前後の脈絡はもっぱら気まぐれなものとなっています。ある種の日誌をつけることは、当時においては一般的な慣習でした。ピローブック（マクラノソウシ）という名前は折々に感じたことを書き留めるノートブックの意なのです。ショーナゴンのピローブックのような雑多な寄せ集めは、確かに例をみません。
（津島訳）

(30) There is something wrong about the man were with him convertible terms, thought children a mistake, and declared that after forty life was not worth living.

(31) 注(26)、以下三上・髙津『日本文学史』の引用はこれによる。

(32) 吉澤貞人『徒然草古注釈集成』、一九九六年二月、勉誠社。

(33) 「国文学読本緒論」、『明治文学全集』四四、一九六八年、筑摩書房。

(34) 『国文学史十講』、一九三九年二月、冨山房、以下引用はこれによる。

(35) ハルオ・シラネ「「国文学」の形成」、岩波講座文学一三『ネイションを超えて』、二〇〇三年三月、岩波書店。

(36) 秋山虔『国文学全史　平安朝編』解説、一九七一年一一月、東洋文庫。

(37) 藤岡作太郎『国文学史講話』、一九〇八年三月、開成館、後に一九二二年一月、岩波書店、本稿はこれによる。

(38) 鈴木登美「ジャンル・ジェンダー・文学史記述——「女流日記文学」の構築を中心に」、『創造された古典——カノン形成・国民国家・日本文学』、一九九九年四月、新曜社。

(39)芳賀矢一『国文学史概論』、一九一三年七月、文會堂書店。
(40)大和田建樹『和文学史』、一八九二年一一月、博文館。
(41)前掲『日本文学史』。
(42)前掲『国文学史十講』。
(43)前掲『国文学史概論』。
(44)前掲『国文学全史　平安朝篇』、解説。
(45)藤岡作太郎『鎌倉室町時代文学史』、一九三五年九月、国本出版社。なお、これは遺稿集である。
(46)総説、「創造された古典――カノン形成のパラダイムと批評展望」、『創造された古典――カノン形成・国民国家・日本文学』、一九九九年四月、新曜社。
(47)「座談会　文学史とは何か」、『文学』、一九九八年秋、岩波書店。
(48)タームとしての〈自照文学〉が議論を呼んだこと、それが翻訳上の曖昧さを残しつつ定着していったいきさつについては、今関敏子による詳細な論がある（「「自照文学」としての「日記文学」――言語概念の検討――」、『中世女流日記文学論考』、一九八七年三月、和泉書院）。
(49)明治四三年（一九一〇年）より大正一〇年（一九二一年）まで東京帝国大学講師を兼ね、この時の教え子に久松潜一、西尾実などがいる。
(50)講述・垣内松三、筆録校訂・石井庄司、『国文学史』、一九七六年三月、教育出版。
(51)『国語の力』、一九二二年五月、不老閣書房、後に『垣内松三著作集』第一巻、一九七七年一一月、光村図書出版、所収。
(52)垣内松三「附録国文学の体系（二たび）」、『垣内松三著作集』第一巻、一九七七年一一月、光村図書出版。
(53)評伝、『垣内松三著作集』第一巻。
(54)垣内松三「国語の力」、『垣内松三著作集』第一巻。
(55)『垣内松三著作集』第一巻の「評伝」によれば、土居が「国文学と英文学の調和を考えるようになった」のは、「垣内さんのお導き」であると述懐している。

(56)「国民文学と世界文学」、『文学序説』、『土居光知著作集』第五巻、一九七七年七月、岩波書店。
(57)鈴木登美「ジャンル・ジェンダー・文学史記述――「女流日記文学」の構築を中心に」、『創造された古典――カノン形成・国民国家・日本文学』、一九九九年四月、新曜社。
(58)土居「日本文学の展開」が「日記文学」というタームの使用の嚆矢である、と鈴木登美の指摘がある。前掲書。
(59)「日本文学の展開」、前掲『文学序説』、注(56)。
(60)池田亀鑑「自照文学史」、垣内松三編『国文学体系』、一九三〇年九月、不老閣書房。
(61)前掲「自照文学史」。

雨森芳洲『交隣提醒《こうりんていせい》』

山嵜泰正

一　朝鮮通信使

「通信」とは「信《よしみ》を通わす意味」である。足利将軍時代に朝鮮通信使として三回京都に来たが、本格的な外交使節団として来たのは江戸時代である。江戸時代一二回の朝鮮通信使を上げると、次頁の別表の通りである。

「朝鮮通信使」は、太閤秀吉の文禄・慶長の役の戦後処理を行うために「回答兼刷還使」の外交として始まった。第七回の朝鮮通信使以降は、民衆が直接に朝鮮通信使を歓迎・交流した。また朝鮮通信使は京都五山との外交が非常に深い。特に京都五山の僧侶が朝鮮外交担当の「輪番僧」として対馬の以酊庵に赴いて大きな役割を演じた。

朝鮮通信使は三役の正使・副使・従事官を中心に、約四〇〇から五〇〇人前後の団員であった。釜山《プサン》に集結し、対馬藩とも打ち合わせた贈り物を積み込み、新造の大型船など六隻に分乗する。風待ち・航海の安全を祈願して、最初に対馬に寄港する。続いて瀬戸内海の主な港に立ち寄り、大坂からは川御座船に乗り換える。京の淀で上陸

別表

一回	一六〇七	慶長一二年	「回答兼刷還使」江戸時代最初の大型の使節団が江戸に入った。
二	一六一七	元和 三 年	二代将軍秀忠が入洛したため、使節団は京都どまり。
三	一六二四	寛永 元 年	三代家光将軍就任祝い。
四	一六三六	寛永一三年	「朝鮮通信使」の名が復活。筑前藩儒学者・貝原益軒が接待役。
五	一六四三	寛永二〇年	金閣寺の鳳林和尚が京都で朝鮮通信使を見物、日記に書く。
六	一六五五	明暦 元 年	四代家綱将軍就任祝い。最後に日光東照宮行き。
七	一六八二	天和 二 年	五代綱吉将軍就任祝い。民衆交流盛ん。／六回琉球江戸上り。
八	一七一一	正徳 元 年	六代家宣将軍就任祝い。雨森芳洲、別宗祖縁和尚が対馬~江戸随行。新井白石と芳洲の接遇論争。
九	一七一九	享保 四 年	八代吉宗将軍就任祝い。製述官申維翰(シンユハン)が参加。『海游録(かいゆうろく)』。
一〇	一七四八	寛延 元 年	九代家重将軍就任祝い。池大雅が朝鮮通信使を描く。
一一	一七六四	明和 元 年	一〇代家治将軍就任祝い。池大雅が画員金有声に手紙。／一二回琉球江戸上り。
一二	一八一一	文化 八 年	最後の朝鮮通信使は四七年ぶりだが、対馬止まり。

し、行列は随行の対馬藩、接待役の各藩士を入れると、約二〇〇〇人の大集団になった。にぎやかな音楽もあり（現在岡山県の牛窓の唐子踊り・各地の料理などが残る）、京都・大津・彦根を通過して江戸までの街道は「祭り気分」であった。朝鮮通信使には、一般の画員や高級官僚・学者・医師などが含まれていたから、当時の朝鮮の文化使節団であった。そのために、日本各地の学者や絵師・僧・書家たちが朝鮮通信使節団員と交流した。

朝鮮通信使が京都に到着し宿泊する場所は一一回の内、回答兼刷還使で、大徳寺が三回、洛中を通過して同寺へ移動した。本来の朝鮮通信使になった第四回以降は本圀寺（堀川五条付近・現在、寺は山科区へ移転）が七回、本能寺が一回である。寛永一三年（一六三六）の時は本圀寺に宿泊したが、淀の雁木《がんぎ》に上陸して、鳥羽街道を北上、東寺・七条・油小路経由で本圀寺に入る。江戸へは本圀寺から松原通・室町通を経て、三条大橋から粟田口という道順だった。そして一行は琵琶湖の情景を見て、野洲から近江八幡、彦根に進んだ。

当時の京都は人口四〇万人前後。朝鮮通信使は在洛中に清水寺や知恩院など名所の見物、蹴鞠《けまり》を鑑賞するなど、歓迎ぜめであった。沿道は大規模な音楽付きの朝鮮通信使一行、珍しい「唐人衣装」、曲芸などを見ようと民衆が詰めかけ、さらに朝鮮通信使の絵師や書家に揮毫《きごう》の書画を求める人々で殺到した。

二　『交隣提醒』

雨森芳洲は寛文八年（一六六八）に近江国雨森村に医師・清納の子として生まれ、宝暦五年（一七五五）、八八歳で対馬に没した朱子学者である。木下順庵の門人で、朝鮮語・中国語に通じ、対馬藩に仕えて文教を司り、朝鮮との外交にあたった人物である。

『交隣』とは対等の国家間、つまり日本と朝鮮との通信使では対等の関係で為されるべきだという。雨森芳洲は『交隣須知《こうりんすち》』を書いた。これは対馬藩の公式朝鮮語読本、さらに明治政府の朝鮮語教本として重用された。

雨森芳洲は『交隣提醒《こうりんていせい》』に何を書いたのか。それは、芳洲の外交体験から産み出された信条、外交の精神を吐露したものである。享保一三年（一七二八）芳洲六一歳の春、五年がかりの労作で対馬藩主・宗義誠に朝鮮との外交の心得を説いたのが『交隣提醒』である。五四項目にわたり、朝鮮外交の基本的心得を説いている。

その内容を現代文にして読んでみたい。

第一項「朝鮮交接の儀は、第一に人情、時勢を知ることが肝要である。……」

第一一項「通詞（通訳）は言語さえ通じればよいというものではなく、人柄もよく、才覚があり、物事の道理、義務をわきまえ、主上を大切にする者でなくてはいけません」

第一三項「ある宴会で日本の役人が朝鮮の使節に聞いた。朝鮮国王の邸宅の庭にはどんな花木が植えてあるのかと。使節は麦を植えていると答えた。日本の役人はなんと貧乏で風流を解さない国だと笑った。あとで聞くと、朝鮮は農を大切にする。だから、国王が率先して麦を植えていると知って反省した」

第一四項「朝鮮人は言葉に神経を使う。会話は婉曲で、時には優雅である。ところが、日本人は単刀直入である。結論を急ぐ。この違いを、日本人は朝鮮人を愚鈍で煮え切らないと判断する。朝鮮人は日本人をせっかちな野蛮人と判定する。これは互いに留意しなければならないことである」

第二八項「双方とも自国を自慢するのはいい。しかし、日本人は日本こそ世界一だと吹聴する。朝鮮人は寛容と謙遜の心でそれを認めてくれる。すると、日本人は単純にそう思い込んでしまう。そして陰で笑われている」

「お国自慢でこんなことがあった。明暦の朝鮮通信使の時に幕府は無理矢理一行を日光に案内した。東照宮の絢爛豪華を自慢したかった。ところが、三使は報告書に一行の感想も書かなかった。書記の一人が松並木は美しかったと、皮肉たっぷりにたった一行書いただけだった」

第三二項「日本の役人は意見が対立した時に、すぐに刀を抜こうとする。相手がひるむと朝鮮人は怯懦《きょうだ》（臆病で意志の弱いこと）、力で押せば交渉は有利になると考える。これは大きな間違いだ。朝鮮では蛮勇はけっして美徳ではない」

第二七項「朝鮮人は文禄・慶長の戦いをいまだに忘れていない。国土が荒廃し、何十万人もが死傷した。一〇

○年前のことだが、いまだに語り継ぎ、記憶している。日本人は水に流すなどといって過去を忘れようとするが、朝鮮人はずっと怨恨を持ち続けている」

豊臣秀吉の朝鮮侵略を大義名分の無い「無名の師《いくさ》（戦）」と断じた芳洲はこうも云う。

第三〇項「交渉のまとめ方でも、日本人はまあまあこのあたりでとすぐに妥協したがるが、朝鮮人は理を尽くした後でなければ納得しない。日本のやり方では互いに不信と不満を残してしまう」

第四三項「朝鮮人は日本の世襲の人事を不思議がっている。生まれついた家柄で政府の要人も各藩の重役も後継者が決まっている。だから、その後継者はなんの努力もしなくてもその職に就ける。会ってみれば彼らは無能で愚鈍である。だから若い上役を年輩の人が礼を尽くして補佐している。奇妙で滑稽である。朝鮮では科挙に合格した秀才だけが要職について国の政治に関わっている。だから日本と朝鮮との交渉には、意思を疎通させるのに大きな回り道が必要である」

第五四項「とにかく朝鮮のことを詳しく知り申さずしては、事に臨みて何の料簡つかまつる様これなく、浮言新説はいかほどこれあり候ても益これなく候」ともかく朝鮮のことを詳しく知るべきだと。

そして「誠信の交《まじわり》」について、こう記す。

「誠信の交わり」と人が云うが、その本当の意味を理解していない。「誠信」とは「実意と申すこと」であり、第五四項「誠信とは、互いに欺かず争わず、真実をもって交わることである。……」と説いている。

そして最後に「互いに欺《あざむ》かず、争わず、誠信の交わりこそ大切である」と結んでいる。

天和三年（一六八三）、雨森芳洲が一六歳で江戸に下った時、木下順庵は、幕府の儒者になった翌年で、六三歳であった。芳洲が後に意見を戦わす新井白石（一六五七～一七二五）も木下門下で、当時二七歳の門人であった。その頃は貞享四年（一六八七）、綱吉の生類憐みの令が出た頃である。六年後、二二歳の芳洲は木下順庵の推挙で対馬藩の宗氏に仕えることになった。徳川幕府は「鎖国政策」をとるが、朝鮮と琉球を正式に国交を開いており、対馬藩は幕府から朝鮮との外交をゆだねられていた。儒学・朱子学を尊重する朝鮮と外交するために、優れた朱子学者を必要としていた。芳洲はまず唐音を学ぶ必要を感じ、長崎に留学した。二六歳の芳洲は、対馬藩江戸屋敷からはじめて対馬に赴任した。禄は二〇〇石である。対馬は朝鮮との窓口であり、朝鮮との貿易によって対馬藩が成り立っていた。また釜山《プサン》には日本人町といわれる「倭館《わかん》」一〇万坪の在外公館があり、常時対馬の人が四〇〇〜五〇〇人滞在していたという。

木下順庵（一六二一〜九八）は京都の出身で、朱子学者。松永尺五に学び、加賀前田家に仕え、天和二年（一六八二）幕府の儒者として第五代将軍徳川綱吉の侍講となった。教育者として優れ、門下には、新井白石・室鳩巣・雨森芳洲・祇園南海・榊原篁洲らがいる。

三　第八回正徳の朝鮮通信使——新井白石と芳洲の論争

新井白石は木下順庵の門人で、芳洲よりも一一歳年上である。白石が甲州の徳川綱豊（家宣）の儒臣となり、宝永六年（一七〇九）家宣が第六代将軍に成るや、幕臣となった。間部詮房《まなべあきふさ》とともに、徳川家宣を助けて「正《しょう》徳《とく》の治」をおこった。

第八回正徳元年（一七一一）の朝鮮通信使は、徳川家宣の将軍就任を祝しての使節である。雨森芳洲は四四歳、対馬藩の朝鮮通信使の接待役を務めた。この時に、幕府の中枢にいた新井白石は、将軍の称号問題と大胆な接待費削減改革（饗宴、道中接待の簡略化、随行員・接待員も削減）を提示した。

朝鮮通信使に関連して「将軍」をどう呼ぶか。白石が徳川将軍を「日本国王」として「王号」を使おうとした。太閤の朝鮮侵略後、徳川秀忠と朝鮮国王（宣祖）との和議の折、日本国側は署名欄に単に「日本国　源某」となっていることが朝鮮で問題化し、対馬藩は「日本国」の下に「王」を改竄《かいざん》して加えた。朝鮮国王と日本国王との対等関係が「交隣」だからである。「事大」とは、弱小の者が強大な者に従い事《つか》えることである。つまり朝鮮国王と明国の皇帝の関係のように藩属の国から宗主国に朝貢する形である。中国皇帝は朝鮮国王よりも上位である。皇帝は「陛下」を使用できるが、国王は「殿下」としなければならない。当時の日本の権力者は誰か。形式的には天皇、実質的には徳川将軍。かつて足利義満は明の皇帝に「日本国王」と称した。「国王」は中国皇帝の下位になる。

徳川家光の時、対馬藩の改竄が露見した。幕府は寛永一二年（一六三五）朝鮮に使者を派遣し、将軍に送る国書の称号を「日本大君殿」とするように求めた。幕末「タイクン（Tycon）」と称したのはこのことによる。新井白石は正徳元年の朝鮮通信使に「日本国王」と記した。

新井白石は朝鮮について、文禄・慶長の役から徳川幕府が朝鮮外交を回復した功績があり、その恩義を感謝すべきだ。朝鮮人が狡猾で信義よりも利に傾くと。朝鮮通信使の「待遇格下げ」も白石の軽蔑心の現れだった。

白石は「日本国王」は室町時代の前例があり、天皇は中国の皇帝に相当し、征夷大将軍は「将軍」、国王というのが「名分論」から当然であると主張した。雨森芳洲はこれに反対した。「大義名分」。歴史的に正統な王は「京都の天皇」であり、徳川幕府の将軍はあくまで天皇の臣下であって「日本国王」ではない。なぜ将軍が「大君」から「国王」とするのか。朝鮮通信使は対馬藩を通じて行うから、白石の「日本国王」問題が、対馬藩の雨森芳洲との間で論争となった。

朝鮮通信使の交渉は対馬藩が行い、国書の宛名を「大君」から「国王」に変更するように朝鮮側に要請しなければならない。芳洲の、新井白石宛の日付は三月二一日。朝鮮の国王側の「国号」問題論議は五月二七日。白石の再考を求めた。白石は朝鮮通信使が莫大な浪費であり、それを節約するため「接待の格下げと礼法の簡略化」を指示した（江戸城の将軍会見に御三家が列席しない等）。

雨森芳洲の書簡は、まず過剰な接待の改革は了承できると書き、「豪華な宴会が善隣外交ではない」と賛意を示した。雨森芳洲は「日本の主権者は天皇である。その位は明らかに将軍の上位にある。もし「王」をいうのならば「武蔵国の王」ならわかるが、「日本国王」は天皇の尊号を犯すことになる」と反撃した。朝鮮が納得している「大君」を、白石は今なぜわざわざ「国王」に変更するのか。

「国王」号問題で日本から通知が届いたのは、朝鮮通信使が既に釜山に向けて出発した後だったが、朝鮮側は「事急迫のため国書を改めて送る」ということで決着した。朝鮮側は外交的観点（「事急迫する」武力行使の畏れ）から「日本国王」問題を容認したわけである。

第八回の朝鮮通信使は来日した際に、従来の応対の仕方が全く異なったので、その都度激しく抗議をした。だが、結局日本側の新規定に従わざるをえなかった。問題は将軍との謁見直後、国書を上程し、日本の復書を受け取る段になって激突した。朝鮮通信使は文中に朝鮮第一一代国王中宗の諱《いみな》を犯していると非難した。すると、白石は国書に三代将軍「家光」の「光」を使用していると改書を迫った。一時は収拾のつかない事態になったが、結局、朝鮮通信使の正使・趙泰億らは抗争を断念した。そのために趙泰億は（個人的に新井白石の博学ぶりに感心したが）、帰国後に処罰された。白石の妥協を許さぬ態度に国内でも非難が高まり、白石自身辞意を表明した。だが、徳川家宣の慰留で思いとどまり、逆に白石は五〇〇石加増で一〇〇〇石に達して旗本の列に加わった。

正徳四年（一七一四）対馬藩への通達は、交易銀（貿易代銀）半減と厳しく、対馬藩の財政危機につながった。芳洲は朝鮮通信使の役割、朝鮮人参の輸入販売独占で交易銀の必要を捨て身で論じた結果、幕府から「対馬藩は従来通り」の通知を得た。その意味で芳洲は学者兼外交の実践者であった。

四　第九回朝鮮通信使

享保四年（一七一九）の朝鮮通信使は、吉宗の将軍就任のお祝いであり、享保元年（一七一六）新井白石の引退後のため、将軍「日本国王」の称号は撤回されて「大君」に戻された。そのため朝鮮通信使に護行した雨森芳洲は、日朝間で穏やかな交流を行うことが出来た。五二歳の雨森芳洲は、第九回朝鮮通信使の対馬藩側の中心であった。

芳洲は、秀吉の朝鮮侵略がいかに朝鮮住民に多大の損害を与えたか、戦争で焦土と化した朝鮮人に対して徳川政権としてもその責任を引き継ぐべきだと見る。『隣交始末物語』に「惨禍の災い、誰が是を悲しまざらん」。朝鮮通信使は日本と朝鮮による国として対等の立場での外交である、と芳洲は考えた。日本も朝鮮も「仁を親しみ隣に善きは国の宝なり」と。芳洲は秀吉ゆかりの京都の方広寺見物に際し、朝鮮通信使が見学を拒否する「耳塚」を簾で覆った。「耳塚」は豊臣秀吉が朝鮮の役で、首の代わりに耳・鼻を切って武功として送らせ、その大量の耳・鼻を埋めたものである。耳塚について『交隣提醒』でこう著述している。「耳塚とても、豊臣家無名の師《いくさ》を起し、両国無数の人民を殺害せられたる事に候へば、其暴悪をかさねて申し出すべき事に候て、いづれも華輝のたすけには成り申さず。かへつて我国の不学無識をあらはし候のみにて御座候」と。

雨森芳洲は、文禄・慶長の役（壬辰倭乱・丁酉倭乱）を「太閤の無謀な侵略」と位置づけ、大量虐殺の歴史だとした。朝鮮の役について「夫《それ》より七ケ年、両国の生霊《にんげん》専ら戦闘を事とし、肝脳原野を塗し、老弱餉貴《しょうき》に疲れ、惨酷の災、誰が是を悲しまざらん」（『隣交始末物語』）。芳洲は日本軍の朝鮮侵略で死者が原野を埋め、老人子供たちが飢えに苦しんだことを誰が是《これ》を悲しまない者があろうか。だから、朝鮮侵略を以て「日本の武威」を誇ろうとすること自体、日本人の無学・無教養の表れだと批判した。雨森芳洲は朝鮮通信使が方広寺の大仏見物に出掛け、その前の耳塚を見せるべきでない、と血相を変えて反対した。申維翰《シンユハン》はそんな雨森芳洲を「朝鮮語と日本語を雑用しながら、獅子の如く吼え、針鼠の如く奮い、牙を張り、まなじりを裂き、その状はいまにも剣をぬかんばかりである」と記した。

第九回朝鮮通信使の申維翰は雨森芳洲について「よく三国音（日本語・朝鮮語・中国語）に通じ、よく百家の書を弁じ、その方訳（日本語訳）における異同、文字の難易を知る」「抜群の人物」と誉めている。

申維翰が大坂に到着した時に、雨森芳洲は「貴国（朝鮮）の人々が日本人を『倭人』と呼ぶのをやめてもらいたい」と申し出ると、申維翰は「貴国人（日本人）が朝鮮人を呼ぶ際に『唐人』と言ったり書くのはどういう意図か」と反論している。申維翰は雨森芳洲を「狠人《こんじん》（心のねじれた人）」と書く。相互に「言うべきは言い、正すべきは正す」ということが「互いに欺かず真実を見据えよう」とすることである。申維翰は芳洲と別れの時に涙を流して悲しんだという。雨森芳洲は対馬藩の学者・貿易交渉の実戦者であり、第八回正徳・第九回享保の朝鮮通信使の接待責任者であった。

五　芳洲の『多波礼草《たはれくさ》』

「国のたふときと、いやしきとは、君子小人の多きとすくなきと、風俗のよしあしとにこそよるべき。中国にむまけたりとて、ほこるべきにあらず。又夷狄にむまれたりとてはづべきにしもあらず。」

荻生徂徠《おぎゅうそらい》は中国を儒教の聖人・孔子・孟子などを生んだ文化大国、「中華」と崇める傾向があったが、雨森芳洲は国が尊いとか賤しいとかではなく、立派な人間が多いか少ないか、住民の風俗によるべきだと論じた。文化の洗練度、それよりも人柄の良さや高さこそ問題にすべきであると。「夷狄」を劣ると論ずべきでなく、「人間性の質」を基準として考えよという。雨森芳洲は教育による教養と人格向上を重視したわけである。

「日本に記録の類が少ないのは非常に残念である。先例によるというが、故老に聞いてもわずか五〇年前のことさえ確かでない。記録さえ確かならば、二〇〇年後でもその真実を知ることができる。中国ではそうした歴史を共有している。」のちに雨森芳洲の意見を入れて、貴重な『宗氏文書』が残された。

新井白石は『折たく柴の記』で芳洲を「対馬にありつるなま学匠」と皮肉をいったが、他人に芳洲を紹介する時には「風神秀朗、才弁該博」の人と述べた。また、荻生徂徠は芳洲を「偉丈夫のみならず、亦福人というべきなり」と評した。芳洲の人材育成は、享保一二年（一七二七）開設の対馬藩「韓語司（朝鮮語学校）」に結実された。

資料篇

龍谷大学本『枕草子』（零本）翻刻・解題

忠住佳織

解題

龍谷大学図書館蔵『枕草子』（写字台文庫蔵・以下、龍大本枕草子）の成立は、龍谷大学図書館目録には「室町時代写」と記されるが、諸説では、室町中期（藤本一恵氏説）から江戸時代初期（杉山重行氏説）頃まで下るとされる。

枕草子伝本自体は大別して三巻本・能因本・堺本・前田家本があるが、その内三巻本には、初段「春はあけぼの」〜七五段「あぢきなきもの」を欠く「第一類本」と称されるものと、それらを有する「第二類本」とがある。前者の方が古写本に多く、本文が比較的優れ、奥書・勘物が充実しており、後者は、やや書写年代が下り、奥書・勘物が若干省略され、堺本系統本文の影響を受けているといわれている。

龍大本枕草子の形態は、章段構成などから三巻本系統第一類本に属すると考えられてきたが、その後の諸研究によって、第一類本の章段構成を持ち、比較的第二類本文に近しい、「第一類・第二類本との合成によって成立した本文」（杉山氏）と指摘されている。ただし、龍大本枕草子自体が、その本文を持つ伝本が他に見当たらない唯一の孤本であることから、第一類・第二類本の古形を探ろうとする見方があるのは興味深いところである。

本文は、第八〇段「職の御曹司におはしますころ」から始まり、第一二二段「七日の日の若菜を」で終わる零本である。現存する三巻本枕草子と比べ、第七三段「ここちよげなるもの」から第七九段「さてその左衛門の陣などに」を欠いている。

本書は縦二八・五㎝、横二三・五㎝、袋綴じ写本の一冊のみで帙入。表紙には題簽を付さずに左端上方に「枕草氏」、中ほどに「枕草子」、下方に「全」とある。墨付は全五四丁、後、遊紙二丁。一面十行書き。

龍大本枕草子に関する諸研究として、以下を挙げる。

田中重太郎「龍谷大学図書館蔵枕冊子三巻本の零本について」（『歴史と国文学』二九巻四号、昭一八・一〇）

同右『校本枕冊子』（古典文庫、昭二八・一一）

同右『枕冊子本文の研究』（初音書房、昭三五・一二）

藤本一恵『写字台文庫本枕草子三巻本零本』（京都女子大学国文学研究室、昭三三・四）

岸上慎二『国語国文学研究史大成6　枕草子徒然草』（三省堂、昭三五・一）

楠　道隆「枕草子の諸本」（『枕草子講座・第三巻』有精堂、昭五〇・一二）

杉山重行「三巻本枕草子本文の研究――龍谷大学図書館蔵本の性格について――」（『古典論叢』第二四号、平六・五）

凡　例

翻刻にあたっては底本の表記を尊重しつつ、次のような方針にしたがって一部加工した。

一、底本で用いられている異体字・旧字体などは、原則として現在通行の字体に改める。

二、反復記号は定本のままとし、「ヽ」「〱」「々」で表記する。

三、振り仮名（読み仮名）や小書き、注釈などの本文傍らに書き入れられた文字については、該当する本文右傍に示す。

四、補入については、補入記号（補入箇所の指示）により、〈　〉に入れて示す。

五、本文における見せ消ちは、該当箇所を傍点により記す。

六、誤りかと思われる箇所については、そのまま翻字した上で右傍に「ママ」と付す。

七、虫損や汚損、あるいは字型が不整であるかして判読不能の文字は□により示す。

八、丁づけは、半丁ごとに末尾に」を付し、（2ウ）「二丁ウラ」、（10オ）「十丁オモテ」などとしめす。なお、書き込みのない半丁は《空白》と記す。

本　文

《題字》枕草氏　枕草子　全」（表紙オ）

《空白》」（表紙ウ）

しきの御さうしにおはしますころにしのひさしに
にてふたんの御と経あるにほとけなとかけたてまつり
そうとものゐたるまえなることなれ二日はかりあ
りてゑんのもとにあやしきものゝ声にて猶かの
御ふくおろし侍なんといへはいかてかまたきにはと
いふなるをなにのいふにかあらんとてたち出てみる
になまおいたる女ほうしのいみしうすゝけたる
きぬをきてさるさまにていふなりけりかれは
なに事いふそといへはこゑひきつくろひて
ほとけの御てしにさふらへは御ふくのおろしたへむ」（1オ）

と申すをこの御はうたちのおしみ給ふといふはなや
きみやひかなりかゝる物はうちうむしたるこそあはれ
なれうたてもはなやきたるかなとてことものはくは
てたゝ仏の御おろしをのみくうかいとたうとき事かな
といふけしきをみてなとかこと物もたへさらんそれはとふら
はねはこそとり申つれといへはくたものひろきもみゐ《ママ》
なとを物に入てとらせたるにむけになかよく成てよ

ろつのことかたるわかき人〳〵いてきておとこやある
いつくにかすむなと口〳〵にとふにをかしことそへこと
なとをすれは歌はうたふやまいなとするかととひも」（1ウ）

はてぬによるはたれとかねんひたちのすけとねん
ねたるはたよしこれかすゑいとおほかり又おとこ山の
みねの紅葉はさそなはたつや〳〵とかしらをまろはし
ふるいみしうにくければわらひにくみていね〳〵といふ
いとおしこれになにとらせんといふをきかせ給ていみしう
かたはらいたきわさはせさせつるそきかてみゝをふたきて
そしりつるそのきぬひとつとらせてとくやりて
よとおほせらるれはこれたまはするそきぬすゝけ
ためりしろくてきよとてなけとらせたれはふし
おかみてかたちにうちをきてはまふものかまことに」（2オ）

にくゝてみないりにしのちならひたるにやあらんつ
ねに見えしらかひありくやかてひたちのすけと付たり
きぬもしろめすおなじすゝけにてあれはいつち

やりてけんなとにくむ左近の内侍のまいりたるにか丶る物をなんかたらひつけてをきためりすかしてつねにくる事とてありしやうなとこ兵衛といふ人にまねかせてきかせ給へ御とくゐな丶りさらによもかたらひとらしなとわらふその丶ち又あまなるかたゐのいとあてやかなるいてきたるを又よひいて丶物なといふにこれはいとはつかしけに思ひて哀」（2ウ）

なれはれいのきぬひとつ給はせたるをふしおかむはされとよしさてうちなきよろこひていぬるをはやこのひたちのすけはきあひて見てけりその丶ちひさしうみえねとたれかは思ひ出んさてしはすの十よひの程に雪いみしうふりたるを女官ともなとしてえんにいとおほくをくをおなしくは庭にまことの山をつくらせ侍らんとてさふらひめして仰ことにていへはあつまりてつくるとの守の官人の御きよみにまいりたるなともみなよりていとたかうつくりなす宮つかさなともまいりあつ」（3オ）

まりてことくはへけうす三四人まいりつるとのも
つかさの物とも廿人はかりに成にけりさとよりさふらひ
めしにつかはしなとすけふこの山つくる人には日三
日たふへし又まいらさらんものは又おなしかすと〻
めんなといへはき〻つけたるはまとひまいるもあり
さととをきはえつけやらすつくりはてつれは
宮つかさめしてきぬふたゆひとらせてえんに
なけ出したるをひとつとりにとりておかみつ〻こ
しにさしてみなまかてぬうへのきぬなときたる
はさてかりきぬにてそあるこれいつまてあり」（3ウ）

なんなとた〻このころの程をあるかきりと申
すにいかにとゝはせ給へはむ月の十よ日まては侍り
なと申をおまへにもえさはあらしとおほしめし
たり女房はすへてとしのうちつこもりまてもえ
あらしとのみ申にあまりとをくも申けるかな
けにえしもやあらさらんついたちなとそいふへかり
けるとしたには思へとさはれさまてなくともいひ

そめてんことはとてかたうあらかいつはつかの程に
雨ふれときゆへきやうもなしすこしたけそをと
りもてゆくしら山のくわんおんこれきえさせ給ふ」（4オ）

なといのるも物くるおしさてそのやまつくりたるか
御つかひにしきふのせうたゝたかまいりたれはしと
ねさしいたしてものなといふにけふ雪の山つほに
もつくらせ給へり春宮にもこき殿にもつくら
れたりつ京こくとのにもつくらせ給へりけり
なといへは

　ここにのみめつらしとみるゆきのやま
所〳〵にふりにけるかなとかたはらなる人していはす
れはたひ〳〵かたふきて返しはつかうまつりける
さしあされたりみすのまへにて人にをかたり侍らん」（4ウ）

とてたちにきうたいみしうこのむときくものを
あやしおまへにきこしめしていみしうよくとそ
思ひつらんとその給はするつこもりかたにすこしちい

さくなるやうなれと猶いとたかくてあるにひるつ
かたえんに人々いてゐなとしたるにひたちの
すけいてきたりなといとひさしうみえさりつると
とへはなにかは心うきことの侍りしかはといふなにこと
そとゝふになをかく思ひ侍しなりとてなかやかによみ
いつ

うらやましあしもひかれすわたつうみの」（5オ）

いかなる人にもの給らんといふをにくみわらひて人
のめもみいれねはゆきの山にのほりかゝつらひ
ありきていぬるのちに左近の内侍にかくなと
いひやりたれはなとか人そへては給せさるかれ
かはしたなくてゆきの山まてのほりつたよひけん
こそいとかなしけれとあるを又わらふさてゆきの
山つれなくてとしも返ぬついたちの日の夜雪
のいとおほくふりたるをうれしもまたふりつみつる
かなとみるにこれはあいなしはしめのきはを
をきていまのかきすてよとおほせらるつほねへ」（5ウ）

いとゝくをるれはさふらひのおさなるものゆのはの
ことくなるとのゐきぬの袖のうへにあをきかみの
まつにつけたるをおきてわなゝきゐてたりそれは
いつこのそとゝへは斎院よりといふにふとめてた
うおほえてとりてまゐりぬまたおほとのこも
りたれはまつ御長にあたりたるみかうしをこはんな
とかきよせてひとりねんしあくるいとをもし
かたつかたなれはきしめくにおとろかせ給てなと
さはする事そとの給はすれは斎院より御ふみ
の候んにはいかてかいそきあけ侍らさらんと申に」（6オ）

けにいとゝかりけるをきさせ給へりさふあけさせ
給へれは五寸はかりなるうつちふたつをうつゐのさ
まにかしらなとをつゝみて山たちはな日かけや
まま《ママ》すけなとうつくしけにかさりて御ふみはなし
たゝなるやうあらんやはとて御らむすれはうつ
ゐのかしらつみたるちいさきかみに
　やまとよむをのゝひゝきをたつぬれは

ゆわひのつえのをとにそありける御かへりかゝせ給
程もいとめてたしさい院にはこれよりきこえさせ
給も御返も猶心ことにけかしおほう御よういみえ」（6ウ）

たり御つかひにしろきおり物のひとへすはうなるは
むめなめりかしゆきのふりしきたるにかつきてま
いるもをかしうみゆそのたひの御返しをしらす成
にしこそくちをしうさての雪の山まことのこし
のにやあらんとみえてきえけもなしくろうなりて
みるかひなきさまはしたれともけにかちぬる心ち
していかて十五日まちつけさせんとねんするさ
れと七日をたにえすくさしと猶いへはいかてこれ
入内事無不見若密儀歟
見はてんとみる人思ふほとににわかにうちへ三日い
七日中納言実卿叙　正三位拝賀　参式御曹司中宮己無人令直罷出
らせ給へしいみしうくちをしこの山のはてを」（7オ）
しらてやみなんことゝまめやかに思ふことひとも
けにゆかしかりつる物をなといふをこせんにも
おほせらるゝにおなしくはいひあてゝ御らんせさせ

はやと思ひつるにかひなけれは御ものゝくとも
はこひいみしうさはかしきにあはせてこもりといふも
のゝついちのほとにひさしさしてゐたるをえんの
もとちかくよひよせてこの雪の山いみしうまほ
りてわらはへなとにふみちらさせすこほたせて
よくまもりて十五日まてさふらへその日まてあらは
めてたきろく給はせんとすわたくしにもいみしき」（7ウ）

よろこひいはんとすなとかたらひてつねに大
はん所の人けすなとにくまゝ《ママ》をくた物やなに
やといとおほくとらせたれはうちゑみていと
やすきことたしかにまもり侍らんわらはへその
ほりさふらはんといへはそれをせいしてきかさらん
ものをは申なといひきかせていらせ給ぬれは七日ま
てさふらひていてぬその程もこれかうしろめたけ
れはおほやけ人すましをさめなとしてたへすい
ましめにやる七日のせくのおろしなとをさへやれ
はをかみつることなとわらひあへりさとにても」（8オ）

まつあへるすなはちこれを大事にてみせにやる
十日の程に五日まつはかりはありといへはうれ
しくおほゆ又ひるもやるに十四日よさりあめいみ
しうふれはこれにそきえぬらんといみしう今
一日ふつかもまちつけてよるもおきゐていひなけ
けはきく人ものくるをしとわらふ人のいて丶い
くにやかておきゐてけすをこさするさらにお
きねはいみしうにくみはらたちておきゐてたる
やりてみすれはわらは《ママ》たの程なん侍こもりいとかし
こうまもりてわらはへもよせ侍らすあすあさてまてもさふ」（８ウ）

らひぬへしろく給はらんと申すといへはいみしううれ
しくていつしかあすにならはうたよみてものいれてま
いらせむと思ふもいと心もとなくわひしくらきにおきて
おりひつ〈な〉とくせさせてこれにそのしろからん所いれて
もてこきたなけならん所かきすて丶なといひやりたれは
いと丶くもたせつる物をひきさけてはやくうせ侍に
けりといふにいとあさましくおかしうよみ出て人にも語

つたゑさせんとうめきすんしつるうたもあさましう
かひなく成ぬいかにしてさるならん昨日まてさはかり
あらん物の夜の程にきえぬらんことゝいひくんすれは」（9オ）

こもりか申つるは昨日いとくらうなるまて侍きろく給は
らんと思つる物をとて手をうちてさはき侍つるなとい
ひさはく内よりおほせことありさて雪はけふまてあ
りやとおほせことあれはいとねたうくちおしけれとゝし
のうちつゐたちまてたにあらしと人々のけいし給しに
きのふの夕暮まて侍しはいとかしこしとなん思ふ給るけ
ふまてはあまりことかなん夜の程に人のにくみてとり
すてゝ侍にやとなんをしはかり侍とけいせさせ給へなと
きこゑさせつさて廿日まいりたるにもまつこのことを
おまへにてもいふみはなけつとてふたのかきりもてきたり」（9ウ）

けんほうしのやうにすなはちもてきたりしかあさまし
かりしこと物のふたにこ山つくりてしろかみにうたいみ
しくかきてまいらせむとせしことなとけいすれはいみしく

わらはせ給こせんなる人々もわらふにかう心にいれて思
たることをたかへたれはつみうらむまことに四日の夜さ
ふらひともをやりてとりすてしそ返事にいひあてたりし
こそいとをかしかりしかその女いてきていみしうてを
すりていひけれともおほせ事にかのさとよりきたらん
人にかくきかすなさらはやうちこほたんなといひて左近のつ
かさのみなみのつゐちなとにみなすてゝけりいとかたくてお」（10オ）

ほくなんありつるなとそいふなりしかはけに廿日も待つ
けてましことしのはつ雪もふりそひなましうへもきこ
しめていと思ひやりふかくあらかひたりなと殿上人とも
なとにもおほせられけりさてもその歌かたれいまかく
いひあらはしつれはおなしことかちたるなゝりなとおまへにも
仰られ人々もの給へとなせうにかさはかりうきことをきゝ
なからけいし侍らんなとまことにまめやかにうむし心うか
れはうへもわたらせ給てまことにとしころはおほす人
なめりとみしをこれにそあやしとみしなとおほせらるゝに
いとゝうくつらくうちもなきぬへき心ちそするいてあ」（10ウ）

はれいみしくうき世そかしのちにふりつみて侍し雪を
うれしく思侍しにそれはあいなしかきすてよと仰せ
こと侍しかと申せはかたせしとおほしけるなゝりとうへ
もわらはせたまふ
めてたき物からにしきかさりたちつくり仏のもくゑ
いろあひふかくはなふさなかくさきたるふちの花の松に
かゝりたる六位の蔵人いみしききんたちなれとえしも
き給はぬあやをりものを心にまかせてきたるあをいろ
すかたなとめてたきなり所のさうしきたゝの人のこと
もなとにてとのはらのさふらひに四位五位のつかさある」（11オ）

かしもにうちゐてなにともみえぬにくら人に成ぬれはゑ
もいはすそあさましきやせんしなともて参たい饗
のおりのあまくりのつかひなとにまいりたるもてなしやむこ
となかり給つるさまはいつこなりしあまくたり人ならんと
こそみゆれ御むすめきさきにてはします又またし
くてひめ君なときこゆるに御書のつかひとてまいりた
れは御ふみとりいるゝよりはしめしとねさしいつる袖くちなと

あけくれみし物ともおほえすしたかさねのしりひき
ちらしてゐふなるはいますこしをかしくみゆ御てつから
さかつきなとさし給へは我か心ちにもいかにおほえんいみし」（11ウ）

うかしこまりつちにゐしいゐのこ君たちをもこゝろは
かりこそよういしかしこまりたれおなしやうにつれたち
てありくようゐのちかうつかはせ給をみるにはねたくさ
へこそおほゆれなれつかうまつるみとせよとせはかりを
なりあしく物のいろよろしくてましらはんはいふかひなき
ことなりかうふりのこに成ておるへきほとのちかうな
らんにたにいのちよりもおしかるへきことをりんしの所々の御
た〈ま〉はり申ておるゝこといふかひなくおほゆれむかしの蔵
人はことしの夏よりこそなきたちけれ今の世にはは
しりくらへをなんするはかせのさえあるはいとめてたしといふ」（12オ）
もおろかなりかほにくけにいと下らうなれとやむことなき
おまへにもちかつきまいりさへきゝなとはせ給て御ふみの
しにてさふらふはうらやましくめてたくこそおほゆれ願

文へうもの、序なとつくりいたしてほめらる、もいとめ
てたしほうしのさえあるすへていふへくもあらす后
のひめの行けい一の人の御ありきかすかまうてゑひそめ
のおり物すへて〳〵なにも〳〵むらさきなるものはめてたく
こそあれ花もいともかみもにはに雪のあつくふりしき
たる一の人むらさきの花の中にはかきつはたそすこし
にくき六位のとのゐすかたのをかしきもむらさきのゆ」（12ウ）
ゑなり

なまめかしき物
ほそやかにきよけなる君たちのなをしすかたをかし
けなるとう女のうへのはかまなとわさとはあらてほころひ
かちなるかさみはかりきてうつちくす〈た〉まなとなかくつけて
かうらんのもとなとにあふきさしかくしてゐたる薄様
の草子やなきのもえいてたるにあおきうすやうにかき
たるふみつけたる
みへかさねのあふきいつへはあまりあつくなりてもとなと
にくけなりいとあたらしからすいたうものふりぬひはたふ」（13オ）

きのやになかきさうふをうるはしうふきわたしたるあを
やかなるみすのしたよりき丁のくちきかたいとつやゝかに
てひものふきなひかされたるいとをかししろきくみの
ほそきもかうあさやかなるすのとかうらんにいとをかし
けなるねこのあかきくひつなにしろきふたつきてはかり
のをくみのなかきとのつけてひきありくもをかしうなま
めきたりさ月のせちのあやめのくら人さうふのかつらあか
ひもの色にはあらぬをひれくたいなとしてくすたま
みこたちかんたちめのたちなみ給へるにたてまつれるいみ
しうなまめかしともてこしにひきつけつゝふたうしは」（13ウ）

いし給もいとめてたしむらさきのかみをつゝみふみにてふさ
なかきふちにつけたるにをみの君たちもいとなまめかし
宮の五せちいたさせ給にかしつき十二人こと所には女御み
やす所の御かたのひといたすをはわるきことになんすると
きくをいかにおほすにか宮の御かたを十人はいたさせ給い
まふたりは女ゐんしけいさの人やかてはらからとちきせさ
せ給へり女房にたにかねてさもしらせすとのひとにはま

してぃみしうかくしてみなさうそくしたちてくらふな
りにたるほともく《ママ》きてきすあかひもをかしうむすひさ
けていみしうやうしたるしろききぬかたきのかたはゐに」（14オ）

かきたりおり物のからきぬとものうへにきたるはまことに
めつらしきなかにわらは丶まいていますこしなまめきたりし
もつかへまてきていてゐたるに殿上人かんたちめおとろ
きけうしてをみの女房とつけてをみの君たちは
とにゐて物なといふ五せちのつほねを日もくれぬ程に
みなこをちすかしてた丶あやしうてあらするいとことや
うなる事也其夜まてはなをうるはしなからこそあらめと
の給はせてさもまとはさすき丁とのほころひゆひつ丶
こほれいてたりこ兵衛といふかあかひものとれたるを
実方正暦二年九月右中将元右馬頭五年九月八日左中将
これむすはやといへはさねかたの中将よりてつくろふにた丶ならす」（14ウ）

長徳元年正月十三日陸奥守其夜昇殿
あしひきの山井の水はこほれるを
九月十七日申赴任由呂御前御禄鈒正四位下
いかなるひものとくるなるらんといひかくとしわかき人の
さるけそうのほとはいひにくきにやかへしもせすそのかた

わらなる人ともゝたゝうちすこしつゝとも角もいはぬ
を宮つかさなとはみゝとゝめてきゝけるにひさしうなりけな
るかたわらいたさにことかたきよりいりて女房のもとにより
てなとかうはおはするそなとさゝなる《ママ》四人はかりを
へたてゝゐたれはよそ思ひえたらんにてもいひにくし
まいて歌よむとしりたる人のはおほろけならさらんはいか
てかとつゝましきこそはわろけれよむ人はさやはあるい」（15オ）

とめてたからねとふとこそうちいへつまはしきをし
ありく□いとをかしけれは
　うはこほりあはにむすへるひもなれは
かさす日かけにゆるふはかりをと弁のおもとゝいふにつた
へさすれはきえいりつゝえもいひやらねは何とか〳〵とみゝ
をかたふけてとふにすこし事ともりする人のいみし
うつくろひめてたしときかせんと思ひけれはえきゝ
つけすなりぬるこそなか〳〵はちかくるゝ心ちして
よかりしかのほりをくりなとになやましといひていかぬ人
をもの給はせしかはあるかきりつれたちてことにもにすあ」（15ウ）

まりこそうるさけなめれまひひめはすけまさのむまのかみのむすめ殿のしきふ卿の宮のうへの御おとうとの四の君の御はら十二にてをかしけ也きはく《本》の夜もおいかつきいくもさはかすやかてしゝう殿よりとをりて清涼殿のをまへのひんかしのすのこよりまひ姫をさきにてうへの御つほねにまいりし程もをかしかりきほそたちにひらをつけてきよけなるおのこのもてわたるもなまめかし内は五せちのころこそすゝろにたゝなへてみゆる人もをかしうおほゆれとのものつかさなとのいろ〳〵のさいてをものいみのやうにてさいしにつけたるなともめつらしうみゆせうえう」（16オ）

てんのそりはしにもとゆひのむらこいとけさやかにて出ゐたるも様〳〵につけてをかしうのみそあるうへのさうし人のもとなるわらはへもいみしき色ふしと思たることはりなり山井日かけなとやないはこにいれてかうふりしたるおとこなともてありくほといとをかしうみゆ殿上人のなをしぬきたれてあふきやなにやとはうしにしてつかさまさりとしきなみそたつといふうたをうたひてつほねともの

まへわたるいみしうたちなれたらん心ちもさはきぬへ
しかしまいてさとひとたひにうちわらひなとしたる程
いとおそろし行事の蔵人のかいねりかさねものよりこ」（16ウ）

とにきよにみゆしとねなとしきたれとなか〳〵えもの
ほりゐす女房のいてゐたるさまほめそしり此ころは
こと事なかめり長たいの夜行事のくら人のいときひ
しうもてなしてかいつくろひふたりわらはより外にはすへ
ているましととをおさへておりにくまていへは殿上人なと
も猶これ一人はなとの給をうちやみありていかてかなと
かたくいふに宮の女房の廿人はかりくら人をなにともせす
とをおしあけてさめきいれはあきれていとことすちなき
世かなとてたてるもをかしそれにつきてそかしつきと
もゝみないるけしきいとねたけなりうへもおはしましておかしと」（17オ）

御らんしおはしますらんかしとうたひにむかひたるかほとも、
らうたけなり無名といふひわの御ことをうへのもてわた
らせ給へるみなとしてかきならしなとするといへは引にはあ

らてをなとをてさくりにしてこれかなよいかにとかとき
こえさするにたゝいとはかなく名もなしとの給はせたるは
猶いとめたしとこそおほえしかしけいさなとわたり給て
御物語のつゐてにまろかもとにいとをかしけなる生の
ふえこそあれこ殿のえさせ給へりしとのたまふをそう
つの君それはりうゑん（隆円　隆家卿弟　正暦四年権小僧都十五不僅律師）に給へをのかもとにめたききん
侍りそれにかへさせ給へと申（寛弘八年四月権大僧都卅二　長和四年二）たまふをきゝも入給はてこと」（17ウ）

（月卒卅七）事をの給にいらへさせたてまつらんとあまたゝひきこえ給に
猶物もの給はねは宮のおまへのいなかへしとおほいたるも
のをとの給はせたる御けしきのいみしうをかしきことそか
きりなきこの御ふえの名をそうつの君もえしり給
はさりけれはたゝうらめしとそおほいためるこれはしきの
御さうしにおはしまいし程の事なめりうへのおまへにいな
かへしといふ御ふえのさふらふ也こせんにさふらんものは御こ
とも御ふえもみなめつらしき名つきてそある
玄上（琵琶）　ほくは（牧場同）　ゐらへ（井尹同）　ゐけう（渭橋同）　無名（同）　なと
又和琴なとも　くちめ　しほかま　二貫なとそき」（18オ）

こゆる　すいろう《水龍》　こすいろう《小水竜　笙》　うたのほうし《宇陀法師》
くきうち《釘打　笛》　葉ふたつ《葉二　笙》　なにくれ《和琴云々》なとおほくき、
しかと忘にけりきやうてんの一のたなにといふこと
くさは頭中将こそし給しかうへの御つほねのみすの
まへにて殿上人日こと〳〵ふえふきあそひくらしておほと
なふらまいるほとにまた御かうしはまいらぬにおほとなふらさ
し出たれはとのあきたるかあらはなれはひわの御ことをたゝ
さまにもたせ給へり紅の御そとものいふを世のつれなるう
ちき又はりたるともなとをあまたたてまつりていとく
ろうつやゝかなるひわに御袖をうちかけてとらへさせ給ふ《ママ》」（18ウ）

へるたにめてたきにそはより御ひたひの程のいみしう
しろうめてたくけさやかにてはつれさせ給へるはたと
ふへきかたそなきやちかくゐ給へる人にさしよりてな
かはかくしたりけむはゑかくはあらさりけんかしあれは
たゝ人にこそありけめといふをみちもなきにわけまい
りて申せはわらはせ給てわかれはしりたりやと
なんおほせらるゝとつたふるもいとをかし

ねたき物　人のもとにこれよりやるも人の返事も
かきてやりつるのちもしひとつふたつ思なをしたると
みの物ぬふにかしこうぬいつと思ふにはりをひきぬき」（19オ）

つれはやくしりをむすはさりけりまたかへさまに
ぬいたるもねたしみなみの院におはしますころとみの
御物也誰も〳〵あまたして時かはさすぬいてまいらせよ
とて給はせたるみみなみおもてにあつまりて御そのかた
みつゝたれかとくぬふとちかくもむかはすぬふさまもいと
物くるをし命婦のめの《ママ》いととくぬゐはてゝうち置
つるゆたけのかたの身をぬいつるかそむきさまなる
をみつけてとちめもしあへすまとひをきてたち
ぬるか御せあはせすれははやくたかひたりけりわらひのゝ
しりてはやくこれぬいなをせといふをたれあしうぬい」（19ウ）

たりとしりてかなをさんあやならはこそうらをみさらん
人もけにとなをさめむもんの御そなれはなにをしる
しにてかなをす人たれもあらんまたぬい給はさらむ人に

なをさせよとてきかねはさいひてあらんやとて源少納言
の君なといふ人たちのものうけてとりよせてぬい給
しをみやりてゐたりしこそをかしかりしかおもしろき
はきすゝきなとをうへてみる程になかひつもたる物
すきなとひきさけてたゝほりに掘ていぬるこそわひ
しうねたけれよろしき人なとのあるときはさもせ
ぬものをいみしうせいすれともたゝすこしなとうち」（20オ）

いひていぬるいふかひなくねたしすりやうなとのいへにも
物のしもへなとのきく《ママ》なめけにいひさりて我をはいかゝせん
なと思たるいとねたけなりみまほしき文なとを人の
とりてにはにをりてみたるかいとわひしくねたくいけと
すのもとにとまりてみた《ママ》たてる心ちこそとひもいて
ぬ人《ママ》き心ちすれ
かたはらいたき物
まらうとなとにあひてものいふにおくのかたにうちとけ
ことなといふをえはせいせてきくこゝち思ふ人のいたくゑ
ひておなしことしたるきゝゐたりけるをしらて人のうへ」（20ウ）

いひたるそれはなにはかりならねとつかふ人なとたにかたはらいたしたひたちたる所にてけすとものされゐたるにくけなるちこを、のか心ちのかなしきま、にいひたる事なとかたりたるさえある人のまへにてさえなき人のものおほえこゑに人のなと、いひたることによしともおほえぬ我うたを人に語て人のほめなとしたるよしいふもかたはらいたし
あさましき物　さしくしすりてみかく程にも《ママ》せにつきさしておりたる心ちくるまのうちかへりたるさるおほのかなるものは所せくやあらむと思ひしにた、夢のこ、ちしてあさましうあへなし」（21オ）

人のためにはつかしうあしきことをつ、みもなくいひゐたるかならすきなんと思ふ人を夜ひとよをきあかし待て暁かたにうち忘てねいりにけるにからすのいと近くか、と鳴にうちみあけたれはひるに成にけるいみしうあさましみすましき人にほかへもていくふみみせたるむけにしらすみぬことを人のさしむかひてあらかはすへくもあらすいひたるものうちこほしたる心ちいとあさまし

くちをしき物　五せち御佛名にゆきふらて雨の
かきくらしふりたるせちゑなとにさるへき御物いみのあ
たりたるいとなみいつしかとまつことのさはりありにわかに」（21ウ）

とまりぬるあそひもしみすへきことありてよひに
やりたる人のこぬいとくちおしおとこも女もほうしも
宮つかへ所なとよりおなしやうなる人もろともにてらへも
のへもいくにこのましうこほれゐてようゐよくいは、けし
からすあまい《ママ》りみくるしともみつへくそあるにさるへき
人のむまにても車にてもゆきあひみすなりぬるい
とくちをしわひてはすき〳〵しきけすなとの人なとに
語つへからんをかなと思ふもいとけしからす五月の御さう
しのほとしきにおはしますころぬる《ママ》こめのまへのふたま
なる所をことにしつらひたれはれいさまならぬもをかし」（22オ）

ついたちよりあめかちはくもりすくすつれ〳〵なるをほと、
きすの声たつねにいかはやといふを我も〳〵といてた
つかものおくになにさきとかやたなはたのわたあるはしには

あらてにくき名そきこえしそのわたりになむほと丶きす
鳴と人にいへはわ《ママ》れはひくらしなりといふ人もありそこ
へとて五日あしたに宮つかさに車のあなひい丶て
きたのちんよりさみれ《ママ》はとかめなき物そとてさしよせ
て四人はかりのりていくうらやましかりて猶いまひとつ
しておなしくはなといへとまなとおほせらるれはき丶い
れすなさけなきさまにていくにむまはといふ所にて人お」（22ウ）

ほくさはくなにするそと丶へはてつかひにてまゆみいる也
しはし御らんしておはしませとて車と丶めたり左近中
将みなつき給へといへはさる人もみえす六位なとたち
さまよふはゆかしからぬ事そはやくすきよといひてい
きもていく道もまつりのころ思いてられてをかし
かくいふ所はあきのふの朝臣の家ありけりそこもいさ
みむといひてくるまよせてをりぬゐ中たちことそき
てむまのかたかきたるさうしあしろ屛風みくりのすた
れなとことさらにむかしのことをうつしたりやのさまも
はかなたちらうめきてはしちかにあさはかになれとをかし」（23オ）

きにけにそかしかましと思ふはかりになきあひたるほと、
きすのこゑをくちをしうこせんにきこしめさせすさ
はかりしたひつる人々をと思ふところにつけてはか、ることを
なんみるへきとていねといふ物をとりいて、わかきけすと
ものきたなけならぬ其わたりのいゑのむすめなとひき
ひてきて五六人してこかせ又みもしらぬくるへくもの
ふたりしてひかせてうたうたはせなとするをめつらしく
てわらふほと、きすの歌よまむとしつるまきれぬから
ゑにかきたるかけはんしてものくはせたるをみいる、人も
なけれはいゑのあるしいとわかくひなひたるか、る所にき」（23ウ）

ぬる人はようせすはあるしにけぬはかりなとせめいたして
こそまいるへけれむけにかくては其人ならすなといひてと
りはやしこのしたわらひはてつからつみつるなといへといかて
かさ女官なとのやうにつきなみてはあらんなとわらへはさ
らはとりおろしてれいのはいふしにならはせ給へる御ま
へたちなれはとてまかなひさはく程にあめり〔ママ〕ぬといへは
急て車にのるにさてこの歌はこ、にてそよまめ

なといへはさはれ道にてもなといひてみなのりぬうの
花のいみしうさきたるを折て車のすたれかたはらなと
にさしあまりてをそひむねなとになかきえたをふき」（24オ）

たるやうにさしたれはたゝ卯花のかきねをうしにかけたる
とそみゆるともなるおのこともゝいみしうわらひつゝこゝ
またし〳〵とさしあへりひともあはなむと思ふにさらに
あやしきほうしけすのいふかひなきのみたまさかにみゆ
公信恒徳公六
るにいとくちおしくてちかくきぬれといとかくて此車の
男　母　謙徳公女　長徳元年九月十九日
ありさまを人にかたらせてこそやまめとて一条殿の程に
侍従十九　四年十月右兵衛佐　長保元年閏三月少納言同年九月一日右少将
とゝめてしゝうとのやおはしますほとゝきすの声きゝて
廿三　二年二月七日　聴禁色
今なんかへるといわせたるつかひたゝいままいるしはし
あかきみとなんの給へるさふらひにまひろけておはしつ
る急たちてさしぬきたてまつる《ママ》つといふまつへき」（24ウ）

にもあらすて《ママ》はしらせてつちみかとさまはやるにいつの
まにかさうそきつらんおひはみちのまゝにゆひてしはし〳〵と
をひくるともにさふらひ三四人はかりものもはかてはしる

めりとくやれといとゝいそかして土御門にいきつきぬる
にそあつ《ママ》きまとひておはしてこの車のさまをいみしう
わらひ給うへの人の乗たるとなんさらにみえぬ猶をり
てみよなとわらいたまへはともにはしりつる人ともゝけ
うしうたはいかゝそれきかんとの給へはいまをまへに御らん
せさせてのちこそなといふ程にあめまことにふりぬなとかこと
みかと〳〵のやうにもあらすこのつちみかとしもかううへもな」（25オ）

くしそめけんとけふこそいとにくけれなといひていか
て返らんとすらむこなたさまはたゝをくれしと思ひつる
に人めもしらすはしられつるをあういかんことこそいとす
さましけれとの給へはいさ給へかしうちへといふゐほうし
にてはいかてかとりにやり給へかしなといふにまめやかに
ふれはかさもなきおのこともたゝひきに引いれつ
一条殿よりかさもてきたるをさゝせてうちみかへりつゝ
こたみはゆる〳〵とものうけにてう花はかりをとりて
をはするもをかしさてまいりたれはありさまなととは
せうらみつる人々ゑんし心うかりなからとうしゝうの」（25ウ）

一条のおほちはしりつるかたるにそみなわらひぬるさていつらうたはと、はせ給へはかう〳〵とけいすれはくちをしのことやうへ人なとのきかんいかてかつゆをかしき事なくてはあらんそのき、つらん所にてきとこそはよま、しかあまりきしきさためつらんこそあやしけれこ、にてよめいといふかひなしなとの給はすれはけると《ママ》思にいとわひしきをいひ合なとする程にとうし、うありつるはなに付て卯花のうすやうにかきたり此歌おほえすこれか返しまつせんなと硯とりにつほねにやれはた、これしてとくいへとて御硯のふたにかみなとして給はせたるさい将の君かき給へといふ」（26オ）

をなをそこになといふ程にかきくらし雨ふりて神いとおそろしうなりたれは物もおほえすた、おそろしきにみかうしまいりわたしまとひし程にこの事も忘ぬいとひさしう成てすこしやむほとにくらうなりぬた、今猶この返事たてまつらんとてとりむかふに人々かんたちめなと神のこと申にまいり給へれはにしおもてにゐてものきこえなとするにまきれぬこと人はたさしてえたらん人こそせめとてや

みぬなを此事にすくせなき日なめりとくつして今は
いかてさなんいきたりしとたに人におほくきかせしなと
わらふいまもなとかそのいきたりしかきりのひとゝもに」（26ウ）

てさらむされとさせしと思ふにこそとものしけなる御
けしきなるもいとをかしされと今はすさましうなる
にて侍なりと申すすさましかへき事かはなとの給はせし
かとさてやみにき二日はかりありてその日のことなといひ出る
にさい将の君いかにそてつからをりたりといひしした
わらひはとの給をきかせ給て思出ることのさまよとわら
はせ給てかみのちりたるに
　したわらひこそこひしかりけれ
とかゝせ給てもといへとおほせらるゝもいとをかしほとゝきすた
つねてきゝし声よりもとかきてまいらせたれはいみしう」（27オ）
うけはかたりかうたにいかてほとゝきすのことをかけつらんとて
わらはせ給もはつかしなからなにか此うたよみ侍らしとなん思侍
をもの、をりなと人のよみ侍らんにもよめなと仰られはえさふらふましき心ちなんし侍いといかゝはもしの数しらす春は冬の歌秋はむめの花の歌なとをよむやうは侍らんされと歌よむといはれしするゑ〱はすこし人よりまさりてそのおりの歌はこれこそありけれさはいへとそれかこなれはなといはれはこそかひある心ちもし侍らめつゆとりわきたるかたもなくさすかにうたかましう我はと思へるさまにさそ《ママ》によみ侍らんなき人のためにもいとをしう侍とまま《ママ》やかにけいす」（27ウ）

れはわらはせ給てさらはたゝ心にまかせす我はよめともいはしとの給はすれはいと心やすくなり侍ぬ今は歌のこと思かけしなといひてあるころかうしんをさせ給とてうちのおほいとのいみしう心まうけせさせ給へり夜うちふくる程にたい出して女房も歌よませ給みなけしきはみゆるかしいたすに宮のをまへ近くさふらひてものけゐしなとこと事をのみいふをおとゝ御らんしてなと歌はよまてむけにはなれゐたるたいとれとて給をさることうけ給て歌よみ侍ましうなりて侍れは思かけ侍すと申ことやうなることまことにさることとやは侍なとかさは」（28オ）

ゆるさせたまふいとあるましきことなりよしこと時は
しらすこよひはよめなとせめ給へとけきようき《ママ》もいれ
て候にみな人々よみいたしてよしあしなとさためらるゝ
程にいさゝかなるか《ママ》ふをかきてなけ給はせたりみれは

　もとすけかのちといはるゝ君しもや

こよひの歌にはつれてはをるとあるをみるにおかしきことそ
たくひなきやいみしうわらへはになにことそ〳〵とおとゝもとらせ給

　その人ののちといはれぬ身なりせは

こよひの歌をまつそよまゝしつゝむ事さふらはすは
千のうたなりとこれよりなんいてまうてこましとけいしつ」（28ウ）

しきにおはしますころ八月十よ日の月あかき夜右近の
内侍にひわひかせてはし近くおはしますこれかれものいひ
わらひなとするにひさしの柱によりかゝりて物もいはてさふ
らはなとかうをともせぬものいへさう〳〵しきなと仰らる
れはたゝ秋の月の心をみ侍なりと申せはさもいひつへ
しと仰らる御かた〳〵君たちうへ人なと御せんに人の
いとおほくさふらふは女房とものかたりなとしてゐたる

に物をなけ給はせたるあけてみれは思ふへしやおまへ
にて物語なとするつゐてにもすへて人に一に思れ
すはなにゝかはせんたゝいみしう中〳〵にくまれあしう」(29オ)

せられてあらん二三にてはしぬともあらし一にてを
あらんなといへは一せうのほうなゝりなと人々もわらふ
事の硯なめり筆かみなと給はせたれは九品蓮
台のあひたには下品といふともなとかきてまいらせ
たれはむけに思くつしにけりいとわろしいひとちめ
つることはさてこそあらめとの給はすそれは人にした
かひてこそと申せはそかわるきそかし第一の人に又
一に思はれんとこそおもはめと仰らるゝもいとをかし中納言
まいり給て御あふきたてまつらせ給にたかいゐこそいみしき
ほねはえて侍れそれをはらせてまいらせんとするにおほ」(29ウ)

ろけのかみえはるましけれはもとめ侍なりと申給
いかやうにかあるなとゝひきこえさせ給へはすへていみしう侍
りさらにまたみぬほねのさまなりとなん人々申まことに

かはかりのはみえさりつとことたかくの給へはさてはあふき
のにはあらてくらけのなゝりときこゆれはこれたか
いゐかことにしに《ママ》てんとて咲ひ給かやうのことこそはかたは
ら痛きことのうちにいれつへけれとひとつなおとしそと
いへはいかゝはせんあめのうちはへふるころけふもふるに御
つかひにて式部のそうのふつねまいりたりれいの事
しとねさしいてたるをつねよりもとをくをしやりてゐたれは」（30オ）
誰かれうそ《信経》といへ《長徳元年正月十一日蔵人廿七右近衛尉二年正月》はわらひてかゝる雨にのほり侍らはあ
しか《兵部丞》たつきていとふひんにきたないくなり侍なんといへは
なとけんそくれうにこそはならめといふをこれはおまへに
かし《三年正月式部丞四年正月七日叙廿五日河内権守》こうおほせらるゝにあらすのふつねかあしかたのことを申
さゝらましかはえの給はさらましと返々いひしこそをかしか
りしか《中后宮　安子　康保元年四月廿四日崩卅八》はやうなかきさいの宮ゐぬたきといひて名高き
しもつかへなんありけるみのゝかみにてうせにける藤原
ときからか蔵人なりけるをりにしもつかへとものある
所にたちよりてこれやこのかう名のゐぬたち《ママ》なとさも
みえぬと《時柄　康保五年正月廿八日美濃守　元兵庫守　東宮大進》いひけるいらへにそれは時からにさしみゆるなんと」（30ウ）

いひたりけるなんかたきにゐりてもさる事はいかてかあ
らんとかんたちめ殿上人《天延二年六月廿七日摂津守従四位下》までけうあることにの給ける
またさりけるなめりけふまてかくいひつたふるはときこえたり
それまたときからかいはせたるなめりすへてたゝ題なからん
文も歌もかしこきといへはけにさもある事也さはたいゝ
た《さ本》らんうたよみ給へといふいとよきことゝいへはなけ《ママ》んに
おなしくはあまたをつかふまつらんなといふ程に御返いてきぬ
れはあなおそろしまかりにくといひていてぬるをいみしうま
なもかんなもあしうかくを人のわらいなとすれは《長徳二年五月三日蔵人兵部少輔蓋》かくして
なんあるつくも《信経補作物所別当》所のへたうするころたかものにやわたりける」（31オ）

にかあらんものゝゐやうやるとてこれかやうにつかふまつるへ
しとかきたるまんなのやうもしつくろひ女房なとみな
のよにしらすあやしきをみつけてそのかたはらにこれか
まゝにつかうまつらはことやうにこそあへけれとて殿上に
やりたれは人々とりてみていみしうわらひけるにおほき
にはらたちてこそにくみしかしけいさ東宮にまいり《長徳元年》
給ふ程《正月十九日入宮》の事なといかゝめてたからぬことなし正月十日に

まいり給て御ふみなとはしけうかよへとまた御たいめんは
なきを二月十日よひ宮の御方にわたり給へき御せうそこ
あれはつねよりも御しつらひ心こと《信経 記之》にみかきつくろひ女房」（31ウ）

なとみなよういしたり夜中はかりにわたらせ給しかは《二月八日渡御登花殿仰掃部》
いくはくも《寮敷筵道午剋供朝勝》あらてあけぬとう花てんのひんかしのひさし
のふたまに御しつらひはしたりよひに《申剋還御》わたらせ給て又の
日をはしますへけれは女房は御ものやとりにむかひたる
わたとのにかへ《ママ》しとのうへあかつきにひとつ御車にて
まいり給にけりつとめていとゝみかうしまいりわたして宮は
御さうしのみなみに四尺の屛風にし東におまししき
てきたむきにたてゝ御たゝみのうへにしとねはかりをきて
御火おけまいれり御屛風のみなみ御帳のまへに女房
いとおほくさふらふまたこなたにて御くしなとまいる程に」（32オ）

しけいさはみたてまつりたるやとゝはせ給へはまたいかてか
さくせんしくやうのひたゝ御うしろはかりをなんはつかにと
きゆれはそのはしらと屛風とのもとよりて我うしろより

みそかにみよし《ママ》いとをかしけなる君そとの給はするにうれしくゆかしさまさりていつしか思ふこうはいのかたもんうきもんの御そともくれなゐのうちたる御そみへかうへにたゝひきかさねてたてまつりたるこうはいにはこきゝぬこそをかしけれえきぬこそくちお《中宮》しけれ《御年十九》いまはこうはいはきてもありぬへしかしされともえきなとのにくけれはくれなゐにあはぬなりかなとの給は」（32ウ）

すれとたゝ今そめてたき《ママ》くみえさせ給ふたてまつる御その色ことにやかて御かたちのにほひあはせ給そ猶ことよき人もかうやはおはしますらんゆかしきまていさりいらせ給ぬれはやかて御屏風にそひつきてのそくをあしかめりうしろめたきわさかなときこえこつ人々もをかしさうしのいとひろうあきたれはいとよくみゆうへはしろき御そともくれなゐのはりたるふたつはかり女房の裳なめりひきかけておくによりて東むきにおはすれはたゝ御そなとそみゆるしけいさは北にすこしよりてみなみむきにおはすこうはいとあまたこくうすくてうへにこきあやの御そすこしあかき」（33オ）

こうちきすはうのおり物〈も〉えきのわかやかなあるかたもんの
御そたてまつりてあふきをつとさしかへし給へるいみし
うけにめてたくうつくしとみえ給とのはうす色の御なを
しもえきのおり物のさしぬきくれなゐの御そとも御
ひもさしてひさしのはしらにうしろあてゝこなたむき
におはしますめてたき御ありさまをうちゑみつゝれいのた
はふれ事をさせ給しけいさのいとうつくしけにゑにかい
たるやうにてゐさせ給へるに宮はいとやすらかにいます
こしをとなひさせ給へる御けしきのくれなゐの御そに
ひかりあはせ給へたくひはいかてかとみえさせ給おほんてう」（33ウ）

つまいるかの御かたはせんえうてん貞観殿をとほりて
とう女二人しもつかへ四人してもてまいるめりからひさ
しのこなたのらうにて女房六人はかりさふらふせはしとて
かたへはをくりしてみなかへりにけり桜のかさみもえき
こうはいなといみしうかさみなかくひきてとりつきまいら
するいとなまめきおかしおり物のからきぬともこほしい
てゝすけさまのむまのかみのむすめ少将きたのさい将

のむすめさい将の君なとそちかうはあるをかしとみる
程にこなたの御てうつは番のうねへのあをすそこの
裳からきぬくたい《ママ》ひのなとしておもていとしろくてし」（34オ）

もなと丶りつきまいる程これかたおほやけしうからめきて
をかしをもの丶をりに成てみくしあけまいりてくら人と
も御まかなひのかみあけてまいらする程はへたてたりつる
御屛風もをしあけつれはかいまみの人かくれみのとられたる
心ちしてあかすわひしけれはみすとき丁とのなかにて
はしらのとよりそみたてまつるきぬのすそもなとはみす
のとにみなをしいたされたれはとのはしのかたより御らん
しいたしてあれはたそやかのすみのまよりみゆるはと丶
めさせ給に少納言かものゆかしかりて侍ならんと申させ
給へはあなはつかしかれはふるきとくいをいとにくさ《ママ》うなる」（34ウ）

むすめとも丶たりともこそみ侍れなとの給御けしき
いとしたりかほ也あなたにも御物まいるうら山しうかた〱
のみなまいりぬめりとてきこしめしておきなをむなに

御おろしをたに給へなとひ、とひた、さるかう事をのみ
し給程に大納言三位の中将まつきみゐてまいり給へ
りとのいつしかいたきとり給てひさにすへてたてまつり給
へるいとうつくしせはきゐんに所せき御さうそくのした
かさねひきちらされたり大納言殿はもの〳〵しうきよけ
に中将殿はいとらう〳〵しういつれもめてたきをみた
てまつるにとのをはさる物にてうへの御すくせうそい」（35オ）

とめてたうけれ御わらうたなときこえ給へとちんにつ
き侍也とて急たち給ぬしはしありて式部のそうなにか
し御つかひにまいりたれはおものやとりのきたによりたる
まにしとねさしいたしてすへたり御返けふはとく
ゐたさせ給つまたしとねもとりいれぬ程に春宮の御
つかひにちかよりの少将まいりたり御ふみとり入てわたとの
はほそきゐんなれはこなたのゐんにことしとねいたしたり
御ふみとり入てとのうゐ君なと御らんしわたす御返は
やとあれととみにもきこえ給はぬをりはこれよりそ
まもなくきこえ給なると申給へは御おもてはすこ」（35ウ）

しあかみてうちほゝゐみ給へるいとめてたしまことにとく
なとうへもきこえ給へはおくにむきてかい給うへちかうより
給てもろともにかゝせたてまつり給へはいとゝつゝまし
け也宮の方よりもえきのおり物のこうちきはかまを
し出たれは三位の中将かつけ給くひくるしけにもちて
たちぬまつ君のをかしうものゝ給を誰も〳〵うつくし
かりきこえ給宮の御みこたちとてひきいてたらんにわる
く侍らしかしなとのたまはするをけになとかさる御こと
のいまゝてとそ心もとなきひつしの時はかりにゐんたう
まいるなといふ程もなくうちそよめきていらせ給へは」（36オ）

宮もこなたへゐらせ給ぬやかて御帳にゐらせ給へは
女房とみなみおもてにみなそよめきいぬめりらうに殿
上人いとおほかりとのゝおまへに宮つかさめしてくた物
さかなとめさせよ人々ゐはせなとおほせらるゝ誠に
みな女房とものいひかはす程かたみにおかしと思ひためり
日の入程におきさせ給てやまのゐの大納言めし入てみ
うちきまつらせ給てかへらせ給さくらの御なをしにくれな

ゐの御そのゆふはへなともかしこけれはと丶めつ山の井の大納言はいりたちぬ御せうとにてもいとよくおはすかしにほひやかなる方は此大納言にもまさり給へる物をかく」（36ウ）

世の人はせちにいひおとしきこゆるこそいとをかしけれ殿大納言山の井も三位の中将くらのかみなとみなさふらひ給宮のほらせ給へき御つかひにてむまの内侍のすけまいりたりこよひはえなんなとしふらせ給にとのきかせ給ていとあしきことはやのほらせ給へと申させ給に東宮の御つかひしきりてある程いとさはかしをほんむかへに女房東宮のし丶うなといふ人もまいりてとくとそ丶のかしきこゆまつさはかの君わたしきこえ給てとの給はすれはさりともいかてかとあるをみをくりきこえむなとの給はする程もいとめてたくをかしさらはとを」（37オ）

きをさきにすへきかとてしけいさ《ママ》はたり給てとのなとかへらせ給てそのほらせ給道のほともとの丶御さるかう事にいみしうわらひてほと〳〵うちはしよりもおちぬへし

殿上よりむめのみなちりたるえたをこれはいかゝといひたるにたゝはやくおちにけりといらへたれはそのしをすして殿上人くろとにいとおほくゐたるをうへのおまへにきこしめしてよろしきうたなとよみていたしたらんよりはかゝることはまさりたりかしこくいらへたりと仰られき二月朔日ころに風いたう吹て空いみしうくろきに雪すこしうち散たるほとくろとにとのもつかさきてうち」（37ウ）

てさふらふといへはよりたるにこれ公たう《公任参議　長徳元年八月》のさい将との、《右兵衛督》とてあるをみれはふところかみに

すこし春あるこゝちこそすれとあるはけにけふのけしきにいとようあひたるも是かもとはいかてかつくへからんと思わつらいぬたれ〳〵かととへはさい将の御いらへをいかてかことなしひにいひいてんと心ひとつにくるしきをおまへに御らんせさせんとすれとうへのおはしましておほとのこもりたりとのもつかさはとく〳〵といふけにおそうさへあらんはいととりところなけれはさはれとて

空さむみ花にまかへてちるゆきに」（38オ）

とわな〳〵かきてとらせていかに思ふらんとわひしこ
れかことをきかはやと思ふにそしれたらはきかしとお
ほゆるをと《俊賢》しかたのさい将な《長徳元年八月廿八日》と猶内侍《参議》にそうして
な〈さ〉んとさため給しとはかりそ左兵衛督の中将に
おはせしかたり給し《実成卿歟》
はるかなる物
はひのをひねる　みちのくにへ行人のあふさかこゆ
る程うまれたるちこのおとなになる程
まさひろはいみしう人にわらはるゝ物かなをやなといか
にきくらんともにありくものとものいとひゝしきをよひ」（38ウ）
よせてなにしにかゝるものにはつかはるゝそいかゝおほゆる
なとわらふものいとよくするあたりにてしたかさねの色
うへのきぬなとも人よりもよくてきたるをしそくさし
つけやきあるをはこれをことひとにきせはやなといふに
けに又こと葉つかひなとそあやしきさとにとのゐ物と
りにやるにおのこ二人まかれといふをひとりしてひと《ママ》り
し《ママ》てとりにまかりなんといふあやしのおのこやひとりして

ふたりか物をはいかてもたるへきそひとますかめにふたま
すはいるやといふをなてふ事としる人はなけれといみ
しうわらふ人のつかひのきて御返とてくといふをあな」（39オ）

にくのおのこやなとかうまとふかまとにまめやくへたる此
殿上人のすみふてはなに物のぬすみかかくしたるそいゝさけ
ならはこそ人もほしからめといふをまたわらふ女院なやませ
給とてつかひにまいりて返たるにゐんの殿上には誰
〳〵かありつると人のとへはそれかれなと四五人はかりいふに
またたれかととへはさてはぬる人ともそありつるといふも
わらふも又あやしきことにこそはあらめひとまによりき
てわかきこそ物きこえむまつと人ののたまひつることそ
といへはなにことそとてき丁のもとにさしよりたれはむ
くろこめにより給へといひたるを五たいこめとなんいひつ」（39ウ）

なとて又わらはるちもくのなかの夜さしあふらするとうた
ゐのうちしきをふみてたてるにあたらしきゆたんにした
うつはいとよくとらへられにけりさしあゆみてかへれは

やかてとうたいはたうれぬしたうつにうちしきつき
ていくにまことに大地しんとうしたりしか頭つき給はぬ
かきりは殿上の大はんには人もつかすそれにまめひと
もりやおらとりてこさうしのうしろにてくひけれはひ
きあらはしてわらふことかきりなし
みくるしき物
きぬのせぬゐかたによせてきたる又のけくひしたるれ」（40オ）
いならぬ人のまへにこをひていてきたる物ほうしをんやう
しのかみかふりしてはらへしたる色くらうにくけなる女
のかつらしたるとひけかちにかしけやせ〳〵なるおとこと夏
ひるねしたるこそいとみくるしけれなにのみるかひにてさて
ふいたるならんよるなとはかたちもみえす又みなをしなへて
さる事となりたれは我はにくけなるとておきぬるへ
きにとあらすかしさてつとめてはとくおきぬるいとめやすし
かし夏ひるねしておきたるはよき人こそ今すこしをかしう
なれゑせかたちはつやめきねはれてようせすはほをゆか
みもしぬへしかたみにうちみかはしたらん程のいけるかひなき」（40ウ）

やせ色くろき人のすゝしのひとへきたるいとみくるし
いひにくき物
人のせうそこのなかによき人の仰事なとのおほかる
をはしめよりおくまていといひにくしはつかしき人のもの
なとをこせたる返事おとなになりたる此おもはすなる
ことをきくにまへにてはいひにくし
せきはあふさか　すまのせき　すゝかのせき　くきたの関
しら川のせき　ころもの関　たゝこえのせきははゝか
りの関にたとしへなくこそおほゆれ　よこはしりの
せき　きよ見かせき　みるめの関　よし〳〵のせきこそ」（41オ）

いかに思返したるならんといとしらまほしけれ　それをなこ
そのせきといふにやあらんあふさかなとをさて思返したら
むはわひしかりなむかし
もりはうきたのもりへうへ木のもり　いはせのもり　たちきゝのもり〉はらはあしたのはら
あはつの原　しのはら　はきはら　そのはら
う月のつこもりかたにはつせにまうてゝよとのわたりと
いふ物をせしかはふねに車をかきすへてさうふこもなと

のすゑのみしかくみえしをとらせたれはいとなかゝけりこも
つみたるふねのありくこそいみしうをかしかりしかたかせの
よとにとはこれをよみけるなめりとみえて三日かへり」（41ウ）

しにあめのすこしふりし程さうふかるとてかさのいとち
いさききつゝはきいとたかきおのわらはなとのあるも
屛風のゑにゝていとをかし
つねよりことにきこゆるもの
正月のくるまのをと又とりのこゑ
あかつきのしはふき物のねはさら也
ゑにかきとりする物
なてしこ　さうふ　さくら　物かたりにめてたしといひたる
おとこをんなのかたち
かきまさりする物」（42オ）
まつの木　秋の野　山さと　山家　冬はいみしう
さむき夏は世にしらすあつき
あはれなる物

けうある人のこよきおとこのわかきかみたけさうしし
たるうたてへたていらくゐてうちおこなひたる暁のぬか
なといみしうあはれ也むつましき人なとのめさまして
聞らん思やるまうつる程のありさまいかならんなとつゝしみ
をちたるにたいらかにまうてつきたるいとめてたき《ママ》けれ
ゑほうしのさまなとそすこし人わろきなをいみしき
ひとゝきこゆれとこよなくやつれてのみこそまうて」（42ウ）

つとしりたれゑもんのすけのふたかといひける人は
あちきなき事也たゝきよききよ《ママ》ききぬをきて
まうてんになてうことかあらんかならすよもあやしうて
まうてよとみたけさらにの給しと侍三月朔《晦》日に
紫のいとこきさしぬきしろきあを山ふきのいみ
しうおとろ〳〵しきなときてたかみつ《隆光》かとのもりの《主殿助》
すけなるにはあを色のあをくれなゐのきぬすりもと《長保三年正月蔵人》
ろかしたるすいかんといふはかまをきせてうちつゝき
まうてたりけるを返る人もいまゝうつるもめつらしう
あやしき事にすへてむかしよりこの山にかゝるすかた」（43オ）

の人あるみえさりつとあさましかりしを四月ついたち
に返て六月十日の程にちくせんのかみのしせしに
成たりしこそけに〳〵けるにたかはすもときこえしか
これはあはれなる事にはあらねとみたけのついてなり
おとこも女もわかくきよけなるかいとくろききぬを
きたるこそあはれなれ九月つこもり十月朔日の程に
たゝあるかなきかにきゝつけたるきり〳〵すの声にわ
とりのこいたきてふしたる秋ふかき庭のあさちに
露の色〳〵たまのやうにてをきたるゆふくれ暁
にかはたけの風にふかれたるめさましてきゝたる」（43ウ）

又よるなともすへて山さとのゆき思ひかはしたるわかき
人のなかのせくかたありて心にもまかせぬ正月に寺に
こもりたるはいみしうさむく雪かちにこほりたるこそ
をかしけれ雨うちふりぬるけしきなるはいとわろし
きよみつなとにまうてゝつほねする程くれはしの本
に車ひきよせてたてたるにほひはかりうちしたる
わかきほうしはらのあしたといふものをはきていさゝか

つゝみもなくをりのほるとてなにともなき経のほしう
ちよみくさのすなとすしつゝありくこそ所につけては
をかしけれ我のほるいとあやうくおほえてかたはらにより」（44オ）

てかうらんをさへなとしていくものをたゝいたしきなと
のやうに思たるもをかし御つほねして侍りはやといへは
くつともてきておろすきぬうへさまにひきかへし
なとしたるもあり裳からきぬなとことく〵しくさうそき
たるもありふかくつはう火なとはきてらうの程くつ
すりいるは内わたりめきて又をかしないけゆるされ
たるわかきおとこともいゑのこなとあまたたちつゝきて
そことはおちたる所侍りあかりたりなとをしへゆく
なに物にかあらんいとちかくさしあゆみさいたつ物なとを
しはし人おはしますにかくはせぬわさなりなといふを」（44ウ）

けにとすこし心あるもあり又きゝもいれすまつ我仏
けのおまへにと思ていくもありつほねにいる程も人の
いなみたるまへをとをりぬらはいとうたてあるをいぬふせ

きのうちみいれたる心ちそいみしうたうとくなとて
この月ころまうて丶すくしつらんとまつ心もお〈こ〉る御み
あかしのしやうとう《常灯》にはあらてうちにまた人のたてまつ
れるかおそろしきまてもえたるに仏のきら〱とみ給へる
はいみしうたうときにてことにふみともをさ丶けてらい
はんにかひろきちかふもさはかりゆすりみちたれはとりはな
ちてき丶わくへきにもあらぬにせめてしほりゐてたるこ」（45オ）

ゑ〱のさすかに又まきれすなむなとうの御心さしは
なにかしの御ためなとははつかにきこゆおひうちしておかみ
たてまつるにこ丶につかうさふらふ〈とて〉しきみの枝をおり
てもてきたるかくなとのいとたうときもをかしいぬ
ふせきのかたよりほうしよりきていとよく申侍ぬいくか
はかりこもらせ給へきにかしか〱の人こもり給へりなと
いひきかせていぬるすなはち火おけくた物なともてつ丶
かせてはんさうにてうつ入て丶もなきたらゐなとあり
御とものはかのはうになとす経のかねのをとなと我名
なりときくもたのもしうおほゆかたはらによろしき男」（45ウ）

のいとしのひやかにゐる《ママ》なとたちゐの程も心あらんき
こえたるかいたう思出たるき《ママ》しきにていもねすおこな
うこそいとあはれなりうちやすむ程は経をたかうは
きこえぬ程によみたるもたうとけなりうちいてさせ
まほしきにまいてはなゝとをけさやかにきゝにくゝはあら
てしのひやかにかみたるはなにことを思ふ人ならんとかれ
をなさはやとこそおほゆれひころこもりたるにひるは
すこしのとやかにそはやくはありしゝのはうにおのことも
女わらはへなとみないきてつれ〳〵なるにかたはらにかいをに
わかにふき出たるこそいみしうおとろかるれきよけな」(46オ)

るたてふみもたせたるおとこなとのす経の物うちをき
てたうとしなとよふこゑ山ひこひゝきあひてきら〳〵
しうきこゆかねのこゑひゝきまさりていつこのならん
とおほつかなくねんせらるかしこれはたゝなるをりの事
なめり正月なとはたゝいとさはかしきものゝそみなる人なと
ひまなくまうつるをみる程におこなひもしやらすひ
うちくるゝ程まうへうもあらぬに屏風のたかきを

いとよくしんたいしてたゝみなとをうちをくとみれは
たゝ房につほねたてゝ犬ふせきにすたれさら〳〵とうち
くるいみしうしつきたりやすけなりそよ〳〵とあま」（46ウ）

たをりきておとなたちたる人のいやらしからぬ声のしのひ
やかなるけはひしてかへる人にやあらん其ことあやし
火のことせいせよなといふもあなりなゝつやつはかりなる
おのこゝのこゑあいきやうつきをこりたるこゑにて
さふらひのおのこともよひつき物なといひたるいとをかし
又みつはかりなるちこのねをひれてうちしはふきたる
もいとうつくしめのとのなはゝなとうちいひいてたるも誰
ならんとしらまほし夜一よのゝしりおこなひあかすに
ねもぬらさりつるをこやなとはてゝすこしうちやすみたる
寝みゝにそのてらの仏の御経をいとあら〳〵しうたうと」（47オ）

くうちいでよみたるにそいとわさとたうとくしもあら
す行者たちたるほうしのみのうちしきたるなとか
よむなゝりとふとうちおとろかれてあはれにきこゆ又

よるなとはこもらて人々しき人のあおにひのさしぬき
のわた入たるしろき丶ぬともあまたきてこともなめりと
みゆるわかきおとこのをかしけなるさうそきたるわらは
へなとしてさふらひなとやうのものともあまたかしこまりゐ
ねうしたるもをかしかりそめに屛風はかりをたて丶ぬる《ママ》
なとすこしつ丶めりかをしらぬは誰ならんとゆかししり
たるはさなめりとみるもをかしわかきものともはとかく」（47ウ）

つほねのあたりにたちさまよひて仏の御かたにめもみ
入たてまつらすへたうなとよひいて丶うちさ丶めき
物語していてぬるゑせ物とはみえす二月晦日三月つ
いたちはなさかりにこもりたるもをかしきよけなる
わかきおとことものしうとみゆる二三人さくらのあを
やかなといとをかしうてく丶りあけたるさしきぬのすそ
もあてやかにそみなさる丶つき〳〵しきをのこに
さうそくをかしうしたるゑふくろいたかせてことねりはら《ママ》
はともこうはいもえきのかりきぬ色々のきぬをしすりも
とろかしたるはかまなときせたり花なとおらせてさふらひ」（48オ）

めきてほそやかなる物なとくしてこむくうつこそをかしけれさそかしとみゆる人もあれといかてかしらんうちすきていぬるもさう〳〵しけれはけしきをみせましなといふもをかしかやうにて寺にもこもりすへてれいならぬ所にたゝつかう人のかきりしてあるこそかひなうおほゆれなほおなし程にてひとつこゝろにをかしき事もにくきこともさま〳〵にいひあはせつへき人かならすひとりふたりあまたもは《ママ》まほしそのある人のなかにもくちをしからぬもあれとめなれたるなるへしおとこなともさ思ふにこそあらめわさとたつねよひありてくは」（48ウ）

いみしうこゝろつきなき物

まつりみそきなとすへておとこのものみるにたゝひとりのりてみるこそあれいかなるな《ママ》心にかあらんやむことなからすともわかきおのこなとのゆかしかるをもひきのせよかしすきかけにたゝひとりたゝよひて心ひとつにまもりゐたらんよいかはかり心せはくけにくきならんとそおほゆるものへもいき寺へもまうつる日の雨つかふ人

なとの我をはおほさすなにかしこそたゝいまの時の人
なといふをほのきゝたる人よりはすこしにくしと思ふ
人のおしはかり事うちしすゝろなるものうらみしわれ」(49オ)

さかしなる

わひしけにみゆる物
六七月のむまひつしの時はかりにきたなけなる車に
ゑせうしかけてゆるり〳〵いく物雨ふらぬ日はりむしろ
したるくるまいとさむきおりあつき程なとにけす女
のなりあしきかこをいたるちいさきいたやのくろうきたなけ
なるか雨にぬれたる又雨いたうふりたる日ちいさき馬
にのりてこせんしたる人冬はされとよし夏はうへのき
ぬ下かさねもひとつ〳〵あひたり
すいしんのをさのかりきぬのうのけさいてゐのすほうの」(49ウ)

日中の時をこなふあさりおとこの心のうちいさとき
よゐのそうみそかぬす人のさるへきくまにゐてみ
るらんを誰かはしらむくらきまきれにしのひてもの

ひきとる人もあらんかしそはしもおなし心にをかしとや
思ふらんよひのそうはいとはつかしき物也わかき人のあ
つまりゐて人のうへをいひわらひそしりにくみもする
をつく〳〵ときゝあつむるいとはつかしあなうたてかし
かましなとをまへ近き人なとのけしきはみいふをもきゝ
入すいひ〳〵のはてはみなうちとけてぬるもいとはつかし
をとこはうたて思ふさまならすもとかしう心つきなき」（50オ）

事なとありとみれとさしむかひたる人をすかした
のむるこそいとはつかしけれましてなさけありこのま
しう人にしられたるなとはおろかなりとおもはすへうも
もてなさすかし心のうちにのみならす又みなこれかことは
かれにいひかれがことは是にいひきかすへかめるも我こ
とをはしらてかうかたるはなをこよなきなめりと思ひ
やすらんいてされはすこしも思ふ人にあへは心はかなき
なめりとみえていとはつかしうもあらぬ物そかしいみしう
あはれに心くるしうみすてかたきことなとをいさゝかな
にとも思はぬもいかなる心そとこそあさましけれさすか」（50ウ）

に人のうへをもとき物をいとよくいふさまよことにた
のもしきひとなき宮つかへひとひとなとをかたらひてたゝ
ならす成ぬる有さまをきよくしらてなともあなるは
むとくなる物
しほひのかたにおるおほふね
おほきなる木の風にふきたうされてねをさゝけて
よこたはれふせるゑせもの、すさかうかへたる人のめに《ママ》
なとのすゝろなる物ゑんしなとしてかくれたらんをかな
らすたつねさはかむ物そと思ひたるにさてもえたひ
たちゐたらねは心といてきたる」（51オ）

すほうはならかた仏の御しんともなとよみてまいり
たるなまめかしうたうとし
はしたなき物
こと人をよふに我そとてさしいてたる物なととら
するおりはいとゝをのつから人のうへなとうちいひそしりた
るにおさなきことものきゝとりてその人のあるにいひ出
たるあはれなる事なと人のいひいてうちなきなと

するにけにいとあはれなりなときく《ママ》なからなみた
のつと出こぬいとはしたなし泣かほつくるけしきことに
なせといとかひなしめてたき事をみきくにはまつ」（51ウ）

たゝいてきにそいてくるやはたの行幸の返らせ給ふ
女院の御さしきのあなたに御こしとゝめて御せうそこ
申させ給世にしらすいみしきにまことにこほるは
小右　長徳元年十月廿二日石清水行幸還御
かりけさうしたるかほみなあはれていかにみくる
しからんせんしのつかひにてたゝのふのさい将の中
将の御さしきへまいり給しこそいとをかしうみえしか
たゝすいしん四人いみしうさうそきたる馬そひのほ
そくしろうしたてたるはかりして二条のおほちの
ひろくきよけなるにめてたき馬をうちはやめて急
まいりてすこしとをくよりをりてそはのみすのまへに」（52オ）

さふらひ給しなとをかし御返うけ給はりて御こしのもと
にてそうし給程いふもおろかなりさせ《ママ》うちのわたらせ給を
みたてまつらせ給らん御心ち思やりまいらするはとひたち

ぬへくこそおほえしかそれにはなかなきをしてわら
はるゝそかしよろしききはの人たに猶このよきはいと
めてたき物をかくたに思まいらするもかしこしや関白
殿くろとよりいてさせ給とて女房のひまなくさふらを《ママ》
あないみしのおもとたちやおなき《ママ》をいかに咲給らんと
てわけいてさせ給へはとく近き人〳〵色々の袖くち《権大納言》
してみすひきあけたるに権《伊周》大納言《正暦三年》の御つゝ《ママ》と」（52ウ）

りてはかはか《ママ》せたてまつり給いと物〳〵しくきよ
けによそほしけにしたかさねのしりなかくひき所せく
てさふらひ給あなめてた大納言はかりにくつとらせた
てまつり給よとみゆ山の井の大納言その御つき〳〵
のさならぬ人々くろき物をひきちらしたるやうにふ
ちつほのへいのもとよりとう花てんのまへまてゐな
みたるにほそやかにいみしうなまめかしうて御はかし
なとひきつくろはせ給《正暦二年権大納言中宮大夫如元》やすらはせ給に宮の大夫殿は
とのまへにたゝせ給へれはゐさせたまふましきなめりと
思ふ程にすこしあゆみいてさせ給へはふとゐさせ給へ」（53オ）

りしこそ猶いかはかりのむかしの御をこなひのほとにか
とみたてまつりしにいみしかりしか中納言の君の
きひとてくすしかりをこなひ給ひしを給へその
すゝしはしおこなひしてめてたき身にならんとかると
てあつまりてわらへと猶いとこそめてたけれお
まへにきこしめして仏に成たらんこそは是よりは
まさらめとてうちゑさせ給へるを又めてたくなりて
そみたてまつる大夫との丶ゐさせ給へるを返々き
こゆれはれいの思ひ人とわらはせ給しまいてこの
後の御ありさまをみたてまつらせ給はましかはことわり」（53ウ）

・

とおほしめされなるかし九月はかりよ一夜ふりあかしつる
雨のけさはやみて朝日いとけさやかにさし出たるに
せんさいの露はこほるはかりぬれかゝりたるもいとをか
しすいかひのらもんのきのうへなとにかいたるくもの
すのこほれのこりたるに雨のかゝりたるかしろき玉
をつらぬきたるやうなるこそいみしうあはれにを
かしけれすこしひたけぬれは萩なとのいとおも

か《ママ》けなるに露のをつるにえたのうちうこきて
人もてふれぬにふとかみさまへあかりたるな《ママ》も
いみしうをかしといひたること、もの人の心には露」（54オ）

をかしからしと思こそまたをかしけれなぬかの
日のわかなを六日人のもてきさはきとりちらしなと
するにみもしらぬ草をこどものとりもてきた
るをなにとかこれをはいふと、へはとみにもいゝは
すいさなとこれかれみあはせてみゝな草となん」（54ウ）

《空白》」（55オ）

《空白》」（55ウ）

《空白》」（56オ）

《空白》」（56ウ）

《空白》」（裏表紙オ）

龍谷大学図書館蔵『徒然草　平忠重伝写本』翻刻

木村雅則

凡例

一　この本文は、龍谷大学図書館蔵『徒然草　平忠重伝写本』（〇二一・二三七・一）を底本とし、その翻刻を示すとともに、章段区分を付加したものである。底本の書誌解題などは、研究編「龍谷大学蔵徒然草伝写本についで」に示してあるので、参照されたい。

二　翻刻にあたっては、底本の行取り・補入・傍書などについても、できる限り底本の形態を保存するように努めた。漢字の、いわゆる新・旧字体についても、できる限り底本の字体に近い方を取り、必ずしも統一しなかった。

三　傍書は、それが付せられている原文の箇所に右傍線を引いて示した。

四　漢字の踊り字は、すべて「々」で表した。

五　丁の表裏の変わり目は、一行空けて示すとともに、その先頭に算用数字（丁数）と「オ」（表）「ウ」（裏）を使って、1・オ、1・ウのように示した。
六　行末に空白を残して改行してある場合は、▼の記号で示した。
七　行末に折り返して本文が書かれている場合は、斜線「／」で折り返してある部分を示した。
八　章段区分は、現行の章段番号に従い、各章段の先頭に、斜体字と閉じカッコを使って、*序*「、*1*「のように示した。
九　底本に章段の区分記号と思われる書き込みがある箇所は、「＝」で示した。

本文

1・オ *序*「つれ〳〵なるまゝに日くらしすゝりにむかひて
心にうつりゆくよしなし事をそこはかとなく
かきつくれはあやしうこそ物くるおしけれ*1*「いてや
この世にむまれゐてはねかはしかるへき事こそ
おほかめれ御門の御位はいともかしこし竹の
そのふのすゑはまて人間のたねならぬこそ
やむ事なきいちの人の御ありさまなりたゝ人
もとねりなと給はるきはゝゆゝしとみゆ
そのこむまこまてははふれにたれとなをなま

めかしそれよりしもつかたはほとにつけつゝ時に
あひしたりかほなるもみつからはいみしと思ふら
めといとくちをし法師はかりうらやましからぬ

1・ウ

物はあらし人には木のはしのやうに思はるゝよと
清少納言かかけるもけにさる事そかしいきおひ
まうにのゝしりたるにつけていみしとは見えす
僧賀聖のいひけんやうに名聞くるしく佛の
御教にたかふらんとそ覚ゆるひたふる世すて人は
中〳〵あらまほしきかたもありなむ人はかたち
ありさまのすくれめてたからんこそあらまほしかるへけ
れ物うちいひたるきゝにくからすあひきやうあり
てことはおほからぬこそあかすむかはまほしけれ
めてたしとみる人の心をとりせらるゝ本性みえむこ
そくちおしかるへけれしなかたちこそむまれつき
たらめ心はなとかかしこきにもうつらさらむ▼

2・オ

かたち心さまよき人もさえなくなりぬれはしな

くたりかほにくさけなる人にもたちましりてかけ
すけをさる丶こそほいなきわさなれありたき事
はまことしきふみのみち作文和哥管絃のみち又い
うそくに公事のかた人の鏡ならんこそいみしかるへ
けれてなとつたなからすはしりかきはしりかきこゑお
かしくて拍子とりいたましうする物からけこならぬこそ
おのこはよけれ***2***「いにしへのひしりの御世のまつりこと
をもわすれ民のうれへ國のそこなはる丶もしらす萬
にきよらをつくしていみしと思ひ所せきさましたる
人こそうたて思ふ所なくみゆれ衣冠より馬車
まてあるにしたかひてもちゐよ美麗をもとむる

2・ウ

事なかれとそ九条殿の御遺誡にも侍る▼
順徳院の禁中のこととも書かゝせ給へるにもおほや
けたてまつる物はをろそかなるをもちゐてよしと
すとこそ侍るめれ***3***「よろつにいみしくとも色このみ
ならさらむをとこはいとさう〳〵しく玉のさかつきの
そこなき心ちそすへき露霜にしほれてところ

さためすまとひありきおやのいさめ世のそしりを
つゝむに心のいとまなくあふさきるさに思みたれさる
はひとりねかちにまとろむ夜なきこそをかしけれ
さりとてひたすらたはれたるかたにはあらて女に
たやすからすおもはれんこそあらまほしかるへ
きわさなれ▼

3・オ **4**「のちの世のこと心にわすれす佛のみちうとからぬこゝろ
にくし▼

5「ふかうられへにしつめる人のかしらおろしなと
ふつゝかに思とりたるにはあらてあるかなきかに門さし
こめて待こともなくあかしくらしたるさるかたに
あらまほしあきもとの中納言のいひけんはい
所の月つみなくてみん事さもおほえぬへし

6「我身のやむことなからんにもまして数ならさらん
にも子といふ物なくてありなむ前中書王九条
太政大臣はなその丶左大臣みな御そうのたえむ
ことをねかひたまへりそめ殿のおとゝをも子孫

のおはせぬそよく侍るすゑのおくれ侍るはわろき
3・ウ ことなりとそよつきの翁の物語にはいへる聖
徳太子の御はかをかねて給けるにもこゝをきれか
しこをたて子孫あらせしと思なりと侍けると
かや7「あたし野の露きゆる時なくとりへ山のけふり
たちもさらてのみすみはつるならひならはいかに物の
あはれもなからむ世はさためなきこそいみしけれ
命ある物をみるに人はかりひさしきはなしかけろふ
のゆふへをまち夏の蝉の春秋をしらぬもある
そかしつく〱とひとゝせをくらす程にたにこよ
なうのとけしやあかすおしとおもはゝ千とせを
すくとも一夜の夢の心ちこそせめすみはてぬ世に
みにくきすかたをまちえてなにゝかはせむいのち
4・オ なかけれははちおほしなかくともよそちにたらぬ
ほとにてしなんこそめやすかるへけれそのほと
すきぬれはかたちをはつる心もなく人にまし

はらんことを思ひ夕の日に子孫をあひしてさかゆく
するゑをみんまての命をあらましひたすら世を
むさほる心のみふかくもの丶あはれもしらすなり
ゆくなむあさましき▼
8「世の人の心まよはすこと色欲にはしかす人の心は
をろかなる物かなにほひなとはかりの物そかし
しはらく衣装にたき物すとしりなからえならぬ
匂にはかならす心ときめきする物なりくめの仙人
の物あらふ女のはきのしろきをみて通をうしない

4・ウ

けんはまことに手あしはたへなとのきよらに
こえあふらつきたらんは外の色ならねはさもあらむ
かし9「女はかみのめてたからんこそ人のめたつへかめれ
人の程心はへなとは物いひたるけはひにこそものこ
しにもしらるれ事にふれてうちあるさまにも
人の心をまとはしすへて女のうちとけたるゐも
ねす身をおしとも思ひたらすたゆへくもあらぬ
にもよくたへしのふはた丶色をおもふかゆへなりま

ことに愛着の道そのねふかく源とをし六塵の
樂欲おほしといへとも皆猒離しつへし其中
にたゝかのまとひのひとつやめかたきのみそ老たる
もわかきも智あるもをろかなるもかはる所なしと

みゆるされは女のかみすちをよれるつなには大さうもよ
くつなかれ女のはけるあしたにて作れる笛には
秋のしかかならすよるとそいひつたへ侍るみつから
いましめておそるへくつゝしむへきはこのま
とひなり▼

5・オ

10「家ゐのつき〳〵しくあらまほしきこそかりの
やとりとは思へとけうある物なれよき人の
のとやかにすみなしたる所はさし入たる月の色も
ひときはしみ〳〵とみゆるそかしいまめかしく
きららかならねと木たちものふりてわさとならぬ
庭の草も心あるさまにすのこすいかきのたより
おかしくうちあるてうともむかしおほえてやすらか

5・ウ

なるこそ心にくしとみゆれおほくのたくみの心つ
くしてみかきたてからのやまとのめつらしくえなら
ぬてうとゝもならへをき前栽の草木まて心のまゝ
ならすつくりなせるはみるめもくるしくいとわひし
さてもやはなからへすむへき又時のまの烟ともなり
なんとそうちみるよりまつ覚ゆる大かた家ゐし
にこそことさまはをしはからるれ後徳大寺の
おとゝのしんてんに鵄ゐさせしとてなわをはられ
たりけるを西行かみてとひのゐたらんはなにかく
るしかるへきこの殿のみ心さはかりにこそとて其
後まいらさりけるときゝ侍るに綾小路の宮の
をはしますこさかとのゝむねにいつそやなわをひ

6・オ

かれたりしかはかのためし思いてられ侍りしにま
ことやからすのむれゐて池のかへるをとりけれは
御らんしかなしませ給てなんと人のかたりしこそさ
てはいみしくそと覚しか徳大寺にもいかなるゆへか侍
けん**11**「神無月の比くるす野といふ所を過てある山

に尋入事侍しにはるかなる苔のみちをふみわけ
て心ほそくすみなしたる庵あり木のはにうつ
もるゝかけひのしつくならては露をとなふものな／し
あかたなに菊紅葉なとおりちらしたるはさすかに
すむ人のあれはなるへしかくてもあられける
よとあはれにみるほとにかなたの庭に大なるか
うしの木の枝もたはゝになりたるかまはりをきひ
しくかこひたりしこそすこし事さめてこの
木なからましかはとおほえしか▼

6・ウ

12「同心ならむ人としめやかに物語してをかしきことも
世のはかなき事もうらなくいひなくさまれんこそ
うれしかるへきにさる人あるましけれとつゆたかは
さらんとむかひたらんはたゝひとりある心ちやせん
たかひにいはむほとの事をはけにときくかひある
ものからいさゝかたかふ所もあらむこそ我はさやは思ふ
なとあらそひにくみさるからさそともうちかたた
らはゝつれ〳〵なくさまめと思へとけにはすこし

かこつかたも我とひとしからさらん人は大方のよしな／し
ことゐはむほとこそあらめまめやかの心の友にははる

7・オ

かにへたつる所のありぬへきそわひしきや▼

13「ひとりともし火のもとにて文をひろけてみぬ世の
人を友とするこよなうなくさむわさなりふみはも
むせんのあはれなる巻々はくしの文集老子のこ
とはなんくわのへん此国のはかせとものかける物
もいにしへのはあはれなることおほかり▼

14「和哥こそ猶をかしき物なれあやしのしつ山かつ
のしわさもいひいてつれはおもしろくおそろしき
ゐのしゝもふすゐのとこといへはやさしく成ぬ
此比の哥はひとふしおかしくいひかなへたりとみゆる
はあれとふるきうたとものやうにいかにそやことはの
ほかにあはれにけしきおほゆるはなし貫之か

7・ウ

いとによる物ならなくにといへる古今集の中の
哥のくすとかやいひつたへたれと今の世の人のよみぬ

へきことからとはみえすそのころの哥にはすかたことはたくひのみおほしこの哥にかきりてかくいひたてられたるもしりかたし源氏の物語には物とはなしにとそかける新古今にはのこる松さへみねさひしきといふなるはまことにすこしくたけたるすかたにもや見ゆらんされとこの哥も衆き判のときよろしきよし沙汰ありて後にもことさら感しおほせくたされけるよし家長か日記にはかけり

哥の道のみいにしへにかはらぬなといふ事もあれといさやいまもよみあへるおなしことは哥枕

8・オ

を昔の人のよめるはさらにおなし物にあらすやすくすなほにしてすかたきよけにあはれもふかくみゆ梁塵○秘抄の郢曲のことはこそ又あはれなる事はおほかめれむかしの人はたゝいかにいひすてたることくさもみないみしくきこゆるにや**15**「いつくにもあれしは／し旅たちたるこそめさむる心ちすれそのわたりこゝかしこみありきゐ中ひたる所山里なとはいとめなれ

ぬことのみそおほかる都へ便もとめてふみやりその
事かのひんきにわするなといひやりたるこそお
かしけれさやうのところにてこそよろつに心つかひせら
れもてるてうとまてもよきはよく能ある人かたちよ
き人もつねよりはをかしとみゆれ寺やしろなと

8・ウ

にしのひてこもりたるもをかし16「神樂こそなまめか
しくおもしろけれ大かた物のねにはふえひちりき常
にきゝたきはひさ王宮一▼
17「山里にかきこもりて佛につかうまつるこそつれ〳〵も
なく心のにこりもきよまる心ちすれ▼
18「人はをのれをつゝまやかにしをこりをしりそけて
財もたす世をむさほらさらんそいみしかるへき
むかしよりかしこき人のとめるはまれなりもろこ
しに許由といひける人のさらに身にしたかへるたく
はへもなくて水をも手してさゝけてのみけるを
みてなりひさことい ふ物を人のえさせたりけれは
ある時木の枝にかけたりけるか風にふかれてなり

9・オ

けるをかしましとてすてつ又手にむすひてそ水
ものみけるいかはかり心のうちも涼しかりけん孫晨
は冬の月にふすまなくてわら一つかありけるをゆふへ
にはこれにふし朝はおさめけりもろこしの人はこれ
をいみしと思へはこそしるしと〻めて世にもつたへ
けめこれらの人はかたりもつたふへからす▼
19「おりふしのうつりかはるこそ物ことにあはれなれ物の
あはれは秋こそまされと人ことにいふめれとそれもさる
物にて今一きは心もうきたつ物は春のけしきにこそ
あめれ鳥のこゑなともことのほか春めきてのとやか
なる日かけにかきねの草もえいつるころよりや〻春
ふかく霞わたりてはなもやう〳〵けしきたつほと

9・ウ

こそあれおりしも雨かせうちつ〻きよろつにた〻心を
のみそなやます花橘は名こそおへれ猶梅の匂に
そいにしへの事も立かへり恋しうおもひ出らる〻山
吹のきよけに藤のおほつかなきさましたるすへて
思ひすてかたき事おほし灌佛の比まつりのころ

10・オ

わか葉の梢す丶しけにしけりゆくほとこそ世の
あはれも人の恋しさもまされと○〈人の〉仰られしこそけに
さる物なれ五月あやめふくころ早苗とる比くゐな
のたゝくなと心ほそからぬかはみな月のころあやしき
き家に夕かほのしろくみえて蚊遣火ふすふるも
あはれなり六月祓又をかし七夕まつりそなまめかし
けれやう〳〵夜寒になる程雁なきてくる比萩の

下葉色つくほと早田かりほすなととりあつめたる
ことは秋のみそおほかる又野分の朝おもしろけれ云
つゝくれは皆源氏の物語枕さうしなとにことふりに
たれと同事はいまさらいはしとにもあらすおほしき
こといはぬははらふくるゝわさなれは筆にまかせつゝ
あちきなきすさみにてかつやりすつへき物なれは
人のみるへきにもあらすさて冬かれのけしきこそ
秋にはおさ〳〵おとるましけれみきはの草にもみちの
ちりとゝまりて霜いとしろうをけるあしたやり
水より煙の立こそをかしけれとしのくれはてて人毎

にいそきあへるころそまたなくあはれなるすさま
しき物にしてみる人もなき月のさむけくすめる

10・ウ

廿日あまりの空こそ心ほそき物なれ御佛名荷前
のつかひたつなとそあはれもやむことなき公事ともし
けく春のいそきにとりかさねてもよをしおこなはるゝ
さまそいみしきや追儺より四方はいにつゝくこそおも
しろけれつこもりのよはいたうくらきに松ともと
もしてよなかすくるまて人の門たゝきはしり
ありきてなに事にかあらんこと〳〵しくのゝしりてあ／し
を空にまとふかあか月よりさすかをとなくなりぬる
こそとしのなこりも心ほそけれなき人のくる夜とて
たまゝつるわさはこのころにはなきをあつまのかたには
猶することにてありしこそあはれなりしかかくて
あけゆく空のけしき昨日にかはりたりとはみえね

11・オ

とひきかへめつらしき心ちそするおほちのさま松たて
わたし花やかにうれしけなるこそ又あはれなれ▼

20「なにかしとかやいひし世すて人のこの世のほたしもたら
ぬ身にたゝ空のなこりのみそおしきといひしこそまこ
とにさもおほえぬへけれ21「萬の事は月みるにこそ
なくさむ物なれある人の月はかりをもしろき物は
あらしといひしに又ひとり露こそなをあはれなれと
あらそひしこそおかしけれをりにふれはなにかあ
はれならさらん月花はさらなり風のみこそ人に心
はつくめれ岩にくたけてきよくなかるゝ水のけ
しきこそ時をもわかすめてたけれ沅湘ひるよる
東になかれ愁人のためにとゝまる事しはらくも

11・ウ

あらすといへる詩をみ侍しこそあはれなりしか愁
康も山澤にあそひて魚鳥をみれは心たのしむと
いへり人とをく水草きよき所にさまよひありき
たるはかり心なくさむ事はあらし▼
22「何事もふるき世のみそしたはしき今やうはむけ
にいやしうこそなりゆくめれかの木のみちのたくみ
のつくれるうつは物もこたいのすかたこそおかしと

みゆれ文のことはなとそむかしのほうこともはいみしきたゝいふことはもくちおしうこそなりもてゆくなれいにしへは車もたけよ火かゝけよとこそいひしを今やうの人はもてあけよかきあけよといふ主殿れう人数たてといふへきを立あかし

12・オ

しろくせよといひ最勝講の御ちやうもん所なるをは御かうのろとこそいふをかうろなといふくちおしとそふる人はおほせられし▼

23

「をとろへたるすゑの世とはいへと猶こゝのへのかみさひたるありさまこそ世つかすめてたき物なれろたいのあさかれゐなにてん何門なとはいみしともきこゆへしあやしの所にもありぬへきこしとみこいたしきたかやり戸なともめてたくこそきこゆれちんによのまうけせよなといふこそいみしけれよるのおとゝのをはかひともしとうよなといふ又めてたし上卿のちんにて事をこなへるさまはさらなり諸司のしも人とものしたりかほになれたるおかしさはかり

12・ウ

さむきよもすからこゝかしこにねふりゐたるこそおか
しけれ内侍ところのみすゝのをとはめてたく優なる物
なりとそ徳大寺のおほいとの仰られける▼
24「斎宮の野の宮におはしますありさまこそやさしく
おもしろきことのかきりとはおほえしか經佛なといみて
なかこそめかみなといふなるもをかしすへて神の社
こそすこくなまめかしき物なれや物ふりたる社の
けしきもたゝならぬに玉かきしわたしてさかきにゆ
ふかけたるなといみしからぬかはことにをかしきは
伊勢　賀茂　春日　ひら野　住吉　三輪　きふね
よし田　大原野　松尾　梅宮▼
25「あすか河のふちせつねならぬ世にしあれは時う

13・オ

つりことさりたのしみかなしひゆきかひてはなやかなり
しあたりも人すまぬのらとなりかはらぬすみかは
人あらたまりぬ桃李物いはねはたれとともにかむかし
をかたらんましてみぬいにしへのやむことなかりけん
跡のみそいとはかなき京極殿法成寺なとみるこそ心

さしと、まり事へんしにけるさまはあはれなれ御
堂殿つくりみか、せ給て庄園おほくよせられ我そう
のみ御門の御うしろみ世のかためにて行すゑまて
とおほしをきし時いかならん世にもかはかりあせはてん
とおほしけんや大門こん堂なとちかくまて有しかと
正和のころ南の門はやけぬこんたうは其後たうれ
ふしたるま、にてとりたつるわさもなし無量壽院は

13・ウ

かりそのかたとてのこりたる丈六の佛九たいいと
たうとくてならひおはします行成の大納言の額かね
ゆきかかけるとひらなをあさやかにみゆるそあはれなる
法華堂なともいまた侍めりこれも又いつまてかあら
むかはかりの名こりたになき所々はをのつからあやし
き石すへはかりのこるもあれとさたかにしれる人も
なしされはよろつに見さらん世までをおもひ
おきてんこそはかなかるへけれ▼

26「風も吹あへすうつろふ人の心の花になれにし年
月を思へはあはれときゝしことのはことにわすれぬ

物からわか世の外になりゆくならひこそなき人の別
よりもまさりてかなしき物なれされはしろきいと

14・オ

のそまむことをかなしみみちのちまたのわかれん事を
なけく人もありけんかし堀川の院の百首の哥
の中に
　むかしみしいもかかきねはあれにけり
　つはなましりのすみれのみして
さひしきけしきさる事侍けん▼
27「御國ゆつりの節會をこなはれてけむしかしこ
ところわたしたてまつらるゝほとこそかきりなう
心ほそけれ新院のをりゐさせ給て春よませた
まひけるとかや
　とのもりのともの宮つこよそにしてはら
　はぬ庭に花そちりしく

14・ウ

今の世のことしけきにまきれて院にはまいる人も
なきそわひしけなるかゝるおりにそ人の心もあら

はれぬへき▼

28「諒闇のとしはかりあはれなることはあらし倚廬の御所のさまなといたしきをさけあしの御すたれぬのゝもかうあら〳〵しく御てうとゝものをろそかにみな人のさうそくたちひらをまてことさまなるそゆゝしき▼

29「しつかに思へはよろつにすきにしかたの戀しさのみそせんかたなき人しつまりて後なかき夜のすさみになにとなきくそくとりしたゝめのこしをかしと思ふほうこなとやりすつる中になき人のてならひ

15・オ

ゐかきすさみたるみいてたるこそたゝそのをりの心ちすれこのころある人のふみたに久しくなりていかなるおりいつのとしなりけむと思ふはあはれなるそかしてなれしくそくなとの心もなくてかはらす久しきいとかなし▼

30「人のなき跡はかりかなしきはなし中ゐんの程山里なんとにうつろいてひんあしくせはき所にあま

たあひゐて後のわさともいとなみあへるこゝろあはたゝ
し日数のはやく過るそ物にゝぬはての日はいとなさ
けなうたかひにいふこともなくてわれかしこにものひ
きしたゝめちり〳〵に行あかれぬもとのすみかに
立かへりてそさらにかなしきことはおほかるへき

15・ウ

しか〳〵の事はあなかしこ跡のためいむなることそ
なといひあへることそかはかりの中になにかはと人の心
はなをうたておほゆれとし月へても露わするゝに
はあらねとされるものは日々にうとしといへること
なれはさはいへとそのきははかりはおほえぬにや
よしなしことといひてうちもわらひぬかしけうとき
山の中におさめてさるへき日はかりまうてつゝ
みれはほとなくそとはも苔むし木の葉ふり
うつみて夕への嵐よるの月そことゝふよすか
なりける思いてゝしのふ人あらんほとこそあらめそ
も又ほとなくうせてきゝつたふはかりのすゑくは
あはれとや思ふさるは跡とふわさもたえぬれはいつれ

16・オ

の世の人と名をたにしらすとし〳〵の春の草のみそ
心あらん人はあはれともみるへきをはては嵐にむせひ
し松も千とせをまたて薪にくたかれふるきつかは
すかれて田となりぬそのかたもなくなりぬるそかな／しき

31「雪のをもしろくふりたりし朝人のかりいふへき
事ありて文をやるとて雪の事何ともいはさりし
返事に此雪いかゝみると一筆のせたまはぬほとの
ひか〳〵しからん人の仰せらるゝ事きゝ入へきか
は返々くちおしきみ心なりといひたりしこそをかしかり
しかいまはなき人なれはかはかりの事もわすれかた／し

32「九月廿日比ある人にさそはれたてまつりてあく
るまて月見ありく事侍しにおほしいつる所有／て

16・ウ

案内せさせて入給ぬあれたる庭の露しけき
にわさとならぬにほひしめやかにうちかほりてしのひ
たるけはひいと物あはれなりよきほとにいて給ぬ
れと猶ことさまの優におほえてものゝかくれより
しはし見ゐたるにつまとをいますこしをしあけ

て月みるけしきなりやかてかけこもらましかは
くちおしからましあとまてみる人ありとはいかて
かしらんかやうの事○た、朝夕の心つかひによるへしその
人ほとなくうせにけりとそきゝ侍りし▼

33「いまの内裏つくりいたされて有職の人々にみせら
れけるにいつくもなんなしとてすてに遷幸の日
ちかくなりけるに玄輝門院の御らんしてかんゐん殿

17・オ

のくしかたのあなはまろくふちもなくてそありし
とおほせられたりけるいみしかりけりこれはえうの
いりて木にてふちをしたりけれはあやまりにて
なをされにけり▼

34「甲香はほらかいの様なるかちいさくてくちのほとの
ほそなかにさしいてたるかいのふたなり武蔵國か
ねさはといふ浦にありしを所のものはへなたりと
申侍とそいひし▼

35「手のわろき人のはゝからす文かきちらすはよしみ
くるしとて人にかゝするはうるさし▼

36「ひさしくをとつれぬころいかはかりうらむらんとわかお
こたり思しられてことのはなき心ちするに女のか
17・ウ たより仕丁《本ノマヽ》やあるひとりなといひをこせたるあり
かたくうれしさる心さましたる人そよきと人の
申侍しさもあるへき事なり▼
37「朝ゆふへたてなくなれたる人のともある時所を
きひきつくろへるさまにみゆるこそいまさらかく
やはといふ人もありぬへけれとなをうや〳〵しく
よき人かなとそおほゆれうとき人のうちとけたる
事なといひたる又よしとおもひつきぬへし▼
38「名利につかはれてしつかなるいとまなく一生をくる
しむるこそをろかなれ財おほけれは身をま
もるにまとし害をかひわつらひをまねく中たち
なり身の後には金をして北斗をさゝふとも人の
18・オ ためにそわらはるへきをろかなる人のめをよろこは
しむるたのしみ又あちきなし大なる車こえたる

18・ウ

馬金玉のかさりも心あらん人はうたておろかにそ
みるへき金は山にすて玉は渕になくへし利に
まとふはすくれてをろかなる人なりうつもれぬ名
をなかき世にのこさんこそあらまほしかるへきに
位もたかくやむことなきをしも勝たる人とやは
いふへきをろかにつたなき人も家にむまれ時に
あへはたかき位にいたりおこりをきはむるもありいみ
しかりし賢人聖人もみつからいやしき位
にをり時にあはすしてやみぬる又おほし
ひとへにたかき位をのそむも次にをろかなり智

恵と心とこそ世にすくれたるほまれものこさまほ／し
きをつら〱思へはほまれをあひする人はきゝをよ
ろこふ也ほむる人そしる人ともに世にとゝまらすつた
へきかん人又々すみやかにさるへし誰をはち誰に
しられん事をかねかはむほまれは又そしりのもと也
身のゝちの名残てさらにゑきなしこれをねかふも
つきにをろかなりたゝししゐて智をもとめ賢を

ねかふ人のためにいは、智恵いて、はいつはりあり才能は
煩悩の増長せるなり傳てき、まなひてしるは
まことの智にあらすいかなるをか智といふへき可と
不可とは一條也いかなるをか善といふ名を思ふ
は人のきくをよろこふ也ほむる人そしる人ともに

19・オ

世にとまらすつたへきかん人又々すみやかにさるへし
誰をかはち誰にかしられん事をねかはん身の後の
名のこりて更に益なしこれをねかふも次にをろか
なりまことの人は智もなく徳もなく功もなく名
もなし誰か知りたれかつたへん是徳をかくし
愚をまもるにはあらすもとより賢愚得失のさか
ゐにおらされはなり迷の心をもちて名利の要
をもとむるにかくのことし萬事みな非なりいふ
にたらすねかふにたらす▼

39「ある人法然上人に念佛の時眠にをかされて行
をおこたり侍事いかゝして此さはりをのそき侍らん
と申けれは目のさめたらんほと念佛したまへと

19・ウ

こたへられけるいとたうとかりけり又往生は一定
とおもへは一定不定とおもへは不定なりといはれ
けりこれもたうとし又うたかひなからも念佛
すれは往生すともいはれけり是たうとし▼
40「いなはの國になにの入道とかやいふものゝむすめかた
ちよしときこえて人あまたいひわたりけれと
このむすめたゝくりをのみくひてさらによねの
たくひをくはさりけれはかゝることやうの物人に
みゆへきにあらすとてをやゆるさゝりけり▼
41「五月五日賀茂のくらへ馬を見侍りしか車のまへに
さう人たちへたてゝみえさりしかはをの〳〵おりて
らちのきはによりたれとことに人おほくたちこみて

20・オ

わけ入へきやうなしかゝるおりにむかひなるあふち
の木に法師のゝほりて木のまたにつゐ《い》て物みる
ありとりつきなからいたうねふりておちぬへき時
にめをさます事たひ〳〵なりこれをみる人あさ
けりあさみてよのしれ物かなかくあやうき枝

のうへにてやすき心ありてねふるらんよといふ
に我か心にふとおもひしま丶に我等か生死の
到来た丶いまにもやあらんそれを忘て物みて
日をくらすをろかなる事はなをまさりたる物をと
いひたれはまことにさにこそ候けれもともをろかに
候といひてみなうしろをかへりみてこ丶へいらせ
給へとて所をさりてよひいれ侍にきかほとの

ことはりたれか思よらさらんなれとおりからの
おもひかけぬ心ちしてむねにあたりけるにや
人木石にあらねは時にとりて物に感する事
なきにあらす▼

20・ウ

42「唐橋中將といふ人の子に行雅僧都とて教相
の人の師する僧ありけり氣のあかる病あり
てとしやう〳〵たくるほとに鼻の中ふさかりて
いきもいてかたかりけれはさま〳〵につくろいけれと
わつらはしくなりてめまゆひたいなともはれまとい
てうちおほひけれは物もみえすにのまひのおもて

のやうにみえけるかたヽおそろしきをそろしく
鬼のかほになりて目はいたヽきのかたにつきひた

21・オ
いのほとはなになりなとして後坊の中の人にも見
えすこもりゐてとし久しくありて猶わつらはし
く成て死にけりかヽる病もある事にこそありけれ▼
43「春の暮つかたのとかにえむなる空にいやしから
ぬ家のおくふかく木たちふりて庭にちりし
ほれたる花見すくしかたきを入てみれは南お
もてのかうしみなおろしてさひしけなるに
東にむきてつまとのよきほとにあきたるかみす
のやふれよりみれはかたちきよけなるをとこの
とし廿はかりにてうちとけけれと心にくヽのとや
かなるさましてつくゑに文をくりひろけて見ゐた
りしいかなる人なりけんたつねきかまほし▼

21・ウ
44「あやしの竹のあみとのうちよりいとわかき男の
月のかけに色あひさたかならねとつやヽかなるか

りきぬにこきさしぬきいとゆへつきたるさまに
てさゝやかなるわらはひとりをくしてはるかなる田
の中のほそみちをいなはの露にそほちつゝわけ
ゆくほと笛をえならす吹すさみたるあはれと
きゝしるへき人もあらしと思ふにゆかむかた／しら
まほしくみおくりつゝゆけは笛を吹やみて山の
きはに惣門のあるうちに入ぬしちにたてたる
車の見ゆるも宮こよりはめとまる心ちして
しも人にとへはしか〳〵の宮のおはしますところ
にて御仏事なとさふらふにやといふ御堂

22・オ

の方に法師ともまいりたり夜さむの風にさそはれ
くるそらたきものゝにほひも身にしむ心ちす
しうてんより御堂のらうにかよふ女房のをひかせ
よういなと人めなき山里ともいはす心つかひしたり
心のまゝにしけれる秋の野らはをきあまる露
にうつもれてむしの音かことかましくやり水
の音のとやかなり宮この空よりは雲のゆきゝもはや

き心ちして月のはれくもるほとさためかたし▼

45「公世の二位のあに良覚僧正ときこえしはきはめて
腹あしき人なりけり坊のかたはらに大なるえの木
のありけれは人えの木の僧正とそいひける此名し
かるへからすとてかのえの木をきられにけりその

22・ウ

かふのありけれはきりくひの僧正とそよひけりいよ〱
腹をたちてきりくひをほりすてたりける跡大
なるほりにてありけれはほりけの僧正とそいひ
ける▼

46「柳はらの邊に強盗の法印とよはるる僧ありけり
たひ〱かうたうにあひたる故に此名をつけに
けるとそ▼

223「たつ大臣殿は御わらは名たつ君なり鶴をかひ
給へるゆへと申はひか事なり▼

47「ある人清水へまいりけるに老たる尼のゆきつれ
たりけるかみちすからくさめ〱といひもてゆき
けれは尼こせんなに事をかくはの給そととひけ

23・オ
れともいらへもせす猶いひやまさりけるをたひ〳〵
とはれてうちはらたちてやゝ鼻ひたる時かくま／し
なはねはしぬると申せはやしなひ君のひゐの山に
ちこにておはしますたゝいまもやはなひきた
まふらんと思へはかく申そかしといひけるわりな
き心さしなりけんかし▼

48「光親の卿院の最勝講奉行してさふらひけるを
御前へめされてく御をいたされてくはせられけ
りさてくひちらしたるついかさねをみすのうちへさし
入てまかりいてにけり女房あなきたな誰にとれ
とてかなと申あはれけれは有職のふるまひやむ
事なきことなりと返々かんせさせ給けるとそ▼

23・ウ
49「老来て始て道を行せんと待ことなかれふるきつ
かはおほくこれ少年の人なりはからさるにやまひ
をうけてたちまちに此世をさらむとする時にこそ
始て過ぬるかたのあやまれる事はしらるれあや
まりといふに他の事にあらすすみやかにすつへき

ことを《し》ゆるくすへきことをいそきてすきにしこと
のくやしきなりそのときくゆともかひあらんやは
人はたゝ無常の身にせまりぬることをひしと心に
かけてつかのまもわするましきなりさらはなとか
この世のにこりもうすく佛の道をつとむる心もまめ
やかならさらむ▼

むかしありける聖は人来りて自他の要事を
24・オ
いふ時こたへていはく今火急の事ありてすて
に朝ゆふへにせまれりとて耳をふたきて念仏し
てつゐに往生をとけゝりと禅林の十因にかけり
心戒といひける聖はあまりに此世のかりそめ
なることを思てしつかにつゐゐる事たになく
てつねはうすくまりてのみそありける▼

50「應長の比伊勢の国より女の鬼になりたるをゐて
のほりたりといふ事有てその比廿日はかり日毎に
京白河の人鬼見とていてまとふ昨日は西園寺
にまいりたりし今日は院へまいるへし只今はそこ

そこになといへとまさしく見たりといふ人もなく
そら事なりといふ人もなし上下たゝ鬼の事のみ

24・ウ いひやますその比ひんかし山よりあこゐん邊へまか
り侍りしに四条よりかみさまの人みな北をさして
はしる一条むろ町に鬼ありとのゝしりあへり
いまて河のへんよりみやれは院の御さしきの
あたりさらにとをりうへくもあらすたちこみたり
はやく跡なきことにはあらさめりとて人をやり
てみするに大かたあれる物なしくるゝまてたち
さはきてはてはとう諍おこりてあさましき事
ともありけりその比をしなへて二三日のわつらふこと
の侍しをそかの鬼のそら事はこのしるしをしめ
すなりけりといふ人も侍し▼

51「亀山殿の池に大井河の水をまかせられんとて大
25・オ 井の土民におほせて水車をつくらせられけり
おほくのあしを給て日数へていとなみいたしてう

けたりけるに大かためくらさりけれはとかくなをし
けれともつゐにまはらていたつらにたてりけりさ
て宇治の里人をめして調せさせられけれはやす
らかにゆひてまいらせたりけるか思やうにめくり
て水をくみて入る事めてたかりけりよろつにそ
のみちをしれるものはやむ事なき事なり▼

52「仁和寺なる法師としよるまて石清水をおかま
さりけれは心うくおほえてある時思立てたゝひとり
かちよりまうてけり極楽寺かうらなとをみてかはかり
と心えてかへりにけりさてかたへの人にあひてとし比

25・ウ

思つる事はたし侍ぬ聞しにもすきてたうとく
こそおはしけれそもまいりたる人ことに山へのほり
しは何事かありけんとゆかしかりしかと神へま
いるこそほいなれとおもひて山まては見すとそい
ひけるすこしの事に先達はあらまほしき事也

53「これも仁和寺の法師わらはの法しにならむとする
なこりとてをの〳〵あそふ事ありけるにゑいて興

に入るあまりかたはらなるあしかなへをとりてかつらにかつきたれとつまるやうにするを鼻をおしひらめてかほゝさしいれて舞出たるに満座興に入る事かきりなししはしかなてゝ後ぬかんとするに大方ぬかれす酒宴ことさめていかゝはせん

26・オ

とまとひけりとかくすれはくひのまはりかけて血たりたゝはれにはれみちていきもつまりけれはうちわら〳〵んとすれともたやすくわれすひゝきてたへかたかりけれはすへき様なくて三あしなるつのゝうへにかたひらをうちかけて杖をつかせ手を引て京なるくすしのかりゐてゆきにけり道すから人のあやしみみることかきりなしくすしのもとにさしいりてむかひゐたりけむありさまこそことやうなりけめ物をいふもくもりこゑにひゝきてきこえすかゝることはふみにもみえすつたへたるをしへもなしとゝへは又仁和寺へ帰てしたしきもの老たる母なと枕かみによりゐてなきかなしめときくらんともおほ

26・ウ

えすか﹅るほとにあるもの﹅いふやうたとひ耳
はなこそきれうすとも命はかりはなとかいきさらん
た﹅力をたて﹅た﹅ひきにひき給へとてわらの
すへをまはりにさし入てかねをへたて﹅くひも
ちきるはかりひきたるに耳はなかけうけなから
ぬけにけりからき命まうけて久しく
やみゐたりける▼

54「御むろにいみしき児のありけるをいかてさそひ
いて﹅あそはむとたくむ法師有て能あるあ
そひ法しなとかたらひて風流のわりこねん比
にいとなみいて﹅はこやうの物にした﹅め入てなら
ひのをかのひんよき所にうつみ置て紅葉ちらし
かけ思よらぬさまして御所へまいりて児をそ﹅のか／し

27・オ

出にけりうれしと思てこ﹅かしこあそひめくり
てありつる苔のむしろになみゐていたうこそこう／し
にたれあはれもみちをたかん人もかなけんあらん僧
達祈心みられよなといひしろひてうつみつる木

の本にむきてすゝををしすり印こと〳〵しく
むすひいてなと振舞て木のはをかきのけたれ
とつや〳〵物みえす所のたかひたるにやとて
ほらぬ所なく山をあされともなかりけりうつみけ
るを人のみおきて御所へまいりたる間にぬす
めるなりけり法事ともことのはなくていときゝ
にくゝいさかひ腹たちて帰りにけりあまりに
興あらんとする事はかならすあいなき物なり▼

27・ウ

55「家の作やうは夏をむねとすへし冬はいかなる
所も住まるあつき比わろきすまゐたへかたき
事なりふかき水はすゝしきけなしあさくてな
かれたるはるかにすゝしこまかなる物をみるやり
戸はしとみの間よりもあかしてん上のたかきは冬
さむくともし火くらし造作は用なき所をつくり
たるみるもおもしろくよろつのよふにもたち
てよしとそ人の定あひ侍し**56**「ひさしくへたゝ
りてあひたる人の我かたにありつる事かす〳〵

にのこりなくかたりつゝくるこそあひなけれ
へたてなくなれぬる人もほとへてみるははつかし

28・オ

からぬかはつきさまの人はあからさまにたちいてゝもけふ
ありつることゝていきもつきあへすかたりけふするそ
かしよき人の物語するは人あまたあれとひとりに
むきていふをおのつから人もきくにこそあれよか
らぬ人誰となくあまたの中にうち出てみるこ
とのやうにかたりなせはみなおなしくわらひのゝ
しるかいとらうかはしをかしきことをいひても
いたくけうせぬとけうなきことをいひてよく
わらふにそ人のほとはからられぬへき人のさまの
よしあしさえある人はそのことなとさためあへる
にをのれか身にひきかけていひ出たるいとわひ
し**57**「人のかたりいてたる哥物かたりの哥のわろき

28・ウ

こそほいなけれすこしそのみちしらん人はいみ
しとおもひてはかたらしすへていとこもしらぬ道

の物かたりしたるかたはらいたくきゝにくし▼

58「道心あらはすむ所にしもよらし家にあり人にましはるとも後の世をねかはんにかたかるへきかはといふは更に後の世しらぬ人なりけには此世をはかなみかならす生死をいてむと思はんに何の興ありてか朝夕君につかへ家をかへりみるいとなみのいさましからん心は縁にひかれてうつる物なれはしつかならては道は行しかたしそのうは物むかしの人にをよはす山林に入てもうゑをたすけ嵐をふせくよすかなくてはあられぬ

29・オ

わさなれはをのつから世をむさほるににたる事もたよりにふれはなとかなからむされはとてそむけるかひなしさはかりならはなしかはすてしなといはむむけの事なり一たひ道に入てよをいとはむ人たとひのそみありといふともいきをひある人のとんよくおほきにになるへからす紙のふすま麻の衣一鉢のまうけあかさのあつもののいくはくか人の

ついえをなさむもとむるところはえやすくその
心はやくたりぬかたちにはつる所もあれはさはいへ
と悪にはうとく善にはちかきことのみそおほ
き人とむまれたらんしるしにはいかにもして世
をのかれん事こそあらまほしけれひとへに

29・ウ

むさほることをつとめて菩提におもむかさるは
よろつの畜類にかはる所あるましくや▼

59「大事を思たゝむ人はさりかたく心にかゝらんことの
ほいをとけすしてさなからすつへきなりしはし
此事はてゝおなしくは彼事さたしおきてしか〳〵
のこと人のそしりやあらん行すゑなんなくし
たゝめまうけて年ころもあれはこそあれその
ことまたんほとあらし物さはかしからぬやうにな
と思はんにはえさらぬことのみいとゝかさなりて
事つくるかきりなく思ひたつ日もあるへから
す大やう人をみるにすこし心あるきはゝみな
このあらましにてそ一期はすくめるちかき火なと

30・オ
にくる人はしはしとやいふへき身をたすけんと
すれははちをもかへりみす財をもすてゝのかれ
さるそかし命は人を待ものかは無常のきたる
ことは水火のせむるよりも速にのかれかたき物
をその時老たるおやいときなき子君の恩人の
なさけ捨かたしとてすてさらむや▼
60「真乗院に盛親僧都とてやむことなき智者
有けりいもかしらといふ物をこのみておほくくひ
けり談義の座にても大なるはちにうつたかく
もりてひさもとにおきつゝくひなからそ文をも
よみけるわつらふ事あるには七日二七日なと療
治とて籠居て思ふ様によきいもかしらをえら
30・ウ
ひてことにおほくくひてよろつの病をもいや
しける人にくはする事なしたゝひとりのみそ
くひけるきはめてまつしかりけるに師匠死にさ
まに銭二百貫と坊一ゆつりけるを坊を百貫に
うりてかれこれ三万疋をいもかしらのあしとさた

めて京なる人にあつけてをき十貫つゝ取よせ
ていもかしらをともしからすめしけるほとに
又こと用にもちゐる事なくしてそのあし
皆に成にけり三百の物をまつしき身にまう
けてかくはからひけるまことにありかたき道
心者なりとそ人申ける此僧都ある法師を
みてしろうるりといふ名をつけたりけりとは何

31・オ

ものそと人とひけれはさるもの我もしらす若あ
らましかはかの僧かかほににてんとそいひけるこの
僧都は見めよくちからつよく大食にて能書
学匠弁説人にすくれて宗の法燈なれは寺
中にもおもく思はれけれとも世をかろく思ひたる
くせ物にてよろつ自由にして大かた人にしたかふ
といふ事なし出仕して饗せんなとにつく時も
すへわたすをまたす我まへにすへぬれはやかて
ひとりうちくひて帰りたけれはひとりついたち
て出にけり時非時も人とひとしくさためてくは

す我くひたき時夜中にも暁にもくひてねふ
たけれはひるもかけこもりていかなる大事あれ

31・ウ

とも人のいふ事きゝ入すめさめぬれはいく夜
もねす心すましてうそふきありきなとよの
つねならぬさまなれとも人にいとはれすよろつ
ゆるされけり徳のいたれりけるにこそ▼

61「御産の時こしきおとすことはさたまれる事に
はあらす御胞衣とゝこほる時のましなひことなり
とゝこほらせ給はねはこのことなししもさまより
事おこりてさせる本せちなし大はらの里のこし
きをめすなりふるき寶蔵の絵にいやしき人
の子うみたる所にこしきをとしたるをかきたり▼

62「延政門院いとけなくおはしましける時院へま
いる人に御ことつけとて申させ給ける哥

32・オ

ふたつもしうしのつのもしすくなもし
ゆかみもしとそ君はおほゆる

戀しくおもひまいらせさせ給となり▼
63「後七日のあさり武者をあつむることはいつとかや
ぬす人にあひにけるよりとのゐ人とてかく
こと〳〵しくなりけり一とせのさうは此修中のあ
りさまにこそみゆなれつは物をもちゐんこと
おたやかならぬ事也▼
64「車の五をはかならす人によらすほとにつけてきは
むるつかさ位にいたりぬれはのる物なりとそある
人は仰られし▼
65「此ころかうふりは昔よりははるかにたかくなり
たるなりこたいの冠をはもちたる人ははたを
つきていまはもちゐるなり▼

32・ウ

66「おかもとの関白殿さかりなる紅梅の枝に鳥一双
をそへてこの枝につけてまいらすへきよし御
鷹飼下野武勝に仰られたりけるに花に鳥
つくるすへしりさふらはす一枝に二つくる事も
存知し候はすと申けれは膳ふにたつねられ人

にとはせ給て又武勝にさらはをのれかおも
はんやうにつけてまいらせよと仰られたりけ
れは花もなき梅の枝に一をつけまいら
せけり武勝か申侍しは柴の枝梅の枝つほみ
たるとちりたるにつく五葉なとにもつく枝の

33・オ

なかさ七尺（或六尺）返しかたな五分にきる枝なかはに鳥をつ
くふさするえたつくる枝しゝらふちのわらぬ
にてふたところつくへし藤のさきはひうちのた
けにくらへてきりて牛角のやうにたはむはつ
雪のあした枝をかたにかけて中門より振舞て
まいる石をつたひて雪にあとをつけすあま
おほゐのけをすこしかなくりちらしてふたむね
の御所のかうらんによせかくろくをいたさるれはかた
にかけて拝してしりそく初雪といへとくつの
はなのかくれぬ程の雪にはまいらすあまおほゐの
毛をちらす事は鷹はよはこしをとることな
れは御鷹の毛たるよしなるへしと申き花

33・ウ
花に鳥つけすとはいかなる故にかありけむなか月
はかりに梅のつくり枝にきしを付て君かためにと
おる花は時しもわかぬといへること伊勢物語に
みえたりつくり花はくるしからぬにや▼
67「賀茂の岩もと橋もとは業平実方也人の
常にいひまかへ侍れは一とせまいりたりしに
老たる宮つかさのすきしをよひとゝめてたつね
侍しに実方はみたらしに影のうつりける所とはへ
れは橋本や猶水のちかけれはとおほえ侍吉水
の和尚の月をめて花をなかめしいにしへのやさ
しき人はこゝにありはらとよみ給けるはいはもとの
やしろとそうけ給をき侍れとをのれらよりも

34・オ
中々御存知なともこそさうらふらめといとうや〳〵
しくいひたりしこそいみしくおほえしか今出川院
の近衛とて集ともにあまた入たる人はわかゝりける
時常に百首の哥をよみてかのふたつのやしろ
の御まへの水にかきてたむけられけりまことに

やむことなきほまれありて人の口にある哥おほし作文し序なといみしくかく人なり▼

68「つくしになにかしのあうりやうしなといふやうなる物ありけるかつちおほねをよろつにいみしき薬とてあさことにふたつつゝやきてくひける事年久しく成ぬある時たちのうちに人もなかりけるひまをはかりてかたきをそひきてかこ

34・ウ

みせめけるにたちのうちにつはもの二人いてきて命をおしますたゝかひてみなをひかへしてけりいとふしきに覚て日ころこゝにものしたまふともみぬ人々のかくたゝかひし給ふはいかなる人そととひけれはとしころたのみてあさな〳〵めしつるつちおほねにさふらふといひてうせにけりふかく信をいたしぬれはかゝるとくもありけるにこそ▼

69「書写の上人は法華讀誦の功つもりて六根浄にかなへる人なり旅のかり屋に立いられたりける

にまめのからをたきてまめをにける音のつふ〳〵
となりけるをきゝ給けれはうとからぬをのれしも

35・オ

うらめしくも我をはからきめをみする物かなといひ
けりたかる、まめからのはら〳〵となるをとはわか心
よりする事かはやかる、はいかはかりたへかたけれとち
からなき事也かくなうらみたまふそとそきこ
える▼

70「元應の清署堂の御遊に玄上はうせにしころ
菊弟のおとゝ牧馬をひき給けるに座につきて
まつ柱をさくられたりけれはひとつおちにけり御
ふところにそくゐをもち給たるにてつけられに
けれは神供のまいるほとによくひてことゆへな
かりけりいかなる意趣かありけん物見けるきぬかつ
きのよりてはなちてもとのやうにおきたりけるとそ

35・ウ

71「名をきくよりやかて面影はをしはからるゝ心ちす
るをみる時は又かねて思ひつるまゝのかほしたる人こ

そなけれむかし物語をきゝてもこのころの人の
家のそこのほとにてそありけんとおほえ人もいま
みる人の中におもひよそへらるゝは誰もかく覚
ゆるにや又いかなるおりそたゝいまの人のいふ事も
めにみゆる物もわか心の中もかゝる事のいつそや
ありしはとおほえていつとは思ひいてねとまさしく
ありしこゝちするはわれはかりかく思ふにや▼

72「いやしけなるものゐたるあたりにてうとのおほき
すゝりに筆のおほき持佛堂に佛の多き前
栽に石くさ木のおほき家のうちに子まこの

36・オ

おほき人にあひてことはのおほき願文に作善
おほくかきのせたる多やいやしからぬはふ車塵
つかのちり▼

73「世にかたりつたふることまことはあひなきにや
おほくはみな空こと也あるにはすきて人は物を
いひなすとまして年月過きさかゐもへたゝりぬ
れはいひたきまゝにかたりなして筆にもかき

36・ウ

とゝめぬれはやかてさたまりぬみち〳〵のものゝ
上手のいみしきことなとかたくなゝる人のみち
しらぬはそゝろに神のことくにいへともみちし
れる人は更に信おこさすをとにきくとみる時と
は何事もかはる物なりかつあらはるゝをもかへり
みす口にまかせていひちらすはやかてうきたる
ことゝきこゆ又我もまことしからすは思なから
人のいひしまゝにはなのほとおこめきていふは
その人のそら事にはあらすけに〳〵しく所々
うちおほめきよくしらぬよししてさるからつま
〳〵あはせてかたるそら事はおそろしきこと也我
ため面目あるやうにいはれぬるそら事は人い
たくあらかはすみな人のけうするそらことは
ひとりさもなかりし物をといはんもせむなくて
きゝ居たるほとに證人になされていとゝさたまり
ぬへしとにもかくにもそらことおほき世なり
たゝつねにあるめつらしからぬ事のまゝに心え

37・オ

たらんによろつはたかふへからす下さまの人の物語
は耳をとろく事のみありよき人はあやしきこと
をかたらすかくはいへと佛神の奇特権者の傳
記さのみ信せさるへきにはあらす是は世俗の
そら事をねんころに信おこしたるもおこかま／し
くよもあらしなといふもせんなけれは大かたはま
ことしくあひしらひてひとへに信せす又うたか
ひあさけるへからすと也▼

74「蟻のことくにあつまりて東西にいそき南北には
しる人高きありいやしきあり老たるありわかき
あり行ところあり帰る家あり夕にいねては朝
におくいとなむ所何事そ生をむさほり利をも

37・ウ

とめてやむ時なし身をやしなひて何事をか
待期する所たゝ老と死とにありそのきたる事
すみやかにして念々のあひたにとゝまらす是を
まつほと何のたのしみかあらむまとへる物はこれを
おそれす名利におほれて先途のちかき事

かへりみねはなりをろかなる人はこれをかなしむ常
住ならん事を思て変化のことはりをしらねはなり▼
75「つれ〳〵わふる人はいかなる心ならんまきるゝ方なく
たゝひとりあるのみそよき世にしたかへは心の外の
ちりにうははれてまとひやすく人にましはれはこ
とはよそのきゝにしたかひてさなから心にあらす
人とたはふれ物にあらそひ一たひはうらみ一たひは

38・オ

よろこふそのことさたまれる事なし分別みたりに
おこりて得失やむ時なしまとひのうへに酔り
ゑいのうちに夢をなすはしりていそかはしくほれ
てわすれたる事人みなかくのことしいまたまことの道
をしらすとも縁をはなれて身をしつかにしことに
あつからすして心をやすくせむこそしはらくたの
しむともいひつへけれ生活人事伎能学文等の
諸縁をやめよとこそ摩訶止観にも侍るめれ**76**「世お
ほえ花やかなるあたりに歎も喜も有て人おほく
ゆきとふらふ中に聖法師のましりていひいれ

た丶すみたるこそさらすともとみゆれさるへき
ゆへありとも法師は人にうとくてありなむ▼

38・ウ 77「世中に是比人のもてあつかひくさにいひあへる
事いろふへききはにもあらぬ人のよく案内しり
て人にもかたりきかせとひき丶たるこそうけられ
ねことにかたほとりなる聖法師なとそよの人のうへ
は我こと丶たつねき丶いかてかはかりはしりけんと覚
ゆるまていひちらすめる▼

78「今やうの事とものめつらしきをいひひろめもて
なすこそ又うけられね世にふりたるしらぬ人は
心にくし人なとのある時こ丶もいまさらのとにいひ
つけたることくさもの丶名なと心えたるとちかた
はしいひかはし目見あはせわらひなとして心しら
ぬ人に心えすおもはする事世なれすよからぬ人の
39・オ かならすある事也79「何事にも入た丶ぬさましたるそ
よきよき人はしりたることとてさのみしりかほにや

いふかたゐ中よりさしいてたる人こそよろつの
みちに心えたるよしのさしいらへはすれされはよと
はつかしきかたもあれとみつからもいみしとおも
へるけしきかたくなゝりよくわきまへたるみち
にはかならすくちおもくとはぬかきりはいはぬこそ
いみしけれ**80**「人ことに我身にうときことをのみそ
このむめる法師はつは物の道をたてゑひすは
弓ひくすへしらす連哥し管絃をたしなみ
あへりされはおろかなるをのれかみちよりは猶人
には思ひあなつられぬへし▼

39・ウ

法師のみにあらす上達部殿上人上さままてをし
なへて武をこのむ人おほかりもゝたひたゝかひて
もゝたひかつともいまた武勇の名をさためかたし其
ゆへは運にのりてあたをくたく時勇士しにあらす
と云人なしつは物つき矢きはまりつゐにくたらす
死をやすくして後はしめて名をあらはすへき也
いけらん程は武にほこるへからすその家にあらすは

このみて益なき事なり▼
81「屏風障子なとの繪も文字もかたくなゝる筆
やうしてかきたるはみにくゝおもはてやとあるしの
つたなく覚る也大かたもてるてうとにても心おとり
せらるゝ事はありぬへしさのみよき物をもつ
40・オ
へしとはあらすそむせさらんためとてしなゝくみに
くきさまにしなしめつらしからんとてよふなき事
ともしそへわつらはしくこのみなせるなりふるめ
かしきやうにていたくこと〳〵しからすつゐえも
なくて物からのよきかよき也▼
82「うすものゝ表紙はとくそんするかわひしきと
人のいひしに頓阿かうす物はかみしもはつれ
らてんのちくは貝をちてのちこそいみしけれ
と申侍しこそ心まさりしておほえしか一部と
ある草子巻物なとのおなしやうにもあらぬを
みにくしといへは弘融僧都は物をかならす一
具にとゝのへんとするはつたなき人のする

40・ウ

こと也不具なるこそよけれといひしもいみし
くおほえしなりすへて何もみなことのとゝのほり
たるはあしき事也しのこしたるをさてうちをき
たるはおもしろくいきのふるわさ也▼
内裏つくらるゝにもかならすつくりはてぬ
所をのこす事なりとある人申き先賢の
つくれる内外の文にも章段のかけたる事のみ
そ侍れ**83**「竹林院の入道左大臣殿太政大臣にあ
かり給はんには何のとゝこほりかおはせんなれとも
めつらしけなし一のかみにてやみなんとて出家
し給にけり洞院の左大臣殿此こと甘心し給
て相國のそみおはせさりけり亢龍くひありと

41・オ

かやいふこと侍也月みちてかけ物さかりにしては
おとろふよろつのことさきのつまりぬるはやふ
れにちかき道なり▼
84「法けむ三蔵の天竺にわたりて故郷の扇をみては
かなしみ病にふしても漢の食をねかひ給けること

をきゝてさはかりの人のむけにこそ心よはき気
色を人の国にてみえ給ひけれと人のいひしに
弘融か優になさけありける三蔵なりといひたりし
こそ法師のやうにもあらす心にくゝおほえしか
85「人の心すなほならねはいつはりなきにしもあら
すされともをのつから正直の人なとかなからん
をのれすなほならねと人の賢をみてうらや

41・ウ

むはよのつねなりいたりてをろかなる人はたま〳〵
賢なる人をみてはこれをにくむ大なる利をえん
かためにすくしき利をうけすいつはりかさね
て名をたてんとすとそしるをのれか心にたかへ
るによりてこのあさけりをなすにてしりぬ此
人は下愚の性うつるへからすこの人は偽て利
をも辞すへからすかりに賢をもまねふへから
す狂人のまねとて大路をはしらはすなはち
狂人なり悪人のまねとて人をころさは悪人
なり驥をまなふは驥のたくひなり舜をまな

ふは舜の輩也偽ても賢をまなはんを賢と
云へし86「これつくの中納言は風月の才にとめる人

42・オ

なり一生精進にて読経うちして寺法師の圓位僧
正と同宿して侍けるに文保に三井寺やかれし時
坊主に合て御坊をは寺法師とこそ申つれとも寺は
なけれは今は法師とこそ申さめといはれけりいみしき秀句也／けり
87「下部に酒のまする事は心すへきこと也宇治に
住侍るをのこ京に具覚房とてなまめきたる遁世
の僧をこしうとなりけれは常にそ申むつひ
けるむかひに馬をつかはしたりけれははるかなる
程なり口付のおのこにまつ一と《しイ》せさせよとて酒を
いたしたれはさしうけ〳〵よゝとのみぬ太刀うちはき
てかひ〳〵しけれはたのもしくおほえてめしくし
つゝ行程に木幡の程にて奈良法師の兵士あ

42・ウ

またくしてあひたるにこの男たちむかひて日暮
にたる山中なりあやしきそとまり候へといひて

太刀をひきぬきけれは人もみな太刀ぬき矢はけなとしけるを具覚房てをすりてうつし心なくゑいたる者にさふらふまけてゆるし給はらんといひけれはをの〳〵あさけりて過ぬ此男又具覚房にあひて御房は口おしき事し給へる物かなをのれ酔たる事侍らす高名仕らんとするをむける太刀むなしくなし給へる事といかりてひたきりにきりをとしつさて山たちありとのゝしりけれは里人おこりていてあへは我こそ山立よといひて走かゝりつゝきりまはりけるを

43・オ

あまたして手おほせ打う《ふイ》せてしはりつ馬はちつきて宇治大路の家に走いりたるにあさましくておのこともあまたはしらかしたれは具覚房口なし原によひふしたるを求いてゝかきもてきつからき命いきたれとこしきりそむせられてかたはに成に／けり

88「あるもの道風かかける和漢朗詠集とてもちたりけるを或人御相伝うけることには侍らしなれとも

四条大納言えらはれたる物を道風かかん事時代
やあはす侍らんおほつかなくこそといひたれはさ候へ
はこそ世に有かたき物には侍けれといよ〱たから《秘蔵イ》
としけり▼

43・ウ

89「奥山にねこまたといふもの人をくらふなりと人の
いひけるに山ならねともこれらにもねこのへあかり
てねこまたになりて人とる事はあなる物をといふ
物ありけるをなに阿弥陀仏とかやいひて連歌し
ける法師の行願寺のへんにありけるかきゝて
ひとりありかん身には心すへき事にこそと思ける
比しもなる所にて夜ふくるまて連哥してたゝ
ひとり帰りけるにこ河のはたにて音にきゝし猫
またあやまたす足もとへふと来てやかてかき
つくまゝにくひの程をくはんとすきも心もうせて
ふせかんとするにちからなく足もたゝすこ河へころ
ひ入てたすけよやねこまたよや〱とさけへは
家々よりまつともいたしてはしりよりてみれはこの

44・オ

わたりに見しれる僧なりこはいかにとて川の中よりいたきおこしたれはかけものとりて扇小箱なとふところにもちたりけるも水にいりぬけうにしてたすかりたるさまにてはう〳〵家に入にけりかひける犬のくらけれと主をしりて飛付たりけるとそ▼

90「大納言法印のめしつかひし乙鶴丸やすら殿といふものをしりて常にゆきかよひしにある時いてゝかへりきたるを法印いつくへゆきつるそとゝひしかはやすら殿のかり罷て候つといふそのやすら殿はをとこか法師かと又とはれて袖かきあはせていかゝ候らんかしらをは見候はすとこたえ申きなとかかしらはかりのみえさりけむ▼

44・ウ

91「赤舌日といふ事陰陽道には沙汰なき事也むかしの人これをいます此比なにもののいひいてゝいみはしめけるにか此日あることすゑとをらすといひてその日云たりしことかなはすえたりし物はうしなひつくはたてたりしことならすといふ事をろ

かなり吉日をえらひてなしたるわさのするゑのと
ほらぬをかそへてみんもひとしかるへしそのゆへは
無常変易のさかひありとみる物も存せすはし
めあることおはりなし心さしはとけすねかひは
かなはす人の心ふ定なり物みな幻化也何事かし
はらくも住することはりをしらさる也吉日に
悪をなすにかならす凶也悪日は善をおこなふ
に必吉也といへり吉凶は人により日によらす▼

45・オ

92「ある人弓をいる事をならふにもろ矢をたはさみて
的にむかふ師のいはく初心の人ふたつの矢をもつ
事なかれのちの矢をたのみてはしめの矢になを
さりの心あり毎度たゝ得失なく此一箭にさたまる
へしと思へといふわつかにふたつの矢師のまへにて
ひとつををろかにせんと思はんや懈怠心みつからし
らすといへとも師これをしる此いましめ萬事
にわたるへし道を学する人夕には朝あらむ事
を思朝には夕あらんことを思てかさねて念比に

修せむ事を期すいはんや一刹那のうちにおひて懈怠の心ある事をしらんや何そたゝいまの一

45・ウ

念にをひてたたちにもちゐる事《することのはなはたかたきイ》はなはたかたき▼

93「牛をうる者ありかふ人明日そのあたひをやりて牛とらんといふ夜のまに牛死にぬかはんとする人に利ありうらんとする人に損ありとかたる人ありこれをきゝてかたはらなる者のいはく牛の主まことに損ありといへとも又大なる利あり其故は生ある物死のちかきことをしらさる事牛すてにしかなり人又おなしはからさるに牛は死すはからさるに主は存せり一日の命万金よりもおもし牛のあたい鵝毛よりもかろし万金を得て一銭をうしなはん人損ありと云へからすといふに皆人あさけりて其のことはりは牛の主にかきるへから

46・オ

すといふ又云されは人死をにくまは生を愛すへ／し存命の悦日々にたのしまさらんやをろかなる人

此たのしみをわすれていたつかはしく外のたのしみ
をもとめこのたからをわすれてあやうく他のた
からをむさほるに心さしみつことなしいけるまを
たのしますして死にのそみて死を恐はこのこと
はりあるへからす人みな生をたのしまさるは死
をおそれさる故也死をおそれさるにはあらす死の
ちかきことをわするゝなり又生死の相にあつ
からすといふに人いよ〳〵嘲▼

94「ときはゐ相國出仕し給けるに勅書をもちた
る北面あひたてまつりて馬よりをりたりけるを

46・ウ

相國のちに北面なにかしは勅書をもちなから下馬し
侍し者なりかほとの者争君につかうまつり候へきと
申されけれは北面をはなれにけり勅書を馬のうへ
なからさゝけて見せ奉るへしおるへからすとそ

95「箱のくりかたにおつくる事いつかたにつけ侍るへ
きそとある有職の人に尋申侍しかはちくにつ
けへうしにつくること両説なれはいつれも難な

し文箱はおほくは右につく手はこはちくにつ
くるもつねのこと也とおほせ侍りき▼
96「めなもみといふ草ありくちはみにさゝれたる人彼
草をもちてつけぬれは則いゆとしりておくへし▼
97「その物につきてその物をつゐやしそこなふ
物かすならすあり体にしらみあり家にねすみあり
國に賊あり少人に財あり君子に仁義あり僧に
法あり▼

47・オ

98「たうときひしりのいひをけることを書付て一言
芳談とかや名付たる草子を見侍しに心にあひてお
ほえしこととも▼
一しやせましせすやあらましと思ふ事はおほやう
せぬはよきなり▼
一後世を思はんものはしんたかめ一も持ましきこと也
持経本尊にいたるまてよき物を持つよしなき也▼
一遁世者はなきにことかけぬやうをはからひてすく
る最上のやうにてあるなり▼

47・ウ

一上臈は下臈になり智者は愚者になり徳人は
貧人になり能ある人は無能になるへき也▼
一佛道をねかふといふ別の事なしいとまある身に
成て世の事を心にかけぬを第一の道とすこの外
有しことゝもおほえす▼
99「堀川の相國は美男のたのしき人にて其ことゝなく
愚者を○《こ》のみ給けり御子基俊卿を大理になして
廳務をこなはれけるに廳屋の唐櫃みくるし／とて
めてたくつくりあらためらるへきよしおほせら
れけるにこの唐櫃は上古よりつたはりてそのはし
めをしらす数百年をへたり累代の公物古弊を
もちて規模とす輙くあらためられかたきよ／し

48・オ

故實諸官等申けれはその事やみにけり▼
100「久我の相國は殿上にて水をめしけるにとのもつかさ
かはらけをたてまつりけれはまかりをまいらせよとて
まかりしてそめしける▼
101「或人任大臣の節會の内弁をつとめられけるに内

記のもちたる宣命をとらすして堂上せられにけり
きはまりなきしちしひなれとも立帰り取へき
にもあらす思ひわつらはれけるに六位の外記やすつな
きぬかつきの女房をかたらひてかの宣命をもたせ
て忍ひやかにたてまつらせたりけるいみしかりける

102「平大納言光忠入道追儺の上卿をつとめられけるに
洞院右大臣殿に次第を申うけられけれは又五郎

48・ウ

をとこを師とするより外の才覚さふらはしとそ
の給ける彼又五郎はおいたる衞士の公事によく
なれたる者にて近衛殿着陣し給ける時ひさ
つきをわすれて外記をめされけれは火たきてさふ
らひけるかひさつきをめさるへくや候らんと忍ひ
やかにつふやきたりけるいとをかしかりけり▼

103「大覚寺殿にて近習の人ともなそ〳〵をつくりて
とかれける所へくすし忠守まいりたりけるを
侍従大納言公明卿我朝の者ともみえぬたゝもり
かなとなそ〳〵にせられけりからへいしとときて

わらひあはれけれははらたちて退出にけり▼
104「あれたる宿の人めなきに女のはゝかる比にてつ
49・オ
れ〳〵とこもりゐたるをある人とふらひ給はんと／て
ゆふつくよのおほつかなき程に忍て尋おはしたるに
いぬのこと〳〵しくとかむれはけす女のいてゝ
いつくよりそといふにやかてあんないせさせていり
給ぬ心ほそけなるありさまいかてすくすらんといと
くるしあやしきいたしきにしはし立たまへるを
もてしつめたるけはひのわかやかなるしてかなた
といふ人あれはたてあけところせけなるやり
とよりそいりたまひぬるうちのさまはいたくすさ
ましからす心にくゝ火はあなたにほのかなれと
物のきらなとみえてにわかにしもあらぬにほひ
いとなつかしうすみなしたり門よくさしてよ
49・ウ
雨もそふる御車は門のしたに御ともの人はそこ〳〵
にといへこよひそやすきゐはぬへかめるとうちさ

さめくもしのひたれとほとなけれはほのきこゆる
さてこの程のことゝもこまかにきこえ給ふに夜
ふかき鳥も鳴ぬこしかた行末かけてこまかなる
御物語に此たひは鳥もはなやかなるこゑにうちしき
れはあけはなるゝにやとき〳〵給へと夜ふかく
いそくへき所さまにもあらてすこしたゆみた
まへるにひましろくなれはわすれかたき事な
といひて立出給ふに木するゑも庭もめつらし／く
あをみわたりたる卯月はかりの曙えんにをかし
かりしをおほしいてゝかつらの木のおほきなるか

50・オ

かくるゝまていまも見おくり給ふ▼

105「きたの屋かけに消残たる雪のいたうこほりたる
にさしよせたる車のなかえも霜いたくきらめきて
有明の月さやかなれともくまなくあらぬに人はな
れなる御堂のらうにしりかけて物語するさまこそ
なに事にかあらんつきすましけれかふしかたちなと
いとよしとみえてえもいはぬにほかのさえこほり

たるこそおかしけれけはひなとはつれ〴〵きこ
えたるもゆかし▼
106「高野のせうくわう上人京へのほりけるに細道
にて馬にのりたる女の行あひたりける口引ける
をとこあしくひきてひしりの馬をほりへおと／し

50・ウ

てけり聖いとはらあしくとかめてこはけうの
らうせきかな四部の弟子はよな比丘よりは比丘尼は
をとり比丘尼よりうはそくはおとりうはそくより
もうはいはをとれりかくのことくのうはいなとの
身にて比丘をほりにけいれさする未曾有の
悪行なりといひけれは口引の男いかに仰らるゝ
やらんえこそきゝしらねといふに上人猶いきま
きて何といふそ非修非学の男とあらゝかに
いひてきはまりなきはうこんしつと思へる気
色にて馬をひき返してにけられにけりた
うとかりけるいさかひなるへし▼
107「女の物いひかけたる返事にとりあへすよき程

51・オ

にする男はありかたき物そとて亀山の院の御時し
れたる女房ともわかき男たちのまいらるゝことに
時鳥や聞たまへるととひて心みられけるに
なに大納言とかやは数ならぬ身はえきゝ候はすと
こたへられけり堀川の内大臣殿は岩くらにて
きゝて候しやらんと仰られけるをこれはなんなし
かすならぬむつかしなとさためあはれけりすへて
おのこは女にわらはれぬやうにおほしたつへしとそ
浄土寺の関白殿はおさなくて安嘉門院のよくを
しへまいらせ給ける故に御ことはなとのよきそと
人の仰られけるとかや山しなの左大臣殿はあや
しの下女の見たてまつるもいとはつかしく心つかい

51・ウ

せらるゝとこそ仰られける女なき世なりせは
えもむかうふりもいかにもあれひきつくろふ人も
侍らしかく人にはちらるゝ女いかはかりいみしき物そと
思ふに女の性はみなひかめり人我のさうふかく貪欲
甚しく物のことはりをしらすたゝまよひのかたに

心もはやく詞もたくにくるしからぬ事をもとふ時
はいはすよういあるかとみれはあさましき事まて
とはすかたりにいひいたすふかくたはかりかされる
ことは男の智恵にもまさりたるかと思へは其こと
の跡よりあらはるゝをしらすすなほならすして
つたなき物は女なりその心にしたかひてよく思はれ
んこと心うかるへしされは何かは女のはつかしからん

52・オ

もしは賢女あらはそれも物のうとくすさましかりな
むたゝまよひをあるしとしてかれにしたかふ時
やさしくおもしろくもおほゆへき事也▼
108「寸陰おしむ人なし是よくしれるかをろかなるか
をろかにしておこたる人のためにいはゝ一銭かろし
といへとも是をかさぬれはまつしき人をとめる
人となすされはあき人の一銭をおしむ心ねん
ころなり刹那おほえすといへともこれをはこ
ひてやまされは命を修ふる期たちまちにいたる
されは道人はとをく日月をおしむへからすたゝいま

の一念むなしく過ることをおしむへしもし人
きたりてわか命明日かならすうしなはるへしと
52・ウ
つけしらせたらんにけふのくるゝ間何事をかたの
しみ何事をかいとなまんわれらかいける今日の日
何そ其時節にことならん一日のうちに飲食便利
睡眠言語行歩やむことをえすしておほくの
時をうしなふそのあまりのいとまいくはくならぬ中
無益のことをなし無益のことをいひ無益のこ
とを思惟して時をうつすのみならす日を消し
月をわたりて一生を送る尤をろか也謝霊運は
法華の筆儒なりしかれとも心常に風雲の興
観せしかは恵遠白蓮のましはりをゆるさゝり
きしはらくもこれなき時は死人におなし光陰
何のためにかおしむとならは内思慮なく外に政
53・オ
事なくしてやむ人はやみ修せん人は修せよと也▼

109「高名の木のほりと云しおのこ人をおきてたかき木

にのほせて梢をきらせしにいとあやうくみえし程は
いふこともなくておるゝ時にのきたけはかりに成て
あやまちすな心しておりよと詞をかけ侍しをかはか
りになりてはとひおるともをりなんいかにかくはかり
いふそと申侍しかはそのことに候めくるめき枝あや
うき程はをのれかおそれ侍れは申さすあやまち
はやすき所になりてかならすつかまつる事に候
といふあやしの下臈なれとも聖人のいまし
めにかなへりまりもかたき所をけいたして後
やすく思へはかならすおつと侍るやらん▼

53・ウ
110「雙六の上手と云し人にその手たてをとひ侍／し
かはかたんとうつへからすまけしとうつへき也いつれの
手かとくまけぬへきと案してその手をつかはす／し
て一めなりともおそくまくへきてにつくへしといふ
道をしれるをしえ身をおさめ国をたもたんみちも
又しかなり111「囲碁双六このみてあかしくらす人は四
重五逆にもまされる悪事とそ思ふとあるひしり

54・オ

の申し、事耳にと、まりていみしく覚え侍り

112「明日とをき国へおもむくへしときかむ人に心しつかになすへからんわさをは人いひかけてんやにはかの大事をもいとなみせちになけくこともある人は他のことをき、入す人のうれへ悦をもとはすとてなとやとうらむるひともなしされはとしもやう〳〵たけ病にもまつはれいはんや世をものかれたらん人又これにおなしかるへし人間の儀式いつれかさりかたからぬ世俗の難黙止にしたかひて是を必とせは願もおほく身もくるしく心のいとまもなく一生は雑事の小節にまつはれてむなしく暮なん日くれ道遠し吾生すてに蹉跎たり諸縁を放下すへき時也信をもまほらし礼義をも思はし此心をえさらん人は物くるひともいへうつ、なし情とも思ひそしるともくるし○《まし》ほむともき、いれ／し

113「よそしにあまりたる人の色めきたるかたをのつからしのひてあらんはいか、せむことにうちいて、男女の事

54・ウ

人のうへをもいひたはふるゝこそにけなくみくるし
けれ大かたきゝましりて興あらんと物いひゐたる
数ならぬ身にて世のおほえある人をへたてなき様
にいひたるまつしきところに酒宴このみまれ人に
あるしせむときゝめきたる▼

114「今出川のおほゐとのほかへおはしけるにありす
河のわたりに水のなかれたる所にてさい王丸御牛
をおひたりけれはありきの水まへいたまてさと
かゝりけるをためのり御車のしりには候けるか
けうのわらはかなかゝる所にて御牛をはおふものかと
いひたりけれはおほゐ殿御けしきあしくなり
てをのれ車やらんことさい王にまさしえしらし

55・オ

けうの男なりとて御車に頭をうちあてられけり
この高名のさい王丸はうつまさのをとこれうの御牛
かひそかし此うつまさ殿に侍ける女房の名とも
一人はひさゝち一人はことつち一人ははふいう一
人はをとうらとつけられけり▼

115「宿かはらといふ所にてほろ〳〵おほくあつまりて
九品念佛を申けるに外よりいりきたるほろ〳〵
のもし此御中にいろをし坊と申ほろやおはし
ますと尋けれは其中よりいろをしこゝにさふらふ
かくの給は誰とこたふれはしら梵字と申者也
をのれか師なにかしと申し人東国にていろ
おしといふほろにころされけりとうけ給しかは

55・ウ

その人にあひたてまつりて恨を申さはやと思
て尋申也といふいろをしゆゝしくも尋おはしたり
さる事侍きこゝにて對面したてまつらんは道
場を汚し侍へしまへの河原へまいりあはん穴賢
わきさしたちいつかたをもみつき給ふなあまたの
わつらひならは仏事の妨に侍へしといひ定て
二人河原へ出合て心行はかりつらぬきあひてとも
にしにゝけりほろ〳〵と云もの昔はなかりけるにや
ちかき世にほろしむほんしなといひけるもの其
始なりけるをや世をすてたるにして而我執ふかく仏

道をねかふに丶て闘諍を事とす放逸無慙の
有さまなれと死をかろくしてすこしもなつま

56・オ

さる方ぃさきよく覚て人の語しま丶に書付侍るなり▼
116「寺院の号さらぬよろつの物にも名をつくること
昔の人はすこしももとめすた丶ありのま丶にやすく
付たる也此比はふかく案し才覚をあらはさむとし
たる様に聞てぃと六惜《借歎》人の名もめなれぬ文字を
つかんとす益なきことなり何事も珍き事を
もとめ異説を好は浅才の人の必ある事なりとそ
117「友とするにわろき物七あり一にはたかくやむこと
なき人二にはわかき人三にやまひなく身つよき人
四には酒を好人五にはたけたけくいさめる兵六には
空言する人七には欲ふかき人よき友三あり
一にはものくる丶友二にはくすし三には智恵ある友▼

56・ウ

118「こゐのあつ物をくひたる日はひんそ丶けすとなん
俄にも作る物なれはねはりたる物にこそこゐはかり

こそ御前にてもきらる丶物なれはやむことなき
魚なれ鳥には雉さうなき物也きし松茸なとは御
ゆとの丶うへにか丶えたるもくるしからすその外は
心うき事なり中宮の御かたの御ゆとののうへのくろみ
たなに雁のみえけるを北山の入道殿の御覧して
かへられ給てやかて御文してかやうの物さな
からそのすかたにてみたなにゐて候しことみ
ならはすさまあしき事也はか〳〵しき人のさ
ふらはぬゆへにこそなと申されたりけり119「かまくら
の海にかつおといふ魚はかのさかゐにはさうなき物

57・オ

物にて此比もてなす者也此魚をのれかわかかり／し
世まてははか〳〵しき人のまへ丶いつること侍らさり
きかしらはしもへもくはすきりてすて侍し者也と
申きかやうの物世のすゑになれは上さままても入たつ
わさにこそ侍なれ▼

120「から物はくすりのほかはみななくとも事かくまし文
ともは此国におほくひろまりぬれはかきもうつし

てんもろこし舟のたやすからぬみちにふようの物と／も
のみ取つみて所せくわたしもてくるいとをろか也遠物
をたからとせすとも又えかたきたからをたうとます
とも文に侍とかや▼

57・ウ

121「やしなひかふ物には馬牛つなきくるしむるいた
ましけれとなくてかなはぬ物なれはいかゝせん犬はま
もりふせくつとめ人にもまさりたれは必あるへし
家ことにあるものなれはことさらにもとめかはす
ともありなん其外の鳥けた物すへて用なき物也
はしるけた物はおりにこめくさりをさゝれとふ鳥
はつはさをきりこに入られて雲を恋野山を
思ふうれへやむ時なし観はその思ひわか身にあた
りて忍かたくは心あらん人これをたのしまんや
生をくるしめて目を悦はしむるは桀紂か心也
王子猷か鳥をあひせしはやしにたのしむをみて
せうは《えか》うとしきとらへくるしめたるにあらすおほ
よそめつらしき鳥あやしきけ物国にやしなはす／とそ

58・オ

文にも侍なる122「人の才能はふみあきらかにしてひし
りのをしへをしれる第一とす次にてかくことむね
とする事はなくともこれをならふへしかくもん
にたよりあらんため也次に醫術をならふへし
身をやしなひ人をたすけ忠孝のつとめも醫／に
あらすはあるへからす次に弓ゐ馬のること六藝
にいたせり必是をうかゝふへし文武醫の道まこ
とにかけてはあるへからす是をまなはむをはいた
つらなる人といふへからす次食は人の天なりよく
あちはひをとゝのへしれる人おほきなる徳
とすへし次に細工よろつ要おほし此外の事共
多能は君子の恥るところなり▼

58・ウ

詩哥に巧に絲竹に妙なるは幽玄の道君臣是
をおもくすといへとも今の世には是をもちて
世をおさむること非也をろかなるにたり金はすく
れたれともくろかねのやくおほきにしかさるかこと／し
123「無益のことをなして時をうつすをろかなる人とも

ひかことする人ともいふへし国のため君のため
やむことえすしてなすへき事おほし其あまり
のいとまいくはくならす思へし人の身にやむこ
とえすしてぃとなむ所第一にくひ物第二にきる
物第三にゐる所也人間の大事此三には過す
うゑさむからす雨風におかされすしてしつかに
すくすをたのしみとす但人皆病あり病に

59・オ

をかされぬれはそのうれへ忍ひかたし醫療を
わするへからす薬をくはへて四のこともとめえ
さるをまつしとす此四かけさるをとめりとす此四の
外を求ぃとなむをおこりとす四の事倹約なら
は誰人かたらすとせむ▼
124「是法は浄土宗にはちすといへとも学匠をたて
す只明暮念仏してやすらかに世を過すありさま
いとあらまほし125「人にをくれて四十九日の仏事に
或聖を請し侍しに説法いみしくして皆人涙を
なかしけり導師帰りて後聴聞の人ともいつより

もことに今日はたうとくおほえ侍ると感しあへり
かへりことに何とも候へあれ程唐の狗に似候なん

59・ウ

うへはといひたりしにあはれもさめてをかしかりき
さる導師のほめやうやはあるへき又人にさけ
す、むるとてをのれまつたへて人にしゐたて
まつらんとするは剣にて人きらんとするにたるこ
と也二方にはのつきたれはもたくる時まつ我頭の
きらる、ゆへに人をはえきらぬ也をのれまつ
ゑひてふしなはよもめさしと申きけんにて
きり心みたりけるにやいとをかし▼

126「はくちのまけきはまりてのこりなくうち入せんに
あひてはうつへからすたちかへりつ、けてかつへき
時のいたれるとしるへし其時をしるをよき
はくちうちといふ也とある物申き*127*「あらためて

60・オ

益なき事はあらためぬを力とする也▼

128「まさふさの大納言はさえかしこくよき人にて

60・ウ

大将にもなさはやと覚しめしける比院の近習
なる人只今あさましき事をみ侍ると申され
けれはなに事そととはせ給けるにまさふさの
卿鷹にかはんとていきたる犬のあしをきり侍る
を中墻のあなより見侍つると申されけるにうと
ましくにく〱おほしめして日比の御気色もたかい
昇進もし給はさりけりさはかりの人鷹をもたれ
たりけれは思はすなれと犬の足は跡なき事なり
けり空言はふ便なれともか〱る君の御心はいと
たうとき事也大かたいける物ころしいため

た〱かはしめてあそひたのしまん人は畜生残害
のたくひなりよろつの鳥けた物ちひさき虫までも
心をとめてありさまをみるに子をおもひおやをな
つかしくしふうふをともなひ妬みいかり欲のおほ
く身を愛し命をおしめる事ひとへに愚癡なる
ゆへに人よりもまさりて甚しくるしみをあたへ
いのちをうはゝん事いかてかいたましからさらん

すへて一切の有情をみて慈悲の心なからんは人倫にあらす▼

129「顔回は人に物をしへたる事いやしき民の心さしをもうはふへからすいとけなき子をすかしおとしいひはつかしめてけうする事をとなしき人は

61・オ

まことならぬはことにもあらすおもへとおさなき心には身にしみておそろしくはつかしくあさましき思ひまことに切なりこれをなやましてけうとする事慈悲の心にあらすをとなしき人の悦いかりかなしみたのしむも皆虚妄なれとも誰か実有の相に着せさる身をやふるよりも心をいたましむるは人をそこなふ事猶甚し病をうくる事もおほくは心よりうくる外よりきたる病はすくな／＼し薬をのみてあせをもとむるにはしるしなきことのあれとも一旦はちおそるゝことあれはかならすあせをなかす心のしわさなりといふことをしりぬへしれううむのかくをかきて白頭の人となりしためし

61・ウ

なきにあらす130「物にあらそはすをのれをまけて
人にしたかひ我身をのちにして人をさきにする
にはしかす萬のあそひにもかちまけをこのむ人
はかちてけうあらんため也をのれか藝のまさり
たる事を悦ふされはまけて興なくおほゆへきこと
又しられたり我まけて人をよろこはしめんと思はゝ
さらにあそひの興なかるへし人にほいなくおもは
せてわか心をなくさめん事徳にそむけりむつ
ましき中にたはふるゝも人をはかりあさむきて
をのれか智のまさりたることを興とす是又
礼にあらすされははしめけうえんよりおこりて
なかき怨をむすふたくひおほしこれみなあら／そひ

62・オ

をこのむ失なり人にかたん事を思はゝたゝ学問し
てその智を人にまさんと思ふへし道をまなふと
ならは善に誇らずともからに諍へからすといふ
ことをしるへきゆへ也おほきなる職をも辞し
利をもすつるはたゝ学問の力なり▼

131「まつしき者はたからをもちて礼とし老たる者は
力をもちて礼とすをのか分をしりて及はさる時は
速にやむを智といふへしゆるささらん人のあや
まりなりまつしくして分をしらされはぬすみ
力をとろへて分を知らされはやまひをうく▼
132「鳥羽のつくり道は鳥羽殿たてられて後の号
にはあらす昔よりの名なり元良親王元日奏賀

62・ウ

のこゑ甚殊勝に聞えけるよし李部王記に侍とかや
133「よるのおとゝは東御枕なり大かた東を枕として
陽気をうくへき故に孔子東首をし給へり寝殿
のしつらひあるは南まくらつねの事なり▼
白河院は北首に御寝ありけり北はいむ事なり
又伊勢は南也太神宮の御方をは跡にせさせ給ふこと
いかゝと人申けり但太神宮の遙拝はたつみに
むかはせ給ふ南とはあらす＝134「高倉院の法華堂の
三昧僧なにかしの律師とかやいふ物ある時鏡を
とりてかほをつく〳〵とみて我かたちのみにくき

63・オ

浅ましき事あまりに心うくおほえて鏡さへう
とましき心ちしけれは其後なかく鏡をおそれ
て手にたにとらす更に人にましはる事なし
御堂のつとめはかりにあひてこもりゐたりとき
き侍しこそありかたくおほえしかかしこけなる
人も人のうへをのみはかりてをのれをはしらさる也
内をしらすして外をしるといふことはりあるへか
らすされは己をしるものしれる人といふへしかた
ちみにくけれともしらす心のをろかなるをもし
らす藝の拙をもしらす身の数ならぬをもし
らす老ぬるをもしらす病のおかすをもしら
す身のうへの非をしらねはまして外のそしり
をしらすたゝしかたちは鏡にみゆとしはかそへ
てしる我身の事しらぬにたりとそいはまし

63・ウ

形をあらためよはひをわかくせよとにはあらす拙を
しらはなんそやかてしりそかさる老ぬとしらは

なんそしつかにゐて身をやすくせさるおろそか
なりとしらはなんそこれを思ふ事これにあら
さるすへて人に愛樂せられすして衆にましはる
ははち也形みにく丶心おくれにしていてつかへむ
智にして大才にましはり不堪の藝をもちて
堪能の座につらなり雪の首をいた丶きて
さかりなる人にならひいはんや及はさる事を
のそみかなはぬ事をうれへきた丶さることを
まち人におそれ人にこふるは人のあたふる恥
にあらす貪る心にひかれてみつから身をはつか

64・オ

しむる也むさほることのやまさる事はを丶ふる大
事今こ丶にきたりたりとたしかにしらされはなり

135「すけすゑの大納言入道ときこえける人ともうち
の宰相中将にあひてわぬしのとはれんほとの
事何事なりともこたえ申さ丶らんやといはれ
けれはともうちいか丶侍へからんと申されけるをさらは
あらかひ給へといはれてはか〲しき事はかたは／し

もまなひしり侍らねは尋おほつかなきことを
こそとひたてまつらめと申されけりましてこゝ
もとのあさきことはなりともあきらめ申さんと
いはれけれは近習の人々女房なともけうある
あらかひなりおなしくは御前にてあらそはるへ／し

64・ウ

まけたらん人はくこをまうけらるへしとさためて
御前にてめしあはせられたりけるにともうちおさ
なくよりきゝならひ侍れとその心しらぬ事侍り
むまのきつりやうきつにのをか中くほれいりく
れんとうと申事はいかなる心にか侍らんうけ給はらん
と申されけるに大納言入道はたとつまりて是は
そゝろことなれはいふにもたらすといはれけるを
尋たてまつらんと定申つと申されは大納言入道
まけになりて所課いかめしくせられたりける
とそ▼

136
「くすしあつしけ故法皇の御前に候てくこの
まいりけるに今日まいり侍るくこの色々を尋

65・オ

下されてそらに申侍らは本草に御覧しあはせ
られ侍れかしひとへに申あやまち侍らしと申
ける時しも六条の故内府まいり給ひてありふさ
つゐてに物ならひ侍らんとてまつしほといふ文字は
いつれのへんにか侍らんととはれたりけるに土
へんに候と申たりけれは才のほとすてにあら
はれにたりいまはさはかりにて候へゆかしきと
ころなしと申されけるにとよみにてまかり
いてにけり▼

（三行分余白）

65・ウ

兼好作也云云

66・オ

延徳二年龍集庚戌八月日　平忠重本也

龍谷大学図書館蔵『たはれ草』翻刻

万波寿子
糸井通浩
雨森正高

凡例

一、底本を、可能な限り忠実に翻刻した。
一、行は底本の通りとし、帖の頁（表・裏）の区別を一行あけで示した。底本の頁を算用数字で示した。
一、漢字・仮名及びカタカナは、通行の字体に従った。ただし、底本の「也」「迄」は、そのまま翻字した。踊り字は底本の通りに示した。
一、ミセケチによる修正は、修正文字を翻字した。又、明らかに、脱字に気づいて傍記したと思われる文字は本文に挿入した。判読の困難な文字は□をつけて示した。疑念の文字には「ママ」と傍記した。
一、他本との校合による、本文の異同については、まとめて一覧にして示した（「諸本との校合」参照）。
一、翻刻にあたっては、上巻（1～52）を万波（嶋崎）寿子、中巻（53～108）を糸井通浩、下巻（109～140）を雨森正高が担当した。なお、中巻については、豊嶋新一氏の協力を得た。

なお、判読にあたっては、岩波・新日本古典文学大系99の「たはれ草」校注（水田紀久）を参照させていただいた。

本文

1

たはれ草上

たはれたるものゝ言葉もかしこき人はえらふといへるをたよりとし見し聞しおもひしことゝもをそゝろにかきつけて世のそしりいかゝとおそろしけれとわか後なる人のにはのをしへともおもへかしとたゝ火にやきもやらすのこし侍るなり

○ふるき記録のふみを見るにちゑなき人のいへることはいつの世にてもおこなはれやすくちゑある人のいへる事はもちゆる者すくなしちゑある人のことはゝちゑある人こそさることありとはいへちゑある人はいつの世とてもすくなけれはちゑある人のことはおこなはれさるはむへなりなけくへきのはなはたしきなり

2

虞詡かいさめをもちひす税布をませしより羌人謀反せると漢史にしるせるをよみて感してこの書をつくれりそれ故

3

このことはをもて巻をひらくのはしめとするなり

○世のみたるゝはいつとても男女の道たたしからさるよりおこれり人〳〵のいへることなれとまことにしる人はすくなし

詩ハ初《トシ》二開睢ヲ一易基《ス》二乾坤ヲ一　まことにしる真知之為貴也

○この国のかなにてかける文ともことはのうつくしくたへにして人の心を感せしむることまことにわれ人のいふにやおよふへきされとしるせる事はわかきおひたつ人なとにはしらせん事いかゝとおもふ事多し世の中にかゝる事もあるやとおもひなは人の心をそこなふのはしなるへし世の道のおとろへたるよりかゝる文もいてきまたかゝる文をもてはやせるより世の道いやましにおとろへたるならんとかなしくおほへ侍る難波のえたちよりあめかしたひとつにすへしのちは年はもゝとせにはるかにあまり幕のつかさなゝよ《七葉》やよ《八葉》になり給へと男女の道いなといへる事世かたりにもきかす世の中のめてたからんためしそとありかたくおほゆる

○三くさの御宝は天地のひらけしはしめより御宝によそへてみつのことわりをつたへ給へると諸家の記録にも見へそのこ

とはさま〳〵なれとうつくしみ《仁》あきらか《明》にたけし《武》といへるほかはあるましこの三つのことわりはあめかしたしろしめすうへなき御たからなれと周の道も昭穆よりをとろへたるか如くいつとなくやふ〳〵おろそかになりいともかしこきあまつひつきの隠岐の国

4

にあそひ給ふにいたりては冠裳さかしまにをきこの御たからかくれさせ給ひてかみしもやすき事なく戦国の世とはなれりけるされと天《あめ》のめくりのたへまなくくもきりのあとたへてる日と〻もにみつの御たからまた世にあらわれ給ふより今の世とはなりけり聖の御時はしらねともとさ〻ぬ御代ともろこし人のいひつたへしもかくこそあらめとありかたくおほゆされは此御宝のあらはれ給ふとまたかくれさせ給ふとかみつかさの御せめなれは其ことわりをつくさせ給へかしといはひいのりおもふとある人のかたりき此国を呉の栄伯の後なりといへるは唐の世咸亨ととしのなせし時此国の人唐土にきたりいひいたせることなりと唐書に見へたりいかなる人のかくはいひし史記に泰伯

5

子といへるを見れは其説のみたりなる事明けし

6

○国史を考るに　天神瑞穂国を瓊ゝ杵尊にさすけ給ひしかと其後はるか年をへて神武帝の御代にいたり難波よりひかしはしめて職方に帰せしと見ゆ二尊のうみ給ふ八しまおほかたは今の西海路にてからにちかしをきさと越のしまいすれもからにむかへる国なり其近きあたりには風にはなされてきたるから人今も多しあるふみに素戔嗚尊しらきの国にくたりましてとありまたから国にうへつくさすとあるを見れはみこと其地を経略し爾の国とさため給ふにやあめよりしていすもの国ひのかはの辺にくたりまして大尺貴神をうみ給ひてよりねの国にいてましぬといつもからにむかへる国なり

自注むかし三韓をからといひ西土を諸越《モロコシ》といへるにの《い》《ヒ》つの時よりか混してからともいひもろこしともいへり誤なり

○八雲八咫八幡なといへる此国にては木の成数にしたかひ八のかすたふとふとそ唐土にては六部からにては六曹とつかさをわかちしを此国にては八省とさためられし其心なりといへる人あり

○おほいにたなうへせしとき唐土にては人あひはむといへる事記伝にいかほともみへたり此国にてはつゐにきかすけものゝしゝさ

へいみてくはぬ故なめれとある人のかたりきかみのつかひなりと
いへるとりけもの其うしこはくはす神のしすめ給へる山はこかね
しろかねありてもむさほれる人ひらきあけんとはせすいつまて
もかくありたき事なり

7

○此国のことくおほきなる弓をもちゆる所ほかになけれは韓国の夷と
いへるはもと此国をさしたるにや大連少連といへるも此国の人な
るへし孔子の九夷にをらまくおもひ給ふもこの国に孝順の俗ある
こと明ときゝつたへ給へるにやとある人のかたりき唐土の外なる
国とも狄といひ羌といひ蛮といへるきたみなみにしともにけも
のむしのつきたるもしなれとひかしの国は仁にしてい
のちなかきゆへさはなき也ともろこし人のいへることはあり唐土
代〻の記録をもけみしまたからのふしきをもしたしく見るに
けにもおもふこと多しされと仁といへるも其道を得されは
まことの仁にあらすいのちなかきも其人〳〵の心にこそよるへけれ
ありかたき国にむまれたる人は其道をつくして唐土人のこと
はうそならぬやうにすへきにや

8

○此国は人の心すなほにして夏商の風にちかし聖賢をして今

の世にあらしめはおほかたは忠質のあいたをもてをしへとし事〻周家の文章にはしたかひ給ふまし昔王政のさかんなりしときおほやけの官職紀礼をはしめ唐土をのりとせられしかと衰季のしかたもましりたれは此国の風俗にもあらす三代の道にもちかひたる事すくなしとはいひかたし世のふみこのめる人やゝもすれは唐土の事をひきて古今のことなる事ありて風俗の同しからぬといふる事に心すきなきはいとうらめし

　自註三月の服は夏后氏の礼にして同姓不相要は周礼のみしかりといへりひとつをあけて其他をしるへし

9

○唐土代〻の風儀を見るに感の時まてはいにしへの近き故にやさはなかりしかと次第にものこと心つけすこしいすれにしたりともとおもふ事とやかく議論して無事を有事となし小事を大事となしおほやうならぬとおほゆること多しひとことをあけていはゝ御製の詩を其一代のうちに群下の詩とおなしくえらひいたし一部の書として世におこなふ事等此国代〻の撰集のことくしまたはほうしおうなゝといへるものゝなかに書つらねわかおきふしするところにかけおかはなれけかすといひ又は不敬といひて唐土にて

はつみをかうふるなるへしこれは其ことわりさることなれと外の事におしうつりものことかくありては典のあみ《網》きひしくわか豊あし原のゆたかにしてありかたき風儀にはおよふましことの
10 わかちもなくひとすしにかれをまなひてこれをいとふへきにしもあらすめい〳〵そのときよのいきほひなれはまたこれをおしてかれをつみすへきにしもあらす文のついへは小人以僿なりといへることはおもしろしと覚ゆ

　自註文のついへ太史公曰文之弊小人以僿注文者尊卑之
　差也僿無悃誠也白虎通作薄

○ひしりの風義にもせはしと見ゆるもありまたうや〳〵しからぬと見ゆるもありとそ唐土漢よりのちの風儀はせわしなといふへきにや

○ある人唐土の風義をしたひわかほねを金山寺のかたはらにはうふれと遺言しけるといへりせめて三代の時ならはこそ

○今の世にも遣唐使もかなといへる人あるに菅相公の見給へるこそ
11 いみしきことわりなりとおもひ給ふへし日出処天子または東天皇なとし給ひてはもとより彼国とりあくへきにもあらす須美羅

弥古都とし給ひなはいかにも其つかひをもいれ書をもこたへさふらふへけれとつかひを接するの礼儀をはしめ書中のいすれも外の蕃王をまつの式にちかひあるまし曲江集なとよみてしるへきなれは遣唐の御使なきにはしかしとある人のいひき
○わか国の人高麗のつかひの下に就さりし事を威光のことくおほへて漢の匈奴をまつの礼にもちかひ規模ならぬといへるに心すきなきもおかし
○唐土は世界のなかにても仁義礼楽のおこりたる聖人のくになれは中国といへるもことわりなりといへるもありまた其国より見れはいすれか中国ならさるやといへるありから人も其国をあかめて

12

ゑひすにはあらすといへる心にても華ととなへもしもゑひす也といへは心よからす覚ゆと見へたり国〳〵のことはものかたりせしおりふし東西南北ともにことはのしたひいすれも体をさきとし用を後としさふらふに十五省のことはゝかりに用を先とし体をのちとすることふしきなれ其国のことはも北虜西蛮族西域に違なと侍るなりといひしに韓時中といへるから人されはこそわかから国も夷の字まぬかれかたくさふらと答へき
○世の中はあひもちなりといやしきことわさにいへるまことに道にか

なへることはなるへし都ありていなかなけれは其国たちかたきか
ことく中国ありても夷狄なけれは生育の道あまねからす薬材
器用をはしめ大事小事ともにたかひにたすくる事おほし

13

国のたふときといやしきとか君子小人の多きことすくなき
と風俗のよしあしとにこそよるへき中国に生れたりとて
ほこるへきにもあらすまた夷狄に生れたりとてはすへきにし
もあらす愚なる人はいなかふとのいなかふとなりと人のいへるを聞
てはしの、しるかことく何のゆへもなく其国を中国なりと
いはんとすさることにはあるまし
○あしきとおもひし事も世の中にいかほともか、る事ありときけは
悪をにくむの心したひにうすくなりよきことなりとおもひし
事も世の中にしかする人はまれなりときけは善をことむの心し
たひにうすくなる是はよもきのあさならぬいやしきむまれつき
よりおこりたる也と世の中の風俗そうへなきものと覚れ

14

○さくらはいのちみしかしいかなれはかくあるやらんといひしにはなの
おほきゆへにこそ松ひの木にはおよはすあめつちのことわりまことに

15

ありかたくおほゆ国も家も繁華なりといへるはひさしから
すとしるへき事にやとこたふ
○文かくとき闕字すること此国の昔はもろこしのことくにはせさ
りきとある公達のかたりゐひしとそされとおほまつりこそ
し給ふ御身のある大徳のありさまをきあかゝねの碑にちり
はめられしを見れは大元帥といへるに闕字し給ふやすからす
おほゆとある人のいひし
○此国は災異を見ておそるゝことすくなしされと祥瑞をも
てへつらひ之助けとすることもまたすくなし元日に日食
あれはもゝつかさに命してしをき《政治》のよしあし《得失》をいはしむ事と
あなかち言をもとむるのまことあるにもあらねと後の世にては
ひとつの儀式のやうになれり告朔のひつしにおなしく唐土にては
すてさるそよき此国にて其まねしまねのまねするにはおよふまし
○もろ人会議する時此事いかゝおもひ給ふやとゝへはかみをはゝかり
かたへを見あはせとやかくするうちにわれはかくこそおもひ侍るな
れとかしらたちたる人いひいたせはおほかたはおほせさる事なりと
のみいひてしりそくもの也ちゐある人もふときゝてはさして

おもひよりも侍らすといふへき外やあるへきこれは会議に似たれと其実は会議にあらす唐土をまなひてめひ〳〵其おもひよりを書つけてたてまつるやうにありたき事なり

16 ○よの中の乱んとする時は必所〻に盗賊おこる事あり盗賊といへるは常のぬす人にはあらす百姓の年貢運上年〻におもくなりかみにうつたえんとすれはとかをかうふり其まゝにてありなんとすれは妻子をはこくむへきやうなきよりやむことをえす徒党をむすひ乱をおこすにいたれりそれよりしてはさま〳〵の変故いてきたり大藩小藩おもひ〳〵の心になりおほみたれとはなるなり脾胃そこねたる人の百病きそひおこりて死するかことしおそるへきの甚しきなりしかるに年貢運上のおもくなるもとをいへはかみたる人のおこるによれり凡おこりといへるは花美栄耀をこのむはかりをはいはす其分限に応しいるをはかりていたす事をなるのまつりことなきより大家小家ともに常に
17 さたまりたる年貢運上のみにてはつくなふへき道なく民をしへたくるにいたれり国をたつるのはしめおほくはものこと

18

質素にしてさたまりたる年貢運上にて経費にあまりありて自然と仁恵のまつりことおこなはれかみゆたかにしもやすくめてたき世のありさまなれと一葉すき二葉すきいそしたちもゝとせたちたるのちはいつとなくものことおもくけつこうになりおほへす分限の外にいてしもをしへたくるにいたれりひとことをあけていはゝ器物にはしめは素器を用ひたるにいつとはなく漆器になりまたいつとなく彩画を加へまたいつとなく金銀にてよそほふにいたる衣服とてもはしめは木綿を着いつとなくつむきになりまたいつとなくそれよりしてはとんすくんちうなと

いへるもろこしのものをたつとひまたは羅紗猩〻緋なといへる蛮国の品を用るにいたれりかゝるたくひひとことならねはいかてかいるものゝかすいするものゝかすをつくのはんや其あいたにはおこりを禁するこそまつりことかなめなれとしれる明君賢相なきにしもあらねとおほかたは小事小物にのみ心を用ひ大事大物のいつとなく分限にこえたるといふに心つきなけれは過乱をすくへる益とはなりかたし

○いつの時にかありけん材木のついえをいとひのりものゝほうほ

そまりし時昔はさゝら竹に硫黄をつけこれをつけたけといひ
しに今の世ひの木えもちゆるはいかゝなりとこさかしき人のいへる
によりさらはとてつけたけにあらたまりけれとほとなくやみ

19

てけり小事に心をもちゆるもおかしまたはなしのみきゝて
いまた心見さる事をみたりにいひもちふるもうらめし
○あめつちとひとしくおひいてたるこかねしろかねあかゝねをみ
たりにほりいたしありてもよしなくてもすむといへることくに
のものにかへて五行の気を損し奢侈のみなもとを長する
よりまことのおしむへきとはいふへきくろかねは此国の産する所
万国にすくれたれとあたに兵をかすにおなしとてむかしより
これを禁せり是もよろす世のため農器のと[ほ]しからん事
をおそるゝなといはゝさもあるへし其国道なけれはたけを
きりたるはた木をけすりたるなとにてさしもいみしき百ニ
のせきも平地となれるといへは兵器にはよるましされとわたらぬ

20

そめてたき
○南蛮よりきたれるくろかねにて刃をつくり人〳〵のもてはやせ

21

るを見れは北国のくろかねのみすくれたるともいひかたし
からのくろかねも此国にはまされりといへりかねすくなくして吹煉の
ついへにあたらさるを山する人のことはにはわかしといふなり

自註胡居仁曰金人不㆘以㆓布帛㆒ヲ換㆗金銀㆖ニ是他有㆓見識㆒

○唐土には金銀すくなく此国には多しといへる人ありしにある人のいへるにはあらす此国は金銀をおしむ心なくみたりに山よりほりいたせはこそ多くは見ゆれ天地の物を生し給ふおほかたはすてる事もなくまたはたらさる事もなし此国のみ金気あまりありといへることはりやあるへき唐土は金銀のあたひ貴く此国はさなきにて

金銀のすくなき事しれたるにあらすやといへるにまたある人のいへるはさにはあらす唐土の金銀あらゆるかすをいはゝ此国には幾万億といふほとなるへけれとこれをもちふる人おほき故にこそ其の価貴くすくなく見ゆる也此国はあらゆるかす其のすくなき事また唐土にははるかにちかひたれと是をもちふる人またすくなき故価いやしくおほしと見ゆたとへは奥すし某《ソコ》といへるあたりはこめ多し其価やすしといへるかことし米の他より生すること一段《反》にはいかほとゝいへるかすよそに違て多きにはあらすふねのたよりあいく他国へうりいはすに

は勝手よろしからすおほかた其国のみにてこれを用ひ其用る人すくなきゆへ価か貴からすよそよりは多きと見ゆ某かくいへるは唐土をまされりとし此国をおとれりとせんといへるにはあらす世の人この

22

国は金銀多しとのみ心得其実をしらさる故におもきたからをみたりにほりいたし或はみたりについ《ママ》やし或は他国におくりて此国のゆく／＼わさはひとなるをかへり見さるかなしさの餘りかくはいへるなりとこたへしとそ

○此国は糸すくなけれは唐土よりきたりうれる人ならは衣服ゆたかならしといひし人ありしにある人のいへるは此国の糸もとよりすくなきなるへけれとかいこもくはもみな三する処なれは昔の王后をはしめ親蚕の礼をおこなひ給ふことくしもは士大夫の妻までも其やしき／＼にくわの木をしたてわれさきにとこかいするの風俗となりなは糸のすくなき事やあるへき今も糸こしらへいたせる村里なきにしもあらねともろこしよりきたれる糸多し

23

しかも其価いやしき故ほねをりこしらへてもうる所の利すくなし人／＼其益不益をかんかへかひこかふにはおよはさる也この、□□《本ノママ、》後

24

世の事をふかくおもふ人かみにたち給はゝ唐土よりきたれる糸を
禁し家ゝに桑をしたてかひこやしなふことをおしへ給ふ
なるへしといへりとそ
○唐船を禁し給はゝ薬材はいかゝすへきやといひし人ありしにある人
のいへるはそれこそいとやすきことにさふらへ買薬の司をたて白銀
のかすをさため唐土にいたり薬材のみ調へ来たり薬店にうり
はらへと下知し給はゝ何のかたき事や有へき渡唐を禁し給ふは
邪教の恐れある故ときゝ侍るといひしにそれはなを〳〵やすき
事なれはこれをふせくの道いかほともあるへししかし薬材のみ
調へ来れとはしめは下知し給ふとも後〳〵には其法みたれ外の
物も調へ来りかみおこり下わたくしゝ罪人多くなり其これ〳〵
唐船のきたれるにはまされる事あるへし良法ありても良人
なけれは其わさわひすくひかたし世の中にはなけくへき事
のみ多しといへりとそ
○およそ法といへる物はかろきおもきをかんかへ其かろきをすておもき
をとりて一定の法とすされはよろつにつかへなきといふ法やあるへき
愚なる人のかろきつかへあるを見てかき法をすつるこそおしき

○むかしの公服は素襖《スヲフ》はかりなりしに其後今のかみしもといふもの
いてきひとへうらつけもちかたきぬなとしな〳〵ありてことわつら
わしく覚ゆうはきしたきなとほかに見ゆれはふるきあかつきたる
25 は用ひかたくおのつからとりつくろふに至れは其費もかきり有
まし昔の素襖にかへらんにはしかしといへる人ありしにまたある人のいへ
るはさにはあるまし衣服は身にたよりあるをよしとす素襖は身に
たよりあらさるものなりし故いつとなく其袖をきりすそをちゝ
めて今のかみしもとはなれるに今又昔の素襖にかへらはつけたけ
にひとしかるへしえりわきあきてなかきしたきの見ゆるさまて
おほいなるちかひなけれはついへをはふくとも何ほとの事かあらん
其うへ雨なとふりても人しか〳〵ともなきものはかさのしたあまりて
ぬれしほたれ遠道ゆくにもゝたちとりたる妨多かるへしといへり
○此国昔の衣服いつの時よりかかくはさたまりけん費なる事多し
人のせなかは陽にして陰をにくむ故にや甚た寒く覚ゆ此国
26 の常の衣服にてはまへの二重四重なるとき其寒きかたはひとへ
ふたへなり是は唐土の衣服もさあれとこと国の人のまへのとを

27

りをほたんにてしめうしろまへのかさねひとようにするもよろしきと覚ゆうはきなかしたきともにそてしたに綿いるゝ事寒気のふせきとなるにもあらぬにきぬわたのついへ無益なる事ならすや方よりさきひさふしよりしもはさまて寒からぬもの故かたよりさきにあたる所は手とほるまてにほそくし綿いるゝ事もなくすそは脛かきりにせは手をはたらかし道ゆくにもたよりあらんとおもふ背すちをぬひとほせる故こしにあたりたる所はやふれやすく道行にはあしにまとふ下部のものゝつまゝくりしたるありさま見よしとはいふまし腰よりしもはぬひあはせすもかなかゝることなと

其道しりたる人にくわしくたつねてまつ常の衣服をたよりよろしくつゐへなきやうにあらたむへきなり昔は上衣下裳といひてかみしもふたつなりしかとこれもたよりあらあしき故にや其後はひとつゝきになり此国の常の衣服もさあれか素襖かなとおもふ心をもてひとつゝきなるくひすまてとゝくうはきをあらたにこしらへえりはまるえりにし袖は手さきかくるゝまてにして是を此国の礼服ときはめ五月より八月まては路紗さよみぬの九月より四月まては段子類きぬつむきもめんいつれもひとへにしたて其分限座して

着し今のはかまは夏はひとへ冬は綿入にしてこしをのけわきをぬひあわせ二便のつかへなくはたにつけきるやうにせは常の服ははきかきりなりしもはかまには綿入うはきはくひすにと、けは寒きをふせくに

28 あまりあるへしかやうになと衣服あらたまりなはしたきはさまてとりつくろふもおはすついゐをはふくへきにやとある人のかたりきされとたやすき事にはあらし

自註衣服之制果シテ能如レ此毎ニ二一件一省レク帛ヲ不レ下数尺一ニ綿亦称レ此挙テ二域内一ソ而算レセリ之則為ル不レ幟ト矣

○衣服改制のおほせあらは唐土人のまねさせ給ふなと批判する人おほかるへしされとおほやけの冠服も其はしめ此国にはなかりき服のこしらへある人のいへるは其大概なり委せんとならは此国の道服をはしめこと国の服まてみな〳〵あつめ其うちにてたよりよろしき礼服使服道尊卑上下をわかちあらたにこしらへてこそ永久不易の服とはなるへけれまことやすき事にはあらす

29 ○ある大名のやしきを東むきにたてられしに年月のたつにしたかひ南むきこそよからんといへる人したひに多くなり其後火災にあひ

て南むきになりけるにもとの東むきこそはかりしにといへる人またしたひにおほくなり是も火災にあひてけれはまた東むきになりたり此頃聞にもとの南むきかなといへる人多しといふまた年月たちて火災あらはもとの南むきとなるへし又よき事もかなとおもふよりしてこゝにありてはかしこにゆかんことを思ひこれをなしては彼をせん事をおもひて心さはかしくはなれされと心にたるとおもへるよき事はいつとてもあるましよしあしをわすれて分をやすんせむにしかし

○山科のかたはらにたわさ《畑業》するおやこありしに道ゆく人かねのいりたる

30

袋をおとしをけるを其子たかきをかにかけあかりよひてかへさんとす何事そとゝふしか〳〵とこたふおとすもひろふも世のならひなるにいらさる事にかまひてわかたわさをすつるそといひけるとなん此人は荷蕢丈人のたくひなるへし

○堺に仁徳帝の御陵をはしめ諸帝のみさゝき今ものこりてこれをのそむにおほやまのことし

○いにしへをこのみてちからある人は周の法にしたかひ族葬すへき事なり方孝儒の文集に其わけ委くいへり尤なると覚へ侍

りき此国にも遠くおもひはかりたる人は国をたつるのはしめ
村里へたゝりたるつかえなき所にてらをつくれるもある人をはうふる
所をいちまちのうちにかまへかきりあるは年へたる後にはふるき
31 はかをあはきてあたらしきから《骸》をうつむまことにいたましといふへし
○此国には諫官もなく大目付なといへるは御史の職にあたれと弾劾の
式唐土にはちかひたるといふ人ありしを此国は今までのとほりこそと
ある道しれる人いはれしとそこれはいさめなくてもよろしといふ
事にもあらすまたもゝつかたゝさのよしあしはたゝすにおよはすといふに
もあるまし国〻の勢ひを見てふかくおもひたることはならんしる人そ
しるへき唐土にもいにしへは諫官なしといへり
○漢の薛広徳か船はあやうくさふらふにはしよりしたまはすはみくる
まをちにてけかさんといさめしをうみにもあやぬここようなるかはか
せに船にのり給はゝ御遊ともなりなんにあまりけうとく覚ゆ
白麻をさかんといへるほとの人なゝとせまてなにのいさめもなか
32 りたりたふときと明儒の論せりおもしろくおほゆされと宋
儒は薛広徳をよしとし陽城をつくさすと論せり是もまたお

33

もしろし

◯其子のあしきをかなしみ朝夕せつかんせし有しにある人のいへるは其御みのわかきときはものこと御おやのおほせのまゝに有しやととへるにしはし有てさはなくさふらひきと答ふされはこそいやしきことわさにも年こそくすりなれと申侍れは年たけ給ふ後にはきつかひおほしめすほとにはあるましといひて其子なりし人をかたへにまねきこのほと道ゆく人のことはあらそひして年たけたるものを打たゝきなとしたるはなし聞給ふやといひしにいかにもやすからす覚へ侍りと答ふよその親なれと年たけたるものゝうしとおもふさまはやすからぬ御事なるにしたしき御おやのあやしけなるといひしにはちかほして何のことはもなし其後はおや子のなかむつましくなりたるとかたれる人あり

◯あるやんことなき御かたのくすりあそはせしおりふしまいりかゝれる等これは唐土人の伝へし無価のたからといへる薬にてまくはえのかすかさなりてもなを〱めてたきなるとのたまひしまゝ薬は五臓をしてたひらかなり《ら》さらしむと聞伝侍れは御いたみ所もなきにいかゝやと申せし等ほとなく御目ひしきたりひけり

○くすしは其しりたるほとはされはよしこれはあし丶と人におもてを
やふりてもいふゆへきなれとさあるくすしはまれなるこそうらめしけれ
○世のなかはかしこきをもてかしこきをあさむくもありまた愚なる
34 をもてかしこきをあさむくもありかしこきをあさむくまて
はなれと愚なるふりしてかしこきをあさむくこそ限りなう
おそろしけれ
○某はかきとき武蔵に在しに其頃まては人参をもちふるも《く》
すし甚まれなりもしも人参を用るくすしあれは下手也
といへり世の人人参の巧あることをしらすと杉某といへるくすし
常にうれへしとてかたりき其のち李士材蕭万輿なといへるも
の丶方書世におこなはれけふこの頃にいたりてはかろき病にも人参
を用ひさる薬しはすくなしもしも人参を用ひさるくすし
あれは下手なりといへりさるころまた武蔵にゆき杉某にあひし
に世の人人参の害ある事をしらすとかたりて其事のみうれふ
35 徐景山か通介なりとほめけりさたまりたる見識ありて世のはやり
にしたかはさるこそたうとけれ

36

○乳のみ子の痴気女の血のみちにはくすしの方書を考てもれる薬よりは世の人の家伝といひてとりはせする薬そよけれといふ人ありさる事にや

○から人の物かたりに毒蛇のかみたる所はさうそく竹のつゝにてつよくおしつけ毒気の筒のうちにはれあかれるを利刀とてきりのそけはいたみもなくかははかりきれていゆるといへり

○からのくすしを見るに人ことたへなるといふにはあらすつたなきも多しされと脈をしり薬をもちふる事此国のくすしにはちかひくはしきやうに覚ゆ病により薬ひといろにてしるしをうる事あり是を此国のくすしは単方なりといひてわらへと許胤宗かことはを見れはさにはあるまし

自註許胤宗曰古之上医病与薬値唯用二テ一物一ヲ攻レ之ヲ今人以レ情度レ難多二其物一ヲ以幸レ有レンコトヲ功譬猟不レ知兎ヲ広絡二テ原野一冀二一人之獲一ンコトヲ術疎矣

○ある人其子を都にやりくすしさせしにけるものゝあしくいかゝなりと消息せしまゝ其事をいひてなけきしに法印なりし天台のひしりのいへるは唐土も此国も薬しの衣服をかされる風儀はからすしておなしきこそふしきなれ仏も荘厳よろしからねは

庸俗の人はたうとみおもふ事うすきことはりとおなし事なる
へしされと外のかさりより内のかさりなるにや某都にありし時
やとのあるしなるものゝかたりしは何の某は豊後の人に[て]はしめて
37 京にきしよりときともなふ人もなくやふれかさかけ木履いとそう
〳〵しかりけるか人からのおとなしきをたうとくおほへ諸人した
ひしまゝ今は世に名をかそふる人のうちとなれりと語りけれは言
忠信行篤敬といへるこそほかのかさりにはまさるへけれそなたの御子
なりし人もひと〳〵よしとこそいへあしといふはなけれはのちには時
をえ給ふなるへしといへるとそありかたきことはにや
38 ○むかしより秦の始皇の事を論して遠くおもひはかるものを妖言
とし直言するもの誹謗とすといへりかくありては其国いか
てかほろひさらむされとかゝる事をもしのうへにて見れはめつら
しき事のやうに覚え侍れと世の愚なるものは今もしかなり人
の家にはいきしに病苦又は水火のうれへなと必ある事あれはあら
かしめそなへなくてはかなはぬ事なりといへはいはふかとには福きた
るところいへ目にも見えぬいま〳〵しき事なのたまひそとて女童の

39

はらたてゝのゝしるは遠く思ひはかるものを妖言とする也またかゝる身もちにては道にもあたらす人もおもはくもいかゝといへはわるくちいひて人をはつかしめ給ふといひなきかなしむにいたれりこれは直言するものを誹謗とするなりいたましき事なり

○おもへはのろふ《呪詛》といへるはいやしきことわさなれとおもしろきとはにや人主をして此意をしらしめは誹謗妖言なりとて忠直の人をそこなひ給ふ事はあるまし

○舜水といへる人明のするゑに其国のほろふるをかなしみ恢復のこゝろさしありて此国にきたれるを水戸にまねき師伝のくらゐをもてまち給ふに唐土にては昔の封建の世まされるかといふもありまたはすえ《ママ》の世の郡県こそまされりといへるもありて其説さま〳〵なれと此国にきたりはしめて封県の世に風儀といへるものをたしく見てまことに三代のひしりのゝりこそありかたく覚ゆれとかたられしとそ柳子厚か封建論に封県は聖人のこゝろにあらすいきほひなりといへる聖人のこゝろにあらすといへるはうたかはしけれと勢なりといへるにはさもあるへし郡県の世を封建にし封建の世を郡県にする事聖智の君ありてもたやすくはなる

ましければいきほひにまかせらるへき外はあるまし此国も郡県なりしときもありしにいつとなくひしりののりにかなへる封建の御代となりかみしも其分をやすんしめてたゝすめるこそまことにいみ

40 しけれされはものこと聖のをしへにしたかひ給ひ人のこゝろのそこねさる御まつりことおこなはれは周家の八百はかそふるにたるへきやと覚へ侍るなりと心ある人のかたりき

芸窓筆記論二封建一ヲ云封建郡県孰優孰劣古今儒家議論紛紜タリ余雖二庸劣一ト二百四十年間春秋一千三百六十二年間綱目略窺二其顚末一ヲ間嘗以為郡県不レ知二封建一既而屢遊二朝鮮一ニ観二其郡県之俗一ヲ亦以為郡県不知二封建一然則彼其以二郡県一為レ優者乃古今儒家経遠之慮未審而析レ圭担レ爵蹡々蹌々上下安レ分共躋二ル太平一ヲ以為唯有二我国一物有二固然一事有二必至一益郡県之世者天下ノ人心奔競是務賄略盛行讒毀併興雖レ有二善者一雖二以為一レ防而已矣或間賂行焉讒毀興焉何独郡県曰均之利也商者之遑々酷二於工者之役々一タルヨリ

41 勢使然也

○から国のおもきつかさする人おほせひとかにあひし折ふし朴

42

射夫といへるおきなひそかにかたりしはわか国は郡県の世にてしもなるものかみにすゝみやすきまゝに自然とさかしらこともおほくまたはまひなひもをこなはれてあしたにはさかえ夕にはおとろへ世の中しつかならすさふらふ其御国のみな人其分さたまりたることそうらやましとはおほゆれといへりこれはふかきことなりよくおもふ人はしるへし

○周の赧王の避責のうてなをまうけ給ひしはさもあるへし此国のかんつかたはつたへし其国〳〵のひろき昔に同しく租税のいりもかはりなきに債をはたるもの其かとにむしろしきまたはみこしにすかるもたまさかにはありといふひとはおつるを見てあめかしたのあきなることをしるといへはこのゝちやすからすおほゆとある人のかたりき

○狂歌といへるもののいつのときよりかはしまりけんあるたふとき人のあまたあつまり給ひしとき狂歌よくするといへるもの伺候しけるまゝ借債のうたよめとありしによめるとなん　もとよりも
かりの世なれはかるもよしゆめの世なれはねるもまたよし
此うたを見るに人の心ありとはんや

○むかしは徳政といへる事しは〳〵ありしとかたれるを世の中かくなり

ては乱をさると遠からすとしり給へとある道しれる人のいひしとそ
○あるものしりたる人のあまたあつまりて昔物語するを聞しに
けにもとおもひ侍るかみ《上》おこり《奢》しも《下》たなひ《怵》たる国のたみとも

43 年貢運上のおもきにたえかねかしらたちたる者なと其つ
かさ所にまうてしとやかに其くるしみうつたへかみのあはれみを
もとむるを哀訴といひあるはひとむらふたむらまたはひとこ
ほりふたこほりもろ人いひあはせ国のかみこと〻る人の家にお
しいりくち〳〵にうつたへせひにとくるひの〻しるを要訴と云さ
れは民の哀訴するは乱のはしめなれとこれは人のふとやまひつき
たるかことしおとろきおそれていま〻てのしかたあしきをくやみまた
よきくすしもありて其病を療せはあとは何事かあるへき民の
くるしみ甚しくせんかたもなく要訴するにいたりては下のうらみは
ます〳〵ふかくなれとかみたる人はかへりてにくむ心のみいてはし
めは世のひはんなとおそれことなかれかしとしつめなとしなたむる

44 もあれとたひかさなるにおよひてはかしらたちたる者とかにおこ
なひきひしくいましめてこそとちゐなき人のちゐかましくいひ

45

なすを愚なる人はけにもとおもひい刑罰をもておさめむとすこれはおきなふへき病を下手なる薬師にさうたんして猛薬をのみ元気をうつにおなしまつりとの道かくなりては乱をさること遠からさるものそかしされとおもき病ありて下手なる薬師の薬のみてもあしたにのみて夕に死するはまれなるかことく乱のはしめと思ふよりして世の中みたる、といふまてははるか年月をふるものなる故ちゐある人の後をうれへてはやかくいふをはうとましき事におもふもあり又かたはらいたくおもふもありてさることやあるへきと月日を暮し行うちにほとなうふた、ひとりかへされぬ世の中とはなるなり身もちあしき人のつゐにはおもひよらさる病つきてわか死するかことし古の文とも見るにいつの世とてもかくあるそかなしきおほやけのあまたくみともにし給ふかた〳〵はか、る事をこそよそにはおもひ給ふましきなるにと昔の事を今のやうに覚へそ、ろになみたくみてかたりしま、後の世のいましめにもやとしるし侍り

　自註あまたくみともにする共二スル天工一ヲ也国の補佐たる人をいへり

　書経に天工人其ル代レル之

○貨は国のもと財は国のいのちなる故に平天下の章に財をなすとを

とき給へり国家をたもつ人此道しらてやあるへきものよみする
人仁義礼楽の事は文にもあらはしことはにもいへと財用の事
いふはすくなしこれは人のすきこのみていへることなれはこれいはす

46
ともとおもひ義をさきとし利を後として人にゆつるもあるへけれ
とたかきもいやしきもたからなくして何事をかなすへき許魯斎の
学者生きをおさむろをもてさきとすといへるそしるへきにはあらす
されと財をなすといへるか其つかひをほとよくするをこそいへしもを
そんしてかみをまし人をやせしめて己をこやすにはあらす
　自註たからは漢書曰貨者国之本也唐書曰財者国之命也賈誼
　曰積貯者天下之大命也しもを損下而益レ上瘠レ人以肥レ己窃之道也
○千里の馬をしりそけ雉頭裘をやき宮女三千人いたせるたくひを
見て上の御身より倹約をおこなひ給ふこそまことの費をはふくと
いふへきされと其御心つきあるはすくなくしもたる者ははゝかりていはす
倹約の名のみありて其実なけれは国をたもつの益とはなりかたし

47
○唐土人のものかたりにある人ともたちかたらひて山のふもとをとをりし
此山にとらありて人をくらふ此とらを殺したるものあらは十

48

万貫を給ふへしとたかふた《榜文》たちたるを見ておほひによろこひうてまくりなとし其まゝかけあからんとするをかたへの人ひきとゝめ命はおしからすやといへはたからたにもちたらは命はなにか惜からんこ答しとかたりき愚なる人の志まことにおかしき事なれとたからあつめするもの、人のうらみそしりをもかへり見すさかりていれはまたさかりていつるものいかほともいてきつゐに其身もあやうくなり家もほろふるにいたれるなにか此物かたりにことならん漢のみかとの西園の礼銭をたくはへて人の心日ゝにはなれ火徳のきゆるをおほへ給ひて董卓か郿塢のこめをあつめてほそのうへに火ともす事をしらさるまことにいたましいふへしかゝる故にこそたからあつまるときは民散すとはのたまひける

○たからさかつていれはさかつていつといふ事をとひしにかみたる人しもをしへたけなとしゆへなきたからをあつめ給へはあめつちもたひらかならすおほ水日てりなとしておもひよらさる事に費多くなりまたはこゝかしこさはきたちこれをしつめんとするにかきりなきいくさのついえいてきくらに積たるものいつとなくうせゆくものなりとるましきものをとるもさかふといひあるましきわさは

ひあるもさかふといへるなりとある道しりたる人の答へけるに其
たくひは下さまにもまのあたりあることにこそさふらへいやしき
あき人なとおほやけのその事する人といひあはせひとつの物を
49 ふたつといひおろそかなるものをくはしといひかみをあさむき
おほくのたからをまうけなとするものは必酒のみ色このみして
あしたにえたるたからは暮にはうしなふにいたれりこれもさかふて
いれはさかふていつるにてさふらふとあるとしはへなる人のいひ
しけにもとおもひ侍る
○世の中ほとおもふやうならぬものはあらしたからは国の命たる事を
しらさる人はみたりにつかひすて丶代のたからをもうしなひまたたから
は国のもとたることをしれる人はやふさかにしてたからさへあらはと
おもひて世のありさまのあしくなりゆくをしらすとある人のかなしみ
てかたりき
○此国には記録すくなしおほよそ記録といふは治乱興亡のあとよろつ
50 世までの勧戒となるをこそたうとめいらさるいくさ物
かたりのみかきさらしたるまことにかみのついへとやいふへき唐

土の事をひかんよりは此国のなにかしかゝるよき事ありきまた某かたるよきをこなひありきなにかし〳〵はさなくて家やふれ国ほろひたるなといはゝ人の心を感すること唐土のものかたりするにははるかまさるへきに記録のなきこそおしく侍れ唐土にても記録をつくるには才学識の三長なけれはといへりたやすき事にあらす

○いつれの国にも日帳日記なといひてかきしるしおく事あり年をつみて見れはうしにあせしむなきにみつるほとなれとおほかたはくもりはれたりなといへるたくひのことのみ書て政

51

務人事にあつかりたる議論号令まてくはしくかきたるはまれなりうたかはしき事あれは年はへなる人こそとてとふて決する事多しそれも五六十年にはすきし記録さへたしかならは幾百年ともなきなかいきしたる人を左右におけるにおなしかるへしされは此国のちゑ唐学およはさるひとつは記録のとほしき故にや

○世の中ほとあやしくおかしきものはあらし唐土人の記録をくはしくするはまことにいみしき事なれと記録をかんかへてけや

けき悪事をなし此国より見れはふしきなりとおもふ其君其臣いかほともあれはか丶るときは記録なきこそましならめとおもふなるへし

52 自註漢儒の経学をもて吏術をかさるをはしめ国をうはふの賊尭舜湯武をもて証拠とする類ひの事をいへり

53 たはれ草中

塞翁かむまのたとへは得といへるうちに失ふ事あり失といへるうちに得ことあれはうるをよろこひとするにたらす失をうれへとするにたらさることをいへり善悪といへるもそれにひとしく秦の長城をきつけるは悪政の第一なれと万世のふせきとなるをみれはあしきうちによき事あり参蓍ほとなる良薬はなけれとおきなふましきやまひ補ひ人の命をあやまるはよきうちにあしき事あるなり忠といひ孝といへるほとたうとき徳はなけれと鬻峯《ママ》か兵をもていさめ郭巨か子をうつまんとせしは忠孝のうちにあしき事あるなりものことかくとしりて能いましめつ丶しむは聖の教ものことかくと知りてなりすきにするは道家の教なるへし

54

○世のみたれたる時は勇猛なる人こそたからなれとおほゆわたくし
のうらみを以て人を殺し其所をたちのきなとするは寔におほ
ひなるつみと《人》かなれと是はこゝろみの人なりといひていつれの国
にもかくまひおかすといふ事なし某いとけなき時まては乱後の
余風のそきやらすかゝる事たまさかにはありし父母のあたにはとも
に天下をともにせすといへるも周の季世よのなか乱国となり此国の
号令かの国におよはす亡をいれ叛をまねくの風儀はやりたる時の
事なるへし今の時寔に八しまのほかまてなひかぬ草木もなくめてた
き一統の御代なれは人の親を殺せし者あらはいかにもして尋出し
其罪をたゝし給ふへきに其子にまかせをかれ生骸の権をしも
にかし給ふはいかなる故にや

55

○ぬしを殺せるやつこあれは科なき親兄まて罪にをこなは
るとはいたまし
○年みたすして死したるはひとかかと功有し人のあともなくなり
其しもなる者の父母妻子ひきつれなきかなしみ流身する
有さまいたましといふへし
○喧嘩両成敗といふ事昏墨賊は殺すといへる春秋伝のおもむきにて

当然なりといふ事明らかなるにや
○おほやけのたからものあつかり私するはその罪賊人におなし贓吏は
棄市すといへる宋祖の法にかなへり
○姦夫淫婦死刑にをこなはるゝは此国の法まされりといふへし凡乱国
には重典をもちひ治国には軽典をもちふといへる事もあれは法を
もちゆる事は時代と国の勢とをかんかへ斟酌するをよしとす
○此国に律の書をこなはれさるを闕典なりといへる人多しされと鄧析
か竹刑をつくり子産か刑書を鋳たるをいなゝりといへるを見れは
律の書なきもまされるにや此こゝろは唐の刑法志にも論せり
○服忌令は唐土の喪制になそらへ五服の親をこと〳〵くかきあらはし父母
の喪は旧令にしたかひ其外は日を以て月にかへよとあらは人〳〵恩義
の軽重を知り教のたすけならんといへる人ありけにと思へり
○世の中に酒さかなとゝのへもてなすといふ事さま〳〵ある中に鬼神の為
にするはまつりといひいきたる人の為にするをおもきはふるまひと
いひ軽きはよりあひといひまたは家人集めはなつきにめてなとする
はなくさみといふ其もてなしするに音楽といふ者なくはいかてか

57

悦ひをたすくへきたれはしむるともなく聖王おこり給はぬ
昔よりいつれの国にも其国々の音楽あるなり唐土から
てんちくおらんたるすんなといへる国まで皆其国々の音楽
あるを見て自然のことわりなるをするへし

自註此言楽之所由起也

○虞夏商周いつれも聖の御代なれと其楽のおなしからさるは
時代の違あれは也もし聖人をして此国に生れしめは此国の
ときよをかんかへ楽をつくり給ふへけれはまた一様にはあるまし
虞の楽夏にもちふへからす夏の楽商にもちふへからす商の
楽周にもちふへからさるを見てもろこしからの楽は此国に
もちゆへからさる事をしるへしことよの楽をいまにもちひ

58

こと国の楽を此国にもちひたらましかはくすしの一方を
もて百病を治せんとするにひとしく人の心を感して風
をうつし俗をかふるのたすけとはなるまし

自註此言ニ唐土ノ之楽不ルレヿヲ可レ用也

○伶人の伝へし楽はもろこしからの楽とは多く此国にてつくれ
るはすくなし其うち廟楽もあれとおほかたは俗楽にてしか

も声しかたはかり有てしやうかはなしふるきこと国の事此国に伝はりたるとから人迄もめてたく思ひふしきなることにはあれとをしへのそなへとはなりかたし音楽ほとたうときものはなしこなたの心おのつからしん《閑静》になり侍るとことこのみする人はいへと其国に相応したる寔の楽を聞ては心おもしろくいそ〳〵しくなるへきをしん《閑静》におほゆるは楽のまうけの本意にあらすこと国の声なれはなり

59

○此国の楽といへるは穠《ノウ》なるへし楽のたくひといふへきものさま〳〵あれと其声ことにたゝしからねはもちゆへきにしもあらす穠はほやけのふるまひよりしも〳〵のなくさみまて幾世ともなくもてはやししかも其声いやしからすともいふへしこゑふし《音調節奏》は其ふるきにしたかひしやうかをこと〳〵くあらため此国のかくとさため聖人世におこりまことの楽をつくり給ふをまちなはをしへのたすけとはなるとも害はあらましされと其しやうかつくることたやすきにあらす唐土やまとのふるき文ともおほくよみいみしき才徳ありて人情事理に達ししかもやまと

60

ことはよくつくる人ならてはつくる事とも其益あるましかたしといふへし

61

○おさな子をそたつる道ははひまはる時よりむしろの上に置て心のまゝにはゝせあし《足》すてにたちたる時はこゝろしたひにはしりまはらせおさな子はしたきはかまをきぬにせすといへる教にしたかひきるものはうすきかたにしかせにもひにもあたりてそとかちにあそひくひ物はすくるこそはあしけれと大かたは其心にしたかひてこそ病もなくすこやかにおひたつへきに富貴の家にむまれしをさな子はかしつきもりなといへるものおひたゝしくつきそひ風ひき給ふへきや御はらそこねさせ給はんやまたは御けかなともやといひてやはらかなるものをいくへもきせ喰物ははかりにてかけなとしはひまはる時をはしめいたきすくめて御うちかちにすれはあしのはたらきもおのつからおそくうちやせほかもろく思ひよらさるやまひおこりてそたちかたきのみおほく薬しはいふにやおよふへきちはゝ《乳母》もりまたはかしつきまてかくはすましき事と思へるもあれともしは御いたみ有てはと其身の事のみ思ひていひもいたさすあるはおろかにしてかむつかたの御子はしも

さまとはちかひたると思ふもあり人の血気をもて生れいつる貴き賤き何事かかはる事あらんやふるきことはのこれをうつくしむはまさにわれをそこなふゆゑんなりといへるを思ひあはせて悲しくそ覚ゆる

○あるし年たけて子をもちし人めすらしさの余りに屛風ひきまはしよるひるとなくいたかせおきけるに折しも夏の事にて皆〳〵暑きに堪かねかはる〳〵していたきけるみそかあまりしてわうたんのことくやみて死けりおとなのたえかたきを見てをさな子はさそと思ふ心もなくうつくしむのそこなふなることをしらぬこそくちおしけれかゝる事またあるへきにもあらねと是に似たることは多しとそ

○ある村里のつかさせる人民をうつくしむの心ふかくいかにもしてと思ふあまりに古き文をもかんかへよその国のかくすれはよろしかくすれはあしゝといへることゝもとりあつめ是はかくせよあれはかくすなとたひ〳〵いひ教へけるに民ともこよなうくるしめりとそ下をしへたけおさまりものなと多からんやうにす

63

るはすえの世のあさましきならひなるにひたすらに民の事
のみ思ふは万のうちにひとりもあるかなきかといふほとなれは寔
にたうとくおほゆれと其道を得されはかへりて民の苦し
みとはなりたるにや郭橐駝といへるもの、樹をうゝることを
いひしとはけふもとおほへ侍り

自註孔子有二無郵ノ之謗一子産有二孰殺之誦一を見れは民難二典慮始一事
むかしよりしかなりよき人のする事はまつよき事ならむ
とおもひ其終を見すして得失を論すへからす此段のことは
是非あるへし

64

○いかほとちゑかしこき人もたわさの事はいくとせともなく其
事をてなれて父母妻子をやしなふものにはおよはさる事も
ありまたはいにしへ今のちかひも有り彼国のつちにはかくして
よろしけれと此国にてはさはなりかたしといふ事もある故に
こそ聖のことはにも老農老圃にとへとはいひ給ふらめある国
しろしめす御かたのはしめて国たまはりし時御国の民ともに
教へ給ふふみいかゝしたゝめ侍らんやとしたへの人の問奉りしにふ
しやうをかまへ農業をこたるへからす庄屋組頭のもうす事

違背すへからす右は百姓ゆへ百姓ともゆたんせさるやうに下知すへしわたくしすへからす右は庄屋ゆへとのみおほせ出され其外は年〳〵のたなつ物の豊凶を見て年貢を運上或はかろめ或はゆるし是はかりにてやみ給へるとかたれる人あり是もひとみちなるへし

65

○漢の世掌故文学といへる官をまうけられしは其時大臣をはしめ州県のつかさまておほかたは武功の臣にて不学の人多かりし故なりとおほゆ此国ものよみする人を国〳〵にめしおかるゝはいつまてもかくありたきことなり

○もろこし魏晋の頃より門地をたうとふといふことはしまり唐の世になりては専ら詩賦をもてひとをとりいつとなく浮華のならはしとなりし故武功をもてすゝめる人をは武夫悍卒なりといひていやしめけれと文臣のねしけかましきにははるかまされる人おほかりし李晟張廷賞《ママ》かことなとおもひあはせてしるへし漢の世は古をさること遠からす門地をたうとふといふことなくまた人をとるに詩賦するにもあらすすくれて

66

武功ありしうちよりひとからよろしといへるをゑらひ其位におかれしに人のよしあし世のいそかはしかたとき見たらんは勇不勇をしるのみならす才徳ともにあさやかなる故にやその心たしかにして大臣の風ありといはれし人すくなからす此国も世の中さたまりしのちは国〳〵のしをきする人おほかたは武功のすくれたる人または其子其むまこにて身のたしなみ有ていやしき事もなしかみしもおそれはゝかり其名世にあらはれたる人おほかりき漢のはしめに似たりといふへし世のおさまるにしたかひいつとなく魏晋よりしもつかたのやうにおほへさある人はあしたのほしにひとしくいまは世のためしとなる人なきにしめ《ママ》あらぬといへは此後いかゝあらんやとうれへ思へる人おほしとそ

67

芸窓筆記云或云某公以二創業元勲ヲ一儼ト〆処二鈞軸ノ之任ニ一処令謀画照二耀史冊ニ一唯其不学可謂二梗楠之微朽ナリト一矣曰漢初宰相操行気節可レト称二大臣之職ニ一者多出二於不学無術之武人ニ一如二曹参周勃申屠嘉周亜夫霍光カ一是也其他出二於文臣一者大約碌々ト〆無二阿レ歯者一独有二一公孫弘一文章才術非二他人比ニ一然曲学阿世徒足三以欺二愚俗ヲ一爾及二其衰一也所下以喔咿嚅唲保テレ寵固位欺二時君ヲ一以長二厲階一結二姦党一以煽二兇焔ヲ一遂

成中賊莽移レ鼎之謀上如二谷永杜欽張禹孔光之徒一者豈非二ヤ当時所謂頎儒一ニ也耶然則武人未二必可一レ訾而文臣未二必可一レ信蓋心術正則文采風雅雖レ有レ不レ術レ足自可以居二輔相之位一否則従足三以美二観聴一ヲ而已《ママ》矣其レ於二天下国家一復何益乎後世学者心術之不二修而徒唯文学之是務本根之不レメ究而唯繁文偽飾フ之是急ニメ幾下乎孟子ノ所謂放飯歠而問上レ無二キヲ

歯決一可レ慨也夫難江戡定以後上自二大藩一下連二テ候国一凡主二ル平政治一ニ者皆従斬レ将搴レ旗中一出然大抵朴実謹慎不二敢放縦而操行気節卓然不レ群者亦復不レ少蓋其心術正也及レ至二近世文教稍興人誦二詩書一ヲ然率皆非養レ望自高一則依阿取レ容比二諸昔時一未見二髣髴一蓋其文華勝而心術有所不足也郷里無二医薬一而病人寡都邑有二医薬一而病人多シ非二医薬之能害一レ人也酒色之人而特二乎医薬一所二以致一レ病也此言也可下以譬中諸心術不レ正而誦二詩書一ヲ其得ヿ二ヤ罪於名教一也愈益弘上矣由是観之人之学興《与》レ不レ学且非所論唯願下心術如何トモヿ与中所二以為一レ学之方如何上耳

○ある人の物語にいしすへうるほは、雨ふるとしるへしうたひものらんふなとはやる所は武備おろそかなると知へし酒色を好み達者なりとおほゆる人は若死するとしるへしもの

69

こと華麗なりといへる国は遠からすして衰微すへしと
しるへしみもちみたりなる人しをきするといはゝことある
ときは其国まつほろふとしるへしくちからきゝてこさか
しきものもてはやさるゝといはゝ其人たゝしからすと知
へし家に妬婦有といはゝ其夫ふらちなるとしるへし

○おしむへしとおもふ事いかほともあるなかに脾胃つよく
ほねふしたしかに生れつきたる人よくやしなひなはもゝ
とせもかたきには有ましきに酒色をほしいまゝにしてわか死
するそおしきむかれつき愚なれはわれ人のことくかしら
のゆきのきはむをかきりやすき心なくひかけをおしみても
何のなす事もなく其名ひとさともいてかたし世のかしこき

70

人はものことはかゆきかけ馬にむちうつやうなるにいたつら
ことにのみ心をはせつゐには草木とゝもにおなしくくち行そ
おしき世の中のいたましくかなしと思ふ事まつしといふ
より外や有へきちからなきものはいかほとおもひても心にまか
せかたしてまへよろしき人はいくへにも是を恵み人の為のみ
思ひつとめて仁慈をおこなひなは其風儀子孫までも伝り

めてたき家となるへきにさはなくして其身は人欲をもてたから集る事のみしり其子孫は人欲をもて貨すつることのみしりて長者三代なしといへることはにひとしくくらにつみたくはへたるものつゐにはおこりのたすけとなり失すたるこそおしけれ土地人民をたもち君といはれさせ給ふ御

71

かたはあめつち開し始めより其かすいかほと、かそふるほとにていきとしいけるもの、えかたきくらゐに居給ふ御身なれはよろしき御政ありて其名記録にも伝り千代よろつ代の後までもあかめたうとふやうにこそありたきに其御志あるはすくなくむなしく年月をおはり給ふそいとかなしき

○宋儒の学を明の人は迂腐なりとし道学の気又は頭巾の気なといひてあさけりたる事おほし堂にのほれる子路も夫子のことはをさかれるといへは其見る所のあさきよりおかしとおもへるさもあるへしされは明儒のことはを見るに寔にさはやかにして熱をとれるもの、きよらなるかせに手あ

72

らふやうなれとこの風たけなは《長》かたききひ《堅氷》いたらむとおそれ思ひ侍る
○程朱の学を論せし人ありしに愚誣の失あるを見て詩書の
をしへを廃するにひとしかるへしとある道しれる人答しとそ

73

○天下をおさむるのもとは国に有事をしりて先其国をおさめ
国を治るもとは家にあることをしりて先其家をとゝのへ家
をとゝのふるのもとは身にあることをしりて先其みを修め
みをおさむるのもとは心にある事をしりてまつ其こゝろを
正しくしこゝろを正しくするのもとはこゝろはせをまこと
にするにあることをしりてまつそのこゝろはせをまことにし
こゝろはせをまことにするのもとはしることをいたすにあることを
しりてまつ其しることをいたししることをいたすのもとは
ことにわたるにあることをしりて先ことにいたるしかれは格物
致知といへるは天下国家身心意うちにしてはおのれをおさめ
ほかにしては人を治る事のうへにつきそれ〳〵の理をきはめて
わかしる所のあさはかならぬやうにすることをいへりおほよそ理と
いへるはかくあるはつかゝするはつといふことそかしたとへは今
のはしめて官府にのそめる人日帳記録をかんかへて故事先例

74

をさとり巧者の人にもたつね自分にもふかくおもひてそれ〳〵のわけをしり事をとりおこなふを見て格物致知といふ事をしるへししかるに王氏の説に其身わかきとき筍《タカンナ》を見てその理をきはめんとせしといふこと伝習録に見えたりこれは格物致知の極功をときて一草一木の微なるまてといへることはにかゝ

はり本註の物は事の如しといへるをくはしく見さる故にや先王の大学をまふけて人をゝしへ給ふは才徳の人をえらひ出し士太夫のくらゐにおきおほいにしては朝家の輔佐すこしきにしては一郡一県のつかさとし天下国家の治平をいたしたまはんとの事なるに第一に心をもちゆへき人倫のことをさしおきたかんなゝといへる草木の理をきわめて日をくらさは上のゝそみにも背き其身の志にもたかひ大学のまうけは無用の事となるへし其上王氏のたかんなの理をきはめんとせられしはいかゝせられたるにやふしきにおもへりこれはさためて未定の説なるへしまた人のいへるに忠孝の理をきはむるといふは親に孝行をし君に忠義をするはこの理ある故なりと

75

其理をきはむることをいへりと此ことはも近くして遠し親はわれをうみ給ふ故孝行をし君はわれをはこくみ給ふ故忠をつくすといふ事なにかはしりかたきことならんやいかほときはめたりとも此ほかはあらまし忠孝の理をきはむるといふはおなしくいさむるにも君はかんはせをおかしていさむるはつ親はやうやくにいさむるはつ君臣はものこと義を主とし父子はものこと恩を主とし君臣の間は道あはされはさる父子のあいたは号泣してしたかふなといへることをはしめおほよそ君父につかふる事千緒万端みなそれ〳〵のすちみちを別ちてしるこそ忠孝の理をきはむるとはいへ

格物致知といへる事其説をつまひらかにせさる人は必とり違る事あるにやから人のおとけはなしにある人ゆへなくしてあかはたかに也水におほるゝを見て何事そやと問しに入水の格物すると答しと語りて笑ひきこれも王氏の笥にひとしといふへし

76

○うしほのみちひはいかなる故にやと問し人有しに気升り地沈めは水あふれてうしほ《潮》となり気降り地浮《ママ》めは水しゝまりて

77

汐となると昔の人のいひおきしさも有へしされとかゝる事は
しはらくさしおきひたすら日用の事に心を用ひ給ふへし
しらす《ママ》は隠たるを求るのあやまちのみ多かるへし貞享《ママ》　年
に流星ありてあめの東南のすみふかき谷のことくうちに
くほみたるやうに見え丹をなかしたるか如くあかくすさまし

かりき宝永戊子歳には四国九州の地白毛を生しなかさは七八
寸なるも有し享保癸丑の年には畿内の地にあつきのことく豆
のことくなる物ふりくたり近江のうちには四五寸つみたる所も有
たりといへりこれみなまのあたり見たる事なるかかゝる事い
かゝしてことわりをきはむへき是は大変なる故きはめかたし
といはゝ手もち足ゆく事は甚ちかき事なるがいかゝして
かくはなるといへる事そのもとをきはめはわれひとはいふにおよは
す聖人といへともしり給ふましそ其しるへからさることはしるへしと
せさるこそ大知とはいへ格物といへる事悪く心得なは程朱の心
にもたかひ世に処するのたすけとはなりかたかるへしとある
人答しとそ

78

○太刀をよくつかひて名人といへる人のうちには自然と心の体をしりまた身のもちやうをしれるもあり柳のなにかし沢庵和尚の袈裟を屛風にかくるを見てたちの法をさとりしといへるさも有へし

○此ほとある人のはなしに都なる人の碁を能せしか其子には教へさる故其よしを問へるに某は此其《ママ》石にて家を治めさふらへとても夫ほとにはなるましと思ひ教申さぬと答しとなん小芸小技にてもかゝるふしきなる事あり古人のことはに天下の理は一なりといはゝふかく心をもちふるのしるしなるへし

○碁はおかしき物なれと国を治めいくさするにたとふへきこと多しある碁をよくせるといへる人のことはに碁をよくせんとならはまつ心の工夫をし給へといひしとそ是は常の碁うちにはあらし

79

○かく文するほと能事はなく又学文するほとおそろしき事はあらしむまれつきたゝしき人のもの学ひしたると力ある者のやはらとりてなと習へるにひとしくいよ／＼学ひていよ／＼たうとけれと生れつきいかゝやと思ふ人のものしりたる

はたはれたる人又酒にゑひたる者の力つよくしてしかもやはらとりてなとしりたるにひとしいよ〳〵学ひていよ〳〵悪し唐土の士太夫といへるものいつれか科挙よりすゝみ学文せさるものやあるされと民をそこなひ国をあやまりたるなといひて今の世までにくみそしれる人すくなきにあらす学文したるとて

80

必よろしかるへしといはんや荘子の儒者は詩書をもてつかをあはくといへる誹謗にはあらし

　自注このことはは不善学者を見て□を善学ものにいたすに似たり其或有所懲而然歟

○大事小事ともに其国〳〵に相応することあり又相応せさる事あり三代礼をおなしくせすといへるも時により風俗により一様になりかたき故なるへし唐土もの好める人は此国にも科挙の法あらはよろしからむといへる人多し是は思はさるの甚しきにや其法いかゝしてたらんやとくわしく思はゝ甚かたき事をしるへし又世のゐきとなるへしやいなやとふかくおもはゝさまて益あるましといふことをしるへし

81

自註此レ言下以文応スルハ選本非ニ斯国人所レ能強テ而為レ之亦無ヒ益ニ於治一也

○唐土の科挙といへるは其国の勢ひなれはやむことを得すかくは
すれともとくはしき法といふにあらす凡人もとるは其心
おこなひをこそ見るへきに文つくらせて其文のよしあし
により人からのたうとき賤きをきわめたらんにふみは
たくみなれと其才はもちふるにたらさる人いかほとも有
へし九品中正なといへるつかさをもふけて人をえらひしとき
もあれと是も其人の善悪ありてたのみかたけれは其後も程
なくやみぬ此国は国のさま周の万県にちかく国〳〵の士太夫み
な其禄をよくしいとけなきより年たくるまであさゆふした
しみなれ人からのよしあし楽にしりたるうちより夫〳〵のか
しらすへき者をえらひて用るなれは唐土の科挙にて
人をとるにははるかまされり

82

○昔破古紙といへる薬種をしらすしてふる反古をもちひたると
人の笑へる事なるか水飛のしやうをしらさる薬し今もまゝある
なりいつの時にか有けん亀卜する事をしらすいきかめをとり
てやきけるにあまりには《ママ》ひのけからはしくいかに儀式なりともやめ

てこそとてやみけるとなん唐土の事を学ふとて其まことをうしなふ事是にかきるへからす

◯あるからやうをたくみにかけるといふ人に筆法のうちにあふみをふむことしといへるはいかやうの事なるやとたつねし人ありしにあふみのしたさきをくひすにてふむこゝろもち也と答しとそ此国のあふみをしりて唐土のあふみをしらぬことは也おかしといふへし

◯亀を鑚《サン》ともいひ灼《シヤク》ともいひ契《ウカツ》ともいへり鑚もうかつにして灼は灼艾の灼におなしく契は亀をうかつの鑿《ノミ》なり此国に伝へしに法を見また卜の字を象形なりといひ七十二鑽なといへることはをおもひあはするに此国につたへし亀卜はいにしへの遺法ならんとおほふ吐うるはし普うるはし加身《カミ》ひきのまゝ多《タ》女《メ》まつたしといへるは𠧞《クハイ》のたゝしきにしてくしみつけさかりあかりりやうしたといへるは𠧞の変なりこまかにいへはとゆるひたとよりめときれたとさくとそれたとついたとしひたといへるは吐の変なりほさゝいたほみたほきれたほさくほそれた

84

ほかくめたといへるは普の変なり加身いきしひ加身をたしひ加身きれた加身なかたへといへるは加身の変なり依身いきしひ依身をたひ依身きれた依身なかたへといへるは依身の変なり多女うちとをれた多女ほかとをれた多女きれた多女ぬきとをしつき多女といへるは多女の変なりおほよそト法は兆を見てよしあしをしるなりトの字はそのかたちにしてたていつゝよこ三つにうかちた[て]をもてやき吐よりはしむくはしくおもふによのつねにはあらすとほかみゑみためといへるに世の人もてはやせる説とも多しある人の臆説にとは水ほは火いにしへのことはしかなりかみは東方の震雷木也い今もふるき国にはいかつちする事ををうなわらへのことはにはかみかなり給ふといへりゑみは西方の兌

85

金兌は悦《ママ》なりといふよろこふはゑむ也昔のことはにゑみをふくむといへるに同したためは民なりたみの人なり春鱗夏羽秋毛冬介をの〳〵属する処なり人は中央にくらゐし六月の土に属せる故土をためといへる也亀トの事漢の時より明かならさるにや褚《ママ》先生のいへるもうたかはしく今の唐土にて亀トといへるは口授秘伝なりといひてふるき事つた

はりかたしおしむへしといふへし又宋人の燕石に似
たる事も多しとそ

86

○内則のことはにはとりはしめてなきみなてあらひくち
そゝきなといへるは年わかなる者の朝ねして髪をもゆはす
いねたるまゝにて親しうとめのまへにいつるは不敬の甚しき
なる故なるたけはやくおき身しまひし親しうとめのく
るをまちて安否をとへとはをしへ給へる也女は二十にして
嫁し男は三十にしてめとるなといへるも愛におほるゝのあ
まり其子の縁をいそき親たるの道もしらさるわかき子
ともをとりあはせ家法のそんする事いかほとも有る故
此大防をしめし給ふなりあなかち二十三十とかきりたる
にはあらす四十にしてつかへ五十にして大夫となり七十にてつ
かへをいたすなといへるもみな其ことはりおなしある人舜水
のもとにゆきもの学ひせしおりふし内則のことはに
したかひにはとりのなくときおきて父母の安否をとはむ
とすれは父母はまたおき給はす父母のおき給ふをまちては

87

内則のことはに違ひ侍るいかゝいたしさふらはんと問しにこ此国
の儒家といへる人のかける文ともを見てこれほとの書よみ
たる人いかなれは義理をしることかくはうときやと疑ひしか
ことはのちかひにて意味の通せさる故なりといまこそしり
たれとておほひに笑れしとそ舜水の通詞せし高雄某
といへるものかくは語りき

○きりめたゝしからされはくらはすといへるに陸続《ママ》の母のこと
をひき給ふを見て肉はいつとても四角にし野菜は寸を
きる事也とおほへは書をよむ事の明らかならぬといふなるへし
されと聖人の大防をやふりて心まかせにするといふにはあらす

88

○世にもてはやせる唐やうといへるもの誠の唐やうにてさふら
ふやと問し人有しに尊円親王の手跡なとこそ誠のからやう
にてさふらふ今の人の唐やうといへるは懐素又は米芾なとの
筆の妙ありてころひたふれても其法をうしなひさふら
はぬ変法を学ひたるものゆゑまことの唐様には遠くさふ
らふ昔より二王の筆を第一とせるは其法の正しき故にて
こそさふらへとある人答しとそ

89

○ある人筆法を論せることはに此国のもの書く事尊円氏の
毒をなかせるより衰へたりといへり世の中にはしりてしらすと
いふ事ありまた知らすして知たりといふことあり此ことはは
しりてしらさることはなるへし筆墨紙または風声気習
のちかひにて尊円の筆なと唐様と見えかたけれはしり
かたきさもあるへしされと壺の石碑なと見れは昔は今にちかへり

○いかにもして唐土人の真跡をもとめて学なは唐様となる
へし名人の筆也とて石すりはかり学ひてはかたちは似たりとも
筆の意は唐土に遠かるへしとある人のいへるゆゑあることは
としるへし

○此国の筆法といへるは壬辰の乱後とりことなりて此国にす
めるから人の教しを加茂の甲斐伝へたる也されと今のから
人のもの書を見るに筆の意甚違へりから人の筆の
意ももろこしとはおなしからす

○まつりことゝいへるもをしへといへるもみな善をすゝめ悪をこ
らし人の心を正しくし風俗をうるはしくする事なれと

90

精粗のわかれありて其しかた違へり孀婦は嫁せすといへる教はあれと孀婦は嫁すましといへる政なきを見てしるへし

○ある国しろしめしたる御人のいみしき心ありて道をたうとひ給へるかあたひをふたつにせされと市井に下知し給ふこれはまつりこし《ママ》をもしり給はすをしへをもしり給はすといふへしおしむへきにや

○ある民のつかさせし人たはこなといへるたくひのものにしこみしてうれるを見てしこみをのけそれたけあたひをましてうるへしもしも違背せるものあらは其沙汰有へしといひきかせけるとなんかく有てこそまつりことをもしりをしへをもしりたる人といふへき

91

○いかゝしたるもの政をはよくすへきやと問しに行実有てあはれみふかく家人みなはゝかりうやまふ人こそ政はすへき文字にはよるましとこたふ

○世に名をいへる学者を多く集め政をなさしめは国治り民やすからんといひし人ありしにある人のいへるは稷禹皐陶ありても上に尭舜ましまさすは唐虞の治はいたしかたかるへしおよそ

92

学者たる者私の心あるにはあらねとおの〳〵其見る所をかたく守りしかも其見る所に深浅強弱のちかひありて一様ならねはそれ〳〵に裁断し給ふ明君上にましまさすは議論のみ多くなりてすむなるへし洛党蜀党なといへるいつれも今の世まてもたうとひおもふ学者なれとたかひにあらそひいみつゐにおなしからさるは自然の理勢なりとしるへしとはいへとも古へ今の事をもしらぬ庸俗の人にまかせて政をなさしむるこそよしといふにはあらす

○むかしはかくなかりしといへるに今におほいなるかはりは有ましとおもふ事おほし荘老の大古はかみしも無為なりしといへるうちに共工氏不周の山にふれたるとあれはみな〳〵無為なるにもあらす唐虞の代は比屋封すへしといへと丹朱商均または四凶あるを見れは人々賢智なりともいひかたしされと今もいなか人はりちきなる風儀多く人の大勢集りはん昌なるといへる所はいつわりかちなるやうにおほゆ昔今のちかひすこしもあらしといへるもまたまとひなるへしむかしはこの所に村里も

93

なく宮寺もなかりしにといへるはおほくはちかきむかしなり
○むかしはふねをつなきしといへと今は海遠くなり侍るなといへるは
いく千世ともしらぬむかし物語をいひ伝へたる也ある歳より
たる人のものつよきを見て昔の人はきたひ違ひたりといひ
しにむかしも今に同しきたひのちかひたるにはあらす其うち
のつよきものこそ今にのこり侍る也とこたへしとそ
○漢の高祖のわれまさに天下をもて事とすいまた儒人を見る
にいとまあらすといへることは宣帝の漢家をのつから制度あ
りといへることはまたは龐徳公の儒生俗士は時務をしらすとい
へることはなとよきことはとはいひかたしされとあしきことは
とも思ふへからす人情事勢をもしらさる人の書物のみよみ
てこれそとおもへる事には混沌氏の九竅をうかてるに似たること
すくなからす政にもちひて害を生すること多かるへし今の
世のかく治りてかみしも安くすめるはいかゝしてかくはなり
たるやと其もとをかんかへむかしの人の心たて風儀をま
なひなは禍乱の生する事は有まし

94

○ものゝことわりはしりかたきにしもあらすましてあまたの

95

学者をあつめて議論をさせるは其わけいよ〳〵明らかならんと人々おもへることなれとさにはあるまし綱鑒なといへる書物に名儒の議論を集めたるを見てしるへし封建は国を治るの大事なるによしといへるもあり又あしといへるも有伍子胥か父のあたをむくひしは君臣の大義なるにこれもよしといへるもありまたあしゝといへるもあり赤穂のなにかし四十八人いひあはせその主人のかたきとりたるといへるたよりありしおりふしおとなゝりし人学者を集めこれはいかゝ御裁許あるへきやと問しに上座なる学者のいへるは主のかたきうちたれは何の御かまひもなくすむなるへしといひしにまた其つきの学者のいへるはほしいまゝに命官をころしたる人なれは其志は感し給ふともひとかとの御捌あるへしといひけるとそ其後きくにむさしのなにかし是も世に名をいへる学者なりしか此四十八人は名をこのみてかゝる事をなしたりと文つくりてそしれるといへり常の人は何のよりところもなく其身の心におもへるまゝにいへる故其誤り

96

たゝしやすきなれと学者は経伝をひきたてゝ論するゆへ其是非たやすくは別れかたし漢の宣帝の俗儒は時宜に達せすこのみていにしへを是とし今を非とし人をして名実にまよひまもる所をしらさらしむるゝ也といへるまことに格言なりとおもふされはおほくの学者集りたるとてものこと明らかなるといふことわりやあるへき子游子夏をしへの法ちかひ給へるを見れはもしも政をともにし給はゝそのおもむきまたちかふなるへし

97

○みつのへねのとしあをくちいさきむしの常にはともしひのうちにとひいるか幾万億ともなく田畠につきけれは四国九州の苗みなかれうせやう〳〵たねをとりとゝむるもありまたはたねともにうしなへるもありて米のあたひ貴くなりうゑ死ぬる人おひたゝしその波《ナコリ》東山海山陽山陰迄におよひおほかたはうゑにちかつき士太夫まて家人みなかゆをすゝりて年をすこせり此幾歳か豊歳のみつゝきて禄をもとめる人は米のあたひのいやしきをうらみ商人はうれるものゝすくなきをうき事におもひしにかゝる

うとましき時になりはしめて豊歳のありかたき事を
しるなるへし世の愚なる人の目前の事のみおもひて
長久の慮なき皆これに同しかなしといふへし
○ふるき人の物語をきくに九十年まへかゝる凶年有しとき、
伝へたるといへり某十二三の時も凶年ありしかとかくまてにはあら

98

す国をたもてる人は常に米穀をたくはへまたは変故のそ
なへとすへき事なるにさある国は十にひとつもなけれは
民のうゑにおよひ死にはつるを見て手をつかぬる外はあ
らし民の父母といへる事夢にも思ひよらさるか如しいかなる心にや
○いつのときにかありけんとりあひありしおりふしふるき文に
よろしきはかりこともかなとたつね有しにあるものよみし
たる人すゝみ出ていへるは昔韓信といへるもの、其名をのこ
せし嚢砂といへることこそ今にもいふへきなれまた木を
きり道をふさくといへることさふらへは山手はかくしてこそと
いひけるまゝさらは其ようゐせよとありし故いかゝいたし侍
らんやと事とる人たつねしにふくろは布にてもとめん

99

にてもよろしかるへし木はいかにもして人を多勢もよほしふとくおほきなる木をきらせ給へといひしとそ文のみよみてまことのはたらきなけれは其ことはもちふるにたらす書をもて御するものは馬の情をつくさすいにしへをもて今を制するものは事の変に達せすといへることはあり文よむ人は心あるへきにや

○敬の字を主一無適といひ整斉厳粛といひ常惺々法といひ畏といふいつれも其至極をとけることはにてちかくとりていへは心さはかしからすものことゝく〳〵とするといへるより外はなきとそ此国の人は唐土の真義にうとき故ふかくとりすきかへりて受用のさまたけになる事多し

100

○手習するに半字不成といへるから人の俗語有これも敬の工夫なき事をいへるにや

○のひ〳〵としたる心もなく其かたち木偶人のことくなるを敬すとおほゆるもあれとさにはあるまし瞻視をたうとくし衣冠を正しくするといへるも目つかひうろつかすえもんつき正しくならぬといふ事なるへし程子を渥塑人の如しといへる一団和気とい

101

へるにつきおもひやりてしるへし

○ものよみする人みのまはりをそこ〳〵にしかみなとかきみたしたる容観玉声なといへるを見れはさはすましき事なり

○おものといへる物から人のおひたるを見その声をきゝて歩趨の節かく有へき事也とひしりののりのくはしきわけをはしめてさとりき

○むさしのなにかし経書のうちにて一字つゝあけ其心をいはせ漢語にて答れはそれはまことの会得にあらすといひて恕の字をおもひやりと答しを第一とせられしとなんおもしろきをしへにや

○父母につかふるといへるを父母につかはるゝとよみ道をゝこなふといへるを道をゆくとよみたきといへる人有おもしろき心にや

○よみある文字ありよみありてたしかならぬ文字あり徳の字仁の字なと此国のことはになをしいかゝいへるとき本義にかなふへきにや

○ある人しろきを見てしろきとしりくろきを見てくろきとしるは明徳の発見なりといたりけるに善念のおこるこそとわきよりいへるはしろきを白きとし黒きをくろしとするは善念ならすやと答しとそ

102

自註白レ白黒黒是為明徳如何曰見父母以為父母見子弟以
為子弟明徳也父母則尊之子［弟］則護之而見馬知其為馬而
羈之見レ牛知レテ為其牛而鼻之草為草木為木鳥自鳥獣自獣
莫レ不二甄別シテ而順二処之一孰非二明徳之発露者一耶桀紂之暴跖僑《ママ》之盗
方二テヤ其静居而無レ事也東方発レメ白ヲ而知其為旦長庚西湮而知其為
レ夕明徳昭然無二時一ト而休レ「然ドモ不レ謂二之徳一者何耶失於大也人之提レ椀
而挐レ筋亦無非力必也有二孟貫夏育一而後謂二之力一提レ椀挐筋
者不与焉何耶亦失於大也

103

○いかゝして学問を成就し侍るへきやとゝひしに師なりし人みなた
ちも恋をし給ふやといへるに其座の人くつ〳〵と笑ひしまゝ
いやさにはあらす年たけ給ひてはか［し］こにはよきちこ有こゝには
たへなる油木梳ありなとゝてあさなゆふなめしくひ茶のむに
もわすれ給ふまし其心のことく学問の事をおもひ給はゝ世に名を
得たるの人となり給ふへしそれにすこしもちかひあらはわれは
おろかにてすむならんとなけき給ふへしこれをみつから其心
をためすと申侍る也賢を賢として色にかゆるといへるも此
心にておかしき事にはあらすといへり

○孔門の高弟大夫の家につかへさるは陪臣となる事をきらひたるにはあるましこのとき君よわく臣つよく晋の韓魏趙なと斉の田氏にひとしく其国をうはひとり諸侯となるへききさし一朝一夕の故にあらす其いきほひ既にとゝむへからす魯の三家もそれにかはりたることなけれはあらかしめ是をさけすんは其ときにのそみ身をはつかしむるならんとかねて思ひはかりてつかへさるなるへし漢の孔光楊雄なとあなかちに人といへるにはあらぬと機を見ることの明らかならす寵利をわすれさるよりして莽賊禅代のあひたにあたり汚辱の名をかうふるにいたれりされは曾閔のつかへ給はぬいとたうとくこの臆説は圏外謝氏の説ともちかひ小註の上等の人はあへてなさすなといへるにやおほひにちかへりもしは一説にもそなふへきか

自註孔子の公哲哀をほめ給へることはのうちに天下おこなひなくしておほくは家臣となるといへる事史記に見えたりわけあるへしとおもふ

○天子を称して聖主といひ臣下を称して賢臣といへるはかみを

105

ことふきするに万歳といひ諸侯をことふきするに千歳といひ常
人をことふきするに一百二十歳といへるにひとしくいつれも套語
としるへし康熙帝の事をはもろこし人にたつねしに聖主と
こたへしをさては聖人なるやとこの国の人はおもへりさにはあらす
菱里操に天王は聖明なれと臣かつみ誅にあたれりといへるを見
て聖の字にうたかひをなせる人ありし故凱風の母氏は聖
善なれとわれに良人なしといへる聖の字をあけて答へき
後漢の光武帝の上章に聖といふ事をゆるしたまはさるは
非分の套語をいとへる也いみしといふへし
○すこしきなるを牆といひおほいなるを城といふ唐土にてしろと
いへるはおほいしかきをつきまはし士太夫はいふにおよはす工

106

商雑類まて其うちにすましむ長安城なといへるを見て
しるへししろさたまりたるのち民多くなれはしろの外にすむ
もあれと城をきつくの本意は民ともみなしろのうちにすま
はせあた有てもそこなはせましとのことなり此国は国のかみのすめる
所をしろといひ二の丸三の丸なとあれと士太夫のみにて工商雑
類はみな〳〵いしかきの外にすめはいくさなといふ事あらはやき

107

はらはれてきすつきかつゆるものおほかるへし是は唐土をまなひたきにやされとこれもよしあしは有とそ

○はるかすみなといへるには靄の字よろしいつの時よりか誤りて霞の字をもちゆれとこれはほてりすることにて彩霞またはにしきのことしなといへるみな〳〵くれなゐなることをいへり水煙山煙煙景烟柳なといへる火をたくけふりにはあらすかすめると也

○士といふは奉公人のことなり子貢子路のとへるもいかゝしたるとき奉公人といふへきやといへる事なるへし唐にては学問する人を奉公人とし此国にては弓矢とる人を奉公人とす武をたつとひ文をたふとむちかひあれと農工商の籍にあらすして仕官のしわさするものはいつれも士なり

○此国今の役といへる事からもろこしのことはには官といへりから人のきたれるとき奉公人にあひては必何の官なりやとたつねしにこの国の人は朝官のみ官といへるとおほえてこれは無官也と答ふるもありまたは役は官といふべきなるとしれるものもあれと此国番ひとゝをりつとむる奉公人を役人とはいはさる

108

故無官なりと答るもありき大官小官の差別あるへけれと禄をはみて奉公する人に官のなきといへることふしんなりといひてうたかへりきそれ〳〵の職掌をあけて番ひと〻をりつとむる人は直衛官なといふへき事也役といへるはもと士より下つかたいやしきもの〻事也

○無官大夫なといへるは位階のみありて何の職掌もなき故なるへしこれも散官といへるものにて無官にはあらすもろこしからの人はうたかふなるへし

たはれ草下

109

○もろこしの詩此国のうた深奥なる事かはりは有まし詩はつくりよけれと歌はよみかたしといへる人ありこれはさることあるへし歌は此国のことはなれはかくよみては歌にはあらぬといふ事よめるものもまた見るものも其おほへあれと詩は唐土のことはなれはそこ〳〵につくりてもおほかたきこゆるほとなれは其身もよしとおもひ見る人もたへなりとほめはやすより歌はよみかたし詩はつくりやすきといふ也もしも唐土人この国の歌よむことあらはうたはよみやすけれと詩はつくりかた

しといふへし詩はつくりやすきといへるは詩をしらぬ人のことは歌はよみやすきといへるはうたをしらぬ人のことはなるへしいつれたやすきことならんや文つくることもまたこれに同し

110

○唐詩鼓吹唐詩選いつれも唐詩なれと選者のこのめるをあつめて書となせるなれは唐詩のまつたきにはあらぬを唐詩鼓吹をまなひて音調体勢唐詩鼓吹に似よれはこれを唐詩とこゝろへ唐詩選をまなひて音調体勢唐詩選に似よれは亦これを唐詩とこゝろうさにはあるまし詩は唐よりさかんなるはなしといへるは別にそのわけ有にや歌をよくよむ人は思ひやりて知るへし

○詩をつくるに字法句法に心をもちふるはあれと律詩をつくりて章法に心をもちひ古詩長篇をつくりて段落過句に心をもちふるはすくなしされは詩をつくるの疏節なれとまつこれよりこそいるへきと巧者の人のかたりき

111

○某詩をつくりてともなりし人に見せしに詩の俗語をいむといふ事人々のしりたることなれと俗意をいむといふに心つけるはすくなしこの詩なと俗意といふへしとをしへし

112

かはけにもと思ひけれと生れつきのしからしむるはあらたまりかたし詩に別材ありといへるこの故にや
○詩に韻をふみ平仄をあはするはいかなる故也としれる人此国にはあるまし唐土人に歌よませたらんに此国のみそひともしにさたまりたることいかゝして其わけしり侍らんやと或人のいへるをけにもとおもひ唐土ことはよくするといへる人にたつねしに唐土人のいやしきことはまて自然と声律にかなへるは其国の風儀にてかくはさふらふ此国の人の其ことはまなひたるそれほとまてのおほえいかてかさふらふへきやとかたりき
○唐土の字音は四声そなはり唇舌牙歯喉のわかちあさやかなれとからの字音三声のみありて上声去声わかれすされと唇舌牙歯喉のわかちはあるなり此国の字音は字ことに平声の如くよみて上声去声もなくまた入声もなしふつくちきのつきたる字は入声なるとおほゆれとこれも口にてとなふるときは砕音となり入声にはあらす唇舌牙歯喉そのわかれなきにしもあらねと国のならはしくちひるかちにものいへる故にや五音あさやかならす釈徒の誦経に今も四声をわかちてよめるあり是は唐土にわたり

其ことはしれる祖師の此国にも五音を伝んと心をつくしをしへたるなれともと此国のなきことなる故いまになりては其のりに

113 あらさる字音のみおほし詩音調をこそおもしとすれ此国の字音にて唐土の詩つくるは調子にかなはぬしやうひちりきをもて楽をかなつるにひとし後いく千世経たりとももろこし人是はといへる詩つくる人はありかたかるへし

○この国にて五音相通といへるはもとからくによりつしまにきたりそれより此国におこなはれし故昔はつしまいろはといへりからくにも其もとは西域よりいてたるをまなひ諺文といへるも梵字にならひてつくれりと芝峯類説にかきたり唐土人のことはにも七音の作西域よりおこりなかれて諸夏にいるといへりもろこしより見れは西域といへるははるか西の辺土なるにかゝることをはしめて天の下にみたしむるまことにふしきなるといふへし愚なる人は何のよりところ

114 もなく此国にてはしまりたるやうにおほゆるもかなしされとこの国この五音相通といへるあめつちのあいたに自然の理数よりいてたるものなれはそのもと人のこしらへたるにはあらす西域よりおきたる

115

といへる事は涅槃経の文字品を見てしるへし

○此国にかなといふものなくは人々文字をしるへきにといへる人ありこれはおもはさるのことはなるへし唐土の文字西域の梵字からくにの諺文この国のかな其外たつお《ママ》らん　《ママ》のもしみな〳〵其国のことはに応し誰はしむるともなく女童しも〳〵まてこれをもちゆまことに自然のことわりにいてたりかなといふものなくはといへるは其国々のことはなくはといへるにひとしかるへし

○此国に詩つくり文かける人其才学を見れはもろこしのたれそれかしなといへるにさまておとらしとおもふ人いかほともあれとことはのちかへる故にこそゝれのみにてやめうらめしといふへし

○から人と物語せしついてにわか国は三声のみなる故詩まてはつくれと歌曲はなりかたしとかたりきから人はものこと其ことわり明らかなる故これはなりこれはならぬといへるおほえあれと此国の人のそこ〳〵に作りて詩なりとおほゆるはうらめし

○唐土のことはしらすしては詩つくり文かくことなるましと唐土ことはまなへる人は必いへるをもろこしのことはしりたる人の詩

文を見るにさまてかはりたることなけれはとまたある人のいへるこれはみな其ひとかたのみをしれることはなるへし詩文はことはの精

116

華なるものなれはことはをしらすしていかてか精華をもとむへき此国のことはしらぬ唐土人うたよむといは、おかしき事と思ふなるへしされと詩文をよくせぬもろこし人いかほともあれは唐土ことはしりたりとて詩文をよくすへきにもあらすまことの詩文といへるは唐土のことはしりてしかも才学すくれたる安倍のなにかし釈空海なといへる人こそはちかほすくなかるへけれそれかしも唐土ことはすこしは学ひたれと詩つくり文かくことはしらさる故某のつたなきを見て唐土ことはすてたまふなと同志の人にはつねにかたりき

○およそあらゆる文字よみは此国のことはなれところはもと唐土の声なりされともろこしのこゑに似たるは甚すくなし

117

風気のことなる故にやたちはなは准をわたりて化して枳となるといへるをふしきなるといひしに此国にてもみつかんくねんほなといへるもの其樹をうつして出羽にうゆれはみな枳殻と

なるといへり近ころある和尚のものかたりにさつまより出るへにみつかんといふものいろもうるはしく味ひも勝れたれは其種をとりてうゑしにほとなくもへいてたれともみな〳〵柚となれりと語りき唐音もひとつたへふたつたへすれはいつとなく此国のこゑとなるへし唐音唐話をまなふ人はいつまてももろこし人にならふより外あるまし黄檗の課誦はみな〳〵唐音なれと何事そやと唐僧はうたかへるといへりこれも数世の後には此国のこゑとなるへし

118

○唐土こゑにてうえよりよみくたし文義の通するといへることふしんなりとおもへる人有しまゝいかにもさおもひ給ふなるへしされとものことなるゝにこそさふらへ某十四歳なりしとき唐土人に下知し給ふ文あつまよりくたりさふらへと文字の道ちかへる故にや唐土人よみかねさふらひて訳者《コトカヨヒスルモノ》ともあつまりあらためて見せさふらひしとあきものするとて長崎にかよへる稲某といへるもの語りしまゝけにもと思ひ廿四歳なりし時より唐土こゑを学へりはしめはよその事きけるかことく覚へしかと年のかすはたちあまりかさねておほかた此国のものよみするにち

かくなりまのあたりの事は唐土人と物語をもなせしむまれつきさとくいとけなき時より学へる人は某ことくには有

119 まし世のさかことゝいへるものはしめはいひかたくきゝかたけれと後には常となることくまた無分別不了簡なといへる無の字不の字をさきにいふは此国のことはにはあらねとなるゝ故により思慮にもおよはす耳にもいり口にもいへ唐土こゑ学ふもまたしかなりとしり給へとこたへき

○うへよりよみくたして文義の通する事人々の能すへきにしもあらねは通国の法とはなしかたかるへし生れつきを見てをしゆへきにやからことはは甚やすし某からにゆき三とせちからをもちひておほかたつかへなきほとにまなへりわか国におなしく反言なるか故なり

120 ○此国にて文つくるといへる名ある人経義をときてかける書物をから人に見せけるにこれを見さふらへは経義をもさとりまた文つくるの法をもしりまことにわれ人のおよふへきにもあらすたうとき書物なりといひてあさゆふよろこひてよみけるかおり〳〵は

121

いへるは此所にはもしあまり此処には文字たらすしてよみかたし
これは顚倒して句読をなせし故なるへし玉に瑕とやいふへき
おしむへき事なりとかたりきまた正徳信使のとき四六の啓札
をから人におくりし人有しに此人はいかゝもの学ひしてかくまて妙
なる文をは書たるやとよろこひあへりきこれらは唐土こゑ学ひたるには
あらねと其才たかくしかも学いたりてことくにの人をも感せしむるなり
○ある人呉音漢音といふ事をたつねし故呉音はからの字音
漢音は唐土の字音にてさふらふされと年を経ていつとなく
此国のこゑとなりたる也と答へき
○鎌足の執政なりし時百済の尼法明といへるもの対馬にきたり維
摩経をおしへしか是を対馬よみといひて呉音の初めなりと
政事要略にしるせりといへり此国の呉音といへる者今のから人の
字音に似よりたれはこれも出羽の枳殻にてはしめ法明かをしへたる
はから国の字音なりしかといつとなく今の呉音となれるとしるへし
○呉音といへる名は法明か維摩経を教へし時これは呉音なりといひ
し故に此国の人はしりたるなるへし其国の字音にてをしへしを
呉音といへるはからくにの人唐土といふ事を今は江南といへと昔は呉

ともいひたる故これは唐土音也といへる事を呉音といひたるにや
から国も此国に同しくよみは其国のことはなれところは唐土の
こゑをまなひて出羽のきこくとなりたる也

122

○聖武帝の御時吉備公入唐し其後帰朝有て孝謙帝の御時
十三経をさつかり給ひしこれ漢音のはしめなりと見聞抄に
見たりといへりされは今の漢音といへるものはもろこしこゑの
出羽のきこくとなりたるとしるへし唐土こゑといへることを今は
唐音といへと昔は漢音といひたるなり

自註中臣鎌子為㆓内臣㆒ト在㆓三十七代　孝徳帝朝㆒而吉備帰朝在㆓
四十六代　孝謙帝朝㆒案国史十六代応々神帝十五年百済国王
遣テ㆓阿直岐《アトキ》㆒貢㆓良馬㆒阿直岐能誦㆓経典㆒太子菟道稚郎子延テ以為㆑
師阿直岐薦㆓同国人王仁㆒以為㆑勝㆓於己㆒乃遣㆑使聘召越《コヽニヲイテ》翌年来
朝亦師事之此時阿王二人所㆑授者当㆓韓音㆒韓音則呉音也則

123

政事要略所㆑出呉音始㆓於三十七代　孝徳帝時㆒者似㆓乎可㆑疑
豈時世悠邈字音訛誤至㆑是釐而正㆑之歟

○この国の唐音まなへる人はうへよりよみくたして文のなかみしか

124

を能しれる故にや其ことはしりやすくよみやすく侍るいつれも唐音を学ひ給へと信使にしたかひきたりし申学士といへるものをしへしと唱和集に見へたり

○孝謙天皇の十三経をさつかり給ふも吉備公帰朝の後唐土こゑにてかみよりよみくたす事を学ひ給ふなるへしされと甚かたき事なる故其のちついて学へる人なく字音も其まことをうしなひたるなるへし

○文字といへるものもともろこしよりはしまりたれはよみはからも此国もおの〳〵其国のことはにてつくれとこゑは唐土を学ぶ外や有へき出羽のきこくになりたるといふに心つきなく字音も此国にて定まりたるやうに覚るは愚なるといふへし

○知客といへること唐土の字音にはつうけといへるを此国の人それを学ひいつとなく字音かはりて今はしかといへりからもろこしにもかゝる事あり此国のかけすゝりといへるをまなひてから人は各其《かくき》素利《そり》といひ此国のつきといふをまなひて唐土人は読急《とき》または土器《とううい》《ママ》といへり風気のちかひ声音のおなしからぬゆゑかくは変するなりちかころ古董客を見しにむすこへや

とて此国にてもてはやせるけもの、かは、その国のことはには
うすんこをるへあんといへるを此国にてはあやまりてむすこへや

125

といへるなりとかたりきあやまりたるにはあらすはしめはう
すんこをるへあんといひしかといつとなく変してむすこへ
やとなりたるなりひとつをあけてよろつみなしかなりと
しるへし今ひとのならひおほへたる唐音もとし久しくなり
なはこれも出羽のきこくにて漢音呉音にもちかひ唐土こゑに
もあらぬまた一様の字音となり今の漢音呉音の事をいへ
るかことく此唐音といへるものはいかゝしていてきたるやとうたかふへし
○助語の事たつねし人ありしに是は此国の人のしりかたき事也
やまとうたによむかなけりらむなといへるをいかゝして唐土人
にしらせ侍らんやいかほとくはしくいひをしへたりとも此国の
ことはしらてはふかき心もちわきまへあるましこの国の人にかゝる

126

処にはかゝる助語ありと見おほえたるはかりにてかけと其道
くはしき人のしたゝめたる文を見るに是は違たるにやとおもふ
事はすくなし心をもちふることふかけれはおのつからかく有

127

にやふしきなると思ひ侍ると答ふ唐話を学ひなは其わけ明らかに也侍らんやと答《問か》へし故唐話を学ひても此国の人はしりかたかるへし柳子厚か杜温夫にあたへし書を見て知給へとこたふ

○或人の物語に同しくすなはちとよめと輒の字はいつとてもといふこゝろおほし乃の字はかくしてこそかくありてこそといへるこゝろ有故かたきことはとはいふなり悦歓懌喜いつれもよろこふとよめとこゝろはすこしつゝちかへり正適方といひ須当可といへるもまた是に同しかゝるもしくはしく其わかち有りてこそ古き文をもよみまたみつから文をもつくるへきなれと此国にてはとり違ふることのみ多しといへり

○おなしくおろかなりとよめと戇の字はほかの文字にちかひ戇類勇而非勇といへるときはてんほなるこゝろと見へ戇諫といへるときはもきとうなるこゝろ見ゆ文字ことみなしかなれは此国の人唐土の文字しることまことにかたしといふへし

○此国のまなにてかける文はもしのくらゐさかさまなることありといへるは古学翁のいさなはれしより人みなこゝろつけり其外文つくるのりを教へ訳文なといへることはしまり文の道ひらけ

たるやうにおほゆ垂加翁の経学をいさなはれしにならひ其
いさほしすくなからすといふへしされは詩経のなんそ害あら
128 さらんやといへるを不瑕有害とかき筍子のわれは文王の子たりと
いへるを文王之為子とかき礼記の山者不使不使渚者といひ春
秋繁露の不可一日一日不可といへるなと文字のくらゐ常に違
たるも多し其ひとつのみしりてやむへきにしもあらすか、るたくひ
は唐土ことはよく学ひたる人こそ其わけをしるへき
○この国の人もろこし文よむことはもと甚かたき事なり其かたき
わけをくはしくしりなは自然と工夫もくはしく也唐土の文に
通すへきにや凡ことはには常のことはといふものありまたふみ
ことはといふものあり文ことはといへるは其ことはすなをにして
ことはつゝきやはらき自然のひゝき有て声律にかなひおほへ安く
よみやすきを文ことはとはいふなり唐土の文此国の文ふみのかた
129 ちは違と其ことわりは同し此国の名あるかなふみをよみてみる
にことはつゝき自然のひゝきありてくちのうちやはらかにこゝろ
おもしろく覚るは此国の声律にかなへは也唐土文に点つけて此

国の文となしてよめるは字をおひて訳《逐》したすけことはもな
くまたこゑにてよむ文字もありてかなにてかけるふみのことは
つゝきにあらす此国の声律にもとれる故くちのうちこはく
しふりて覚かたくよみかたしことはのついてもこの国の文には
ちかひよみといへるもの常のことはならねは文のこゝろもたやすくは
しりかたしこの三のかたき事あれはこそわれ人のわかきより
もの学ひしてかしらの霜となるにいたりても唐土人はいふにや
およふへきから人にもおよはさるはうらめしといふへし

130

○たすけことはといへるはかなふみにもちふるけりこそしてなと
いへるたくひなりことはのついてちかひたること記事の文には
とりわけ多しよみといへるもの常のことはにあらすといへるは
まなひてより／＼ならふといへるをはしめ此国常のことはには
まなふといふ事をけいこするなとゝはいへとまなふとはいはす
ならふといへるはしめて人にものならふ事をいひて熟するなと
いへるこゝろにはあらすより／＼といへるも常のことはには違り
かくある故にこそわかき愚なる人にものをしへてみるにいく
へんともなくいひきかせてもくつをへたつるかゆさをまぬかれかた

しから人の其国のことはにて唐土文をなおせるを見るに是も其
国の声律にもとりてよみかたけれとよみはみな常のことはなれは
131 女童まて文のこゝろしりやすく覚へやすしうらやましといふへし
○それかし唐土からのことはにてなかき事なと物語するをわき
より見たらんは此国のことはにてこの国の人と物語するにちかひ
はなからんとおもふなめれとさにはあらす其うちにはいかほともしら
さることはあれとあとさきのつりあひにてかゝることをいへる也
としりてうけこたへするなり唐土の文よむ事もまたしかなり
史記漢書なといへるもの朝夕てなれて其事も大かたしりたる
ことなれはこれをよむに何のつかへもなくみな〳〵かてんしたるやう
におほゆれとこれもうへしたのつりあひにてかゝることなりとはし
れとくはしく見れはちかきことはとおもふうちにいかほとも
明らかならぬ事多し其明らかならさるよりして記憶すること
132 もうとく文かくたすけともなりかたき故訳語といふこゝろ
つきつけたけにおなしからんやとおそれなきにしもあらねとやふ
れはゝきのすてかたくわかき人にはをしへ侍りきおほゆへき

133

文ともいかほと、いふかきりなけれはこと〳〵くかくすへきにはあら
ねとまつ其ちかきをとりてさきとせは益なきにはあるまし
されとすくれてかしこき人はおかしとおもふなるへし
○ほとけのをしへに王法をとけるはまれなりときけり是は其
位にある人にゆつりたるなるへしされはその位にありて其道を
しらさるは仏のこゝろにもかなふまし
○ある人の仏道をそしるとてつくれる文を見るにおほかた僧徒
の悪業をのみあはきいたして仏の道の是非にはおよはすかく

いはゝ儒生のよろしからぬしかたいかほともかきあらはし聖の
教をそしるへしかけを見てかたちをおもひなかれをさくり
てみなもをしるはまことにさることなれとする〻のついえある
事のみいひて其もとのいかゝやとしらさるもうるさし
○明の陳継儒か仏氏を天下の大養済院なりといへるは季世の特見
なるへし韓退之も其位にゐてその事に任せはおほかたは三
武をもてのりとはせし
○五倫といへるは天下をあけていへることはなり君といへは君の親戚
属し臣といへは士大夫の朝にあるもの、みにかきらす農工商婢

妾奴僕皆うちにこもれり禰よりかみつかた孫より下つかた
祖といひ孫といへるは父子に属し再従三従堂をおなしくするは
134 兄弟に属すおつとゝいへは夫の親戚属し婦といへは婦の親戚
属す朋友といへはわれと姓をことにするの人いやしくしては
鰥寡孤独ほかにしては異教雑類みな〳〵朋友に属せりされ
は天下の人いつれかわか五倫のうちならさる一視同仁にして是に
処するに義をもてするを聖の道とはいへるなり

○善をすゝめ悪をこらすと聖のをしへほとけの道なにかちかひ
あらんやといへる人有しにさはさる事に侍れと其善といひ悪
といへるにこそちかひあるへけれとある道しれる人いへるとそ

杭州ノ道林禅師人目テ為二鵲巣和尚一白居易問二仏法大意一師
曰諸悪莫作衆善奉行

○ものよみする人やゝもすれは鬼神の事をそこ〳〵におもへるもの
135 多しこれは世の人のほとけにこひ淫祀をたうとふを見むせふ
によりて食を廃するにや天子は天地をまつるといへるより
はしめ経伝にしるせるをみれはさにはあらす

136

○ある人神は聡明正直にして一なるといふことはをあけて聡明とはいかゝいひたることはなるやとたつねしに一念こゝにおこれは其まゝしり給へはこそとわか師なりし人答へられしに其座に侍りたる人ともいつれもせなかに水をそゝきたるやうにおほえ感悟したりき今かきつけみれはさまてかはりたることにもあらねとまことに会得したる人のいへるは言詞の外に人を感する事あるにや頭上三尺の天といへることはたうとしとわか師は常にかたりき

○此国天主のをしへをいたく禁し給ふ遠きおもむきはか[り]也[と]

いふへしありかたくおほゆ宝永のすえいたりやといへるものや[く]のしまにきたり長崎におくられしをすてに誅せらるへきにきはまりしにまつ其やうすを見給ひてこそとて正徳のはしめあつまにめされあかりやにおかれける其ころものしりてちえあるといへる人其国の事ともくはしくきかむとており〱ゆきてあひけるかそのおしへをきくに釈氏のいへるとものの名ちかひたるまてにてかはりたる事なけれはとるにもたらすさふらへと其人からは常ならすおほえこゝろにわすれかたく思ひ侍るとかたりしまゝ妖人のひとをまとわす事まことにおそろしき事也とふかく

あやふみしにそれより三とせあまりすきてひそかに其法をそはなるものにつたへしといふ事あらはれとかにおこなはれき

137
○楚の熊渠かいしを臥虎なりとおもひてやしりをかくせるを王充か論衡に誠なりといひし其こゝろいかにやとある道しれる人にたつねしに火事あるときちからつよきものゝおもきにもつをおひかたけしていつるを見て其ことわりをしり給へとありしかはそれはわかみのちからにてこそさふらへそれも常にすくるといふまてにてかきり有へしいしと矢とは外のものにさふらへはかたき石のやはらかになるもろき矢のつよくなることわりや有へきふしんに思ひ侍るといひしにいかにも矢もつよく也石もやはらかになり侍るまゝよくおもひて見給へとてその後はいらへもなかりしとそ

138
○近江のかたいなかにすめる人ありしに其名やゝ世に聞へしまゝある人たつね行けりむくらおひたるのへのさう〳〵しきしはのいほとほそなかはひらき年頃[よ]そしあまりなる人の文ひらきよめるを見てそれそとおもひ御名きゝ伝へてまいりたる

といへるにこなたへとて茶なといたしもてなせしさまつねならすおほへや、ありて儒者は世をこと、し荘老は世をわすれ釈氏は世をのかれさふらふいつれをかわかしわさと心得侍らんやととひしにまこと《誠》にかたき《愨》心ましまさはものこと其ことわりにあたり給ふへし世の中はいか、して治まりいか、してみたれさふらふやとたつねしにいつとてもかみたる人の御しんしよりおこり侍るなりとこたふ面白くおほえそれよりいにしへ今の事なとあさゆふ廿日あまり語りてかへりけるとそ

139

此ものかたりに近江のかたいなかといへるを終とす第一段は序のことし第二段は凡例のことし芳洲雨森子著

140

芳洲といへるは某州の文学なるか此書を著して家にのこせり正徳信聘の時彼国の正使趙泰億といへる人留別の詩あり曰絶海誰奇士芳洲独妙誉能通諸国語且誦百家書落拓寧非数才華儘有余明朝萬里別回首意

何如芳洲の身世ほゝしるへし故録す

無名氏跋

『たはれ草』諸本の校合

雨森正高
糸井通浩

凡例

一、以下に示す校合は、龍谷大学図書館蔵『たはれ草』（以下、「龍大本」）を底本（上段）として、東京大学図書館蔵『たはれ草』（以下、「東大本」・中段）、寛政元年九月版本『多波礼具左』（以下、「版本」・下段）の本文間にみられる異同を示したものである。

一、各項冒頭の漢数字は、龍大本の翻刻に示している、底本のページ数（翻刻では、算用数字）である（「半丁」を一頁とする）。算用数字は、行数を示している。

一、上段に龍大本の該当の本文箇所を示し、相互の異同を明らかにしている。該当箇所が欠字の時は、「×」（一文字分）を付した。なお、「○」によって、異同箇所を明示した。

一、底本本文と異同のない場合も同文を記している。

一、漢字・かなづかいの違い、及び反復記号（踊り字）の違いは、特に問わない。

一、漢字・かなの字体は通行のものにしたがったが、一部旧漢字を残すところもある。

一、章段の区別を示す、章段冒頭の「○」の有無も問わない。

本文

	龍大本	東大本	版本
一・1	もの、言○葉○も	もの、こ○と○×も	もの、言○葉○も
・2	かきつ×けて	かきつゝ○けて	かきつゝ○けて
・6	もちゆ○る者×	もちゆ○るもの×	用ふ○るものも○
・8	ちゑある人は○	ちゑある人は○	ちゑある人×
・10	虞詡○	虞詡○	虞翊○
二・4	ことなれと×	事なれと×	ことなれとも○
・〃	しる人は○	しる人は○	しる人×
三・1	たるならん○	たるならひ○	たるならん○
・5	おほゆる○	おほゆ×	おほゆ×
四・11〜	泰伯×子	泰伯無○子	泰伯無○子
六・5	さためられし×其	さためられしも○その	さためられしも○その
七・1	唐土××の	もろこしひ○と○の	もろこしひ○と○の

八・2	いへるはも○と	いへるは×と	いへるは、もと○
・3	この国に○	このくにに○	このくに×
・6	仁にしては○	仁にして×	仁にして×
・8	からのふし○き	からのふう○き	からのふう○き
八・8	ことなる事○	ことなる×	異なる×
・9	いふ○事○に	いへ○る○に	いへ○る○に
九・6	おこなふ事に○	おこなふ事×	おこなふ事×
一〇・3	小人以○僺なり	小人以○僺なり	小人も○て○僺なり
・6	悃誠也×××　白虎	悃誠也細○砕○也○白虎	悃誠也細○砕○也○白虎
・9	金○山寺	金○山寺	径○山寺
一一・4〜	いつれか○	いつれも○	いつれ×
・6	なきには○しかし	なきには○しかし	なきに×しかし
・9	礼楽の○おこりたる	礼楽の○をこりたる	礼楽×おこりたる
・10	中国といへるも○	中国といへるも○	中国といへるは○
・11	といへる×あり	といへるも○あり	といへるも○あり
一二・4	さふらふに○	さふらふ×	さふらふに○
・6	違なと○	ちかひなく○	違なく○
・9	都ありて×	都ありても○	都ありても○

一三・10 よもき　のあさ	よもきのうちのあさ	よもきのうちのあさ
・11 おこりたる也と	おこりたるなれと	おこりたるなれと
一四・1～はなのおほき	花のおほき	花　多き
・5 文かくとき	文かくときは	文かくとき
一五・1 いはしむ　事	いはしむる事	いはしむる事
・4 まねのまねする	まねのまねする	まねをまねする
・11 ありたき事	ありたき事	ありたきもの
一六・6 おほ　みたれ	おほ　みたれ	大きなるみたれ
・7～死するかことし	死するかことし	死するかことく
一七・11 いつとなく	いつとなくきぬとなり	いつとなくきぬとなり
一八・3 かすをつくのはん	かすをつくのはん	かす　つくのはん
・10 もちゆるは	もちふるは	用ふる
一九・7 すくれたれと	すくれたれは	すくれたれは
・9 おそるゝなと	おそる　なと	おそるゝなと
二〇・3 すくれたるとも	すくれたりとも	すくれたりとも
・5 いふ也	いふなり	いへり
二一・2 幾万億	幾万倍	幾万倍
・5 はるか	はるか	はるかに

・10 價か○
二三・4 かひこ×やしなふ
二四・1 下知し給ふとめ○
・7 法とす
されは
・9 素袍《スアフ》○○
二五・2 素袍○○
・3 素袍○○
・5 素袍○○
・8 しか〳〵とめ○なき
二六・3～よろしきと○
・4 綿いるゝ○事
・7 綿いるゝ○事
二七・1 人に×くわしく
・4 素袍○○
・6 まるえりにし×

あたいも○
かひこ×やしなふ
下知し給ふとも○
法とすもの、なかみしかある
をかたなをもてひとつ
にきりそろゆるかこと
しされは
青襖《すおう》○○
青襖○○
青襖○○
青襖○○
しか〳〵とも○なき
よろし×と
綿いる×事
綿いる×事
人にはく○わしく
青襖○○
まるえりにし×

價も○
かひこを○やしなふ
下知し給ふとも○
法とすもの、なかみしかある
をかたなをもてひとつ
にきりそろゆるかこと
しされは
素襖《スアウ》○○
素襖○○
素襖○○
素襖○○
しか〳〵とも○なき
よろし×と
綿入る×事
綿入る×事
人に×くわしく
素襖○○
まるえりにして○

・9 今のはかま×は
・〃 綿入にして○
・10〜はきかきりなりしも○
二八・6 させ給ふ○なと
二九・1 ある大○名○のやしきを○
・4 おほくなり○
三〇・1 其○子○たかき
・10 てらをつくれる○
・11 ××××かきりあるは○
・〃 年×へたる後には○
三一・4〜といふ事○にも
・10 船に○のり
三二・1 論せり○××××
・2〜おもしろし×××××
・7 申×侍×れは
三三・4 ある×やんことなき
・〃 くすりあそはせし○
・6 まくはえ○のかす

今のはかまに○は
わたいれにし×
はきかきりなりとも○
させ給ふ○なと
ある大○名○のやしき×
おほくなり○
××たかき
てらをつくれる○
て○ら○地○の○かきりあれは○
年を○へたるのちには○
といふ×にも
船に○のり
論せる○ま○こ○と○に○
おもしろしと○い○ふ○へ○し○
申し○侍る○れは
ある×やむことなき
くすりあそはせ○し
まくはえ○のかす

今のはかま×は
綿入にし×
脛かきりなりとも○
させ給ふ×と
ある人○のやしきを○
おほくなる○
其○子○たかき
てらをつく×る
寺○地○の○あきりあれは○
年×経たる後×は
といふ×にも
ふね×のり
論せる○ま○こ○と○に○
おもしろしと○い○ふ○へ○し○
申×侍×れは
或○人やんことなき
くすりあそはさ○し
まくはひ○のかす

・8	目ひしきたまひ	目ひしきたまひ	目ひらきたまひ
三四・1	かしこきを	かしこきをもてかし こきを	かしこきをもてかし こきを
・7	うれへしとて	うれへ として	うれへ として
三五・7	あかれるを利刀もて	あか るを利刀にて	あかれるを利刀にて
・9	人こと たへなる	人こと 妙なる	人ことに妙なる
三六・5	くすしにさせ	くすし させ	くすしにさせ
三七・2	人からのおとなし	人柄 をとなし	人柄 おとなし
・8	誹謗とす といへり	誹謗とす といへり	誹謗 するといへり
・11~	あらかしめ そなへ	あらかしめそのそなへ	あらかしめその備へ
三八・3	はらたて、	はらたて	はらたて
三九・11	其身を	その分を	其分を
四〇・10	或問 賂行	或問賄賂行	或問賄賂行
・11	曰均之利也	曰鈞之利也	曰鈞之利也
四一・7	うらやましとは	うらやましとは	うらやましと
・〃	ふかき	ふかき	ふるき
四二・2	やすからす	やすらかに	やすからす
・8	といへる事	といふ事	といふ事

・9	乱をさると	乱をさる事	乱をさる事
四三・4	国のかみ　ことゝる人	くにのかみ《国司》　こと《執事》ゝるひと	国のかみの事《執》とる人
・8	よきくすしもありて	くすしもありて	よき医師もありて
四四・2	いましめてこそ	いましめ　こそ	いましめてこそ
・9	とやかくいふをは	とやかくいふ	とやかくいふを
四五・1	つゐには	つひには	遂に
・4	よそにはおもひ	よそにはおもひ	よそに　おもひ
・8	いのちなる故に	いのちなるゆへ	いのちなるゆゑ
・〃	財をなす　こと	財をなすのこと	財をなすのこと
四六・3	学者	学者は	学者は
・〃	そしるへきには	そしるへきには	そしるへきに
・4	する　をこそ	する事をこそ	する事をこそ
・7	大命也しもを損下	大命也　損下	大命也　損下
・9〜	はふくと　いふ	はふくとはいふ	はふくとはいふ
・10	其御心	その御心	御心
・11	たもつの益	たもつの益	たもつ　益
四七・8	さかりていつるもの	さかりていつる事	さかりて出る事の
・〃	つゐに	つねには	つひには

四八・2	のたまひける○	のたまひけめ○	のたまひけめ○
・3	さかつ○て	さかふ○て	さかふ○て
・4	ゆへなき×たから	ゆへなき×たから	故なきに○たから
・9〜	其た○く○ひ○は	その こ○と○は○り○は	そのた○く○ひ○は
四九・3	暮には○	くれには○	暮に×
・6	命たる事○を	命たる事○を	命たる×を
・7	代×のたから	代々○のたから	代々○のたから
・8	もとたるこ○と○を	もとたる事○を	もとたる××を
・9	世のありさまの○	世のありさまの○	世のありさま×
・〃	ある人の○かなしみ	ある人×かなしみ	或人×かなしみ
五〇・3	よき事×ありき	よきことは○ありき	よきことは○ありき
・6	はるか×まさる	はるか×まさる	はるかに○まさる
・8	たやすき事に×	たやすき事には○	たやすき事には○
五一・6	とほ○しき	とも○しき	とも○しき
五二・1	史○術	使○術	史○術
五三・10	も○のこと	そ○のこと	も○のこと
五四・3	人なりとい○ひ○て	人なりとい○ひ○て	人なりと××て
五五・3	死し○たる	死し○たる	死×たる

五六・8	あつかり 私する	あつかり 私する	あつかりて私する
・7	けに と	けにもと	けに と
・8	世の中に	世の中に	世の中の
・9～	ふるまひといひ	ふるまひといひ	ふるまひ
五七・2	音楽 ある	音楽はある	音楽はある
・3	てんちく おらんた	てんちくそのほかおらんた	天笠其他をらんた
・4	ことわりなる を	ことわりなる事を	ことわりなる事を
五八・5	楽とは	楽のみ	楽のみ
五九・9	害 はあらまし	害 はあるまし	害とはなるまし
・10	しやうか つくる	しやうか つくる	しやうかをつくる
六〇・1	つくる事とも	つくる とも	つくる とも
六一・1	かけなとし	かけなとし	かけなとして
・〃～	うちかちに すれは	うちかちにのみすれは	うちかちにのみすれは
・3	おほく	おほし	多し
・4	いふに およふへき	いふにやをよふへ	云に およふへき
・5	思へるもあれと	おもへるもあれと	おもへる あれと
六二・10	こよ なう	こよこよなふ	こよ なう
六三・2	思ふ は	おもふひとは	おもふ人は

六四・4	なりた○るにや	なりた○るにや	なりけ○るにや
・5	おほへ侍り○	おほへ侍る○	おほへ侍る○
・6	農業×をこたる	農業に○をこたる	農業に○おこたる
〃	もうす×事	もうす×事	まうする○事
・9	年々の○たなつ物	としく〵の○たなつもの	年々×たなつもの
〃	年貢を○運上	年貢×運上	年貢×運上
六五・6	専○ら	もつ○はら	も×はら
・7～	悍卒な○り○と	悍卒な○り○と	悍卒××と
・9	季○	李○	李○
・10	たう○とふ○	たう○とふ○	たふ○とむ○
・11	詩賦×××する	詩賦を○以○て○する	詩賦を○も○て○する
六六・2	いそかはしか○た○と○き	いそかはし×××き	いそかはし×××き
・7	事もなし○	事もなく○	事もなく○
・10	なきにしめ○	なきにしも○	なきにしも○
六七・1	処令○謀	処分○謀	処分○謀
・4	佗○	他○	他○
・5	佗○	他○	他○
・7	賦○	賊○	賊○

・11	放飯 餟	放飯流餟	放飯流餟
六八・4	阿取容比	阿耴容比	阿取容比
・〃	未見 髣髴	未見其髣髴	未見其髣髴
・7	而 誦詩書	而徒誦詩書	而徒誦詩書
六九・4	もてはやさるゝと	もてはやさる と	もてはやさる と
七〇・3	世の中の	世の中に	世の中に
・8	のみしり 其	のみしり その	のみしりて其
・〃	貨すつること	たからすつること	貨すつること
七一・1	あめつち 開し	あめつち ひらけし	天地のひらけし
・5	年月をおはり	としつきをおくり	としつきをおくり
・6	かなしき	お しき	を しき
・9	見る所の	見る所の	見る所
七二・2	論せし	論せる	論せる
・3	をしへを廃する	をしへ 廃する	をしへを廃する
・5	治る もと	おさむるのもと	治るのもと
・10	こゝろはせを	こゝろはせ	こゝろはせを
七四・6	たかんなゝと	たかんなと	たかんな と
七六・5	いかなる故にや	いかなるゆへなりや	いかなるゆゑなるや

・6	地沈めは	地浮へは	地浮へは
・9～	貞享　年に	貞享　年	貞享ム年
七七・2	享保発丑の年	享保発丑　年	享保発丑　年
・5	いかゝして　こと	いかゝしてそのこと	いかゝしてそのこと
・10	かるへしと	かるへし	かるへしと
七八・5	都なる人の碁	みやこなる人　碁	みやこなる人　碁
・9	一なりといはゝ	一なりといへは	一なりといへは
七九・1～	碁うちにはあらし	碁うちにはあらし	碁うちにはあるまし
・3	かく文	かくもん	学問
・〃	学文	かくもん	学問
・8	いよ〳〵悪し	いよ〳〵あしく	いよ〳〵あしく
・11	世まて　にくみ	世までもにくみ	世までもにくみ
八〇・4	其或有所懲	其有或所懲	其或有所懲
・6	いへるも	いへるも	いへとも
・7	一様に　なり	一様にはなり	一様にはなり
・〃	唐土もの	もろこしこと	もろこしこと
・8	多し是は	おほし	多しこれは
・9～	甚　かたき	はなはたそのかたき	甚たそのかたき

八一・3　法といふに　あらす
・5　たらんに　ふみ
・9　封県
八二・2　まされり
・9　かけるといふ人に
・10　ふむ　ことし
八三・4　亀をうかつの
・7～加身ひきのまゝ
多女
・8～いへるは兆卜のたゝし
きにしてくしみつけ
さかりあかりりやう
したといへるは兆卜の
・10　とついた
・11　ほさゝいた
八四・3　依身をた　ひ
・11～兌金兌は悦なり
八五・2　たみの人なり

法といふにはあらす
たらむにはふみ
封建
まさるへし
かけるといふ人に
ふむかことし
亀をう　つの
かみひきのまゝ依身ひ
きのまゝ多女
いへるは××××
××××××××
××××××××
××××××兆卜の
とつひた
ほさらひた
依身を　しひ
兌金兌　説なり
たみは人なり

法といふにはあらす
たらんにはふみ
封建
まさるへし
かけるといふ人
ふむかことし
亀をうかつの
加身ひきのまゝ依身ひ
きのまゝ多女
いへるは兆卜のたゝし
きにしてくしみつけ
さかりあかりりやう
したといへるは兆卜の
とつひた
ほさらひた
えみをたしひ
兌金兌は説なり
民は人なり

・3　中央にくらゐし
・6　いへるは

　口授
・8　多しとそ
八六・1　しうとめの　くる
・7　五十にして
・〃～つかへをいたす
・11　父母は　また
・〃　父母のおき
八七・1　さふらはん　と
・2　これほとの書　よみ
・8～寸を　　きる事
八八・3　たふれても
・5～故にてこそさふらへ
とある人答し

中央にくらゐし
いへるはその名をかり
たるのみにしてまこと
の法にあらすこのくに
にては口授
おほしとそ
しうとめのをくる
五十に　て
つかへをいたす
父母　いまた
父母のをき
さふらはむやと
これほとの書物よみ
寸をきはめてきる事
たをれても
ゆへに　こそさふらへ
と　　こたへし

中央にくらゐして
いへるはその名をかり
たるのみにしてまこと
の法にあらすこのくに
にては口授
多し　（版下筆者による
と思われる案語あるが省略）
しうとめのおくる
五十に　て
仕へをかへす
父母　いまた
父母　おき
さふらはんやと
これほとの書物よみ
寸をきはめてきる事
たふれても
ゆゑに　こそさふらへ
と　　こたへし

・11 唐様と見え
八九・2 真跡をもとめて
九〇・11 人といふへき
九一・4 学者を多く
九二・4 むかしはかくなかりし
九四・1 九竅
・5 禍乱 の
九五・5〜いひしに
また其
九六・1 径伝をひきたて、
・3 是とし 今を
・8 ちかふなるへし
九八・9 こと さふらへは
九九・7 整齊厳粛
一〇一・2 其心をいはせ漢語

からやうとは見へ
真跡をもとめて
人とはいふへき
学者をおほく
むかしはかくなかりし
七竅
禍乱 の
いひしにその次の学
者のいへるはいかさ
ま処置あるへしその
まゝにてはすむまし
といひしにまたその
径伝をひきたて、
是とし 今を
ちかふなるへし
こと さふらへは
齊整厳粛
そのこころを 漢語

からやうとは見へ
真跡をも て
人とはいふへき
学者 おほく
むかしはかくな りし
九竅
禍乱裁害の
いひしにその次の学
者のいへるはいかさ
ま処置あるへしその
まゝにてはすむまし
といひしに又その
径伝をひき て
是として今を
ちかふ へし
事もさふらへは
齊整厳粛
その心をいはせ漢語

・8　かなふへきにや	かなふへきや	かなふへきにや
・10　発見なりといたり	発見なりとかたり	発見なりとかたり
・〃　わきよりいへるは	わきよりいへるを	わきよりいへるを
一〇二・1~8（自註・漢文）	（全文欠文）	（自註・漢文）
・3　知為其牛	（欠文）	知為　牛
・9　学問を成就	学問は成就	学問は成就
一〇三・1　紬木梳ありなと、て	紬木梳ありなと、て	紬木梳ありなと、
・2　おもひ給は、	おもひなは	思ひ給は、
・〃~名を得たる	名を得　る	名を得　る
一〇四・1　はつかしむるならん	はつかしむるならん	はつかしむ　ならん
・5　いとたうとく	いとたふとし	いとたふとし
・6　いへるにや	いへるには	いへるには
・10　おもふ	おほふ	おもふ
一〇五・3　事をはもろこし	事を　もろこし	事を　もろこし
一〇六・4　あた有ても	あたありても	あたありとも
・7　かつゆるもの	かつゆるもの	かつゑるもの
一〇七・5　農工商　の	農工商　の	農工商雑類の
・7　此国　今の	このくに　いまの	此国に今の

一〇八・1 差別 あるへけれ
・6 無官 大夫なと
一〇九・11〜いつれ たやすき
一一〇・10 されは詩をつくる
一一一・10〜其国の風儀
一一二・3 からの字音 三声
・5 上声 去声もなく
・6 入声なると
・9 四声をわかちて
一一三・1 あ らさる字音
・〃 詩 音調をこそ
・3 後いく千世
一一四・2 あいたに自然の
・7 たつ おらん の
一一六・4 しりたりとて
・7 それかしも唐土
・10 こゑはもと唐土
一一七・6 もへいてたれとも

差別はあるへけれ
無官 大夫なと
いつれかたやすき
これは詩をつくる
そのくにの風気
からの字音は三声
上声も去声もなく
入声なりと
四声をわかちて
あたらさる字音
詩は音調をこそ
このちいく千世
あいた 自然の
たつ おらんたの
しりたりとて
それかしももろこし
こゑはもともろこし
もえいてたれと

差別はあるへけれ
無官の大夫なと
いつれかたやすき
これは詩を作る
その国の風気
からの字音は三声
上声 去声もなく
入声なりと
四声 わかちて
あたらさる字音
詩は音調をこそ
此後いく千世
間 自然の
韃靼《タッタン》紅夷《オランタ》の
しりたるとて
それかし もろこし
こゑは 唐土
もえいてたれと

・7	ふたつたへすれは	ふたつたへすきは	ふたつたへすきは
・8	いつまても	いつとても	いつとても
一一八・10	物語をも	ものかたりをも	ものかたりを
一一九・3	なるゝ故により	なるゝゆゑにこそ	なるゝゆゑにより
・11	此国にて文つくる	このくにに 文つくる	此国にて文作る
一二〇・1	また 文つくる	または文つくる	又は文作る
・3	おり〳〵は	おり〳〵	おり〳〵
一二一・4	しるせりといへり	しるせるといへり	しるせるといへり
・9	呉音といへるは	呉音といへる	呉音といへるは
・10	唐土音也	もろこしこゑなり	もろこしこゑなる
一二二・8	十六代応々神帝	十六代応 神帝	十六代応 神帝
・11	当 韓音 韓音則	当是韓音蓋韓音即	当是韓音蓋韓音即
一二三・5	したかひきたりし	したかひき りし	したかひきたりし
・8	かみよりよみくたす	かみより くたす	かみよりよみくたす
・9	学へる人 なく	まなへる人もなく	まなへる人 なく
一二四・3	愚なると	おろかなりと	おろかなりと
・7	各其素利《かくきそり》	各其素利《かくきそり》	各其素利《かこそり》
・〃	つき といふ	つき といへる	つきをといへる

・9　ちかころ　古董客
・10　国のことはには
一二五・6〜いへるかことく
・11　この国の人に
・〃〜か丶る処には
一二六・1　はかりにて
・5　唐話を学ひて
一二九・7　ことはのついても
・11　およはさるは
一三〇・8　ものをしへ　て
・〃〜いくへんともなく
一三二・1　訳語といふ　こ丶ろ
一三三・4　のみ　いひて
・6〜三武をもて
・10　皆　うちに
一三四・2　ことにするの人
・6　悪をこらす　と
・7　いへる人　有しに

ちかころある古董客
国のことはには
いへる　ことく
この国の人に
か丶るところには
はかり　て
唐話　まなひて
ことはのついても
およはさる
ものをしへ　して
いくへんと　なく
訳語といふ事こ丶ろ
のみ　いひて
三武をもて
みなそのうちに
ことにするの人
悪をこらす事
いへるひと　ありしに

ちか頃ある古董客
国のことはに
いへる　ことく
この国の人は
か丶るところ　は
はかりにて
唐話　まなひて
こと　のついても
およはさる
ものをしへをして
いくへんと　なく
訳語といふ事こ丶ろ
のみをいひて
三代をもて
みなそのうちに
異にする　人
悪をこらす事
いへるひとのありしに

一三五・3　さにはあらす
・5　ことはなるや
・11　遠きおもむきはかり
一三六・6　おしへをきくに
一三七・7　やはらかになる
一三八・6　いつれをか
一三九・1　ものかたりに
近江
一四〇・1　芳洲といへる……
・〃　某州
・2　正徳信聘
・7　無名氏跋
（全文欠文）

さにはあらす
ことはなりや
とほきおもひはかり
をしへをきくに
やはらかになり
いつれをか
ものかたり世のみたる
ゝはといへるを
始とし近江
（全文欠文）

余嘗言於人曰狂草一編言
雖浅近而託旨深奥其為
吾家之楊子雲果誰哉
寛保甲子四年二月八日

さにあらす
言葉なるや
遠きおもんはかり
をしへをきくも
やはらかになる
いつれか
ものかたりは世のなか
のなにかといへるを
はしめとし近江
芳洲といへる……
対州
正徳信使
鳩巣老人直清跋
（全文欠文）

芳洲七十七歳書

延享甲子季冬　永有国膽写

龍谷大学本『四季物語』翻刻・解題

外山敦子

解題（付凡例）

年中行事をめぐる随筆『四季物語』は、鴨長明の作と伝えられている。『本朝書籍目録』には「四季物語　四巻　鴨長明作」と書かれており、又『徒然草』一三八段に「鴨長明が四季物語にも、『玉だれに後の葵は留りけり』とぞ書ける」とあることから、これを信じれば鎌倉期には存在することになるが、嘉定の御祝の記事、葵祭当日の関白参詣の記事などの存在により、室町中期以降に成立した鴨長明仮託の偽書とみられている（岡田希雄「鴨長明四季物語偽書攷（上）（下）」『国史と国文』第五巻第五号、同第七号）。貞享三年刊行の版本『歌林四季物語』とは別本。『四季物語』の伝本は現在五八本が知られており、このうち五六本が藤原為定の奥書を持つことから一般に「為定本四季物語」と称される。これらの本文には異本とすべき大きな差異はなく、また筆写も江戸期であり遡って室町期にまで至るものはない。ただし、これは早くより偽書であるとの見方があったことから個人蔵伝本についての報告が少なく、なお多くの所伝本があるものと考えられている。伝本系統については、奥書と部分的な校合の結果による報告がある（浅野日出男「『四季物語』諸本の系統(上)(中)(下の一)(下の二)」『山陽女子短期大学研究紀要』第八号〜第一一号）。

『龍谷大学図書館蔵　四季物語』は、縦二七・〇センチメートル、横一九・五センチメートルの袋綴写本一冊。鳶色地に草花の丸の模様を刷った紙表紙を施し、中央に「四季物語」と記した題簽がある。内題はなし。料紙楮紙五一丁（本文墨付五〇丁、遊紙前一丁）。本文は一面一二行で、頭注（首書）、及び振り仮名・振り漢字、校異などを記す傍注がある。頭注と傍注は、墨の色が若干異なるものの本文と同筆と思われる。虫損あり。先に述べた「為定本」の一本で、浅野日出男（前掲）によれば第三類忍鎧子本の系統に含まれる。

翻刻にあたっては原則として底本のままとするが、次の方針に従い加工した箇所がある。

一　漢字・仮名の区別、仮名遣い、清濁は底本のままとし、異体字については通行の字体に改める。
二　本文の改行は底本のままとする。ただし頭注はこの限りではない。
三　底本の改丁は一行あきで示し、丁数・表裏は(1オ)(2ウ)の形式で示す。
四　見せ消ちは底本のとおり左傍に「ミ」で示し、右傍に訂正された文字を示す。
五　補入部分は［　］でくくり本行に挿入する。
六　振り仮名・振り漢字、校異など底本にもともと存する注記の類は、底本のとおり傍記で示す。
七　虫損や汚損、あるいは字形が不整であるかして判読不能の文字は□により示す。
八　底本に存する頭注は本文末尾にまとめて掲載する。頭注の存する箇所は本文中に(1)(2)の形式で示し、末尾の注番号と対応させる。

九　底本の状況について説明を要する箇所は、①〜④の番号を付して後注する。

本　文

正月

(1)あめとすみつちと定りいつ(2)ゝの道をのかし(3)ゝ所
を得しよりいもせのなからひ絶す君と臣とのを
きてたゝしくかそいろ《父母》のいさを《功》しるく《著□焉》して春
行秋来りても千早振神代よりもあすか河けふ
とめくりきぬれと(4)何か世の中にひとつとして常
ある事をしらす知らすしもあらぬにや花咲み
のり紅葉に過雪をつけたる冬の梢のあはれ
さかう行めくるならはしをくるまのとゝまる事なくた
まきのはしなきためしは(5)そのはらやふせやに生る
はゝきゝのあるにもあらすなき玉の行かふ夢の
浮橋をたとりなれぬるうき世の中法の師（1オ）
の三の道とけらんやうに暁おきの袖をかそする
すみの身にもぬるゝのみなる此山里のかや葺

の戸さしにもさすかにそのかみ行かよひし大内の
さまはかりねの夢にも忘れす(6)廬山の雨の夜も
むかしおもほえ月にはかこつ庭のたゝすまゐにか
ほりくる風の名残すゝしう吹過時雨めきたる雲
のゆきゝもあとなく成て小野の炭竈煙うすく
もこくもやと思ひたとるにもはや世の中はけふあ
すの年の終りに何かはと思へとあしふみたてぬ九
重のかしかましさなと聞てわたるにこゆるきのいそ
くとしもあらぬ槇の戸ほそもはやくらう成行
て一年に十あまりやゝ二たひのけ(7)ふの日かす（1ウ）
なれと年のとちめにはかう神も見そなはし置給
ふ《かイ》にや今夜の空のくらき行ゑすみをす□□
ぬりたらんごと《ことは如《コトク》也》見えて神の代の岩戸の庭もせも
かうはかう〳〵しからしかし星の御かけはかゝやきて

るも天のやすかはらの神つとひとおかしき物から
つく〳〵と一年の名残(8)ゆひをものし袖をしほり
ておもひぬる夜のなと夢のこと山里の雪にとち
られし老の心も草木よりさきに春ならんとやは
するとうちすし独こちて又くる年のけふの日
数もはかりかたく年ころのことわさまてくゐの
やちたひ(9)九しなのさはりにもやとおほひてむかし
有ける九重のけしきけふもみそなはさん大内の（2オ）

さまをよしや難波のあしてをたきゝにほとふる
はかりつかうまつりておとろ〳〵しき松風谷の
ひゝきに目うちすりて琴もよそならぬなと
まくらほかけにそへてそれかかれかなと思ひたとるに
(10)鳥もきこえぬ山里なれと(11)家を守る犬の声
〳〵も春めきたるやうにおほひて東のとさし
しはし斗明り《もイ》のすれは空のけしき夜部見しには
かはりてはなたの紙におしろいつけたるやうにと
ころ〳〵しろうみなされかゝやく星のかけもみるか

うちにうすうおほひて東のかたおほむ神の
たゝせ給ふへき辰巳のあたりに(12)よこほる雲□
一すちはもとほそう末ふとしまたひとつはにし《虹》（2ウ）

のかけ橋おほえて(13)こむらさきの平緒のなかうつゝ
きたるかことしその平緒たつものもいつの□に
か薄墨《鼠色也》のかんや紙の色に成もて行はまたい
つちよりかはしはしかほとくろう成て山陰もの
あひつやゝかならぬにそともの鳥の声花まつ
はかりにや心からのとやかにさえつり出谷の水も
音そへてきこふるに(14)三明(15)六通の仏の御耳には
なとかけまくもかしこくも《とか》うらやみ奉るに二たひ
は星の八十河原いつちいきけんひとつふたつそれ
かあらぬ《か》と残るやうに見えて山のはに匂ひ出る
朝彦の御影たゝあけの玉垣いかなるたく
みのぬりみそ《奉ノ心也》なはせしとかつねのなかめもかう（3オ）

ある物から一きはたうとくもいみしく《うイ》もおほい

たるに九重の御わさ我神垣のくらつかさの
御もの申も今はかり［とか］《年宿卜書》おほいたり此御わさはさる
御事にて(16)四方拝の神さひたる御事よま
たしの、めもわ(17)いためあらぬより有かたくもす
へらきの五の御印相なしおはして御ぜじやうひ
きめくらしたまひその御うちつ庭にしてそく
さうをとなへおはしましあまつ神国つ神な
への御さ、き雨の神風の神五のたな
つものらまて祈りものし給ひ天か下ゆたかに
国ひさしかれとの御うけいにて千早振神の
御心をとらせたまふ事成へし御つほ〳〵の（3ウ）

あたりみあらかのた、すまゐかにもりの司のは、
木とり〳〵つかふまつりけかれをやらいやるに
さ、やか成わらはの年立あさよりよろこほいて
そこらちりふて御このみのあまりうちやりた
るをのるにもあらては、木またつかうまつりはし
たなのうへわらはなとはなにかけてまもるに御しら
すのかたすないもの申の御がくとものすれはうたま
ひの司なれたる上のきぬひきかけてとのもり
のきよめたらはしなと声ゆるみ《か》老たつつかさこ、
ら行かふにとかくして御わさ事おはり御ゆきな
らせおはしませは御くすりのつかさとうしあけ
つかふまつりたる(18)とそひやくさん(19)とそうさんとうやく
（4オ）

なと宮のうちのかんつかさ蔵人につたへて奉れ
り此蔵人はしんとりのつかさ成へしそれより
小朝拝の御事いそかれまた今宵の節にあふ
へき三のほしの位かんたちめ君達なへての殿上
のおのこ達またき侍従のなにくれそのさためがき
それかれつかふまつりて日くれにたれは春としも
なくさむう覚え衛士のつかさ火たくあたりに
のみ人おほくゆすりよりて内弁も此わたりゆ
かしくもやとたれも〳〵打ほ、えむへし其神〳〵しさ
いはんかたなし九重のかくうつたかくつ、かせ給ひ百

代千世とさかゆく春にあはせ給ふもかゝる御よそひ
のたゝならぬにこそ三日の日は我御社に八串（4ウ）

のぬさ御前よりみそなはさせおはせはかひ《イむ》つかさの
かみおほいのすけ内蔵のかみ所のすつ《出納》なうなと
榊にゆふたすきかけてまうのほれはこゝらある
かんなきもかゝるおくなたつも白きざうゑに立ゑ
ほうしゆるみかつきて御広庭に出てのそみ
奉れはほとなくけふも暮て五日のぞ(20)ゐにつとへ
て神のそのふの御札あけところの法師らまた神
人なと榊の枝のもとするゑきりて文杖なと覚え
て御札さしはさみ宮のうちのかみして奉れり
とかくして此ぞゐにかゝつらふ事にやぞゐ六日に
あれはまた六日にあることゝこそかへさに法師かん
なきたち四(21)条の京極少将の井の水にて手（5オ）
すゝき口うふひてすくに宮にもつかうまつりて其
事かしこまりを申事とこそ程なく七日の御会

も夢路の中に過ぬれはきのふまていみはゝ
かりしあさり法師たつもけふは御はしによろ
ほひわかきかきりは足(22)を空になにくれとその事
かとつかふまつれりみしほの御わさは高野大
師真(23)言院を宮のうちにたてられ承和五とせ
の比よりおこなはるゝ事にこそ是も専もろこし
の内道場をなそらへこゝろみらるゝ事なれは神の
御国もひとの国もおなしやうめきておかしうもかし
こくも思ふ給へられたり大治二とせの御しほに
ぬす人おほくむれ入て夜居の僧あさりなとの（5ウ）

衣あるは仏の具うはいとりしよりみしほの
たひには宮のうちに六衛府の司人けひいし
のしもうとなと弓やなくゐそなへかゞりあかし
ともしてまもれるにさかしき《さイ》やうのゑせものは
くまじかゝる折にことよせてわかき殿上のお
のこらうねめうへわらはのわかきかきりみそか
事ものするにとかくしてはみつけあらはされて

恥とるもおほかり十あまり四日の夜かたはかりもなく法師行あかれつとめてはみつし所の御かゆ奉れる七種の御あつものもけふまでと、め置てひとつ御かまにてとうじなして奉れはしるしは□り御いきふれさせ給へり此事推古の（6オ）御代よりある事にてあかきは陽の色をからせ給ふ御事にて(24)あつきの御かゆ給はらせたまふとそ冬の陰の余気を陽徳□て消させ給ふ御心なるへし山の上のおくら《憶良》といふ人の奉れる哥に

春くれはあかき(25)おもの、あつものもめくみにもれぬ

御代にあふらしとよめりあかきおものはあつきの御かゆなるへしまた松の尾の神人今日のひるつかた大内にまうて、かんつかさの伯にものして札奉れは我みやまのあふひの根をねこして□ねごせるをそくいゐのうちに入て御札を御母屋の柱に伯してはらせ申せはまたつき〳〵《司イ》のたよりあるへきかたにもはらせ給ひなへて公卿の（6ウ）

家〳〵にも此ためしまねふへしそのそくいゐは七くさのあつもの、残れる又けふの御かゆをひとつにすりませて御札をさる、也定れる御例は御いきふれさせ給へる御ましのすへりたるにてをす事とこそこれもつはらい(26)かつちい(27)なつまのた、りをやらはせ給はんとの松の尾の御誓おはしますとの御事なるへしかくして日もやう〳〵たち行にさぎてうの具も児たつ人のされはみたる弄ものとなり焼残りし扇にあかきふさつけたるこしにさしそへたるふるごたちのかたへに児か、へてた、すむはいかはかりのよはひにや此やしなひきみの行ゑかしつくらんと身のうへ（7オ）の老のさらはな《幸吉事ちイ》のあたりおこめきけり十日あまり九日は八はたの御弓のゐはしめこれ又つはもの《兵庫》、つかさつかうまつれり廿一日は御むろ東寺の御のりはしめいせのこくしの御告拝の奏いつれかつねの御わさならんかし遠山まゆの雪も春

来にけりとくろかみをつけゆきかひしけき都の《は》
さらにて人めまれなる山里まて《もこと》たつ事とてあるは
たきゝやうのものによねのふくろをそへあるはちいさ
きうつはに御酒をもり白き布に賤のめも
あけまき《総角》もうふ《産》すなの神につかうまつり何事
にかはのみ心見たてまつれは神の御かほの程も
えみをふくませ絵はんとわらはしき物から廿五六日
（7ウ）
もすきて有明の空またさえかへりて冬の空の
けしきにはいやまされはいやとしのはもたち帰り
ぬるとふるき言の葉つふやきわたるにもかゝる山
住のほいならすは此有明は立むかはしといとゝのか
るゝ心さしのいやそひぬれは雲にのるへき山里
こひしうおほひ月にそむける仏のおましところつ
ゆうちそゝきはき手つからつかふまつりてかゝ
る方丈のあか仏は京に出給はしとふかく信し
(28)みやこのうちはすますまされりとこゝろにねに

してけふの《もイ》つとめくれぬ（8オ）

二月

(29)きさらきの空のけしきたゝならぬにのこん
の雪に咲ましる梅の匂ひなつかしう里には
またことそきことそともなきあけほのに
山の桜ははやう花をつけぬれと霞のふか
う立へたてゝ外山の空のうらみすくなから
す過し氷のためしはさらにて今日ももとり
の司氷を奉れるいく野ゝ道の遠き心はへなと
所につけ国にふれたることとくさいひしろう
おのこともゝ春のひかりに心ひかれてあらぬ
野山に心をやりゆかしう見ならはせとの御さう
しにこめたるをり《檻》のうちのけもの籠の内（8ウ）
の鳥は春ともしらす花にす《巣》くふいもとの契りも
ものせて(30)みかきか原の明くれ心くるしう遠き海
山八重たつ雲のよそをも恋かなしむをなんあはれ

と聞しるへきひしりもものせねは《イ本ノマヽ》「そいんたくもうて
うてをの声」たゝいひしらす
おかしきふしにきこえなせとさそなかなしみあまり
成へきを思へはいみしきおましのあたりやむことなき
御かたへにはいみはゝかるへきにこそねけんの日は公
卿少納言外記其外なへてのつかさ人つとひて文《ン》の
つかさ兵の司二省より奉るそうせんのたにさくを
えらひこゝろみてなをすゝめらるゝ六の位より下の
司人のねかひをものせらるゝ日成へし白馬のめを
のたうかは雪また降つゝねりの公卿の裾のすそ（9オ）
も露けくさらぬ宮つかへのきぬのすそもたふげな
るにけ《とり》ふのおんをは春めきたるとやものせんなといへ
るに
かりかねの十三そ四十二十あまり飛つれてとこよを
いそくには(31)なを見すてゝとはいへとはやき桜は鴈
の詠にもれすやとおかしうほゝえむわかうとゝも
ありて御広庭のあたりは人のいき袖のかほりにて

ゆすりこめたり文武のふたつは捨給はぬみちなれと
かくはけむ事の本意ありかたうこそね(32)はんくゑ
の御法はきさらきの別とそかの家持の中の物
申のいひさためなれ身を人にしらせてしと延喜の
すへらきのよませ給ひしことあはれなるかきり成
へしかゝる御うへにては生死といふ事はたゝかりそめ
（9ウ）
の相にてこそおはせめとも心なきたくひは身の
うへになそらへそのきはならねと今ある事のやう
にかなしかるへきにまいて宇治の宝蔵山の
御蔵の御絵のねはんくゑ拝奉るにそ僧輩う
はそくひくにの四の行者はさらにてあらぬけ
もの鳥ら虫らまてもなきかなしみくるしう名残
おしみ奉るにも仏の御国にもね(33)こまといふけもの
はかたちは虎によそひて心はねちけまかりて
とらといへとおそろしうはかりもあらていとなき子
をまもり老たる母をめくみしためしもありや

さしきかたもあるに此ねこまたは仏の御わかれをも
かなしうおもはてこそねはんくゑの御ましらへつかう
(10オ)

まつらぬおとろ〳〵しさ(34)此国にてもともすれは
老(35)たるねこま野らにすむなとは人の子をう
はひあるは人の妻をかとはしてむくつけき
もの也さる御まへちかう御ひさのうへにもをかせ
給ふ事になかきつなも引出つへきものな
らんかし十日あまり七日八日の日は夜すか
らひんかし山の道鳥部山のあたり人立ゆ
すり清水観世音に行まふつる人あしたとへ
てもさら也花はやう〳〵ちるもありをくれた
る枝は心きたなきは折たりて何心なきわら
はへの心をとるへつらひ草に家つとめきて
帰りぬけふ過てはいと〻春めきて北野の御(10ウ)
社のかんわさ秀才の告文なとやんことなき氏

の本意ならむかし延喜三年二月末のけふ
になん心つくしの旅のつかれさすらふさに
浮世をよそに見なしたまひしに今日にいた
るまて人のたうとむ御事よあら人神は
さる事にて白た(36)ゆふ延勝□□ものせしは伊
勢の神人たりしかこれをさへおなしすし［にか］たう
とめり此御神の作文はもろこしよりこひも
とめて延喜四年五月廿日あまり一日のころ
二巻となして唐にわたし給ふとなん後の世
のからうた［にか］ほめ弄してわたせし事も有とそ
(11オ)

三月

春かせもや〻ふとう吹わたり青柳のえたに
やとかる百千とりのこ〻をせにと打囀り薗
生に遊ふ胡蝶の垣ねの露をいのちとや
夢はかりのうき世のすさひむかしの夢も
かうやうの身にはうらやましからて糸ゆふ

にさへつなかるへき老かかぼそき足に芝生
のなよ竹を枝に切てこゝらの野をあさる
に桃のうちわらふはかりえんにさきほこり
て道のかたへははるの草生しけれりはる
いくはくか暮なんとつゝりうたふて谷に
おりてたつさへしものをかきならせはなか（11ウ）

る丶水もしらへたちて及はぬ響にみつからも
かたはらいたうつく〳〵と昔ありける貞敏公の
面かけもかよふはかり涙も水もなといひす
てぬ今日なんめくり水の御えん今はかり
はしまるへきにこそもとよりもかはらけもたら
ぬ谷の戸さしまいて此もしすかぬ身なれは巴の
もしも書流すへきにあらす司のめしの除目この
ころにやと百敷の御わさもひさしうひいれ
たゝすまぬ身はおもひよらてしはしありては
猶おもひ出る所もあれはそれかかれかとその司
〳〵心あてしるうつゝのやうにおほいたり御燈

なといふこそ八方神相応のかたへともし手（12オ）
向らるゝことにてこの事懿徳のすへらきよ
りおこりて是なん三日の夜にあるへし十日余
り五日のころはやはたの御斎会さゝ竹の大
みや人にくらつかさそひてまいりぬへしむらさき
野に根の国のかんのやしろに花をたてまつ
るその日はすないもの申しならひにすれいなと
まいりて疫の神に封を奉りかとのおさゆ
ぎをかけなんなと神つかさをこらしものす
やすらにはてよ〳〵としは〳〵うたふて花を手
折て宮のをのこたちにつたふ事也此こと
後一条院の比ほひよりはしめられしと南
やすらにはてよとは春の気に上一人より下（12ウ）
末［に］まてあたらせ給はす下にもわつらはてやす
らかにはてよとのことなるべしわかき司人かへ
れはもゝしきの内を行かふ人御かうしの内

よりその花たうべんもの丶かはり奉つらん
なといとなきは官人の袖にとりつきうはひ
とりぬにくしともいはてやらひやりぬる事も
さすかにいは木ならぬ人の心あはれにやさしき
やか丶る山里のえせたるけたものはさは有ま
し東の人の心は大かたけたもの丶やうに
おほいたりさはいへともかへりてはかなしき心さし
をつくし命にも身にもかへて人をもすくひ
あまたけんそくひきしたかへてあたをもたすけ（13オ）
ためりし事なと人もいひつたへちかう目に見
そなし［はか］ぬれは都とてもいなかはつかしうこそ
た丶
花紅葉につけ月雪の庭にた丶すみて
心とく折にあひたることくさいひもしろひよ
みいたす事なん都人はまさりぬともかくも
かたらうへきはゐなかう人なるへしされとひけ
むくつけむかし物かたりめきたる大将の口の
あたりむつかしかりぬへししらぬ遠つ国か丶み
の神のあり所おもふむすめ姫たつなとのそ
ひねゆるさんははかなかるへきにや小野小
町は世にしさすらひてさそふ水ありて人の
国までむなしうなりしかと女なとはわきて九（13ウ）
重のうちにてともかうも尼にも成て世をす
くすこそ本ゐならめ男といふものは君につか
へ朝な夕なおもふ妻子をはく丶みうえをすく
ひ夜寒のかせをしのく身なとは九重のすまゐ
あるは遠き国をも治めんはさもあらはあれ世
をはかなみかしらおろして草のたもと苔の莚の
うきふしはいかにそや都のうちはとかくらうかは
しきにまいてしれる友なとの行かよひむかし
有けむことといはんは口おしかりぬへした丶やすら
かにいなは露をしたて丶一鉢をかしき落
葉をひろふて御あかしのたつきともせまほし
うこそ我もしかおもへとまた捨やらぬほたし（14オ）

には此ひとつの楽器なるへし仏はきやうけ
むきごとかゝるうつはの音には猶更こゝろも
きよく成へきを翁かはかなき心よならすことに
いひしらぬなみたそゝろにうかひてほんなふの
たねをもまかなくことかやしはしうちやらんも情
なしあるもうけれはとひとりこちたるねさめ
にはしらぬみ山のきつねたぬきふくろうやう
のものらこれをとうでゝよあれはさすかになと
いひすて草にのみなりてわすれてはまたかき
ならすにふちの波をたゝへて此日野山の岸
に咲匂へる北の藤なみ千代かけてこゝを
ふたらくの岸にもとおもふためるに山ほとゝ（14ウ）
きすのねてかさめてかとおもふはかりやまひこに
こたへて二こゑのやうにをとつれたりかゝる
みやまかくれにもかへさをすゝむにやとおかし
う思ふにやよひもくれてけふをなん三
月の《残月なり》こ《尽イ》んの日とか（15オ）

四月
しはし染にし花の衣のみかは御簾のたれ御調
度までもひとへにかへ見そなはしすさましかり
ける扇なと給はれはをのつから夏山の陰
もすゝみとるへくおほいたり九重のうちは人の
家居はしけゝれさこそあらね此あたりの山陰
は青葉にましる卯の花の□□つかしう咲もの
しわかゝえてのみとりは六位すくさ《せのイ》ぬうへのき
ぬかけぬれと御さく給はりし松のみとりにはをと
りぬほとゝきすの声〳〵もみやこのうちよりは山
里はしたしう行かよひ朝な夕なにしての田長
にすめかほなるもおかし水草清きあせの夕（15ウ）
くれは、秋ならねともあはれ多かり《れとイ》蛙といふ
ものはゑせたるむしにて人の足になれきてとも
すれは沓の下にしかれてこ《うイ》てをひしかれ身を
あやふむ律たるひしりなとは此ころはあしを
とゝむるもむつかしき身なるへし其外さらぬ虫の

おほくあつまりてかしかましき山里也こゝもまた
いつかはとうとみぬかし祭のころちかう成行に
(37)先仏生会のいそき百錦は更にてあるとあ
らゆる寺のいとなみやむことなき御事也仏は
ひとの国の御身なれとかくたうとまれさせ給
ふいみしさよわか国の神いくらかおはしませとも
神生会ともいはぬなるをおもへはありかたき（16オ）

ならはしなりきさらきのわかれは此ころのやう
におほびたるに月日のはやううつることよ
かゝるいき死のちかう行かふ事仏の御身すら
しかり数ならぬ人の身の程おもひしらぬには
あらねとたゝのとかに思ひすくしぬ宇治のわか
いらつこの御まつりもけふにおもひやりぬちかう
ありぬへきにや当社はむかしやまあとのくに
高鵜にものし給ひ《ふ》しを天武のすへらきの六と
せにあたるきさらきのころ此みやこにうつさ
れさたむみつかきいかめしうたゝせおはしましぬ

仁和のはしめの年になんもろ〳〵の国に一の
宮をさため給ふし内此みつかきをも山城の（16ウ）
国の一のみやにさためられかけまくもかしこき御
事よ一人の御まかきの御国をもまもらせ給ふに
こそ御形《あれ》の御いそきは中のとりの日にて関白の
御詣いみしう見えわたりぬあるしは五緒のひ
さしさしの御車にたてまつられ地下殿上の
おのこたちつかふまつるに前駆もありて司
人は御てくらからひつなともてきぬ大路のさ
まはなにくれの見物数つとひて大かたは夜
の明ぬころより夕さりは星をいたゝきて来ぬ
おもへはたゝならぬ神垣といへはさら也花
つみのわらはの出たちさいのほこもちのやうの
すかた放べ《冕》んの下人の袖袂につけたるまり（17オ）
つくし秋のはな垣百なりひやうのすゝきになり
たるなとけしからぬ見物なるにかとのおさの出

たち其外使庁の下部のおとこ〳〵しきよそ
ひまたくらつかさの神みぞのはこしり(38)くめの縄
ひきわたしてさゝけ来ぬ此くらつかひともの
するもけふの朝ほらけ内のしるすつかさ紅
の帋しててうしたる宣命を内侍のかんに伝
へ侍れは主上御ゆつりをへさせ給ふて御
手つからひらかせよみおはして可の字を御手
つからそへさせ給へは内侍うけつきて上卿に
わたせは上卿是を奉りて御つほの前にくら
つかひをめして給ふ事になむ小夜におよんて（17ウ）
をの〳〵御あれ山にて神拝やむことなくなし奉
るにひるの程につけたるあふひもかつらのえ
たもおほくはしほみぬかつらの枝は松の尾の
御社の御たくおはしてけふにさしそへ給ひぬあ
ふひはもろ葉草とてこゝになん二はのあふひ有
てよその里にはなきと也むかしより松の尾の
宮居に此みやしろふかき御うけひおはして

なへてのなるかみのわさはひないふるふわさはひ
やらはせんとの御事にてもろかんなきもこれを
えほうし浄衣のこしにもかけ又御内を初め奉
り何くれのみや公卿の御家にも給はりてあるは
みすのもかうにはさみあるはもや中殿のかも（18オ）
ゐなとにかけをかれぬ五月のあやめくす玉の
ありかにもましへ置て猶長月の菊の折にも
あふ事也かれたるあふひかつらもあたらしき
よりはかう〳〵しく覚いたり小六帖の哥に和
泉式部小野の大将にわすられまいらせて又
ことかたのうへみや人になれものし給ふをまのあた
り見るるわひしきにと打□らたちてみな月
の中の七日の夕さりかたみはしのうへの高欄
にわらはへの御簾にありしをたうてゝかなくり
ふてたりしあふひのかれはにそへて少将の内侍
のかり行にことつけてゐひやりけるとなん
小六帖
玉たれのゝちのあふひはとまりけりかれてもか

（18ウ）
よへ人のおもかけといへるそかしまた七はたの百と
りつくえものにも置そへたるにや在原のむね
やなのうたに
(39)かれのこる御簾のあふひをかことにて七夕つめに
誰いのるらむとも侍るかしつとめては後宴とて
御やしろもさしてきのふにをとらすひきつゝけ
たる車の数かちよりまふつるわかみや人さらぬ
京家のふるこたち児の袖引つらねてまうつる
に此世の中のかきりのいとなみとはおもへとも二世
をまもらせ給はんの当社の御ちかひもましませは
けに〱しき信ともおほいたれといつれかひとり
としていき残れるもなけれは此人かすのふるつか
（19オ）
いかなる葉山しけ山をきりくつして大かた野
にもふて水にもなかすにこそうきにはもれぬ翁

か身のつたなさよはやうも物せぬ恨みいひし
らす腸いたうなりぬさいつ《一昨日ヨリサキツヲ云》比父身まかりし
におもふ事ありてよめる哥に
今よりは死出の山路そいそかるゝせめても親
のあとをつくやとかやうにおほめきしもあとさ
きわすれためりしやう也しそかし誰も〱
残らぬ世に仏の御心ときにはかゝるすくせ《宿世》
さそひとり給へてよ月はいつとても晴たるはえん
なれとまたくまなきも行つまりたれは此日野［の］山
里の月の夕有明のたゝすまひまれなる旅ね（19ウ）
さへあはれふかゝるへきにまいてとし比の住
家に見なれむかひ侍りし夕暁身にしむは
かりのこのころの空秋はさら成ことはり成
を青葉しゐしらかしの木のまかくれはこゝろし
らぬ都のてふりにはかういひつゝくるもはしたなか
るへき事なり（20オ）

五月

(40)むかしの人の袖のうつりかは、花橘にかこちかほ
なるもなれか心にとらはおはぬぬれ衣にむつ
かしよしそれならねとも此ころのけしき何心
なき山賤田夫《ますらお》もをりたつ水にもすそを
ぬらし晴間なき空にあくかるゝ山人は袖さへ
くちて(41)ほさぬうらみはおなしたくひなるへし
さはいへと(42)大内のさまきのふはかみや川のはら
へけふはわか御社のくらへ馬なとにこゝら
立込たる人のあしみるもまはゆしあやめよも
きは(43)百しきよりはしめさらぬ民の戸にもさし
はさみてなか《きイ》ねにそへたる君の千とせ松の（20ウ）
齢はさる事にてあらた《ぬイ》まりたることふき
草けふあらたてなるへしとのもりの司それ〳〵
の御庭やらひきよむ北はかにもりのかみ御ま
ししつらひ宮のうちのかみくすりのつかさお
りへのかみなとつとひくす玉(44)続命縷延式薬圭雲図抄奉るなといみしき

事のかきりなるへしいと《けイ》なきはその日をすく
さすもてろうし清所より侍医のもて行を
三四の宮たつはそれこゝら《イニナシ》にたてまつれさなくは
上にきこえ奉りてなれにつみ給はらむきのふの
暮つかた右衛門のおもとに文つけし是をもき
こえものせんいみしきはち《耻カ》みせてむ奉らめとむ
つからせおはせはしかあらはかみのつかさすけら
（21オ）
にのらるへき侍医の心つかひにてからうし
て花のりん三つ四つ奉りすてゝ行ぬ八日の
日はいなりの神拝きをんの神わさはしめ
とてつかさ〳〵行かふに宇治のりくうの宮ゐ
にさゝ竹の宮人四つかい擬侍従なとかとの《看督長》お
さをめしてあるは馬あるは車なとてうして
宇治の大路のまた朝戸もあけぬに霧に
きそひて行とやしかれは平等院の別当
の御房にて装束しつらひねりの具司に

おほせてわたし奉りぬ寛平二年のやはたの
みことのりに宇治の社は父みこの御ゆつり
うけさせ給ふてあまつひつきにまうのほら（21ウ）
せ給はんをかしこき御心はへにて大さゝき《応神第四鷦鷯》の
宮につたへものし給ふ事よおもへはかしこき《う》《ミ》
もいみしうもおはす事そたゝまつりの日は
かり一年の行事つとめ奉れとてことしより
さつきけふの日にあたりて年中百敷に
行はるゝ公事をこゝにまねひわたさるゝ事な
りかしされといまはやゝその事そぎ行てたゝ
めだうか男だうかのまねひつゐなめしの節
のおもかけさきてうの神泉苑のみわさ住
吉の御田の奏けいほうの神わさ左右の
近衛のまてつかひ左右のみむまやのつかさの
くらへ馬なとはかりのみ残りまた橋姫に（22オ）
大ぬさ奉られそれさへ今日につとひてわたし

ぬかんつかさのかみのいとなみ奉る事なるへし
あやめのちもくはあやめのをりにあふ夜つと
めらるれとも公事のつとへは十日余りにも
ある事にて短夜の月にきそひて行はれた
り石山てらの御巻数納めしるゝ事は廿日余
りになん有へしつとめては治部のかみ図書かう
ろくはんの人をめしてそのかへりまうしに石山に
詣てぬかへさは蛍いくそばくうすきぬのうつは
に包み入て宮のうちに奉れはこゝらの御すあ
るは御つほのそこらにあまたはなされて晴〱
夜の星とものせしもいひしらすおもひたとりぬ（22ウ）
されと此むしも夜こそあれひるは色ことやうに夜
の光にはけをされてをとれるむし也まいて手に
ふれ身にそへてはあしき香移り来ぬ手に
蘭をにきり身は百歩の香をぬるわかうと
君の前にては心ある人に虫のかならし廿四日の夕
さりかたおなしく廿三日の小夜かけてあたこの峯

のほかけをともしたておとろ〳〵しうまいりつとふ
に山時鳥も声をわすれてやをともたてす
たゝからすのねくら《塒》しめかねて夜ひとよなき
あかすなるへし（23オ）

六月

五月雨の晴まなき空もいつしか名残なくなり
て雲の峯〳〵立かさなりいみしき金岡か手に
もかくやうにたくみ得かたう木するの蟬の声
〳〵もかしかましとまくらかみうるさけれとけには
里のかたへのごほ〳〵となるからうすの音にはやう
かはりたりかきほにさける夏草のはなよりも
猶もさゝやかなる池といへとに(45)こりにそまぬはち
すの花つけたるはかり心もきよまる事はあらし
かしおなし花もみちも人により心によりてかす
まへられものすれとわきて仏の御あしひさもと
につかふまつりあるはいきとしいける人くさも
（23ウ）

みな此やとりねかはぬものやはあらぬむかし有
ける菅原のおとゝも清蓮花入夢拝仏坐
金莚とつくり給ひ《ふイ》しそかし夕はへなをあり
かたうはしゐ涼しうおもひとりて漸みしか夜
といへと夜ふくるまは程久しきに水鶏のけ
しからすたゝくは誰門さしてとよその戸さし
おもひやりふかうまくらとて草ひき結ひ
うちぬるにやはや夜もあけぬあか奉り花
たうへんと目すり〳〵うちむかへはきのふの
空にはけしきかか《①は》り雲打おほひ大かたは
ふちの色めきたり心なきそらいへとかゝる
色はいみしうおほゆるにかみこと〳〵しうなり（24オ）

おとろ〳〵しうなりはためきてひかる君の西のう
みにさすらひしもこゝのためしおほいてむかし
物かたりなつかしうおもふに程なくかみ二つ三
つをちぬへしかくして雨のきそひふる事
すらとうの矢さけひもかやうにやはかゝる山里

は一しほ雨のをともなるかみの音もこたまに
ひゝきてすさましかりけり十四日の日なんかみの
そなふの御まつりいとなみわたさるゝ事なるへし
検非違使の庁より別当宣をかうふりて
次第申しさたしかとのおさ残らすつかふまつれ
り六十あまり六国の守よりさいのほこたて
まつりぬささゝけ奉る也此神民くさのゐ（24ウ）

やみをつかさとらしめ又いやし給はんの御ちかひ
しるけれは主上もあたにし給はて十五日の
つとめての時はちよくし《勅使》すない物申しあるとき
はうちのしるすつかさなとまいりつかふまつれ
りいさゝか執柄の御車やとりなとしつらいて
こゝにてきしき《規示》してねりをつとめらるゝとそ
執行の坊あるは権の三綱なとぬさを勅使に
(46)かつけぬれは拝して感神院の塔婆のかたへ
しぞきて神供あるうちかく《楽》人をめして楽
器を奏せしむること也十八日城南の御祓とて

八幡に勅使を立られ神司のかみまいりて
中臣の祓よみ奉りけり院のわたりはこの（25オ）
ころうちつゝきたる日なみともみえて水かさはかはら
すたかきにさしくたす舟いかた士のかさのうへも
あつう見えたり金龍寺伊勢寺も此わたり
ちかうおもひなされさくらのみとりも此ころ
のてりそひたるみな月の空いかなる入逢の鐘
の音もしらへやはかは［れ］る(47)古曽部の入道のあ
まくたります神とかものせしも今はの民はそ
のわたりゆかしかりぬへし伏見のさとになかるゝ
はかり百千かへりなく郭公たれ初音とか心ふかう
思ひわたりけむ翁も昔大内にたゝすみてまれ
にもやしろにはもうてさりしに室町の末あ
るはみあれ山のあたりにてをとつれたる音は（25ウ）
身もそゝろさむふておかしかりてあはれ一ふしある
もあれいかなるあつめにかいらまし古代のあつめに

はいかてもらさしなとはかなきねきことに月日をくらせし事よ今はこゝの(48)わたりしけからねともすぎがてのかさ《笠》やとりには村雨の晴間まつほと指月庵の短夜ほと宇治のわたりをくらの沼のかたへよりはかしかましくもなき過ぬ(49)かじやう《嘉祥》の御いはひは奈良の帝の大同のころほひより年〳〵にもまたはかく年にもなし給ひぬ陽気しけく人のたましゐもしつむはかりあつき折からなれはすくなひこなそのからかみはえやみをつかさとらせ給へはこれに御酒を奉らせ給ふて天長地久四（26オ）民安楽をいのらせ給ふ事也かしゝかるに仁明天皇の承和十四年の比二神御つげおはして六月十六日えやみのいきほひ人の肌膚に入てなやみをなすへし十六日の数よそへてもちゐ十六あるはこのみ《菓》もその数にとゝのへもゝとりつくゑものをいとなみまつらるへしさらすは主上の御身のうへまいてしもつかたはおもきなやみ有へしと

ものし給ふしよりめてたき御事とて改元あり嘉祥とあらためさせおはして六月十六日になんそのこといとなませ給ふにそのとし民やすく国ゆたかなれは此事をつとめてのとしも猶又行はせ給ふ事なるへし大方後には嘉祥のまつりといへり（26ウ）かやうのまつりはそさのおの眷属の神をまつらるゝ御(50)むくつけき御眷属かゝる山住はとはれすともと(51)門さして老らくをすくさむには（27オ）

七月

(52)せこか衣もうらさひしきに秋風ふきそめ荻の葉もそよさらに折しりかほにうち靡て夕〳〵は(53)蛍乱飛おもひさうぜんとかなしうおもひなされたりおなしはゝきなれとのもりのあさきよめもけさよりは露けくなりゆけはたまはゝきとものせしむかしの言の葉も折ならぬ根さ

しいと哀ふかしかし七夕[54]の御まつりはさせる事ならねとも京家のめのわらはのこしらへものすることも今はうへも見そなはせたまひぬされと相撲の節にいひいれたゝすまんよりはつきなくもあらぬ事にやひろき御庭にないくれのつく（27ウ）

えもの奉りいろ〳〵のねかひのいと奉るにわかき女のわらはなとをくれさきたちてさこそきつ《イノマヽ》思ふにあらは高欄にてもすそをひきやりあるは人のかんさしにかゝりて袂ほころはせなと衣の行ゑもみたるゝかしねかひの糸よりはまつ此きぬのねかひをといとのみたれおほつかなし姫[55]蜘蛛とてさゝやかなるくものそのつくえものあるはねかひの糸にゐをひきぬるを図として私の願かなへりとする事成へし大かたははかなき心はへにや七夕といへと身の上のねかひのかなはぬためしは一とせにたゝ一夜あふをさへ雨雷雲《易語雲行而施》ほとこしあるは月はれてあふ事まれにつたへものせしにこよひの（28オ）

星の御こゝろつかひ人のねかひはよも聞いれ給はしとほゝえむかたも有へしなき玉まつる事は一とせにあまたゝひある物からわきてこの月のまつりはとしのおはりよりもいやそひてかなしうおもひなさるゝに百[56]味のをんしきとや色〳〵のこのみあつものてうし梶はちすにのせて手むけ奉るに秋かせのなをなくかなしう吹さそひたる夕くれの夜ゐの僧のつとめ声なと折からあはれもふかゝるへし都のよしか《良香》と聞えし人の古墓の記にも凡情の曇なるは鶏牛犬馬よりもおとれりたゝ世路につかはれてまとひのうへにゑひをなし酔のうちに夢をなし夢の内に死を（28ウ）

なすとか物せしことくたれも〳〵やかてなきたまになるへきをわれは人をまつりまたまつらるゝことはりしらぬ人情のあさましさいふもさら也北斗に火をたむけらるゝなとみやこの内の山〳〵ことやうの見物なりかし年〳〵に行は

る丶ことなれとわきてめつらしう思ひ出されぬこ丶
の山里にてもなを此ことわさはまねひて
里のあけまきいとみなすもおかしかりけりか
やりふすふる賤の女もすゝけたるはたへあら
はしめもおもさゝやかなるもはちかくしもやらて
ともにこそりつとひてくれわ《にイ》たるころにあかし
といふものもなくてくらきかたに松のはしと（29オ）
もしなとしてかれいゐくひちらしいひしらぬおとろ
〳〵しき餼《ケ》をくひものする事よとおもへはかゝる
山里の住居はこれをも玉のうてなとやはおもふ
このすくせ(57)たつものゝいなかはかくやうにこそいつ
ちもあらめわか衣手はつゆになとかなしうお
ほしやらせたまひさむきよる(58)御衣をぬかせ
おほせ給《ふ》けんもありかたき御心はへなりかし
大かたはさやうのとちめまれなる世にしあれは
やんことなきわたりにはみせまほしうこそさ
なれはこそむかしも(59)じゆんずう《巡狩》［とてか］から国の御

かとしは〳〵国のかきりめくりみそなはせ給
ふし也(60)今のみかとまさにさあらんやたゝ（29ウ）
鸞輿属車に国のあはをついやし宮殿
楼閣のちりをなん民のあせ《汗》してあらはせ
給ふあさましき世の中まつのおもはむ
ことも恥かしうこそ（30オ）

八月

草むらの虫のこゑ〳〵も枕いさとき夜な〳〵月
は有あけまてくまなきそらなるにはしゐ
のこすた《鉤簾》ゝみあけ(61)香炉峯の雪なら
ねと月にもなとひとりこちて松かせの色
吹送る夜半の中空いはんかたなくおもて
しろう思ひなさるゝにをくれし鴈のとひ
ちかひたるおもひつきせぬ世の中なとこれ
をさへいたうこそ身の種にとりまきたれ
白妙のきぬたうつへき何かしのわたりなら

ねと爰には杣の夜こめて打よきのをと
[62]丁々としてかなしうおほいたるにいけるを（30ウ）
[63]はなつ御神わさも、此ころにおもひなさるれは
氏の公卿の家のうちおもひやるもむつかし
かりぬへし此いけるをはなつといふ事むかし［此イ］
御神《イの神功皇宮》いろはのみかといみしう女神なれと心さし
おほ〳〵しうてあまたのえひす三つのから国の
うちにあるとあらゆるをたいらけおはしてその
国にて切とらせ給ふえひすの耳をこと〳〵此御国に
もたせおはしてやはたの神もみそなはし給ふてつ
くしの[64]前田といふところに大なる墓をきつかせた
まふてきりみゝといへり今はあやまりてきりみ
堂といふなるへしさるによりて其功徳をやおほ
しめしけるにや後に御たくせん《詑宣》ありていける（31オ）
をはなたるゝ神わさははしまりけるならしそれは
さる事にて宮のわかうとたちきさいのみやあ

るはうちつ宮の仰ことゝて内野鳥辺野くる
す野なとにてくさ〳〵の虫えりとりてそれかか
れかなと奉るに形おとろ〳〵しうも声のかきり
をつくしておかしきもありまたなりはうつくしう玉
虫なといひていみしけれときり〳〵すはたおりこうろ
きにさへおとりて声たてぬとあれと此虫はやんこと
なきさち《幸》あるものにてみやのさち《はら》にてなにくれの
御局にも御くしけの中なる白ふんの中にまろひ
てからは人をさへ野へにふてためるならひなるに
十とせ廿とせの後までも御ものゝ中につゝませ給
（31ウ）
ふ事よかくやうのものゝ雲井にもうのほるむかし
のかしこき人は草をたかへして位にのほりし
をさへめつらしう有かたきことにものするにこれは
やうかはれりまたあさちか原の露ふかきあたり
いもか門さしこめてかたらふころすゝきなと生へ
きくまになきいてたるむかし物語めきてあはれ

かきりなかるへしいつれはあれと此月のくまな
き空にはあるは南面の御かうしとらせはや御酒
奉るかきりは酔の中に秋をわすれさかの広沢
大井なきさ志賀の山こえうちたとりさゝ波き
ほふ影をくむて漢家二千里の外のいつ
くの海をおもひやりくらふの山もとり〳〵なり（32オ）

しなと心《タイ》みのなかめすさみはある物からわきて
さすらふるも一のさちにやすま明石難波有
馬の山住いなのさゝはらさら〳〵に都のうちより
ははるけくまさりぬへき秋の夕くれなり淡
路嶌山の月はいろは金をして北斗をささそふ
かことしと匡房のぬしのものせしもさる事なるへし
今夜の空をもてあそふ事孝元のすへら御門
もろ〳〵のかんたちめふみのつかさめして歌よませ
おはしませしよし国史にみえたり其後もくれ
竹のよゝにたえすにゐくはまゆのいとのつゝける
かことすへらきより始奉りわらくつをつくり

かさをかしてさゝくる下ろうとまても哥をいふ（32ウ）

事になり山のましら海の底のはけしきうろく
すもこよひの月にあくかれぬることになりぬしか
あれと今の世の中三十一もしの数さへあさか山
のあとをたとりいつも八重垣のへたてなきとち
もたゝよき哥をつらね一ふしとかとたちたるをも
我哥のよきと思ひよりてよそのほまれはいひけ
ちかきそけしりぬへき世になりもてきぬれは
たま〳〵しき嶋の家にうまれ心のほかの感応を
よみてもやかてことゝもなきなと祝しあひてあま
さへおもむきをとりてみつからの枕《□イ》ことゝする事よ
大かたは世の中は末になりたるにや此道の神
おはす御事ならはさはあらめとさはいへと（33オ）

むかしも紀の友則はふけゐの浦の友鶴を
宮のこたちにとられ小(65)式部のかんのきみは
いく野ゝ道たとるやうに中《中納言定頼ノコト》のもの申にうた

かはれしそかした丶世をやすらかにかきこもり
人とはぬ草ふかきのあけくれにめに見こ丶ろ
におもふ事をいはかねにかたりやまの鳥の
さ之つりにこたふるはかり心なくさむことはあら
し（33ウ）

九月

錦いろとる野辺の萩原もつ丶りのきぬの
名残つれなきまてむらかれ行虫の声〳〵かす
かなるよそにきこえなしそともの鹿の声も
妻とふ夜半かれ〳〵なり嵐にさそふ峯の木の
葉の雨枕になる丶なとそうつの音またしの丶め
もほから〳〵とももせぬまことにからすの世を
捨にたる衣のすさうさむれゐるす(66)丶めはこゑの
かしかましきさる事にてか丶るかたはへの軒を
もあさけの空よりつきこほりてちりなと
うちみたしてうるさき鳥なめりされと心とき
鳥にてすかたひいては山里のあそひかたきには（34オ）

興ある物そかし菊はその名くさ〳〵あれとそがい
にたてる(67)そかきくなとそこ〳〵けき色はいは御
かとの御目とまる御事よ桜《梅ならん歟》は奈良のみかとの
御めくみにものせしかともことやうの花の中にはを
くれて咲出ぬれはおとうとたつものからくさの
名も神さひて翁草とかはま《浜》成のおもとは物
し弄しき八日の夕つかたよりくすりのつかさ
露をつけて宮の内のかんつかさにつたへ奉れは
蔵人の頭かめにもりて露なから奉りつとめても
宴にめてたふあひぬるもやうかはりたりれきけ
むのためしやんことなき花なれは一もとひとつ
のはなのふさにさへ五百とせよはひあるへきにあ
（34ウ）
またの御そのふのはかきりなき御よはひたもてれ
は八百とせたもてりし翁草もりやうとうのいの
このたはつかしかりぬへしくみのみはもろこしにて
のくすりのみきにつかふ奉るとなるをこ丶にもあ

るためしにておほくはやまあとの添の上の山より奉るを国の守奏してくすりの司おもとくはして奉りぬ此ころは小一条の御さうふんの里よりたてまつり給ふふたらくの寺よりも奉りぬやけのなとにもあるへきとかや菊(68)のわたつくる事くぶかたのゆうそくしれる事なれとさやうの事今はしれる人なけれはかたはかり有へし菊の御きいよべつけた□露をしつくはかりませさせ給ふは②《て》(35オ)

きこしめさせ給ふめる仙境の薬酒をませさせ給ふ成へしこのまぬかたはみな薬師の印相をむすんてしつくはかりいたゝきこゝろむるに上戸はまかりしていくたひもかたふけれは後はいつか千とせを我は経にけむやうにあとさきしらて其日は高欄のかくれなとにうちふしてはてはあさましうゐひなきひとりこちぬ酒はうれへをのかるゝ物なれと罪のふかさいはんかたなし十日あまり一日の日は伊勢の御遙拝のかう〳〵しさなみたもこほるゝはかりかしこまりふかし御一人も御こり奉らしめ給ふていみしき御ましかにもりのつかさてうしきよら成(35ウ)

御神わさそかしもゝとりのつくえもの御ぬさなとり〳〵奉らるゝにつくえ物はくらつさ織部のかみてうし奉りぬさはかんつかさのかみ奉るなるへし十五日の夕つかさは祇薗かり紅葉のぬさ奉れは三か《綱》うの僧法師まらうとのつかさのかんにつきてくらつかさのろく給ふ事かうれいのおほへかなるにや《イかうれいの多なるにや》そのぬさは大かたは内侍のあつかり奉る事となん廿日あまりになれはこゝかしこの峯のこきうすき紅葉なにくれの色くさわかこたちの里〳〵よりもうでゝ宮〳〵の御さうしに奉らるゝ事にてさしくみにこそ心つからもやさしうゆうにもおほゆれはてはみか

(36オ)

は水になかれか丶りておほくはたき口のあたりむくつけう見えなされてつもれは水もせき入れておかしからぬ立田川なるへしすりしき《修理職》の腹あしきかきりうちふ丶きてそれなにかしのおもとのようたてまつる事よなとつふやきくさにのみの丶しりぬれときこえらんとも覚えすおけやけにつかふまつる人はたかきにもさばれいやしきは心くるしきこそあらましの外の心つかひもあれはおほかたはた丶しらぬ国にさすらひ山かつのちりに身をなすこそ世をいとふほゐなるへしといひけん人もありぬるかは（36ウ）

十月

岩根ふみかさなる山もしくれにかくれ外山の正木いろに成行よりうきをも思ひくさむらは猶いやそひつ丶なけき生そふ老その森も枕の山にはた丶よそならぬ事とそまいて梅さくら梨かえ《へ》ての青葉の梢もねたうもかこちから

くれなゐに水く丶る秋の夕いひしらす千々にかなしき秋なりけるもいかに心なきこたま木からしもさはいへと名残なくことしれいよりも蜘のゐをたにのこさてよし時もこそあれさく給ふとやいかめしうた丶松のみ千とせのみさほあらし色は(69)六位の袖□おもひたとられて秦のゆるし色（37オ）とはいへと□もなきつらたましゐかへりては仏の御心にもたかひつ丶へくおほしなされもろこしに有けんよはひ千とせをたもつならはし人の見物おほいぬはかなき草の種花の露は世になからへはてぬことにて人もあはれとおもひなされその物にをける命のほともあるへきにまた鶴といふ鳥は梢もおほかるにこの千とせの枝なれてやんことなきためしにもてかしつかるれと子をおもふ夜の哀なる声〳〵いへはいみしう浅ましき物からことふく家にはやうかはりたる翅なるへしほと丶きすはなつのみ飛ものするからやまと

こまもろこしにももてかくすれは(70)うくひすは（37ウ）
のとやかなる軒端になれきつゝたかきにうつる
いきほひもやんことなし鴈は常世をしりてゆ
きかよふいつれも〱あはれにおかしきふしをそへた
るものゝ世をいとふ老らくのねさめなかすとはすと
もとむくつけしましらといふものはつねはさる事
にてけうとき山路にいくらこゝらもすたきゆす
りて法の師のおもひ《念珠》の玉をつらぬきたるかことし
まいて雨なとのうちふりたる夕くれの声何と
なき山賤も腸をたうへきそかし心ときもの
にて庵にいつもなれきて経なともよみつ
へしものたつさふへきは手にかなふへきまかり
はなさら□桶なとはもてきぬゑせたるけ（38オ）
たものそかし声〱しきるうしみつの比ほひ木葉
まれなる梢にたかくもさしのほる月のかほ誠に
今もまもられ古人をみる心地してはたへも毛た

つはかりかなしき曙心あらむ都の友なつ
かしうおほいぬさるに有明のかけのつれなき
松にかゝりてよしさは詠すてゝもゆかて暁
起のゆく手なれはいつも例にみなせと此暁は
なと木からしのきひしう面もうつはかりあてなる
名残にかのみさほの枝も吹さそひて月は晴
やかにまゆすみほそうさ之たる空菅三品
の残月は一弓懸といひしむかしのねやの
外ゆかしかりぬへし月こそあれ神無月（38ウ）
とかさひしけなる社のあけの玉垣はいかに
そや此ころのあれわたる風のこゝろはへ千早振
神のかうありぬかし古きふみにはかせたつわか
神山のふるきねぎくさはいつもものせし神は
陽の精神鬼は陰の精魄なり此月は一陽
もあらてつとめての月より一陽来復の
徳をあらはせは陽神のおはしみそなはしたま
はらぬといふこゝろはへにて神無月といへるなる

へしとなんふかう神秘にせし事とはおもへは我
神つ国の道はくらふ山にやとりとるはかり
心の奥にこめぬるならはしいへはさらなれと
おもへは〳〵あさましき神垣也神明は日の神（39オ）

のみさほあらはし給へは其神の御けんそくいつれ
か私照おはしまさむ大明の御こゝろはやむことなき
はさらにて賤のをた巻いやしき民くさ有
情非情もゝれぬめくみをもてこそ神明のし
ろしめすわか神つ国の豊芦原ともいひつへし
しき波よするかた国いせの神かせはさは吹て
かくおはしせじをさはへなすへき神ほたる火の
かゝやく影にかくろふとしもなき翁すらこのことはり
もしりくめ縄の末通らぬまてもつたへものせしそ
かしたらちねのおやの浮世にものせしことき藤大
納言の御すゝめにて神の代の巻そこはかな
る事はあらねとしはしか程よみためりしにも（39ウ）

おほやうは其心はへとき奉りしかともいまはな
きかすにものすれはたゝすかたは春の草に
あらはれ俤はさゝやかなるそとはに立そひ
翁か朝なゆふなのなみたの種によみ
かはれる事よわれもまたたかなみたの
たねとか（40オ）

十一月

ふくろふのこゑすさましかりける松かえてのえ
たも雪にあつこえ狐山ひこのあそひかけ
りしらん菊のくさむらも霜しろうをき
わたして所〳〵の山里の焼火も見ゆる月
さへあたゝかげなり沢田の面はいつしかに大路の
やうに行かよひ池の水鳥うきねの枕いたつ
らに見なされ宇治の網代に時をえてなん
小野の山人もいとまなきころほひなり此ころは
おほやけにてもおこたらせおはしためる折からさ
はいへとも伊せの大榱の告文すはのとしみの祭

なと此ころのやむことなき御公事そかし御たま（40ウ）
しつめのまつりはかんつかさゐてかみの御門より
まうて、すけよりしもつかたの神人をひきてま
いれはすないもの申《少納言》せんみやう《宣命》奉りくらつかさ所
のしゆつのふ《出納》なり大外記官務もつかうまつ
り大いもの申《大納言》中のもの申《中納言》たち、おと、はさる事にて
着座そなはりいみしき御神わさあさしりき
まて日の本の道の神〳〵しさいはんかたな
し七百あまり三十もし七くらの御神にもゆく
手のぬさ奉らせ給へり此御神たちは八神殿
ともし《入イ》めし奉りてかんよむすひの神たかみむす
ひの神たまみむすひの神いくむすひの
神大宮姫みけつの神事代主の神たかむ（41オ）

すひの神なと申奉りてやんことなくもいや〳〵
しくも祭りみそなはさる、ことなり豊のあか
りの御節には御神楽とて目出度御おほや

け事なるにざえの男の神〳〵しき出たち
義式官のひちもちいかめしき物からさく《桜》
ら人朝倉諷ふ声も雪をふくみたる舞
人のよそひさゆる夜半のそらさらても神わ
さのあはれふか、るへきいみしう浅ましきまて
神さひたり明行ま、にみあらかのともしもかけ
は日の匂ひにとられ焼すさひたる衛士のたく
ひさひしう見ゆる物から東山西山物のくまな
きはつれ〳〵より見えて山はか、みをかけ（41ウ）

たるやうに雪も朝日にひかりわたりてそ、ろ
さむき朝気の空なりこ、ら行かよふ人のか
ほもよべの事にたつさはりかさりおもひやられて
自《目イ》《ヒ》眉もはれてゐほうしうちかたふきたるか(71)ぶ
しかたちおかしき物成へしいひしらぬ柴のあ
み戸の明暮はいぬへくも覚ゆれはいく夜のか
きりなうぬる夜かちに又ゐんなる夕くれは
うそふきわたり或は焼火にこしかたのうさわ

すれぬへし清少納言のおもと(72)の木のはしなとお
もひくたせしさもん(73)のあけくれはおほむね国を
まつりこち大なる家をおさめぬへき材木のう
つはにも楽みはまさりぬやうこそひちをまけ（42オ）

ても枕の夢のたのしみはありぬまいて後の
世の有かたきすくせたれか此たのしみをあまなは
むや中〳〵色ふかうもなり《ゆりイ》ぬうへのきぬさしぬき
のこしかろけなるなぎ《禰宜也なとねと吾音通也》かんたちもほとけにつかう
まつらは墨の衣はかつくにこゝろはやくたりなれ
てもあさましからすさはいへと若しき時はつ
かさのそみたかき位はねかひつへしたゝ齢を
かさぬるのみたうとかるへきわさはあらしかし人は
さら也老たる馬は雪にもまとはすとしふる
犬も家を守る事ゑのこにまさりぬわかき時は
こゝろあらく血気さかんなれは色ふかくおもひよ
りさらぬ匂ひにもうつりやすく女の色にめつ（42ウ）

るはさる物にて後はたゝしかる物からいとまむ
児にもふかう心をやりぬひえの山住さうの
いはやの聖たつものは女にうとけれは室の戸
のすさみにも成をおほやけにつかうまつりさへ《いか》
もつへきわかうとふるき人も③すき〳〵しきは此
色にまよひぬい(74)もせの道は神のいさむるなり
ちはやふるあまのうきはしのもとにて物し給ふ
しことよ人はさりぬへし此ひとつの外の色は
たゝさかりもひさしからす契のふかゝるへうも
あらぬ事なるをいひしらすもすけるあいな
さいはんかたなしかへりて仏の御罪おひぬ
へしいときなき心からはなにかはおもはん方（43オ）

こそ色にそみ情にめてゝこそ此みちのまよ
ひはおもくもふかくも有へし只何となき児
すかたはさこそいへ心はたゝ直にこそおもはめ
こゝはさる事にて心なきあつまちうとのな
らはしものゝふのすめるくまぞ八嶋の外

までも此みちをしれる事のあさましさいかなる風のひろめけんとおかしき物からおもへは〳〵思はん子をさやうのけしきはみあるあたりにつかふまつらぬそよきたゝとなりをもかへ雪をあつめなん誠のおしへをいとをしとするにはおこたらしかしとぞしかいへと親の心はへもたるは猶髪めてたう眉みとりに女に（43ウ）

て見まほしう生したて侍りかく物ことこしらへ出し或はこゝそともなき大とのゝあたり高欄になみゐたるをあか(75)神とまもりゐたんへきやみのうつゝにはにくからぬもことはりなるへしとまれかくまれ世をのとかにおもふあたりはよろこひもかなしひもはやう行かふをははからて《さはしらてイ》たゝにはかなる世のつねなきなとさたかなることはりを心ねたにうらみかこつへきは罪いとゝおもくこそ岩かねをしとねとしてしつかならんには（44オ）

十二月

あやしう色も［香も］なき山里の冬のけしき春は花に身をなしてさまよふ人もこそあれそれならても青葉にはるの俤をしたひほとゝきすのしのひねを岩のかけ路をふみならしても秋は千里の外もとめにあくかれ紅葉にめつるもあり山路の菊をかことにみきあたゝめて鹿のなく音を何よけんとひとつきこしめしわたるなと折に付たる所のい《つイ》とゝ此ころは中〳〵絶て窓をうつあらしの隙には里のわらはのよこなまれるさうかの声は耳にならし妻木こるしつのめの折ならぬゑみの声（44ウ）

口のほとむくつけう思ひわたさるゝのみ山里のほたしなりけりさいへとも都のうちは年のいそかしきもこゆるきの冬にしあらねと此ころは百敷もかすまふへき人はいとまなふこそさこそいへと御(76)仏の名経よみたてゝ所せきまて法

師のゆすりて三かのうちさほう〳〵しき御公事にあへはいみしき御事そかし心あるかきりは百鋪のうちをさらても心に世をのかる丶をさは侍らむそあさましや此おくな《翁也》今あらんにまさにのかれてんやとおもふ□《祈詔》ふつらの侍るけふこのころはこ丶かしこのせそうもと丶められて宇治のひをも心よく水にゆするへし舟岡のむら鳥（45オ）

きん《禁野》やか□《交野》野宇田野のき丶すたつもろとりもつはさかろらかにおもひなされ淀鯉の浪のうきねもいひしらぬわさめやすかるへし世はとことはにかうこそあへけれやかて御仏名の終には法界のために御うへにもみつから御口に御名をのべさせ給ふありかたきか丶る仏の御国に有へきぞとはほゐ有物からさはれはこぞ《去年》まて此みのりにあふとものせし法の師さへことしは其数にことなく入らる丶はかなきた丶水の上の沱石の火の光に似たりかしらの火やらはぬ世中はや

つとめては又荷前《のざき》の御事とてかなたこなたにおほきんつかひたちつかふまつらしめ其人（45ウ）

からえらせしめ給ふに先かんたちめより非参議の四位までもと丶のへこ丶ろみ給ふ成へし十陵八墓のはらへ奉らしめ給ひ百とりのつくえ物つかふまつらせ給ふ御みつからのこ丶ろみの御しろつかささためさせ給ふ御事なるへしやう〳〵御たまのふゆもふかう成行は何くれの御つかさつゐなめしのちもくにあひぬへき家〳〵は申ふんと丶のへ草書外記吏《サク八也》たのみこしらへわたりぬ八はた松の尾よりかさり竹奉りぬれはやせ大原の民くさ《四月ニモ出》しりくめの縄こしらへてつかふまつれはとのもつかさおさめとの丶司なとことしはあら〳〵しう

つとめぬなちらか身はあさましかりぬへしなと（46オ）

いひの丶しる事よ松はいつもみあれ山より奉

れり松竹を奉らるゝ事はきんめいの御代に
始させ給へり松は千とせのよはひをたもち竹
はみとりのみさほをあらはし節文をそなへ礼に
かな《叶》へれはとしのはしめに奉りつかふまつらせ給へり
とそれはさる事にてはかなき草といへとそれ
か中にもゆつりはしたほなかせりなといふくさは
御いきふれさせ給ふ御はかためのもちゐにもかすま
へられ中にもせりは御かひもちの中まてつかふま
つりぬしたゆつり葉といへともさらしまめかとの魚
心ふとの御まはりしたにしかれてうへはさらにて
しもうつかたあやしき民の戸も此ことふきくさ（46ウ）

をこふる事神〳〵しき春なるへしひとの国はかゝ
るためしはなきにやついなの夜はをけらの
もちひつぐみの鳥なとやき《焼》奉り御かれいゐの御ま
はりにたてまつれは是ものゝ気ゑやみやらひ
ぬへき本文侍るとなむ(77)鰯のはさみもの(78)ひいらき《柊》
のほこはなやらふ家には百鋪ならてもある事な

れともことに大内にはかなもりの司例としてつかふ
まつれり此なやらふ事はもろこしにも侍れとわ
きて我御国には神たけ《武》のすへらきの六とせ
の春よりものし給ふ御事にていみしき御た
めし也柊はわか神の社あるはみそろ地のあたり
より奉る事定れる故実となり大としの夜（47オ）

はおかみ草つとむとて高きやにのほりてみの笠
さかさまにきなして明る年の運を見る事と
かや漢語抄に見えたりなか〳〵しけれはもらし
つゝとめての年はかりそめにたゝいふ一ふしも
やんことなくて伊勢かも山野の宮なとおもひやり
ふかうたとられていねはをくをもいねをつむと
いひもちゐをかゝみといひなくを若水あく《上》ると
いひうたるゝをこゆるといひかれゐをあしはらなと
其外何となきそゝろけきことくさはゝやくあ
となき御つほのうちよりまかなひとうて《投》し
事なるへし一夜のうちといへとおなしあめ

つちもかはり行朝日のにほひさらぬてうと（47ウ）
身のうへのきぬらまて春のにほひにうつろひ
ぬはた丶二十はかりもわかやかにわれもおもひなさ
れ人もさおもひぬへしされと一時はさらなり一
せつなにうつろふほと死のちかよる事をしらて
かへりてはまた冬あさきころより春の行ゑ
を待わひ木末の雪を花と見まかひ軒の雀
を谷の戸出るうくす《ひ》とおもひたとりて一と
せをいそくへき死のいんえん一大事のつと
めはいひしらす隣のかたのてうとの内のやうに
おもひよらぬ人のこ丶ろ根さしあさましさも
さこそいへと神仏は是をあはれとも覚してん
かし翁かかくもてなれし調《へ》もいへばひとつの（48オ）

くせなれ□是をらうしては心さしはうは丶るへ
きもあらすた丶かなしき事もうれしきもこ
しかた行末もおもひわすれて一年の名残

も思ひわかて空然たる一曲のおもだ丶しう
心にまかせぬことのみにて終に此ひ《比巴》はにのみ
身をはふらす事よしとやいはんあしかきのへたて
もなき此山里に物せねはいか丶は侍らんとこたふ
るものなし神代には草も木も物いふを治る
御代にはそれもさなけれは谷のなかれ山のあら
しはとへともこたへすまいて身にそふはかりの
我はかなきかけなにとかこたへむかりに
そむけるはかりかくれの友とこそ（48ウ）

(79)日野山陰長明《蓮胤イ》書

右一部十二巻者鴨長明所撰之四季
物語也日々月々雖求之被秘于箱
中被封於蔵裏無入手裏偶依懇
望自官庫潜取出之写之畢今度
之撰中之規模宝用有之而已右可
秘者也

(80)応安元年戊十一月十六日　藤原為定
写所之（49オ）

長明四季物語十二巻我
家之袖玉不可越之者也尤永
可伝承可授秘本也
(81)永亨十年九月下旬
飛鳥井雅縁之男女安五七月薨
中納言藤原雅世（49ウ）

南大路長明四季物語十二冊自仁和寺
御門主依御恩萌拝写之亦他日次官
本令校合備再写者也我文窓之重
財不可如之案長明之筆痕多是写

清紫之二女貫業之二仙之詞花者歟
疑是可謂神哲骨焉雖然詞源章
段出所不詳読之如失途短学補
之最多幸焉之尓
百七代正親町院元イ
永禄五年壬戌十二月上旬
三好伯陽軒長慶
書写（50オ）

うけたもつと云としのあらたまる元のとしの霜降
月中の四か花洛浮④風坊の西空花庵の
東窓に寒燈をかゝけて記写しぬ
玉泉の末派隠士忍鎧子（50ウ）

頭注

（1）天地神代巻　清　陽《スミアキラカナル》者《ノ》薄靡《タナヒイテ》而為《ナリ》レ天《アメト》重《ナリ》濁《レル》淹滞《ツヽイテ》而為レ地《ツチト》

（2）五道　君臣父子夫婦兄弟

（3）をのかじゝ　各競《ヲノカシヽ》　己自恣《同》　をのかさま〳〵也たかひと云心きそふ心われ〳〵と云心三光説

(4) 貫之歌春は梅秋は籬の菊の花をのかじ、こそ恋しかりけれ
古今 世中は何か常なる飛鳥川きのふの淵そけふはせと成
(5) その原やふせやに生る箒木の有とは見えて逢ぬ君哉
(6) 蘭省花時錦帳廬山ノ雨夜艸菴中
(7) けふの日トハ大晦日也一年に十二日の晦日なれともけふは各別なりと也
(8) ゆひをものしてトハ日数をかそふる也土左日記云只日のへぬる数をけふいくらはつかみそかとかそふれは
およひもそこなはれぬへしなと有
(9) 九しな　九品往生の障にや成らんとなり
(10) 孟子曰雞鳴狗吠相聞ヘテ而達ス二四境ニ一
(11) 拾遺愚草　定家
里ひたる犬の声にそしられける竹より奥の人の家居は
(12) よ□ほる雲　横たはれる雲也土左日記ニひんかしの方に山のよこほれるをみてと有　又横ほりふせる佐夜
中山とも読り
(13) 枕艸子云　明はなる、程の黒き雲のやう〳〵しろうなり行もいとおかし
(14) 三明ハ生死宿命漏尽ヲ一切智道種智一切種智是ヲ三明三智ト云
(15) 六通ハ天眼天耳他心神境宿命漏尽也
(16) 四方拝　拝の次第後醍醐年中行事ニ委あり
(17) わいため　無常《ワイタメナシ》　日本紀

(18) 屠蘇白散　弘仁年中ニ始ル三か日此事有延喜式ニ委

(19) とそうさんハ度瘴散也二条関白御説年中行事哥合註云一献に先屠蘇を酒に入て薬子に飲しむ次に銀器に入て配膳に伝ふ後に主上へ奉る一日は四位二日は五位三日は六位蔵人の役也扨二献に神明白散をくうじ三献に度瘴散を供す云々

(20) ぞゐハ叙位なり

(21) 少将井　拾芥抄京程図在二大炊御門南東洞院西一ニ惟喬親王家少将井　小野宮記云長和三年正月二日南山ノ下ニ泉初テ流出スト アリ此地ハ小野宮殿同□也後少将尼住し也今烏丸と東洞院の間大炊御門南ニ御旅町アリ祇園別宮と云百練抄出ツ井ハ此所ニ残リ今ニアリテ別宮ハ天正中ニ四条京極ノ東ニ移スト云リ下本書ニ京極少将井ト云不審也

(22) 足を空に　葵巻ニ足をそらに誰〳〵もまかんて給ふ又夕皃巻須磨巻にもあり

(23) 真言院　天長六年弘法大師大唐の内道場に准し真言院を宮中に建られ承和元年より始て此法を行るゝ也是を御修《シホ》法と云

(24) 赤豆のかゆ　正月十五日寛平の御時より年毎に是を奉ると公事根源ニ云リ
七種のかゆとは白穀大豆小豆粟栗柿小角豆なと也と九条右丞相の御記ニ見えたり

(25) 膳《ヲモノ》　御膳と云事也桐つほ巻ニ有

(26) 雷　淮南子ニ曰陰陽相薄《セマク》感ヲ而為レ雷云々

(27) 電　荘子ニ曰陰気伏二於黄泉一ニ陽気過二於天一ニ陰陽分争故ニ為レ電ト

(28) 外《トツ》国は水草清し事しけき都のうちはすまぬまされり　玄貧上人

(29) 二月　奥義抄云和名衣更服と云此月余寒はけしくて更にきぬを着れはきぬさらぎと云を略せりと

(30) 御垣か原《ハ》昔の皇居の跡とて大和の名所に有但こゝは内裡をいふ金葉哥《ニ》九重の御垣か原の姫小松千代を
は外の物とやはみる

(31) 花を見捨て　古今伊勢春霞たつを見捨てゝ行鴈は花なき里にすみやならへる

(32) ねはんくゑ　涅槃供会也

(33) 猫　音苗《メウ》　和名　禰古麻

(34) おとろ〳〵　桐壺巻《ニ》おとろ〳〵しうと有驚く斗こと〳〵敷事と云

(35) 金花猫《ハ》黄なる猫也恨して婦女を犯して悩をなす事続耳説月令広義なと不見

(36) 白太夫　社北野宮中門内西向《ニ》あり所レ祭勢州神主春彦霊也渡邊《ワクラヘノ》春彦《ハミ》御中主三十六世《ノ》孫也大内《ン》人高主《カ》
六男天慶七年正月九日卒禰宣補任云本書延勝と有可考

(37) 国史云承和七年四月八日請《シテ》二律師《ヲ》伝灯大法師伝位静安《ヲ》於清涼殿《ニ》一始《テ》行《ハル》二灌仏《ノ》事一
日本紀云推古天皇十四年始《テ》毎レ寺四月八日設《リ》二斎会一

(38) しりくめ縄　日本書紀　左縄《シリクメナハ》端出　端出《同》之縄神前の注連《シメ》也

(39) かくれともかひなき物は諸ともに御簾の葵の枯葉也けり　周防内侍

(40) 橘　日本紀六垂仁曰九十年春二月庚子朔天皇命《シテ》二　間守《マモリニ》一遣二常世国《ニ》一令レ来《ム》二　非時香菓《トキシクノカクノミヲ》一今謂橘是也云々九十九
年秋天皇崩《ス》明年春三月田道間守至《ル》レ自二常世国一則齎物香菓八竿八縵《カケ》
古今
五月まつ花たち花のかをかけは昔の人の袖の香そする

(41) ほさぬ恨と人にかたるな　阿仏尼

(42) 弘仁式曰五月十三日平旦菖蒲蓬花なと南殿の前にをく

(43) 拾芥云五月四日主殿寮葺二内裏殿舎菖蒲一ヲ
百敷より始　枕草子云九重の内をはしめていひしらぬ民の住か迄いかて我もとにしけくふかんとふきわた
したる

(44) 薬玉　五月五日五線の糸を以て臂にかくれは兵及鬼をさけ人をして瘟疫をやまさらしむと　又一名長命縷
と云延喜式公事根源等ニ同

(45) 蓮葉のにこりにしまぬ心もてなとかは露を玉とあさむく　僧正遍昭

(46) かつけぬれは　纏頭《テントウ》かつけものと琵琶行によめりきぬなとかつけあたふる事也

(47) 俗名長門守永愷《ヤス》号二古曽部入道一ト哥ハ金葉集云範国にくして伊予の国に下る時三嶋の明神に雨を祈るとて
天の川なはしろ氷にせきくたせあまくたります神ならは神

(48) わたりハあたり也遊仙窟ニ處ノ字ニ訓ス

(49) 嘉祥　延喜式公事根源　江次第　年中行事等所見なし哥林四季物語に仁明承和の比はしまるよし有

(50) むくつけき　おそろしきを云　蠢　貪文集

(51) 門さして老らくを　古今　老らくの来んとしりせは門さしてなしと答てあはさらましを

(52) 古今 我せこか衣のすそを吹返しうら珍しき秋の初風

(53) 蛍乱飛　長恨歌曰夕殿蛍飛思悄然

(54) 織女祭　天平勝宝七年に始るよし公事根源不見延喜式江次第等に其式委

(55) 姫蛛　本草綱云赤班色ノ蜘蛛ヲ名二絡リ新婦一ト是俗に云女郎蛛也

(56)　百味　盂蘭盆経曰　飯百味五果汲灌香油挺燭

(57)　我衣手ハ　天智天皇　後撰秋の田のかりほ

(58)　御衣を脱ハ　一条院御衣を脱せ給ふを上東門院なとかくはし給ふと問せ給へは民の寒からん事を裏におほし給ふと勅答有し事古事談続古事談説等に有

(59)　しゐんすうハ　巡狩也孟子ニ曰天子ノ適《ユク》ヲ二諸-侯ニ一曰フ二巡狩ト一巡狩ハ者巡ルソレ所ヲレ守ル　朱註ニ云巡二行スルソ諸行所ノレ守土ヲ一也

(60)　今のみかとさ有んやハ　孟子上ノ文□ニ曰今ハ也不レ然テ師行《モロ〳〵》テ而糧-食スト　いふに似たり

(61)　文集遺愛寺鐘欹枕聴香炉峯雪撥簾看

(62)　杜詩曰　春山無レ伴独相来伐木丁々トシテ　山更幽也

(63)　年中行事哥合新中納言世にかくてつなかる丶身も救はなんいけるをはなつ神の恵に放生会人皇四十四代元正帝養徳四年九月大隅日向両国□逆ス是故筑紫宇佐八幡禰宜辛《カラ》嶋勝波豆米《カツハツメ》神軍を引率て彼国を征し敵を亡しぬ其後八幡の御託宣に合戦に多の人を殺す故に放生会をなすへき由有けれは□国に命して此□を祈ける由扶桑記に有本云の説に少違あり

(64)　前田　筑前国

(65)　小式部　和泉守橘道貞女母和泉式部

金葉集第九雑部上和泉式部保昌にくして丹後の国に侍ける比都に哥合の有けるに小式部の内侍哥よみにとられて侍けるを中納言定頼局のかたにまうてきて哥はいか丶せさせ給ふ丹後へは人遣しけんや使はまうてこすやいかに心もとなく覚えらんなとたはふれて立けるを引と丶めてよめる

(66) 大江山いく野ゝ道の遠けれはまたふみも見すあまのはしたて

(67) 雀　闥の上にすゝめの声そすたくなる出立かたに夜や成ぬらん曽禰好忠

(68) そか菊　説多し　承和菊承和の帝黄菊を好み給故也　又雀のそはに有をそがひに立るなと云り

正徹物語異本云三十日と云事有はそかは十日之菊は九月九日正日に用昨日九日過たるを十日《ツカ》菊と云々詩にも十日菊と云有れは誠一理の説なり

菊のわた　紫日記云九日菊のわたを兵部のおもとのもてきてこれ殿のうへの取わきていとようおいのこひすて給へとの給せつると云々

忠見集　万代も人かけかゆる菊の上にまゆをひろけて房を待哉　重陽より露霜にあてしとて綿をのする也口伝有

(69) 六位　六位《花鳥》の蔵人麴塵の袍を青色共紅紫にても色深きは禁色とて常の人用ひすこゝは始皇帝の松に太夫の官ゆるせき事にや

(70) 春鳥　毛詩云出レ自二幽谷一遷二于喬木一ニ

(71) かふしかたち　日本神代ノ下ニ　頗頂《カフシ》少かたふきたる躰也髪形なと云説不可用歌にも神たちはかりかふしたると有も頂たちたち也又ほうしらの稲ふしそめけんともよみたり

(72) おもとハ　侍者《ヲモト》文集　凴従《トヒ同》遊仙註ニ　——八你也新猿楽記ニ御許ト書

(73) さもんハ　沙門也枕草子ニ　法師はかりうら山敷ものはあらし人には木の端のやうに思はるゝいへとも朝夕の楽は萬戸候にも勝るとなり

(74) 梵網合註曰経云初ヨリ不レ聞レ有ニ男婬ルヲ一也滅シテ至ニ壽五百歳一ニ時方ニ有リ二非法ノ婬起ル一此婬一と起レハ罪悪斯ニ劇シテ

頓ニ滅シテ為ルト二一二百歳ニ一

(75) あか仏　吾仏《アガホトケ》日本紀花鳥ニあか仏ハ我仏也手習巻ニあか仏京に出給はゝこそあらめとアリ

(76) 元興寺静安律師承和年中勅ヲ奉テ国家ノ為ニ仏名ヲ礼シ始テ内裏ニ行ヒ漸ク天下ニ遍シト貞観格ニアリ

(77) 鰯の頭　土左日記云けふは都のみを思ひやらるゝこへのかとのしりくめ縄のなよしのかしらひゝらきらと有三の門は小家の門なれは大内の外都の民戸にせる事と也なよしは日本書紀云口女《ハクナ》ハ鯔魚《ナヨシ》也ト□□このしろ歟と古説はなよしの頭と用けらるや壒嚢抄等にはいはしの頭とあり柊御そろ池より奉る事未考　鞍馬の奥僧正か

(78) 谷御□□池の辺に方丈の穴有藍婆惣王とて二頭の鬼出て都に入よし毗婆門告有て鞍馬寺の別当宇多帝に奏せしかは法家に仰て四十九家の物を承て方丈の穴を封し三石三斗の豆をいりて鬼の目をうちしよし壒嚢抄にはしらす此みそろ池の因縁にて柊をも此所より奉けるものにや猶可尋

(79) 長明賀茂禰宜長継カ男季継カ孫本朝遯吏曰菊太夫長明ハ賀茂ノ社人也　應保元年十月十七日中宮ノ叙爵云々
哥者俊恵法師弟子

(80) 按　応安元年ハ九十九代後光厳院戊申也違レ下
為定ハ為道ノ男同帝延文五二月卒スト應安元ハ八年後也不審可追考

(81) 百三代後花園院御宇戊午年

注

① 「か」の上から「は」と書き、さらに「は」と傍記する。

② 「は」の上から「て」と書き、さらに「て」と傍記する。
③ 「〱」の上から「も」と書く。
④ 上から「浮風」と書く。下の二文字は判読不能（「光徳」か）。

あとがき

本書は、二〇〇五年度仏教文化研究所の共同研究に採択された、研究プロジェクト「古典随筆伝写本の研究」の研究員による研究成果が基になっている。

本プロジェクトの直接的な研究対象は、龍谷大学図書館が所蔵している、日本の古典随筆に関する伝写本で、それらの悉皆調査を行ったのである。そのうち本書には、既に龍大本として世に知られているものもあるが、それも含めて、研究上重要と思われるものに絞って翻刻紹介している。特に、雨森芳洲『たはれ草』（写本）に注目し、ここに翻刻して公刊できたことは、嬉しい限りである。研究談話会を二回開催したが、いずれも雨森芳洲をテーマとするものであった。

ただ残念なことに、第二回の研究談話会（昨年一月二八日）で講義してくださった、京都大学名誉教授安田章先生が、去る一月ご逝去なさったことである。先生には「江戸初期における朝鮮の日本語教育・日本語」と題して、『捷解新語』『伊路波』のことや雨森芳洲の仕事・業績などについてお話しいただいた。本書に、その折りの講義内容も掲載していただきたく、厚かましくも、執筆を先生に打診してみたのであるが、その折り体調不良と言うことで、書いていただけなかったのである。今思えば、もう相当体を悪くされていたのだと思われる。御葬儀は、奇しくも一月二八日であった。心からご冥福をお祈りいたします。

本プロジェクトの研究員になってくださった方々は左記に列挙する通りであるが、本書にはその研究員以外で、朝木敏子氏、東望歩氏、万波寿子氏のお三人も研究の一端をご寄稿くださり、一層、本「叢書」を意味あるものにしていただいたこと、心からお礼申し上げます。

最後に、本書の刊行をお引き受けくださり、担当していただいた思文閣出版及びその編集者の皆さんに感謝申し上げます。

平成一九年二月一〇日

プロジェクト代表・糸井　通浩

〔プロジェクト研究員〕

糸井通浩　安藤　徹　来田　隆　木村雅則　忠住佳織　辻野光昭　當麻良子

豊嶋新一　雨森正高　山嵜泰正　明川忠夫　外山敦子　石黒みか

■編者紹介■

糸井通浩（いとい・みちひろ）

1938年生．京都大学文学部国語国文学専攻．龍谷大学文学部教授．『物語の方法——語りの意味論』（共編著，世界思想社，1992年）『日本地名学を学ぶ人のために』（共編著，世界思想社，2004年）『京都学の企て』（編著，勉誠出版，2006年）など．

龍谷大学仏教文化研究叢書　19

日本古典随筆《にほんこてんずいひつ》の研究《けんきゆう》と資料《しりよう》

2007（平成19）年３月25日発行

定価：本体7,200円（税別）

編　者　糸井通浩

発行者　田中周二

発行所　株式会社思文閣出版

606-8203　京都市左京区田中関田町2-7

電話　075-751-1781（代表）

印刷 製本　株式会社 図書印刷 同朋舎

 ISBN978-4-7842-1349-8 C3090

◉執筆者紹介（収録順）◉

〔研究編〕

安藤　徹（あんどう・とおる）
1968年生．名古屋大学大学院文学研究科博士後期課程修了．龍谷大学文学部助教授．『源氏物語と物語社会』（森話社，2006年）『龍谷大学善本叢書25　三条西公条自筆稿本源氏物語細流抄』（責任編集，思文閣出版，2005年）『源氏文化の時空』（共編著，森話社，2005年）など．

東　望歩（あずま・みほ）
1979年生．名古屋大学大学院文学研究科日本文学専攻．名古屋大学大学院文学研究科博士課程後期在籍．

外山敦子（とやま・あつこ）
1972年生．愛知淑徳大学大学院文学研究科国文学専攻博士後期課程修了．愛知淑徳大学文学部常勤講師．『源氏物語の老女房』（新典社，2005年）「『源氏物語』老女房弁の「昔物語」――薫の〈原点回帰〉の契機として――」（『日本文学』第52巻第２号）「紅梅の女君――回想のなかの紫の上――」（上原作和編『人物で読む源氏物語　第６巻　紫の上』勉誠出版，2005年）など．

糸井通浩　→　別掲

木村雅則（きむら・まさのり）
1959年生．龍谷大学大学院文学研究科国文学専攻博士前期課程修了．京都府立西宇治高等学校教諭・皇學館大学非常勤講師．『龍谷大学本徒然草本文篇』（共著，勉誠社，1997年）『龍谷大学本徒然草索引篇』（共著，勉誠出版，1998年）『類聚古集』（龍谷大学善本叢書20）（共著，思文閣出版，2000年）など．

朝木敏子(あさき・としこ)
1955年生. 龍谷大学大学院文学研究科博士課程修了. 博士（文学). 龍谷大学非常勤講師.『徒然草というエクリチュール――随筆の生成と語り手たち――』(清文堂出版, 2003年)『京都学の企て』(共著, 勉誠出版, 2006年) など.

山嵜泰正(やまざき・やすまさ)
1936年生. 立命館大学大学院（法学研究科）法学修士. 京都地名研究会常任理事.『京都府の不思議事典』(共編著, 新人物往来社, 2000年)『京・寺町通りの伝承を歩く』(ふたば書房, 2001年)『小町の謎』(ふたば書房, 2002年)「三木パウロ・安土セミナリオ第1期生」(第16回紫式部市民文化賞・小説) など.

〔資料編〕

忠住佳織(ただずみ・かおり)
1976年生. 龍谷大学大学院文学研究科博士後期課程満期退学.「枕草子の時空間――『古今集』摂取の一解釈として――」(大取一馬編『龍谷大学仏教文化研究叢書15　中世の文学と学問』, 思文閣出版, 2005年)「走り井は逢坂なるがをかしきなり」(『日本言語文化研究』第4号)「枕草子と歌枕「飛鳥川」――淵瀬の変遷過程を経て――」(『國文學論叢』第48輯) など.

万波寿子(まんなみ・ひさこ)
1977年生. 龍谷大学大学院日本語日本文学専攻修士課程修了. 龍谷大学大学院日本語日本文学専攻博士後期課程.「宣長本刊記集成」(日下幸男編『中野本・宣長本刊記集成』所収, 博文堂出版, 2004年)「宣長本における版権の流れ」(『鈴屋学会報』第21号, 2005年)「『下絵百人一首注』翻刻と解題」(大取一馬編『中世の文学と学問』思文閣出版, 2005年) など.

雨森正高(あめのもり・まさたか)
1930年生. 大阪医科大学卒業. 医療法人社団雨森医院院長.『たはれくさ　釈文』上・中・下巻(芳洲会, 1993・94・95年)「雨森芳洲」(『伊香郡医師会報』第1～16号)『雨森家系図集覧』(自費出版, 2005年) など.

(平成19年3月現在)